Patricia Cornwell | La mosca de la muerte

byblos

Título original: *Blow Fly*

Traducción: Laura Paredes

1.ª edición: febrero 2005
1.ª reimpresión: mayo 2005
2.ª reimpresión: octubre 2005

Bailén, 84 - 08009 Barcelona (España)
www.edicionesb.com

Diseño de cubierta: IBD
Fotogrfía de cubierta: © Fran Díaz
Diseño de colección: Ignacio Ballesteros

Printed in Spain
ISBN: 84-666-2177-6
Depósito legal: B. 42.142-2005

Impreso por NOVOPRINT

Patricia Cornwell | La mosca de la muerte

Al Dr. Louis Cataldie,
juez de instrucción del condado de East Baton Rouge.
Un hombre de excelencia, honor, humanidad y verdad.
El mundo es mejor gracias a usted.

Juntos luego se acuestan en el polvo,
y los gusanos los recubren.

Job 21, 26

1

La doctora Kay Scarpetta acercó el frasquito de cristal a la luz de la vela, que iluminó un gusano que flotaba en una solución de etanol. Con sólo echarle un vistazo, supo la fase exacta de metamorfosis en que se encontraba aquel cuerpo gelatinoso no más grande que un grano de arroz, antes de que fuera conservado en un recipiente para muestras provisto de un tapón de rosca negro. Si la larva hubiera vivido, se habría transformado en una mosca *Calliphora vicina*, una moscarda. Podría haber puesto sus huevos en la boca o los ojos de un cadáver humano, o en las heridas infectadas de una persona viva.

—Muchas gracias —dijo Scarpetta mientras miraba alrededor de la mesa a los catorce policías y técnicos de la policía científica de la promoción 2003 de la Academia Forense Nacional. Sus ojos se detuvieron en el rostro inocente de Nic Robillard—. No sé quién lo habrá recogido en un lugar que es mejor no mencionar durante una cena y conservado para mí, pero...

Hubo miradas inexpresivas y encogimientos de hombros.

—Debo decir que es la primera vez que me regalan una larva —añadió.

Nadie asumió la responsabilidad, pero si había algo de lo que Scarpetta nunca había dudado, era de la habilidad de un policía para engañar y, si era preciso, mentir con rotundidad. Como había observado un tic en la comisura de los labios de Nic Robillard antes de que nadie se hubiera percatado de que un gusano se había incorporado a la mesa, Scarpetta tenía un sospechoso en mente.

La luz de la vela se movía sobre el frasco que Scarpetta sostenía con los dedos, de uñas cortas y cuadradas bien limadas. Su mano era firme y elegante, pero fuerte tras años de manipular cadáveres renuentes y cortar tejidos y huesos rebeldes.

Por desgracia para Nic, sus compañeros de clase no reían, y la humillación la alcanzó como una corriente gélida. Después de diez semanas entre policías a los que debería considerar ya compañeros y amigos, seguía siendo Nic, la palurda de Zachary, Luisiana, una población de doce mil habitantes donde hasta hacía poco el asesinato constituía una atrocidad casi insólita. No era inusual que en Zachary pasaran años sin que se cometiera uno.

La mayoría de los condiscípulos de Nic estaban tan hartos de trabajar en casos de homicidio que habían ideado sus propias categorías: verdaderos asesinatos, asesinatos menores e, incluso, renovación urbana. Nic no tenía sus propias categorías. Para ella, un asesinato era un asesinato. Hasta la fecha, en sus ocho años de profesión sólo había trabajado en dos, y ambos habían sido casos de violencia doméstica. El primer día de clase, cuando un instructor fue de un policía a otro preguntando qué media de homicidios tenía su departamento al año, fue horrible. «Ninguno», respondió Nic. A continuación, el instructor les preguntó cuántos agentes trabajaban en sus respectivos departamentos de policía. «Treinta y cinco», contestó Nic. O, como dijo uno de sus nuevos compañeros: «Más pequeño que mi clase en octavo.» Desde el principio de lo que tenía que ser la mayor oportunidad de su vida, Nic dejó de intentar integrarse, y aceptó que en la definición policial del universo ella no era uno de «los nuestros».

Comprendió con pesar que, con su travesura del gusano, había infringido alguna regla (no estaba segura de cuál), pero era evidente que nunca debería haber hecho un regalo, serio o no, a la legendaria patóloga forense Kay Scarpetta. Nic se acaloró, y un sudor frío le empapó las axilas mientras contemplaba la reacción de su heroína, incapaz de interpretarla, tal vez porque la inseguridad y el bochorno la tenían atenazada.

—La llamaré *Maggie*, aunque aún no podamos determinar su sexo —decidió Scarpetta, y sus gafas de montura metálica reflejaban la luz ondulante de las velas—. Pero me parece que es un buen nombre para una larva. —Un ventilador de techo quebraba y azotaba la llama de la vela dentro de su globo de cristal mientras Scarpetta sostenía el frasco en alto—. ¿Quién va a decirme cuántas mudas había hecho *Maggie*? ¿En qué fase de su vida estaba antes de que alguien la dejara caer en este frasquito de etanol? —Repasó las caras en la mesa y volvió a detenerse en Nic—. Por cierto, sospecho que *Maggie* aspiró y se ahogó. Las larvas necesitan aire como nosotros.

—¿Qué idiota ahogó una larva? —soltó uno de los policías.

—Sí. Imaginad inhalar alcohol...

—¿De qué hablas, Joey? Tú lo has estado inhalando toda la noche.

Un humor sombrío, inquietante, empezó a resonar como una tormenta lejana, y Nic no sabía cómo eludirlo. Se recostó en la silla y se cruzó de brazos haciendo todo lo posible por mostrarse indiferente mientras a su cabeza acudía una de las gastadas advertencias de su padre para las tormentas:

Nic, cielo, cuando haya rayos, no te quedes de pie sola ni creas que te proteges si te escondes entre los árboles. Busca la zanja más cercana y échate en ella sin vacilar.

En ese momento, no tenía dónde esconderse salvo su propio silencio.

—Oiga, doctora, que ya hicimos el último examen.

—¿Quién trajo deberes a la fiesta?

—Sí, no estamos de servicio.

—Ya veo. No están de servicio —reflexionó Scarpetta—. Así que si no están de servicio cuando aparece el cadáver de una persona desaparecida, no acudirán. ¿Es eso lo que están diciendo?

—Esperaría a acabarme el bourbon —respondió un policía cuya cabeza rapada brillaba tanto que parecía encerada.

—No es mala idea —dijo la doctora.

Todos rieron; todos excepto Nic.

—Puede pasar. —Scarpetta dejó el frasco junto a su copa de vino—. Podemos recibir una llamada en cualquier momento. Puede resultar la peor llamada de nuestra carrera y aquí estamos, algo aturdidos por haber tomado unas copas en nuestro tiempo libre, o quizás enfermos o en medio de una pelea con un cónyuge, un amigo o uno de los niños.

Apartó el plato de rabil a medio comer y juntó las manos sobre el mantel a cuadros.

—Pero los casos no pueden esperar —añadió.

—Yo creo que algunos sí pueden —dijo un inspector de Chicago al que los demás llamaban Popeye debido al ancla que llevaba tatuada en el antebrazo izquierdo—. Como unos huesos en un pozo o enterrados en un sótano. O un cadáver bajo un bloque de hormigón. Porque no es que vayan a irse a ninguna parte.

—Los muertos no tienen paciencia —aseguró Scarpetta.

2

Por la noche, los pantanos le recordaban a Jay Talley una banda cajún de ranas tocando el banjo, de sapos soltando alaridos con una guitarra eléctrica y de cigarras y grillos raspando tablas de lavar y arañando violines.

Encendió una linterna cerca de la forma oscura de un viejo y artrítico ciprés, y los ojos de un caimán brillaron y se desvanecieron bajo las negras aguas. Mientras el BayStealth se desplazaba a la deriva con el motor fueraborda apagado, la luz se agitaba con el suave sonido agorero de los mosquitos. Jay iba sentado en el asiento del capitán y observaba distraído a la mujer que ocupaba la bodega de pescado bajo sus pies. Años atrás, cuando se quedaba mirando barcos, ese BayStealth le fascinaba. La bodega bajo cubierta era lo bastante larga y profunda para contener más de cincuenta kilos de hielo y pescado, o una mujer de las que a él le gustaban.

Sus ojos abiertos, aterrados, relucían en la oscuridad. A la luz del día eran azules, de un azul intenso y hermoso. Los cerró con fuerza cuando Jay la acarició con el haz de la linterna, empezando por su cara madura, bonita, hasta las uñas de los pies, pintadas de rojo. Era rubia, de entre cuarenta y cuarenta y cinco años, pero parecía más joven, menuda pero de formas curvilíneas. La bodega de fibra de vidrio estaba tapizada con cojines anaranjados, sucios y con manchas de sangre seca. Jay se había mostrado considerado, incluso dulce cuando le ató las muñecas y los tobillos sin apretar para que la cuerda de nailon amarillo no le cortara la circulación. Le dijo que la cuerda no le rozaría la piel si no forcejeaba.

—En cualquier caso, no tiene sentido forcejear —le había dicho con una voz de barítono que iba a la perfección con su aspecto atractivo de dios rubio—. Y no te voy a amordazar. Tampoco tiene sentido gritar, ¿verdad?

Ella asintió, lo que hizo que él riera, porque movía la cabeza como si contestara que sí cuando, por supuesto, quería decir no. Pero sabía con qué descontrol pensaba y actuaba la gente cuando estaba aterrada, una palabra que siempre le había parecido inadecuada. Suponía que cuando Samuel Johnson trabajaba en las muchas ediciones de su diccionario no tenía idea de lo que un ser humano sentía cuando preveía el terror y la muerte. La expectativa provoca un pánico febril en cada neurona, en cada célula, que supera con creces el mero terror, pero ni siquiera Jay, que hablaba muchos idiomas con fluidez, tenía una palabra mejor para describir lo que sus víctimas sufrían.

Un escalofrío de horror.

No.

Observó a la mujer. Era una oveja. En la vida sólo había dos clases de personas: lobos y ovejas.

La determinación de Jay de describir a la perfección cómo se sentían sus ovejas se había convertido en una búsqueda obsesiva, incesante. La hormona epinefrina (adrenalina) era la alquimia que transformaba a una persona normal en una forma inferior de vida sin más control o lógica que una rana capturada. Sumados a la reacción fisiológica que precipitaba lo que los criminólogos, psicólogos y demás presuntos expertos denominan el estado de «lucha o huye», había unos elementos adicionales:

la imaginación y las experiencias anteriores de la oveja. Cuanta más violencia hubiera vivido la oveja a través de la lectura, la televisión, el cine o la prensa, más podía imaginar la pesadilla que le esperaba.

Pero esa palabra, la palabra perfecta, esa noche le eludía.

Escuchó la respiración rápida y superficial de su oveja. Temblaba debido a que el terremoto de terror (a falta de la palabra perfecta) le sacudía hasta la última molécula, lo que le causaba unos estragos insoportables. Jay se metió en la bodega y le tocó la mano. Estaba fría como la muerte. Le presionó el lado del cuello con dos dedos para encontrar la arteria carótida y usó la esfera luminiscente del reloj para tomarle el pulso.

—Ciento ochenta, más o menos —le dijo—. No tengas un infarto. A una le pasó, ¿sabes?

Ella lo miró con ojos desorbitados y un temblor en el labio inferior.

—No bromeo. No tengas un infarto. —Era una orden—. Inspira hondo.

Ella lo hizo, con dificultad.

—¿Mejor?

—Sí. Por favor...

—Joder, ¿por qué todas las ovejitas tenéis que ser tan educadas?

Tenía la blusa de algodón magenta sucia, rasgada. Jay se la abrió más para dejar al descubierto sus generosos pechos, que temblaban y relucían bajo la tenue luz, y siguió sus pendientes redondeadas hacia la oscilante caja torácica, continuó por el abdomen liso y llegó a la bragueta desabrochada de los vaqueros.

—Perdón —intentó susurrar la mujer mientras una lágrima le resbalaba por la cara manchada.

—Ya estamos otra vez. —Jay se recostó en el asiento

del capitán como si fuera un trono—. ¿De veras crees que siendo educada vas a conseguir que cambie de planes? ¿Sabes qué significa para mí la educación?

Esperaba una respuesta. Esa educación había desencadenado en él una rabia cuya violencia iba aumentando lentamente.

La mujer intentó humedecerse los labios, pero tenía la lengua reseca. El pulso le latía visible en el cuello, como si hubiera ahí un pajarillo atrapado.

—No. —La palabra se le atragantó, y las lágrimas le fluían hacia las sienes y el cabello.

—Debilidad —dijo Jay.

Unas cuantas ranas empezaron su actuación musical. Jay observó la desnudez de su prisionera, su piel pálida, brillante de repelente de insectos; un pequeño acto humanitario por su parte, motivado por su aversión a las ronchas. Los mosquitos formaban una caótica nube gris a su alrededor, pero no aterrizaban en ella. Jay volvió a bajar del asiento y le dio a beber un sorbo de agua embotellada. La mayor parte le resbaló por el mentón. Tocarla sexualmente no le interesaba. Hacía ya tres noches que la llevaba hasta ahí en el barco, porque quería la privacidad para hablar con ella y contemplar su desnudez, con la esperanza de que su cuerpo se transformara de algún modo en el de Kay Scarpetta, y finalmente se ponía furioso porque eso no ocurría, furioso porque Scarpetta no se mostraría educada, furioso porque Scarpetta no era débil. En parte, temía ser un fracasado porque Scarpetta era un lobo y él sólo capturaba ovejas, y porque no lograba encontrar la palabra perfecta; la palabra.

Comprendió que no se le ocurriría la palabra con esa oveja en la bodega, lo mismo que no se le había ocurrido con las otras.

—Estoy empezando a aburrirme —dijo a su oveja—.

Te lo diré otra vez. Una última oportunidad. ¿Cuál es la palabra?

La mujer tragó saliva con fuerza y, al intentar hablar su voz recordó a Jay un eje roto. Podía oír cómo la lengua se le pegaba al paladar.

—No entiendo. Lo siento...

—A la mierda la educación, ¿me oyes? ¿Cuántas veces tendré que decírtelo?

El pajarillo que tenía en la garganta se debatía frenético, y las lágrimas le fluían más deprisa.

—¿Cuál es la palabra? Dime cómo te sientes. Y no me digas «asustada». Eres profesora, coño. Debes tener un vocabulario de más de cinco palabras.

—Me siento... me siento resignada —soltó, sollozando.

—¿Cómo?

—No me dejará marchar —contestó—. Ahora lo sé.

3

El ingenio sutil de Scarpetta recordaba a Nic un relámpago de calor. No rasgaba, chasqueaba ni lucía como un rayo corriente sino que era un destello silencioso y reluciente que, según decía su madre, significaba que Dios sacaba fotos.

Saca fotos de todo lo que haces, Nic, así que más vale que te comportes porque un día se celebrará el Juicio Final, y esas fotos las verán todos.

Nic había dejado de creer en esas tonterías al llegar a la secundaria, pero era probable que su socio silencioso, como llamaba a su conciencia, no dejara nunca de advertirle que sus pecados la alcanzarían.

Y Nic creía que sus pecados eran muchos.

—¿Inspectora Robillard? —preguntaba Scarpetta.

Nic se sobresaltó al oír su nombre. Su atención se volvió a fijar en el comedor acogedor y poco iluminado, y en los policías que lo ocupaban.

—Díganos qué haría si su teléfono sonara a las dos de la madrugada y usted se hubiera tomado unas cuantas copas pero aun así tuviera que ir a una espeluznante escena del crimen, realmente espeluznante —le planteó Scarpetta—. Déjeme recordarle que a nadie le gusta perderse una escena del crimen espeluznante. Quizá no nos guste admitirlo, pero es así.

—No bebo demasiado. —Nic lamentó de inmediato el comentario al escuchar las risitas de sus compañeros de clase.

—Caray, ¿de dónde has salido tú, de la catequesis?

—No puedo beber porque tengo un hijo de cinco años... —La voz de Nic se fue apagando. Sentía ganas de llorar; aquélla era la vez que había pasado más tiempo separada del niño.

La mesa quedó en silencio. La vergüenza y el bochorno matizaron el ambiente.

—Oye, Nic —dijo Popeye—, ¿llevas la foto encima? Se llama Buddy —comentó a Scarpetta—. Tiene que ver su foto. Todo un hombrecito montado a caballo...

Nic no estaba de humor para pasar la fotografía, gastada y con la escritura del dorso descolorida y corrida de tanto sacarla y mirarla. Deseaba que Popeye cambiara de tema o le hiciera de nuevo el vacío.

—¿Cuántos de ustedes tienen hijos? —preguntó Scarpetta.

Se alzaron unas doce manos.

—Uno de los aspectos dolorosos de este trabajo —indicó—, puede que el peor de este trabajo (o debería llamarlo misión) es el daño que provoca a nuestros seres queridos, por mucho que procuremos protegerlos.

«Nada de relámpago de calor. Sólo una sedosa oscuridad negra, fría y encantadora al tacto —pensó Nic mientras observaba a Scarpetta—. Es amable. Tras ese muro de audacia fogosa y genialidad, es amable y dulce.»

—En este trabajo, las relaciones también pueden convertirse en víctimas. Ocurre a menudo —prosiguió Scarpetta, que siempre intentaba enseñar porque le resultaba más fácil compartir sus ideas que abordar sentimientos que sabía mantener fuera del alcance de los demás.

—¿Tiene hijos, entonces, doctora? —Reba, una policía científica de San Francisco, atacaba otro whisky. Había empezado a arrastrar las palabras y carecía de tacto.

—Tengo una sobrina —dijo Scarpetta.

—¡Oh, sí! Ya me acuerdo. Lucy. Sale mucho en las noticias. O, mejor dicho, salía...

«Estúpida, borracha idiota», protestó en silencio Nic con rabia.

—Sí, Lucy es mi sobrina —confirmó Scarpetta.

—FBI. As de la informática. —Reba no se detenía—. ¿Qué más? Déjeme pensar. Algo sobre pilotar helicópteros y la AFT.

«ATF, borracha imbécil.» Un trueno retumbó en la cabeza de Nic.

—No sé. ¿No hubo un incendio o algo así y alguien resultó muerto? ¿Qué está haciendo ahora? —Se terminó el whisky y buscó a la camarera con la mirada.

—Eso fue hace mucho tiempo. —Scarpetta no contestó las preguntas, y Nic detectó un cansancio y una tristeza tan inmutables y mermados como los tocones y las protuberancias de los cipreses en los pantanos de su Luisiana natal.

—Es increíble, me había olvidado de que era su sobrina. Es extraordinaria. O lo era —insistió Reba con grosería mientras se apartaba el cabello castaño de los ojos enrojecidos—. Se metió en un lío, ¿verdad?

«Cállate, tortillera de mierda.»

Un rayo rasgó el telón negro de la noche y, por un instante, Nic pudo ver la luz blanca del día al otro lado. Así era cómo su padre lo explicaba siempre.

—¿Lo ves, Nic? —decía mientras miraban por la ventana durante alguna tormenta violenta y un rayo zigzagueaba como una hoja brillante—. Hay un mañana, ¿lo ves? Tienes que mirar deprisa. Hay un mañana al otro lado, esa brillante luz blanca. Y mira lo deprisa que cura. Dios cura igual de rápido.

—Reba, vuelve al hotel —le dijo Nic con la misma voz firme y controlada que usaba cuando a Buddy le daba una pataleta—. Ya has tomado suficiente whisky por una noche.

—Uy, perdón, señorita mimada de la profesora. —Reba se dirigía rápidamente hacia la inconsciencia y hablaba como si tuviera una patata en la boca.

Nic notó los ojos de Scarpetta puestos en ella y deseó poder enviarle una señal que la tranquilizara o que sirviera de disculpa por la demostración vergonzosa de Reba.

Lucy había entrado en el comedor como un holograma, y la reacción sutil pero profundamente emocional de Scarpetta sorprendió a Nic con unos celos, y una envidia, nuevos para ella. Se sintió inferior a la sobrina superpolicía de su heroína, cuyos talentos y experiencias eran enormes comparados con los de Nic. El corazón le dolió como cuando por fin se endereza una articulación paralizada, como hacía su madre al colocarle bien el brazo fracturado cada vez que se le salía el entablillado.

—*El dolor es bueno, cielo. Si no sintieras nada, tendrías el bracito muerto y se te caería. Eso no te gustaría, ¿verdad?*

—*No, mamá. Perdóname por lo que hice.*

—*No digas tonterías, Nicci. No te hiciste daño adrede.*

—*Pero no hice lo que dijo papá. Corrí hacia el bosque y fue entonces cuando tropecé...*

—*Todos cometemos errores cuando tenemos miedo, cielo. Quizá tuviste suerte de caerte; estabas tumbada en el suelo cuando caían rayos por todas partes.*

4

Los recuerdos de Nic sobre su infancia en el sureste del país estaban llenos de tormentas.

Parecía que al cielo le daban unos ataques terribles cada semana, y explotaba con truenos violentos e intentaba ahogar o electrocutar a todos los seres vivos. Cuando las nubes de tormenta lanzaban sus desagradables advertencias y tronaban sus amenazas, su padre predicaba sobre seguridad y su madre, rubia y hermosa, se asomaba a la puerta mosquitera y hacía gestos a Nic para que corriera hacia la casa, hacia un lugar seco y cálido, hacia sus brazos.

Su padre siempre apagaba las luces, y los tres permanecían sentados a oscuras contando historias de la Biblia y viendo cuántos versículos y salmos lograban citar de memoria. Un recitado perfecto valía veinticinco centavos, pero su padre no pagaba hasta que la tormenta pasaba, porque las monedas son de metal, y el metal atrae los rayos.

No codiciarás los bienes ajenos.

Cuando se enteró de que uno de los conferenciantes que visitarían la academia era la doctora Kay Scarpetta, que enseñaría investigación forense la décima y última semana del curso, el entusiasmo de Nic había sido indescriptible. Había contado los días. Le parecía que las primeras nueve semanas no pasarían nunca. Entonces, Scarpetta llegó a Knoxville, y para gran bochorno de Nic, la primera vez que la vio fue en el lavabo de señoras, justo después de que Nic tirara de la cadena y saliera de un cubículo subiéndose la cremallera de los pantalones oscuros de su uniforme.

Scarpetta se estaba lavando las manos, y Nic recordó la primera vez que había visto una fotografía suya y cómo le había sorprendido que Scarpetta no fuera una morena de ascendencia latina. Eso había ocurrido ocho años atrás, cuando Nic sólo conocía de Scarpetta su apellido y no tenía motivos para suponer que fuera una rubia de ojos azules, cuyos antepasados procedían del norte de Italia y eran en parte campesinos de la zona fronteriza con Austria, con un aspecto tan ario como los alemanes.

—Buenos días, soy la doctora Scarpetta —dijo su heroína, como si no relacionara la cadena del inodoro con Nic—. Y, déjeme adivinar, usted es Nicole Robillard.

—¿Cómo...? —soltó Nic, ruborizada, apenas capaz de articular palabra.

—Pedí copias de la solicitud de todos, incluidas las fotografías —explicó Scarpetta antes de que atinara a farfullar el resto de la pregunta.

—¿En serio? —Nic no sólo estaba atónita de que Scarpetta hubiese pedido las solicitudes, sino que no podía entender por qué habría tenido tiempo o ganas de mirárselas—. Supongo que eso significa que también sabe mi número de la Seguridad Social —comentó buscando ser graciosa.

—Pues eso no lo recuerdo —dijo Scarpetta mientras se secaba las manos con una toalla de papel—. Pero sé lo suficiente.

5

—Una muda —alardeó Nic para responder la pregunta olvidada sobre *Maggie*, la larva.

Los policías que estaban alrededor de la mesa sacudieron la cabeza y se miraron los unos a los otros. Nic tenía una capacidad innata para irritar a sus compañeros, y lo había hecho de vez en cuando durante los dos últimos meses y medio. A Scarpetta, en ciertos sentidos, le recordaba a Lucy, que se había pasado los veinte primeros años de su joven vida acusando a la gente de desaires que en realidad no había cometido y llevando su talento al límite del exhibicionismo.

—Muy bien, Nic —la elogió Scarpetta.

—¿Quién invitó a esta listilla? —Reba, que se negaba a volver al Holiday Inn, se mostraba odiosa cuando no se quedaba dormida sobre el plato.

—Creo que Nic no ha bebido lo suficiente y el *delirium tremens* le hace ver larvas por todas partes —soltó el inspector de cabeza rapada. La forma en que miraba a Nic era bastante evidente. Le gustaba a pesar de que era la papanatas de la clase.

—Y es muy probable que tú creas que una muda es la ropa interior limpia. —Nic quería ser graciosa pero no lograba abandonar del todo su seriedad—. ¿Ves la larva que regalé a la doctora Scarpetta...?

—¡Ah! Por fin confiesa.

—Ha hecho una muda. —Nic sabía que debería detenerse—. Cambió una vez la piel después de salir del huevo.

—¿De veras? ¿Cómo lo sabes? ¿Fuiste testigo? ¿Viste cómo la pequeña *Maggie* mudaba de piel? —insistió el rapado guiñándole el ojo.

—Nic tiene una tienda instalada en la granja de cuerpos y duerme ahí con sus amigos, los bichos —comentó alguien.

—Lo haría si fuera preciso.

Nadie lo discutió. Todos conocían bien las incursiones de Nic en las instalaciones rurales de la Universidad de Tennessee dedicadas a la investigación de cadáveres humanos donados para determinar muchos aspectos de la muerte, entre ellos cuándo se produjo y el proceso de descomposición. La broma era que visitaba la granja de cuerpos como si pasara por casa de sus padres para ver cómo estaban sus familiares.

—Seguro que Nic ha bautizado a todas las larvas, las moscas, las abejas y los ratoneros del lugar.

Las ocurrencias y las bromas de mal gusto siguieron hasta que Reba dejó caer el tenedor con estrépito.

—¡No digáis esas cosas mientras como carne poco hecha! —se quejó.

—Las espinacas le añaden un bonito toque verde, mujer.

—Lástima que no te pusieran arroz...

—Espera, no es demasiado tarde. ¡Camarera! Traiga un poco de arroz a la señora. Con salsa de carne.

—¿Y qué son estos puntitos negros que tiene *Maggie* y que parecen ojos? —Scarpetta acercó de nuevo el frasco a la luz de la vela con la esperanza de que sus alumnos se calmaran antes de que los echaran a todos del restaurante.

—Ojos —dijo el policía rapado—. Son ojos, ¿no?

Reba empezó a balancearse en la silla.

—No, no son ojos —contestó Scarpetta—. Venga. Os acabo de dar una pista hace unos minutos.

—A mí me parecen ojos. Unos ojitos negros como los de Maguila.

En las diez últimas semanas, el sargento Magil, de Houston, se había convertido en Maguila el Gorila debido a su cuerpo peludo y demasiado musculoso.

—¡Un momento! —protestó éste—. Preguntadle a mi novia si tengo ojos de larva. Cuando mira estos ojos que Dios me ha dado, se desmaya —aseguró mientras se los señalaba.

—Eso es justo lo que estamos diciendo, Maguila. Si yo mirara esos ojos que Dios te ha dado, también me caería redondo.

—Tienen que ser ojos. ¿Cómo coño, si no, una larva ve por dónde va?

—No son ojos, sino orificios nasales —aseguró Nic—. Eso es lo que son los puntitos negros. Como tubitos de buceo para que la larva pueda respirar.

—¿Tubos de buceo?

—Espera un momento. Páseme eso, doctora Scarpetta. Quiero ver si *Maggie* lleva gafas y aletas en los pies.

Una investigadora flaca de la policía estatal de Michigan apoyó la cabeza en la mesa, sin parar de reír.

—La próxima vez que encontremos una tendremos que buscarle unos tubitos de buceo que le sobresalgan...

Las carcajadas se transformaron en ataques de risa, y Maguila resbaló de la silla y cayó al suelo.

—¡Oh, mierda! Voy a vomitar —soltó entre risotadas.

—¡Tubos de buceo!

Scarpetta se rindió y guardó silencio al advertir que la situación se le había escapado de las manos.

—Oye, Nic, no sabía que fueras una especialista en buceo.

El alboroto continuó hasta que el encargado de Ye Old Steak House se asomó a la puerta: su modo de indicar que la fiesta del reservado estaba molestando a los demás comensales.

—Muy bien, chicos y chicas —dijo Scarpetta en tono autoritario—. Basta.

La hilaridad terminó con la misma rapidez con que había empezado, las bromas sobre la larva cesaron, y hubo más regalos para Scarpetta: un bolígrafo especial con el que podría escribir en condiciones de «lluvia y también si se le cae sin querer en una cavidad torácica mientras practica una autopsia», una linterna Mini Maglite «para ver esos sitios a los que es difícil llegar» y una gorra de béisbol azul oscuro adornada con tantos galones dorados que parecía la de un general.

—La generala doctora Scarpetta. ¡Saluden!

Todos lo hicieron mientras observaban ansiosos su reacción y los comentarios irreverentes volvían a zumbar como perdigones. Maguila llenó la copa de Scarpetta. Ésta se imaginó que era probable que aquel vino barato fuera producto de uvas cultivadas en el nivel inferior de las laderas, donde el drenaje es terrible. Si tenía suerte, sería un vino de cuarto mes. Al día siguiente se encontraría mal. Estaba segura de ello.

6

A primera hora de la mañana siguiente, en el aeropuerto Kennedy de Nueva York, una agente dijo a Lucy Farinelli que se quitara el enorme reloj Breitling de acero inoxidable, se vaciara las monedas de los bolsillos y lo dejara todo en una bandeja.

Luego le pidió que se quitara las zapatillas de deporte, la chaqueta y el cinturón, y los situara junto con el maletín en la cinta transportadora de la máquina de rayos X, donde nada, salvo un teléfono móvil, un cepillo y una barra de labios, se vio fluorescente. Las auxiliares de British Airways, con blazers oscuros y vestidos azul marino de cuadros azules y blancos, eran bastante amables, pero la policía del aeropuerto estaba especialmente tensa. Aunque no hizo sonar el arco de seguridad al cruzarlo descalza con los calcetines de deporte y los vaqueros holgados, tuvo que someterse al escáner manual, y el sujetador con aro desencadenó un piiip piiip piiip.

—Extienda los brazos —le pidió la fornida agente.

Lucy sonrió y puso los brazos en cruz para que la agente la registrara con rapidez pasándole las manos por debajo de los brazos y los pechos y las deslizara por los muslos hasta la entrepierna, con mucha profesionalidad, por supuesto. Los demás pasajeros pasaban sin problemas, y los hombres en particular encontraban muy interesante a aquella joven atractiva con los brazos y las piernas separados. A Lucy le importaba un comino. Había vivido demasiadas cosas para malgastar energía siendo modesta y estaba tentada de desabrocharse la blusa, señalarse el sujetador con aro y asegurar a la agente que no llevaba incorporada ninguna pila ni ningún artefacto explosivo diminuto.

—Es el sujetador —aclaró con absoluta tranquilidad a la sobresaltada agente, que estaba más nerviosa que su sospechosa—. Siempre se me olvida llevar un sujetador sin aro, quizás uno de deporte, o no ponerme ninguno, maldita sea. Lamento haberle causado molestias, agente Washington. —Ya había leído la etiqueta de identificación—. Gracias por hacer tan bien su trabajo. Vaya mundo en el que vivimos. Veo que la alerta antiterrorista vuelve a estar en naranja.

Lucy dejó a la desconcertada agente y recogió el reloj y las monedas de la bandeja, así como el maletín, la chaqueta y el cinturón. Sentada en el suelo frío y duro, apartada del tránsito, se calzó las zapatillas de deporte sin molestarse en abrochárselas. Se levantó, todavía educada y encantadora con cualquier policía o empleado de British Airways que la observara. Dirigió la mano hacia el bolsillo trasero y sacó el billete y el pasaporte, emitidos ambos con uno de sus muchos nombres falsos. Avanzó con aire desenfadado y los cordones sueltos por el suelo enmoquetado de la puerta 10 y se agachó ligeramente para entrar en el Concorde del vuelo 01. Un auxiliar de British Airways le sonrió mientras le comprobaba la tarjeta de embarque.

—Asiento 1C —anunció mientras le señalaba el asiento del pasillo de la primera fila, como si Lucy no hubiese viajado nunca en el Concorde.

La anterior vez lo había hecho bajo otro nombre, y llevaba gafas, lentillas verdes y el cabello teñido de una original combinación de azul y púrpura que se eliminaba con facilidad y que se correspondía con la fotografía del pasaporte. Su profesión era «músico». Aunque era imposible que alguien conociera el inexistente grupo de tecno Yellow Hell, hubo muchas personas que dijeron: «Oh, sí. He oído hablar de él. Genial.»

Lucy contaba con las pésimas dotes de observación de la gente corriente. Contaba con su temor a parecer ignorante, con su aceptación de las mentiras como verdades conocidas. Contaba con que sus enemigos observaban todo lo que ocurría alrededor y, como ellos, ella también observaba todo lo que ocurría alrededor. Por ejemplo, cuando el policía de la aduana examinó su pasaporte largo rato, reconoció su comportamiento y supo por qué la seguridad actuaba de modo tan febril. Interpol había enviado una alerta roja por Internet a unos 180 países para que buscaran a un fugitivo llamado Rocco Caggiano, requerido en Italia y Francia por asesinato. Rocco no tenía idea de que era un fugitivo. No tenía idea de que Lucy había mandado información a la Oficina Central de Interpol en Washington ni de que esa información se había comprobado a fondo antes de remitirla a través del ciberespacio a la central de Interpol en Lyon, Francia, donde se había emitido la alerta roja, que era de obligado cumplimiento. Todo eso en cuestión de horas.

Rocco no conocía a Lucy, aunque sabía quién era. Ella lo conocía muy bien, aunque no se habían visto nunca. En ese momento, mientras se abrochaba el cinturón y el Concorde calentaba sus motores Rolls Royce, se moría de ganas de ver a Rocco Caggiano. Una rabia intensa avivaba esa expectativa, que se convertiría en pavor cuando por fin llegara a Europa Oriental.

7

—Espero que no se encuentre tan mal como yo —dijo Nic a Scarpetta.

Estaban en el salón de la suite de Scarpetta en el Marriott esperando el servicio de habitaciones. Eran las nueve de la mañana y ya era la segunda vez que Nic se interesaba por la salud de Scarpetta. Aún no se podía creer que esa mujer a la que tanto admiraba la hubiese invitado a desayunar. «¿Por qué a mí? —La pregunta le daba vueltas en la cabeza como una bola de ruleta—. A lo mejor le doy lástima.»

—Me he encontrado mejor —contestó Scarpetta con una sonrisa.

—Popeye y su vino. Pero ha traído bebidas peores.

—No se me ocurre que pueda haber nada peor —soltó Scarpetta a la vez que llamaban a la puerta—. Excepto el veneno. Perdona.

Se levantó del sofá. El camarero entró una mesita de ruedas en la habitación. Scarpetta firmó la cuenta y le dio una propina en metálico. Nic observó que era generosa.

—La habitación de Popeye, la ciento seis, es el abrevadero —explicó Nic—. Cualquier noche puedes ir con un paquete de seis cervezas y ponerlo en la bañera a que se enfríe. Desde las ocho de la tarde sólo se dedica a subir bolsas de hielo a su habitación. Suerte que está en el primer piso. Una vez fui.

—¿Sólo una vez en diez semanas? —Scarpetta la observó atentamente.

Cuando Nic volviera a Luisiana se enfrentaría a los peores casos de homicidio que podría ver en su vida. Hasta ese momento no había comentado nada sobre ellos, y Scarpetta estaba preocupada por ella.

—Cuando estaba en la Facultad de Medicina en Johns Hopkins —comentó Scarpetta mientras servía café—, era una de las tres mujeres de mi clase. Si había alguna bañera llena de cerveza en alguna parte, te aseguro que jamás me lo dijeron. ¿Cómo lo tomas?

—Con mucha leche y azúcar. No debería servirme. Estoy aquí sentada, sin hacer nada... —Se levantó de la butaca de orejas.

—Siéntate, siéntate. —Scarpetta dejó el café de Nic sobre la mesita de centro—. Hay cruasanes y estos bollos, que parecen bastante incomibles. Toma lo que quieras.

—Pero cuando estaba en la Facultad de Medicina, no sería una... —Nic se contuvo antes de decir «palurda»—. Miami no es exactamente un pueblecito de Luisiana. Todos mis compañeros de clase son de grandes ciudades.

Fijó su atención en Scarpetta, en lo firme que se la veía mientras se llevaba la taza a los labios. Tomaba el café solo y no parecía sentir interés alguno por la comida.

—Cuando mi jefe me dijo que había una plaza totalmente financiada en la Academia y me preguntó si quería ir, no se imagina cómo me sentí —prosiguió Nic, consciente de que estaba hablando demasiado sobre sí misma—. No me lo podía creer y tuve que remover cielo y tierra para poder irme de casa casi tres meses. Después llegué aquí, a Knoxville, y me encontré con que compartía habitación con Reba.

»No ha sido divertido, pero me siento incómoda quejándome. —Se bebió nerviosa el café, dejó la taza y apretó con fuerza la servilleta en su regazo—. Sobre todo delante de usted.

—¿Y eso por qué?

—Lo cierto es que esperaba impresionarla.

—Lo has hecho.

—Usted no parece una persona a la que le gusten los lloriqueos. —Nic alzó los ojos hacia ella—. Tampoco es que la gente la trate siempre bien.

—¿Puedo decir que te has quedado corta? —Scarpetta sonrió.

—No me he expresado bien. Hay mucha gente envidiosa y usted ha tenido sus roces. Lo que quiero decir es que usted no se queja.

—Pregúntaselo a Rose —replicó Scarpetta, divertida.

A Nic se le bloqueó la mente, como si tuviera que saber quién era Rose pero no lograra establecer una conexión.

—Mi secretaria —aclaró Scarpetta y bebió un sorbo de café.

—¿Qué ocurrió con las otras dos? —preguntó Nic tras un silencio incómodo. Al advertir el desconcierto de Scarpetta, añadió—: Las otras dos mujeres de su clase de Medicina.

—Una no terminó los estudios. Creo que la otra se casó y no practicó nunca la medicina.

—Me gustaría saber qué sienten ahora. Es probable que se lamenten.

—Es probable que a ellas también les gustara saber cómo me siento yo —contestó Scarpetta—. Lo más seguro es que piensen que me lamento.

—¿Usted? —Nic abrió la boca, incrédula.

—Todo exige sacrificios, y es humano tener dificultades para aceptar a alguien que es diferente. Por lo general, no te das cuenta de eso hasta que consigues lo que querías de la vida y te sorprende que, en algunos casos, tu recompensa sea odio en lugar de elogios.

—No me considero diferente ni odiada. Puede que se metan mucho conmigo, pero no en casa —repuso Nic—. Que esté en un departamento pequeño y no en el Departamento de Policía de Los Ángeles no significa que sea tonta. —Se animó, y también su voz—. No tengo el coeficiente intelectual de un ástaco...

—Un ástaco —repitió Scarpetta con ceño—. Me parece que no sé que es eso.

—Un cangrejo de río.

—¿Te comparó alguien de la clase a un cangrejo de río?

—¡Qué va! —exclamó Nic—. Ninguno de ellos ha comido nunca uno. Es probable que crean que tiene la misma forma redondeada que un cangrejo de mar.

—Comprendo.

—Pero sé a qué se refiere, o eso creo —dijo Nic—. En Zachary, sólo dos patrulleros son mujeres. Yo soy la única inspectora, y no es que al jefe le desagraden las mujeres ni nada parecido. De hecho, tenemos una alcaldesa. Pero casi siempre que estoy en la sala de descanso, tomando café, comiendo o lo que sea, soy la única mujer presente. La verdad es que rara vez pienso en ello. Pero lo he pensado mucho aquí, en la academia. Me doy cuenta de que me esfuerzo demasiado en demostrar que, en realidad, no soy ninguna palurda, y molesto a todo el mundo. Bueno, sé que tiene que irse. Querrá hacer las maletas, y no me gustaría que fuera a perder el avión por mi culpa.

—No tan deprisa —contestó Scarpetta—. No hemos terminado de hablar.

Nic se relajó. Su atractivo rostro lucía más animado y su cuerpo esbelto menos rígido. Esta vez, al hablar, no pareció tan nerviosa.

—Le diré lo mejor que me han dicho durante estas

diez semanas. Reba dijo que me parecía un poco a usted. Por supuesto, estaba borracha. Espero no haberla insultado.

—Puede que te hayas insultado a ti misma —respondió Scarpetta con modestia—. Soy un poco mayor que tú, si debo fiarme de lo que pone tu solicitud.

—Cumpliré treinta y seis en agosto. Es asombroso lo que sabe de la gente.

—Me ocupo de saber todo lo que puedo de la gente. Es importante escuchar. La mayoría de las personas están demasiado ocupadas haciendo suposiciones, demasiado absortas para escuchar. Y en el depósito de cadáveres, los pacientes me hablan en voz muy baja y he de esforzarme en escucharlos y averiguar todo lo que puedo sobre ellos.

—A veces, cuando estoy frenética o simplemente demasiado cansada, no escucho a Buddy como debería. —La tristeza asomó a los ojos de Nic—. Y yo, más que nadie, debería saber qué es eso, ya que Ricky no me escuchaba casi nunca. Ésa fue una de las razones de que no nos hayamos llevado bien. Una de las muchas razones.

Scarpetta había sospechado que el matrimonio de Nic tenía problemas o había terminado. La gente desdichada en sus relaciones adoptaba un marcado aire de descontento y aislamiento. En el caso de Nic, los signos eran visibles, en especial la rabia que ella creía ocultar.

—¿Os va mal? —le preguntó Scarpetta.

—Estamos separados, en trámite de divorcio. —Nic alargó de nuevo la mano hacia la taza de café, pero cambió de idea—. Gracias a Dios mi padre vive cerca, en Baton Rouge, o no sé qué haría con Buddy. Estoy segura de que Ricky me lo quitaría sólo para vengarse de mí.

—¿Para vengarse? ¿De qué? —quiso saber Scarpetta, y tenía una razón para todas esas preguntas.

—Es una historia muy larga. Dura desde hace más de un año y va de mal en peor, aunque la verdad es que nunca fue demasiado bien.

—Es más o menos el período en que han estado desapareciendo esas mujeres en tu zona. —Scarpetta había ido por fin al grano—. Quiero saber cómo lo estás llevando, porque te puede afectar si no haces nada por evitarlo. Cuando menos te lo esperes. No me ha pasado por alto que no has mencionado los casos, ni una sola vez, al menos mientras yo he estado aquí. Diez mujeres en catorce meses. Desaparecidas, de sus casas, coches, aparcamientos, todas en la zona de Baton Rouge. Dadas por muertas. Te puedo asegurar que lo están. Y también que las asesinó la misma persona. Alguien astuto, inteligente y experto en secuestrar y deshacerse después de los cadáveres. Ha matado antes y volverá a hacerlo. La última desaparición ocurrió hace sólo cuatro días, en Zachary. Eso significa dos casos en Zachary, el primero unos meses atrás. Así que con eso te encontrarás cuando vuelvas a casa, Nic. Asesinatos en serie. Diez en total.

—Diez no. Sólo los dos de Zachary. No estoy en el grupo de trabajo —contestó Nic con leve resentimiento—. No me codeo con los grandes. No necesitan ayuda de insignificantes policías rurales como yo, por lo menos así es como lo ve el fiscal del distrito.

—¿Qué tiene que ver en ello el fiscal del distrito? Estos casos no son de jurisdicción federal.

—Weldon Winn no sólo es un gilipollas egotista, sino también un estúpido, y no hay nada peor que una persona estúpida y arrogante con poder. Estos casos tienen una gran cobertura mediática. Quiere ser parte de la película, tal vez para terminar como juez federal o senador algún día.

»Sé con qué me encontraré al volver a casa, pero lo

único que puedo hacer es trabajar en las dos desapariciones ocurridas en Zachary, a pesar de saber muy bien que están relacionadas con las otras ocho.

—Es interesante que los secuestros se produzcan ahora más al norte de Baton Rouge. Puede que el terreno de sus anteriores asesinatos le esté resultando demasiado arriesgado.

—Lo único positivo es que si bien Zachary está en el condado de East Baton Rouge, no pertenece a la jurisdicción de la policía de Baton Rouge. De modo que el importante y poderoso grupo de trabajo no puede mangonear en mis casos.

—Háblame de ellos.

—Veamos. El más reciente. Dos días después de Pascua, hace sólo cuatro noches —empezó a contar—. Una profesora de cuarenta años llamada Glenda Marler. Trabajaba en el mismo instituto al que fui yo. Rubia, ojos azules, bonita, muy lista. Divorciada, sin hijos. El pasado martes por la noche fue al Road Side Bar Be Q, le sirvieron carne, tortitas de maíz y ensalada para llevar. Iba en un Honda Accord del 94 de color azul, y la vieron alejarse hacia el sur por Main Street, a través del centro de la ciudad. Desapareció. Encontraron el coche abandonado en el estacionamiento del instituto. Por supuesto, el grupo de trabajo sugiere que tenía una cita con uno de sus alumnos, que el caso no está relacionado con los demás y que sólo los imita. Tonterías.

—El estacionamiento de su propio instituto —observó Scarpetta, pensativa—. Así que habló con ella, averiguó cosas de su vida después de subirse a su coche, quizá le preguntó dónde trabajaba y ella se lo dijo. O tal vez la había vigilado.

—¿Cuál de las dos cosas cree que pasó?

—No lo sé. La mayoría de los asesinos en serie vigila a sus víctimas. Pero no hay ninguna norma fija, a pesar de que a muchos elaboradores de perfiles psicológicos les gustaría.

—La otra víctima desapareció justo antes de venir yo aquí —prosiguió Nic—. Ivy Ford. Cuarenta y dos años, rubia, de ojos azules, atractiva, trabajaba de cajera en un banco. Los hijos estaban en la universidad y su marido en Jackson, Misisipí, de viaje de negocios, así que estaba sola en casa cuando alguien debió de presentarse en su puerta. Como es habitual, no había signos de lucha. Nada de nada. Y desapareció sin dejar rastro.

—Nada ocurre sin dejar rastro —la contradijo Scarpetta mientras imaginaba cada escenario y contemplaba lo evidente: la víctima no tenía motivo para temer a su atacante hasta que fue demasiado tarde.

—¿Todavía está precintada la casa de Ivy Ford? —Scarpetta lo dudaba después de tanto tiempo.

—La familia sigue viviendo allí. No sé cómo la gente vuelve a una casa donde ha pasado algo tan terrible.

Nic iba a decir que ella no lo haría, pero no era cierto. En un momento anterior de su vida lo había hecho.

—En el caso más reciente, el de Glenda Marler, ¿el coche se examinó a fondo? —preguntó Scarpetta.

—Durante horas y horas... Bueno, como ya sabe, yo estaba aquí. —Este detalle la desanimó—. Pero tengo el informe completo, y sé que le dedicamos mucho tiempo. Mis hombres tomaron todas las huellas que pudieron encontrar. Introdujeron las utilizables en el ordenador central, pero no había coincidencias. Personalmente, no creo que eso importe porque opino que quienquiera que se llevara a Glenda Marler jamás estuvo dentro de su coche. Así que sus huellas no estarían en él. Y las únicas huellas en las manijas de las puertas eran las suyas.

—¿Qué hay de las llaves, el billetero y demás efectos personales?

—Las llaves en el contacto, el bolso y el billetero en el suelo del estacionamiento, a unos seis metros del coche.

—¿Dinero en el billetero?

—No, pero el talonario y las tarjetas de crédito estaban intactos. El efectivo que llevaba encima había desaparecido, y sé que por lo menos eran seis dólares y treinta y dos centavos porque ése era el cambio que le dieron cuando pagó en el restaurante con un billete de diez dólares. Hice que mis hombres lo comprobaran porque, curiosamente, la bolsa de comida no estaba en el coche. Así que no había ningún recibo. Tuvimos que ir al restaurante y pedir que nos lo dieran.

—Así pues, el autor también se llevó la comida. —Era extraño, más típico de un robo. Sin duda no era lo usual en un crimen violento psicopático—. ¿Sabes si hubo robo en los casos de las demás mujeres desaparecidas? —quiso saber Scarpetta.

—Según los rumores, les habían vaciado los billeteros y los habían lanzado cerca de dónde las secuestraron.

—¿Sin huellas dactilares en ninguno de los casos?

—No lo sé con certeza.

—¿Y el ADN a partir de células de piel que el autor pudiera haber dejado al tocar el billetero?

—No sé qué ha hecho la policía de Baton Rouge, porque no cuenta nada a nadie. Pero los miembros de mi departamento buscamos muestras en todo lo que pudimos, incluido el billetero de Ivy Ford, y obtuvimos su reseña genética, y otra que no figura en la base de datos del FBI. Como sabe, Luisiana está tan sólo iniciando una base de datos de ADN y la introducción de muestras está tan atrasada que no merece la pena tenerse en cuenta.

—Pero tenéis un ADN desconocido —indicó Scarpetta con interés—. Aunque desde luego podría ser de cualquiera. ¿Y sus hijos, su marido?

—El ADN no pertenece a ninguno de ellos.

—Entonces hay que pensar quién más habría tenido una buena razón para tocar el billetero de Ivy Ford. Quién más aparte del asesino, claro.

—Me lo pregunto las veinticuatro horas del día.

—¿Y el caso más reciente, el de Glenda Marler?

—Los laboratorios de la policía estatal tienen las pruebas. Los resultados de los análisis tardarán un poco, a pesar de ser urgentes.

—¿Se analizó a fondo el interior del coche?

—Sí, y no tenemos nada —contestó Nic, frustrada—. Ninguna escena del crimen, ningún cadáver, como si todo fuera una pesadilla. Si por lo menos apareciera un cadáver, entonces intervendría el doctor Sam Lanier. Es fantástico. ¿Ha oído hablar de él?

Scarpetta no lo conocía.

8

La oficina de Sam Lanier, en el condado de East Baton Rouge, dominaba un largo tramo recto del río Misisipí y el antiguo congreso de estilo *art déco*, donde fue asesinado el audaz y despótico Huey Long.

Las aguas turbias y mansas guiaron la mirada del doctor Lanier hacia un casino flotante y, más allá del acorazado *USS Kidd*, hacia el distante puente Old Mississippi desde la ventana de su despacho, en el quinto piso del edificio gubernamental.

Era un hombre de sesenta y pocos años, en buena forma, cuyos cabellos plateados se separaban de modo natural para hacerle la raya a la derecha. A diferencia de la mayoría de los hombres con un cargo similar al suyo, sólo llevaba traje cuando iba a juicio o desempeñaba funciones políticas inevitables.

Puede que ostentara un cargo político, pero despreciaba la política y a casi todas las personas dedicadas a ella. Lanier, un hombre que llevaba la contraria por naturaleza, vestía más o menos como todos los días, aunque se reuniera con el alcalde: zapatos cómodos para poder acceder a lugares desagradables, pantalones oscuros y polo con el emblema de su cargo bordado en la pechera.

Como el hombre reflexivo que era, meditaba sobre cómo tratar la extraña comunicación que había recibido la mañana anterior: una carta incluida en la correspondencia de franqueo pagado de la Academia Nacional de Justicia. Lanier era miembro de esta organización desde hacía años. El sobre blanco, de gran tamaño, de la ANJ había llegado cerrado. No parecía manipulado de ningún modo, y al abrirlo encontró otro sobre, también cerrado. Iba dirigido a su nombre, escrito a mano en letras mayúsculas, y como remitente figuraba la Unidad Polunsky del Departamento Penal de Tejas. Una búsqueda en Internet había revelado que la Unidad Polunsky correspondía al corredor de la muerte. La carta, escrita también a mano y en letras mayúsculas, rezaba:

> Monsieur Lanier:
>
> Seguro que recuerda a madame Charlotte Dard, cuya prematura y lamentable muerte se produjo el 14 de septiembre de 1995. Usted presenció su autopsia, y le envidio por esa deliciosa experiencia, al no haber visto nunca una, no en persona. Pronto seré ejecutado y me estoy liberando de mis secretos.
>
> Madame Dard fue asesinada de forma muy inteligente.
>
> *Mais non!* No lo hice yo.
>
> Una persona de interés, como se refieren tontamente a los posibles sospechosos hoy en día, huyó a Palm Desert poco después de la muerte de madame Dard. Esta persona ya no está ahí. Tendrá que descubrir usted mismo su paradero y su identidad. Le aconsejo encarecidamente que pida ayuda. ¿Podría sugerirle las grandes dotes del inspector Pete Marino? Él me conoce muy bien de mis días felices en Richmond. Habrá oído hablar del gran Marino, ¿verdad?

Su apellido, *mon cher monsieur*, da a entender que usted es de ascendencia francesa. Tal vez seamos parientes.

À bientôt,
JEAN-BAPTISTE CHANDONNE

Lanier había oído hablar de Jean-Baptiste Chandonne. No así de Pete Marino, pero le resultó bastante fácil conocerlo a través del ciberespacio. Era cierto. Marino dirigió la investigación cuando Chandonne asesinaba mujeres en Richmond. Lo que interesó más al doctor Lanier, sin embargo, fue que Marino era más conocido por su estrecha relación profesional con la doctora Kay Scarpetta, una patóloga forense de talento. Lanier siempre la había respetado y le había causado una impresión muy buena al oír la conferencia que dio en una reunión regional de jueces de instrucción, los encargados de investigar los casos de muerte sospechosa. La mayoría de los patólogos forenses, en especial los de su categoría, menospreciaba a los jueces de instrucción, los consideraba directores de funeraria que accedían por sufragio a su cargo. Por supuesto, algunos de ellos lo eran.

Hacía unos años, los problemas habían complicado mucho la carrera de la doctora Scarpetta. En ese sentido, se solidarizaba con ella. No pasaba un solo día sin que los problemas no le buscaran también a él.

Ahora parecía que un infame asesino en serie creía que el doctor Lanier necesitaba la ayuda de su colega Marino. Podía ser cierto. O podía tratarse de una trampa. Con las elecciones a menos de seis meses, Lanier recelaba de cualquier cosa que se saliera de la rutina, y una carta de Jean-Baptiste Chandonne le resultaba de lo más sospechoso. La única razón por la que no podía desecharla era simple: Jean-Baptiste Chandonne, si la carta era realmente suya, tenía información sobre Charlotte Dard. El público había olvidado su caso, que nunca había despertado demasiado interés periodístico fuera de Baton Rouge. No se había podido establecer la causa de su muerte y Lanier siempre había contemplado la posibilidad de que la hubiesen asesinado.

Siempre había creído que la mejor forma de identificar una mocasín de agua era molestarla con un palo. Si el interior de la boca era blanco, había que aplastarle la cabeza. En caso contrario, el bicho era sólo una inofensiva culebra de agua.

Podía hurgar en la verdad del mismo modo y ver qué encontraba. Sentado en el despacho, cogió el teléfono y descubrió que a Marino no le importaba quién daba con él; era lo que Lanier denominaba una actitud de «aquí estoy». Imaginó que Marino sería de los que conducen una Fat Boy Harley, probablemente sin casco. El contestador automático del policía no anunciaba que no podía contestar porque «no estaba» o porque «estaba en la otra línea», que era lo que la mayoría de los profesionales educados dejaba grabado. La áspera voz masculina de la grabación pedía: «No me llamen a casa», y ofrecía otro número de teléfono. Lanier lo probó. La voz que le contestó sonaba como la grabada.

—¿Inspector Marino?

—¿Quién lo pregunta?

«Es de Nueva Jersey y no se fía de nadie; puede que tampoco le caiga bien casi nadie», pensó Lanier, que se presentó y también tuvo cuidado con lo que decía. En lo que a confianza se refería, Marino había encontrado la horma de su zapato.

—Hubo una muerte aquí hace ocho años. ¿Ha oído hablar alguna vez de Charlotte Dard?

—No.

Lanier le proporcionó algunos detalles del caso.

—No.

Lanier le ofreció unos cuantos más.

—Permítame una pregunta. ¿Por qué coño iba a saber yo algo sobre una sobredosis en Baton Rouge? —Marino no se mostraba nada simpático.

—Eso mismo me pregunto yo.

—¡Pero bueno! ¿Es usted un gilipollas que me quiere tomar el pelo?

—Mucha gente me considera un gilipollas —contestó Lanier—. Pero no le estoy tomando el pelo.

Se planteó si debería hablar a Marino sobre la carta de Jean-Baptiste Chandonne. Decidió que eso no serviría de nada. Ya había averiguado lo que quería: Marino no sabía nada sobre Charlotte Dard y le enojaba que un juez de instrucción le molestara.

—Una última cuestión —dijo Lanier—. Conoce desde hace mucho a la doctora Kay Scarpetta...

—¿Qué tiene ella que ver en esto? —La actitud de Marino se volvió claramente hostil.

—Tengo entendido que se dedica a la asesoría privada. —Lanier había leído una breve mención de ello en Internet.

Marino no contestó.

—¿Qué opina de ella? —quiso saber, con la certeza de que la pregunta desataría un genio volcánico.

—¿Sabe qué le digo, imbécil? ¡Opino lo bastante para no hablar de ella con un desconocido de mierda!

Y colgó.

Sam Lanier no podía haber obtenido una mejor validación de la reputación de la doctora Kay Scarpetta. Era bienvenida.

9

Scarpetta hacía cola en el mostrador de recepción del Marriott. La cabeza parecía a punto de estallarle debido al cortocircuito que le había provocado aquel vino que debería incluir una calavera en la etiqueta.

Su malestar era mucho más grave de lo que había dado a entender a Nic, y a cada minuto que pasaba su estado empeoraba. Se negaba a creer que su dolencia fuera una resaca (después de todo, apenas había tomado dos copas del maldito vino), pero se negaba a perdonarse por haber probado una bebida alcohólica que se vendía en tetrabrik.

La experiencia le había demostrado durante años que cuando sufría desventuras de este tipo, cuanto más café tomaba peor se sentía, pero eso no le impedía nunca pedir una cafetera llena y guiarse por su instinto en lugar de confiar en los instrumentos de navegación, como le gustaba decir a Lucy cuando su tía prescindía de sus conocimientos, se orientaba por lo que sentía y hacía un aterrizaje forzoso.

Cuando por fin llegó al mostrador, pidió la cuenta y le dieron un sobre.

—Acaba de llegar para usted —informó la atribulada recepcionista a la vez que le entregaba la cuenta.

El sobre contenía un fax. Scarpetta siguió al botones que empujaba su carrito. Iba cargado de bolsas y tres maletas llenas de bombos de diapositivas que no se había molestado en utilizar porque no las soportaba. Para mostrar la fotografía de un hombre que se había volado la tapa de los sesos con una escopeta o de un niño muerto por escaldadura no eran necesarios efectos especiales. Las presentaciones con diapositivas le servían igual ahora que cuando había empezado su carrera.

El fax era de su secretaria Rose. Lo único que decía era que el doctor Sam Lanier, juez de instrucción del condado de East Baton Rouge, necesitaba hablar con ella. Rose incluía los números de su casa, su oficina y su móvil. Scarpetta pensó en Nic Robillard, en su conversación de hacía apenas una hora.

Esperó hasta encontrarse en el taxi para llamar a la oficina de Lanier. Le contestó él mismo.

—¿Cómo ha sabido quién es mi secretaria y cómo localizarla? —le preguntó sin preámbulos.

—En su antigua oficina en Richmond tuvieron la amabilidad de darme su número de Florida. Por cierto, Rose es encantadora.

—Ya —respondió ella mientras el taxi se alejaba del hotel—. Estoy en un taxi, de camino al aeropuerto. ¿Podría abreviar?

Su brusquedad respondía a su irritación con su anterior oficina más que con él. Dar su número de teléfono, que no figuraba en las guías, era improcedente; aunque no era la primera vez que ocurría. Algunas personas que todavía trabajaban en el Departamento de Medicina Forense seguían siendo leales a su jefa. Otros eran traidores y se inclinaban en la dirección en la que soplaba el poder.

—Abreviaré —aseguró Lanier—. Me interesa que revise un caso, un caso de hace ocho años que no llegó a resolverse. Una mujer murió en circunstancias sospechosas; al parecer, de una sobredosis. ¿Ha oído hablar de Charlotte Dard?

—No.

—Acabo de recibir información, no sé si fidedigna, pero no me gustaría comentarla si me está hablando desde un móvil.

—¿Es un caso de Baton Rouge? —Scarpetta hurgó en el bolso en busca del bloc y el bolígrafo.

—Así es.

—¿Un caso suyo?

—Lo era. Me gustaría mandarle los informes, los portaobjetos y todo lo demás. Parece necesario volver a investigarlo... —Vaciló—. Pero, como podrá imaginar, no tengo demasiado presupuesto...

—Comprendo —le interrumpió Scarpetta—. Yo tampoco lo tenía cuando estaba en Virginia. —Le pidió que le enviara el caso por mensajero y le dio su dirección—. ¿Conoce a una inspectora de Zachary llamada Nic Robillard? —añadió.

—Creo que hablé con ella por teléfono hace unos meses —dijo Lanier tras una pausa—. Estoy seguro que sabe lo que ocurre ahí.

—No puedo evitar saberlo. Sale en todas las noticias —contestó Scarpetta con cautela, por encima del ruido del taxi y el tráfico de la hora punta. Ni su tono ni sus palabras dejaban entrever que tuviera información personal sobre los casos, y su confianza en Nic bajó unos puntos al suponer que ésta podría haber llamado a Lanier para hablarle sobre ella. No sabía muy bien por qué podría haberlo hecho, a no ser para sugerir que los conocimientos de Scarpetta podrían resultarle útiles. Puede que Lanier realmente la necesitara para ese caso antiguo porque no estaba preparado para investigar por sí solo esos asesinatos en serie—. ¿Cuántos patólogos forenses trabajan para usted? —quiso saber.

—Uno.

—¿Le llamó Nic Robillard para hablarle de mí? —No tenía tiempo para sutilezas.

—¿Por qué iba a hacerlo?

—No me ha contestado.

—Pues no —aseguró.

10

El aire acondicionado zumbaba en una tarde más calurosa de lo habitual para el mes de abril, mientras Jay Talley cortaba pequeños trozos de carne y los metía en un ensangrentado cubo de plástico situado debajo de la mesa de madera donde estaba sentado.

La mesa, como todo lo demás que contenía su cobertizo de pesca junto al muelle, era vieja y fea; la clase de mueble que la gente deja en la puerta para que los basureros lo recojan o alguien se lo lleve. Se esmeraba en que su zona de trabajo fuese apropiada para su tarea, e intentaba nivelar las patas de la mesa con trocitos de cartón. Prefería no cortar en una superficie inestable, pero el equilibrio era casi imposible en un lugar cuyo suelo de madera hacía tanta pendiente que por él podía rodar un huevo.

Ahuyentando mosquitos a manotazos, se terminó una Budweiser, estrujó la lata y la lanzó por la puerta mosquitera abierta, satisfecho de que cayera a cinco metros del barco y se hundiese en el agua. El aburrimiento hacía que las actividades más mundanas le resultasen placenteras, incluido comprobar las nasas para cangrejos que colgaban bajo la turbia agua dulce. No importaba que muchos cangrejos no fueran crustáceos de agua dulce. Los de río sí lo eran, y estaban en celo, y si ellos no limpiaban las nasas, algo más grande acostumbraba a acercarse.

El mes anterior, un tronco resultó ser un caimán de

por lo menos cuatrocientos cincuenta kilos. Se movía como un torpedo, y se alejó con una red barredera y una botella vacía de Clorox a modo de improvisada boya. Jay, sentado tranquilamente en el barco, saludó con una inclinación de la gorra de béisbol al animal carnívoro. Jay no comía lo que capturaba en las nasas, pero en medio de ese lugar infernal que ahora denominaba hogar, sus únicos alimentos frescos aceptables eran los siluros, las lubinas, las tortugas y las ranas que capturaba de noche. Si no, su comida procedía de bolsas y latas de diversas tiendas de ultramarinos.

Cortó músculo y hueso con la cuchilla de carnicero. Unos cuantos trozos más de carne fétida fueron a parar al cubo. La carne no tardaba demasiado en pudrirse con tanto calor.

—Adivina en quién estoy pensado ahora mismo —dijo a Bev Kiffin, su mujer.

—Cállate. Sólo lo dices para molestarme.

—No, *mon cheri*. Lo digo porque estoy recordando cuando me la tiré en París.

Bev sintió celos. No podía controlarse cuando se veía obligada a pensar en Kay Scarpetta, que era atractiva e inteligente; muy atractiva y lo bastante inteligente para Jay. Rara vez se le ocurría que no tenía buenos motivos para sentir celos de una mujer a la que Jay soñaba con trocear y dar como alimento a los caimanes y los cangrejos del pantano frente a su puerta. Si Bev pudiera rebanar el cuello a Scarpetta, lo haría sin dudarlo, y su sueño era tener ocasión de hacerlo algún día. Entonces, Jay ya no le hablaría más de esa zorra. Ya no se pasaría media noche contemplando el pantano y pensando en ella.

—¿Por qué siempre tienes que hablar de esa mujer?

Bev se acercó a él y vio que el sudor le resbalaba por el tórax terso, perfectamente esculpido, y le empapaba la cinturilla de los ajustados vaqueros cortos. Observó sus muslos musculosos, con un vello fino y reluciente como el oro. De pronto estalló.

—¡Estás empalmado, joder! Estás cortando y se te levanta. Deja esa maldita hacha.

—Es una cuchilla, cariño. Ojalá no fueras tan tonta. —Tenía los hermosos rasgos y el cabello rubio húmedos de sudor, y sus fríos ojos azules refulgían en contraste con su tez bronceada.

Bev se agachó y tomó con una mano pequeña y regordeta la abultada entrepierna de Jay, que extendió con calma las piernas y se recostó en la silla para que ella le bajara la cremallera. No llevaba sujetador y tenía la barata blusa floreada medio desabrochada, de modo que le enseñaba unos pechos pesados y flácidos que sólo excitaban su necesidad de manipular y controlar. Le abrió la blusa con brusquedad y, mientras los botones repiqueteaban contra el suelo, empezó a acariciarla como a ella le gustaba.

—Oh... —gimió ella, y suplicó—: No pares.

—¿Quieres más, nena?

—Oh, sí...

Jay la lamió y de pronto, asqueado de su sabor salado y agrio, la apartó de un fuerte empujón. El golpe de ella contra el suelo y su ahogado grito de asombro eran sonidos familiares en aquel cobertizo.

11

La sangre manaba de un rasguño en la rechoncha rodilla izquierda de Bev, que se miraba fijamente la herida.

—¿Por qué ya no me quieres, cariño? —dijo ella—. Antes me querías tanto que no podía quitárteme de encima. —Le goteaba la nariz. Se echó hacia atrás el pelo castaño, corto y rizado, con algunas canas ya, y se cerró la blusa rota, humillada de repente por su fea desnudez.

—Querer significa cuando yo quiero. —Jay volvió a coger la cuchilla de carnicero. Trocitos diminutos de carne y hueso salieron volando de la hoja gruesa y reluciente y se pegaron a la madera manchada de la mesa y al pecho desnudo y sudoroso de Jay. El hedor dulzón de la carne putrefacta cargaba el ambiente sofocante, y las moscas zumbaban trazando zigzagues perezosos, con un revoloteo pesado, como aviones de carga. Se mantenían suspendidas sobre el filón sangriento del interior del cubo, y sus cuerpos negros y verdes relucían.

Bev se levantó del suelo. Observó que Jay daba machetazos y lanzaba carne en el cubo de modo que las moscas salían disparadas hacia arriba y volvían en picado, glotonas y zumbonas, a su festín, chocando contra los lados del cubo.

—Y ahora se supone que tenemos que comer en esa mesa. —La frase no era nueva. Nunca comían en ella. La mesa era un espacio privado de Jay y Bev sabía que no tenía que tocarla.

—Maldita sea —soltó Jay, dando manotazos a los mosquitos—. ¡No soporto estos bichos! ¿Cuándo irás a comprar, coño? Y la próxima vez, no vuelvas con sólo dos botellas de repelente de insectos.

Bev se metió en el retrete. No era más grande que la letrina de un barco pequeño, y los excrementos se deslizaban por un agujero hacia una tina de lavar situada entre los pilotes que sostenían el cobertizo. Una vez al día vaciaba la tina en el pantano. Su pesadilla constante era que una mocasín de agua o un caimán pudiese echarse sobre ella mientras estaba sentada en el retrete de madera. En momentos de especial inquietud, se agachaba sobre él y vigilaba el agujero negro mientras los muslos gordos le temblaban de miedo y de la tensión de soportar su peso.

Estaba rolliza cuando se conocieron en un cámping cerca de Williamsburg, Virginia, donde el negocio familiar de Jay los reunió por casualidad. Él necesitaba un escondite, y la casa de ella parecía adecuada: en una propiedad densamente arbolada, llena de maleza y basura, con caravanas abandonadas y oxidadas y un motel frecuentado por prostitutas y traficantes de droga. Cuando Jay se presentó ante su puerta, le encantó su energía y al instante se sintió atraída por él. Se le insinuó del mismo modo que hacía con todos los hombres. El sexo duro era el único medio que conocía de satisfacer sus necesidades solitarias y rabiosas.

Aquella noche llovía, lo que le hizo pensar en caracoles relucientes, y preparó una sopa Campbell de carne con verduras y un bocadillo de queso caliente para Jay mientras sus hijos se escondían y observaban cómo su madre se enrollaba con otro desconocido. Por entonces Bev no prestaba ninguna atención a los pequeños. Bev intentó no pensar en ellos ni preguntarse cuánto habrían crecido. Ahora estaban bajo la tutela del Estado y mucho mejor sin ella. Curiosamente, Jay era más bondadoso con ellos que su madre. Era tan distinto entonces, cuando la llevó a la cama aquella primera noche.

Hacía tres años era mucho más atractiva y no ganaba peso. Pero ahora tomaba comidas rápidas y carnes y quesos procesados. Además, no hacía nada de ejercicio. Detrás del cobertizo, sólo había llanos cubiertos de hierba y un lodo negro que se extendía kilómetros. Aparte del embarcadero, no había terreno seco donde caminar. Maniobrar el barco de Jay a través de angostas vías fluviales quemaba pocas calorías.

Con un pequeño motor fueraborda hubiese bastado, pero Jay no se contentaba con nada inferior a un Evinrude de doscientos caballos con hélice de acero inoxidable para surcar los canales hacia sus lugares secretos o navegar en silencio a la deriva bajo los cipreses, esperando ver si algún helicóptero o avioneta sobrevolaba la zona. No ayudaba a Bev en nada. Cuando iba a tierra, era para obtener dinero y no para hacer recados. Bev podía arriesgarse a ir a buscar provisiones porque apenas se parecía a la fotografía de la lista de los delincuentes más buscados por el FBI; tenía la piel marchita a causa del sol, el cuerpo fofo, la cara hinchada y el pelo corto.

—¿No podemos cerrar la puerta? —preguntó Bev mientras salía del reducido y sucio retrete.

Jay se dirigió a la nevera, redondeada y blanca con manchas de óxido; una reliquia de los sesenta. Abrió la puerta y cogió otra cerveza.

—Me gusta tener calor —dijo, mientras sus pasos resonaban sobre las viejas tablas.

—El aire acondicionado se escapa por la puerta. —Era

una queja habitual—. Y ya no nos queda gasolina para el generador.

—Pues tendrás que ir a comprar más. ¿Cuántas veces tengo que decirte que muevas el culo y traigas más?

Fijó sus ojos en ella con una mirada extraña, la misma que ponía cuando estaba absorto en su ritual. Su excitación ejercía presión sobre la cremallera, y pronto la aliviaría; cuando él quisiera. Cuando salió fuera con el cubo, con las moscas revoloteando tras él, a Bev le llegó su olor corporal y un hedor a podrido. Se puso a tirar de las cuerdas de nailon amarillo de las nasas para cangrejo. Tenía decenas. Lanzaba al agua los trozos de carne que no cabían en ellas, los caimanes daban buena cuenta de ellos. Los cráneos planteaban el mayor problema porque podían dar lugar a la identificación. Así pues, solía pulverizarlos, mezclar el resultado con tiza blanca en polvo y guardarlo todo junto en latas de pintura vacía. El polvo óseo mezclado con tiza le recordaba las catacumbas que serpenteaban veinticinco metros por debajo de las calles de París.

De nuevo dentro, se dejó caer en la estrecha cama junto a una pared y enlazó las manos detrás de la cabeza.

Bev se sacó la blusa rota provocándole, como una bailarina de striptease. Maestro en el juego de la espera, Jay no reaccionó cuando ella le rozó los labios. Bev sentía unas ansias insoportables. La situación podría prolongarse un buen rato, sin importar que ella suplicara, y cuando él estuviera a punto, sólo entonces, la mordería, pero no tan fuerte como para dejarle una marca, porque no soportaba la idea de parecerse en nada a Jean-Baptiste, su hermano.

Antes Jay solía oler y saber muy bien, pero desde que era un fugitivo casi nunca se bañaba; cuando lo hacía, se limitaba a tirarse cubos de agua del pantano por encima del cuerpo. Bev no se atrevía a quejarse del fuerte hedor de su aliento y su entrepierna. La única vez que tuvo arcadas, él le rompió la nariz de un puñetazo y la obligó a terminar mientras la sangre y las quejas de dolor le proporcionaban placer.

Cuando limpiaba el cobertizo, fregaba obsesivamente ese punto bajo la cama, pero las manchas de sangre eran pertinaces, como algo salido de una película de terror, a su entender. La lejía había dejado una zona beige del tamaño de un felpudo de la que Jay se quejaba sin cesar, como si él no hubiera tenido nada que ver en su aparición.

12

Jean-Baptiste Chandonne era *El pensador* de Rodin en el retrete de acero inoxidable, con los pantalones blancos bajados alrededor de sus pantorrillas peludas. Los funcionarios de prisiones se burlaban de él. Era incesante. Lo percibía, sentado en el retrete con la mirada puesta en la puerta de acero cerrada de su celda. El hierro de la sangre de Jean-Baptiste atraía los barrotes de hierro de su ventanuco. El magnetismo animal era un hecho científico apenas conocido en la actualidad y poco aceptado siglos atrás, a pesar de haber casos documentados en los que tras aplicar materiales imantados a partes enfermas y lesionadas del cuerpo, todos los síntomas habían cesado y el paciente recuperado la salud. Jean-Baptiste dominaba la doctrina del famoso doctor Mesmer, cuyo sistema de tratamiento estaba elocuentemente expuesto en su *Mémoir sur la Découverte du Magnétisme Animal*.

La obra original, publicada por primera vez en francés en 1779, era la biblia de Jean-Baptiste. Antes de que le confiscaran los libros y la radio, había memorizado largos pasajes de Mesmer, y creía fervientemente que un líquido magnético universal influía en las mareas y las personas.

—«Poseía los conocimientos habituales sobre el imán: su acción sobre el hierro, la capacidad de nuestros fluidos corporales de recibir ese mineral... —citaba Jean-Baptiste en voz baja lo escrito por Mesmer mientras permanecía sentado en el retrete—. Preparé al paciente mediante el uso continuado de calibeados.»

Un calibeado era un tónico ferruginoso, y Jean-Baptiste lo sabía muy bien. Si conseguía dar con el calibeado adecuado se curaría. Antes de su ingreso en prisión, lo había intentado sumergiendo clavos de hierro en agua potable, comiendo óxido, durmiendo con pedazos de hierro bajo la cama y la almohada, y llevando tuercas, tornillos e imanes en los bolsillos de los pantalones. Llegó a creer que su calibeado era el hierro de la sangre humana, pero no pudo obtener suficiente antes de ir a la cárcel y ahora ninguno en absoluto. Cuando, en alguna ocasión excepcional, se mordía y se chupaba la sangre, no cambiaba nada, sino que equivalía a beber su propia sangre para curarse la anemia.

Tanto la comunidad religiosa como la científica ridiculizaron a Franz Anton Mesmer, del mismo modo que Jean-Baptiste lo había sido siempre. En público sus partidarios fingían escepticismo o usaban seudónimos en sus obras, para evitar que los etiquetaran de curanderos. *La filosofía del magnetismo animal*, publicado en 1837, por ejemplo, era obra de «un caballero de Filadelfia», que algunos sospechaban era Edgar Allan Poe. Tales libros terminaron en universidades, y finalmente sus bibliotecas los descartaron, lo que permitió a Jean-Baptiste adquirir una colección reducida pero asombrosa por una miseria.

Le obsesionaba lo que habría pasado con sus libros. El pulso le latía en el cuello mientras se esforzaba en el retrete. Le habían quitado los libros que había llevado ahí desde Francia como castigo cuando las autoridades carcelarias le bajaron del nivel 1 al 3, supuestamente porque se masturbaba y cometía infracciones con la comida.

Jean-Baptiste pasaba mucho tiempo en el retrete, y los carceleros decían que eso era masturbarse. Un día, mucho tiempo atrás, había hurgado en las bandejas de comida cuando se las pasaron por la ranura de la puerta; la comida lo salpicó todo, y se juzgó que el incidente había sido deliberado. Como castigo, le privaron de todos los productos de economato, incluidos por supuesto los libros. Sólo le permitían una hora de recreo a la semana.

No importaba. Podía escribir cartas. Los carceleros estaban perplejos.

—¿Puede escribir cartas estando ciego? —decían.

—No sabemos con seguridad que lo esté. Parece que unas veces lo está y otras no.

—¿Finge?

—Está como una cabra.

Jean-Baptiste podía hacer flexiones, abdominales y otros ejercicios gimnásticos siempre que le apeteciera en su celda de seis metros cuadrados. Le habían limitado las visitas del mundo exterior. Eso tampoco importaba. ¿Quién pedía verle aparte de periodistas, médicos, elaboradores de perfiles psicológicos o académicos que deseaban estudiarlo como si fuera una nueva cepa de un virus? El encarcelamiento, el abuso y la muerte inminente de Jean-Baptiste habían condensado su alma en una luz brillante dispersa en manchas blancas.

Estaba siempre magnetizado y sonámbulo, y su clarividencia le proporcionaba una gran visión sin ojos. Tenía orejas pero no las necesitaba para oír. Podía saber sin saber e ir a todas partes sin ese cuerpo que lo había martirizado desde el día en que nació. Jean-Baptiste nunca había conocido otra cosa que no fuera el odio. Antes de intentar asesinar a aquella patóloga forense de Virginia y de que la policía lo capturara por fin, un odio intenso fluía de los demás hacia él y volvía a los demás, de modo que el círculo era infinito. Sus ataques violentos eran inevitables, y no consideraba a su cuerpo responsable de ellos ni sentía remordimiento alguno.

Tras dos años en el corredor de la muerte, Jean-Baptiste vivía en un estado permanente de magnetismo y ya no sufría negatividad hacia ningún ser vivo. Eso no significaba que ya no mataría. En cuanto tuviese ocasión destrozaría mujeres como hacía en el pasado, pero su electricidad ya no estaba cargada de odio y lujuria. Destruiría mujeres bonitas para responder a su llamada superior, para cerrar un circuito puro que era necesario y divino. Su delicioso éxtasis fluiría a través de las elegidas. Su dolor y su muerte serían hermosos, y las elegidas le estarían eternamente agradecidas cuando su alma se separara de su cuerpo.

—¿Quién está ahí? —preguntó al aire viciado.

Hizo rodar el rollo de papel higiénico por la litera y observó cómo se desplegaba una suave carretera blanca que le conduciría más allá de esas paredes de hormigón. Hoy, quizás, iría a Beaune para visitar su bodega favorita del siglo XII en los terrenos de monsieur Cambrai y cataría borgoñas de las cubas que quisiera sin molestarse en retener aire en la boca y en escupir el vino en un cuenco de piedra, como debe hacerse al catar los tesoros del *terroir*. ¡No podía desperdiciar ni una gota! ¡Ja! A ver, ¿qué grandes *vins de Bourgogne* esta vez? Se llevó un dedo índice a los labios deformados.

Su padre, monsieur Chandonne, poseía viñedos en Beaune, así como empresas vinicultoras y exportadoras. Jean-Baptiste era un gran entendido en vinos, a pesar de que le privaron de ellos al confinarlo en el sótano y desterrarlo después del hogar familiar. Su familiaridad con Beaune era una rica fantasía proyectada a partir de las detalladas historias de vinos que su encantador hermano le contaba para recordarle su privación. ¡Ja! Jean-Baptiste no necesitaba lengua para saborear. Conocía el consistente Clos de Vougeot, y el suave, complejo y elegante tinto Clos de Mouches.

La cosecha de 1997 fue muy buena para el tinto Clos de Mouches, y el vino blanco de 1980 tenía un dejo a avellana muy especial. Y ¡qué armonía la del Echezeaux! Pero el que más le gustaba era el rey de los borgoñas, el consistente y sólido Chambertins. De las doscientas ochenta botellas producidas en 1999, monsieur Chandonne adquirió ciento cincuenta para sus bodegas. De esas ciento cincuenta, Jean-Baptiste no tomó ni un sorbo. Pero después de uno de sus asesinatos en París, robó y lo celebró con un Chambertin de 1998 que sabía a rosas y minerales y le recordaba la sangre de su víctima. En cuanto a los burdeos, un Premier Grand Cru Classé, tal vez el Château Haut-Brion de 1984.

—¿Quién está ahí? —exclamó.

—¡Cállate y deja de fastidiar con el papel higiénico! Recógelo.

Jean-Baptiste no tenía que mirar para ver los ojos furiosos que le observaban a través de los barrotes de la puerta.

—¡Enróllalo bien y deja de jugar con tu polla!

Los ojos desaparecieron y dejaron un aire frío. Jean-Baptiste tenía que ir a Beaune, donde no había ojos. Tenía que encontrar a la siguiente elegida y destrozarle la vista imperfecta y golpearle la cabeza hasta que no pudiese recordar su repugnancia al verlo. Entonces los terrenos de ella le pertenecerían por completo. Sus laderas y racimos de uvas maduras y suculentas serían suyos. Podría explorar su bodega, recorrerla a tientas, y sus paredes oscuras y húmedas se volverían más frías cuanto más avanzara. Su sangre sería un excelente vino tinto, de la cosecha que él quisiera. Tinto. Tinto que salpicaba y que le bajaba por los brazos, que le volvía rojo y pegajoso el cabello y que hacía que sus dientes le dolieran de placer.

—¿Quién está ahí?

Rara vez recibía respuesta.

Tras dos años, los funcionarios de prisiones asignados al corredor de la muerte estaban hartos de Jean-Baptiste Chandonne, el mutante loco. Estaban deseando su final. El Hombre Lobo francés, con su pene deformado y su cuerpo peludo, era repugnante. Su rostro era asimétrico, como si los dos lados no se hubiesen alineado cuando se unieron en el útero, con un ojo más arriba que el otro y los diminutos dientes infantiles muy separados y puntiagudos. Hasta hacía poco, se afeitaba a diario. Ahora ya no lo hacía. Estaba en su derecho. Los cuatro últimos meses antes de la ejecución, el condenado no tiene que afeitarse. Puede ir a la cámara de ejecución con el pelo largo y barba.

Los demás presos no tenían remolinos de fino vello que les cubrieran hasta el último centímetro del cuerpo salvo las membranas mucosas, la palma de las manos y la planta de los pies. Jean-Baptiste no se había afeitado en dos meses, y tenía el delgado cuerpo, la cara y el cuello, incluso el dorso de las manos, cubiertos de pelos de diez centímetros de largo. Los demás presos del corredor de la muerte bromeaban con que las víctimas de Jean-Baptiste habían muerto del susto antes de que él hubiera tenido ocasión de golpearlas y morderlas hasta reducirlas a carne picada.

—¡Carne picada! ¡Auxilio! —gritaban para que oyera Jean-Baptiste, que también recibía crueldades en forma de notas (o «globos sonda», como los llamaban), que se pasaban debajo de las puertas, de una celda a otra, como las cartas de una cadena; él era el receptor final. Masticaba las notas hasta convertirlas en pulpa y se las tragaba. Algunos días hasta diez. Decían que podía saborear cada palabra.

—Lástima que ya no podamos atar su culo peludo a la silla. Así quedaría bien cocido. —«Frito», solían decir los carceleros.

—Toda la cárcel olería a pelo quemado.

—No está bien que no podamos afeitarlos para dejarlos como una bola de billar antes de inyectarlos.

—Lo que no está bien es que ya no los electrocuten. Ahora es demasiado fácil, joder. Un pinchacito de nada y buenas noches.

—Enfriaremos muy bien el líquido para el Hombre Lobo.

13

Jean-Baptiste se esforzaba en el retrete como si estuviera oyendo esos comentarios desdeñosos, aunque al otro lado de la puerta reinaba el silencio.

Enfriar el líquido era un secreto vergonzoso de los verdugos que buscaban un poco de diversión sádica en cada ejecución. Quien estaba a cargo de los fármacos letales los colocaba en una nevera cuando los transportaban hasta la cámara de ejecución. Jean-Baptiste había oído afirmar a los condenados que los fármacos estaban más fríos de lo necesario, casi hasta el punto de congelación. A los verdugos les parecía divertido que el condenado sintiera el gélido veneno, en cantidad suficiente para matar a cuatro caballos, introducirse en sus venas. Si el preso no exclamaba «¡Oh, Dios mío!», «¡Madre mía!» o alguna otra expresión de horror cuando notaba la muerte fría e inminente, los verdugos se sentían decepcionados y un poco cabreados.

—A ese último chico seguro que le dolió la cabeza —decían los presos cuando volvían a contar las historias.

—Uno chillón. ¿Te han contado cómo se arrugó cuando le metieron esa mierda?

—No mencionaron eso en la radio.

—Llamó a su madre.

—Muchas de las putas que me cargué llamaban a su madre. La última gritó: «¡Mamá! ¡Mamá! ¡Mamá!» —El hombre al que los demás presos llamaban Bestia estaba alardeando otra vez.

Creía que sus anécdotas eran divertidas.

—Eres un cabrón. No me puedo creer que el gobernador te diera otro mes de vida.

Bestia era la fuente de la mayor parte de historias sobre ejecuciones que circulaban por las celdas del corredor de la muerte. Lo habían trasladado en furgón los setenta kilómetros hasta Huntsville, y ya se estaba tomando la última comida, consistente en langostinos, bistec, patatas fritas y pastel de nueces, en la celda contigua a la cámara de ejecución, cuando el gobernador le concedió de repente un aplazamiento para que pudieran efectuarse más pruebas de ADN. Bestia sabía muy bien que las pruebas eran una pérdida de tiempo, pero seguía aprovechando al máximo sus últimos días en este mundo después de ser devuelto a la Unidad Polunsky. No dejaba de hablar sobre un proceso que aconsejaba discreción. Sabía incluso los nombres de los verdugos y del médico que le administraría la intravenosa y dictaminaría su muerte.

—¡Si alguna vez salgo de aquí, me cargaré a todas las putas y lo grabaré en vídeo! —alardeó—. Ojalá lo hubiera hecho con las que me cargué. Joder, daría todo lo que tengo por un solo vídeo. No sé por qué no se me ocurrió antes. Daría a esos psiquiatras y gilipollas del FBI algo jugoso en lo que pensar cuando volvieran a casa con su parienta y sus críos.

Jean-Baptiste jamás filmó sus asesinatos. Con las prisas, la idea no se le había ocurrido nunca. No dejaba de reprenderse por ello. No era nada habitual que se mostrase tan imbécil...

Espèce de sale gorille...

Estúpido mono mutante.

Jean-Baptiste se tapó los oídos con las manos.

—¿Quién está ahí?

Ojalá hubiera filmado su arte sangriento o, por lo menos, sacado fotografías. Oh, el deseo, el deseo, la ansiedad que no podía aliviar porque no podía revivir, revivir, revivir el éxtasis de sus víctimas cuando morían. La idea originó una presión insoportable en su entrepierna. No podía aliviar el sufrimiento. Había nacido con una ignición que no funcionaba, con pistones sexuales que chispeaban pero no encendían. Respiró con fuerza mientras se esforzaba en el retrete con el sudor resbalándole por la cara.

14

—¿Qué estás haciendo ahí? —Un carcelero golpeó la puerta. Entre los barrotes de la ventana volvía a haber dos burlones ojos oscuros—. ¿Otra vez con eso? Uno de estos días se te van a salir los intestinos.

Jean-Baptiste oyó pasos en las pasarelas de metal y a otros presos del corredor de la muerte gritando sus quejas y obscenidades habituales. Aparte de él, doscientos cuarenta y cinco hombres esperaban su turno mientras los abogados seguían apelando y haciendo lo que podían para persuadir a los tribunales supremos de distrito y al Tribunal Supremo de Estados Unidos de que anularan una sentencia o, por lo menos, para convencer a un juez de que fallara a su favor y permitiera pruebas de ADN o alguna otra artimaña. Jean-Baptiste era perfectamente consciente de lo que había hecho y se había declarado culpable, a pesar del histrionismo de su abogado, Rocco Caggiano, propiedad también de la familia Chandonne.

La enérgica oposición a su declaración de culpabilidad que Rocco Caggiano fingió ante el juez supuso una actuación muy mala. Caggiano seguía sus instrucciones, lo mismo que Jean-Baptiste, o eso parecía, sólo que éste era muy buen actor. La familia Chandonne creía que lo mejor era que su vergonzoso y asqueroso hijo muriese.

—¿Por qué ibas a querer pasarte diez años en el corredor de la muerte? —razonaron con él—. ¿Por qué ibas a querer

volver a una sociedad que te perseguirá como a un monstruo?

Al principio, Jean-Baptiste no podía aceptar que su familia quisiese que muriera. Ahora lo aceptaba. Tenía sentido. ¿Por qué iba a importarle a su familia que muriera cuando jamás le había importado que viviera? No tenía elección. Estaba claro. Si no se declaraba culpable, su padre se encargaría de que muriera asesinado mientras esperaba ir a juicio.

—La cárcel es un lugar peligroso —le susurró su padre en francés por teléfono—. ¿Recuerdas qué le pasó al caníbal Jeffrey Dahmer? Lo mataron a golpes con una fregona, o tal vez fuera una escoba.

Cuando su padre le dijo eso, Jean-Baptiste perdió toda esperanza. Confiaba en su mente y empezó a analizar con meticulosidad el apuro en que se encontraba mientras volaba a Houston. Recordaba con claridad el letrero de «Bienvenidos a Humble» y un Holiday Inn con un Hole in One Café, lo que no tenía sentido, ya que no vio ningún campo de golf en la zona, sólo hojas secas, árboles muertos y lo que parecía una extensión infinita de combadas líneas telefónicas, pinos achaparrados, almacenes de pienso, caravanas, edificios decapitados y casas prefabricadas. El desfile de vehículos dejó la carretera 59 Norte, y todos aquellos agentes federales y locales trataban a Jean-Baptiste como si fuera Frankenstein.

Iba sentado en el asiento trasero de un Ford LTD blanco, esposado como Houdini y manteniendo un comportamiento ejemplar. La comitiva tomó una carretera desierta cubierta de maleza que se espesaba y formaba bosques frondosos a los lados, y cuando llegaron a la Unidad Polunksy del Departamento Penal de Tejas, sintió que el sol ganaba terreno al cielo gris y el día se volvía radiante. Jean-Baptiste lo consideró una señal.

Esperó pacientemente. Imaginó lluvias de meteoritos y batallones que desfilaban porque él así lo quería. ¡Qué sencillo! ¡La gente era idiota! ¡Establecía unas normas estúpidas! Los carceleros podían quitarle la radio y castigarlo triturándole la comida, pero nadie podía neutralizar su magnetismo ni el derecho legal a enviar y recibir correo no censurado. Si indicaba «correo jurídico» o «correo periodístico» en un sobre o un paquete, ningún funcionario podía abrirlo. Jean-Baptiste enviaba correspondencia a Rocco Caggiano siempre que le apetecía. De vez en cuando recibía correo del mismo modo. Madame Scarpetta le había escrito hacía poco porque no podía olvidarlo. Había estado muy cerca del éxtasis y por su propia tontería se había privado a sí misma de la benevolencia de Jean-Baptiste, cuyo desinteresado propósito era lograr que aquel encantador cuerpo liberara su alma. El fallecimiento de la patóloga forense habría sido perfecto. Pero ahora ella se daba cuenta de su terrible error y buscaba un pretexto para verlo.

«Te volveré a ver.»

Jean-Baptiste tenía información suficiente para derribar todo el cártel Chandonne.

Si eso era lo que ella quería, ¿por qué no? Cuando fuera, encontraría una forma de concluir su liberación, de bendecirla con lo que ella quería. El éxtasis. ¡El éxtasis!

Rompió su carta en pedacitos y se comió cada palabra, masticando tan fuerte que se hizo sangrar las encías.

Jean-Baptiste se levantó del retrete y no se molestó en tirar de la cadena. Se subió los pantalones.

—¿Quién está ahí?

La camisa blanca llevaba escrito en la espalda «DR», la indicación del corredor de la muerte, en negro. Era la abreviatura de *doctor*. Otra señal. Era suyo de momento, y ella era suya para siempre. Tenía el uniforme de preso empapado de sudor. Sudaba sin cesar y apestaba como un animal. Sonrió y pensó en el último condenado ejecutado unas semanas atrás, un hombre mayor llamado Pitt que había matado a un policía en Atlanta. Pitt había pasado años asesinando prostitutas sin percance alguno. Dejaba a las víctimas tiradas en estacionamientos o en medio de la carretera. Pero se equivocó al matar de trece puñaladas a un policía.

En el bloque corría el rumor de que cuando el médico envió expeditivamente el cóctel letal a través del tubo de la intravenosa conectado a Pitt, la muerte se produjo en exactamente dos minutos y cincuenta y seis segundos. Tres médicos se turnaban en el papel de verdugos, según aseguraban los medios de comunicación y los presos que regresaban de Huntsville después de un aplazamiento de su ejecución. Se trataba de un pediatra, un cirujano cardíaco y una mujer que había abierto una consulta en Lufkin hacía unos años. Era la más fría de los tres. Llegaba con su maletín negro, hacía su trabajo y se iba, indiferente y arrogante, sin hablar con nadie.

A Jean-Baptiste le excitaba fantasear sobre una médica invisible en una habitación secreta, a la espera de la señal para acabar con su cuerpo. No temía la muerte de éste, porque su mente era su alma y nadie podía destruirla. Era eléctrico. Era un fluido. Podía separar su mente de su cuerpo. Formaba parte de Dios. Jean-Baptiste suspiró en la cama, donde yacía boca arriba mirando un techo que no podía impedir sus viajes astrales. La mayoría de las veces transportaba su espíritu de vuelta a París y volaba sin que nadie se diera cuenta. Hacía unos días había visitado París justo después de una llovizna. El ruido del tráfico, sorprendentemente gutural, le recordaba los gruñidos de su estómago. Las gotas de lluvia eran diamantes esparcidos sobre los asientos de las motocicletas aparcadas, y una mujer que llevaba azucenas lo envolvió en su perfume.

¡Qué observador se había vuelto! Siempre que su alma visitaba París, la ciudad más bonita del mundo, descubría otro viejo edificio envuelto en una red verde y hombres atacando la caliza con mangueras de aire para limpiar siglos de contaminación. Había llevado años restaurar Notre Dame. Jean-Baptiste medía el paso del tiempo siguiendo el trabajo. Nunca se quedaba en París más de unos días, y cada noche se dirigía a la Gare de Lyon y, después, al Quai de la Rapée para observar el Institut Médico-Légal, donde se había practicado la autopsia a algunas de sus primeras elegidas. Podía ver los rostros y los cuerpos de las mujeres, y recordaba sus nombres. Esperaba hasta que el último Bateau-Mouche surcaba el agua, hasta que la última onda de estela le besaba los zapatos antes de desnudarse en las piedras frías del Quai de Bourbon.

Toda su vida había se había metido en las corrientes frías y turbias del Sena para eliminar la maldición de *Le Loup-Garou.*

El Hombre Lobo.

Sus baños nocturnos no le habían curado la hipertricosis, ese raro defecto de nacimiento que provocaba que un pelo fino, como de bebé, le cubriera el cuerpo, y proseguía su crueldad añadiendo a eso una cara deformada, unos dientes anormales y unos genitales atrofiados. Jean-Baptiste se sumergía en el río. Recorría el Quai d'Orléans y el de Béthune hasta el extremo oriental de Île Saint-Louis. Ahí, en el Quai d'Anjou se encontraba la casa de cuatro plantas del siglo XVII con la puerta principal tallada y los bajantes dorados, el *hôtel particulier* donde vivían sus destacados padres con un lujo escandaloso. Cuando el cristal y la plata de las arañas brillaban, sus padres estaban en casa, pero a menudo salían con amigos o tomaban una copa antes de acostarse en un salón que no se podía ver desde la calle.

Durante sus viajes incorpóreos, Jean-Baptiste podía entrar en cualquier habitación del *hôtel particulier*. Lo recorría a su gusto. La noche en que visitó Île Saint-Louis, su obesa madre tenía unas capas más de papada y unos ojos tan pequeños como pasas en la cara hinchada. Se había envuelto en una bata de seda negra y llevaba unas zapatillas a juego en los pies regordetes. Fumaba sin cesar mientras se quejaba y charlaba con su marido, que miraba las noticias, hablaba por teléfono y repasaba unos papeles.

Igual que Jean-Baptiste podía oír sin orejas, su padre podía volverse sordo a voluntad. No era extraño que buscara alivio y placer en brazos de muchas jóvenes hermosas y que sólo siguiera casado con madame Chandonne porque así debía ser. Cuando era pequeño, habían dicho a Jean-Baptiste que la hipertricosis era congénita, pero él estaba seguro de que se la había provocado el alcoholismo de su madre. Ésta no se había esforzado en reducir sus borracheras mientras estaba embarazada de él y de su hermano gemelo, que se hacía llamar Jay Talley y que tuvo la buena suerte de salir del útero de su madre menos de tres minutos después que Jean-Baptiste. Su hermano era un ejemplar de hombre perfecto, una escultura dorada con un exquisito cuerpo adornado con un cabello rubio que captaba la luz y una cara cincelada por un maestro. Deslumbraba a todos los que le conocían, y la única satisfacción que Jean-Baptiste obtenía de la injusticia de sus nacimientos era que Jay Talley, que en realidad se llamaba Jean-Paul Chandonne, no se parecía a lo que era. Por esa razón, resultaba peor que Jean-Baptiste.

A Jean-Baptiste no se le escapaba que los pocos minutos que separaban su nacimiento del de su hermano eran los que se suponía iba a tardar en morir el 7 de mayo. Unos pocos minutos era lo que vivían las elegidas mientras la sangre salpicaba las paredes formando picos y valles que se parecían mucho a un cuadro abstracto que una vez había deseado comprar, pero no tenía dinero ni sitio donde colgarlo.

—¿Quién está ahí? —gritó.

15

El río Charles reflejaba el verde incipiente de la primavera a lo largo del dique de Boston, y Benton Wesley observaba cómo unos jóvenes remaban en una piragua con un ritmo perfecto.

Sus músculos ondeaban como la corriente suave, las palas se sumergían con salpicaduras susurradas. Podría pasarse toda la tarde contemplando el paisaje sin decir nada. El día era perfecto, sin una nube y con una agradable temperatura. Benton se había habituado al aislamiento y el silencio, y los anhelaba hasta el extremo de que la conversación lo fatigaba, y la cargaba de pausas largas que intimidaban a unos e irritaban a otros. Rara vez tenía más cosas que decir que los indigentes que dormían entre harapos bajo el puente peatonal Arthur Fiedler. Conseguía incluso ofender al locuaz y sociable Max, que trabajaba en el Café Esplanade, donde de vez en cuando Benton compraba algún refresco, donuts y galletas. El primer comentario que Benton hizo a Max provocó un malentendido.

—Cambio —fue todo lo que masculló Benton meneando la cabeza.

Max, que era alemán y a menudo entendía mal el inglés y se ofendía con facilidad, interpretó que la críptica observación significaba que ese sabelotodo con chándal y gafas de sol pensaba que todos los extranjeros eran inferiores y deshonestos, y exigía cambio del billete de cinco dólares que Max había metido en la caja. Dicho de otro modo, el trabajador Max era un ladrón.

Lo que Benton quería decir era que las galletas del Café Esplanade no iban en cajas sino en bolsas, y costaban un dólar en lugar de veinticinco centavos. Las sorpresas que llevaban eran juegos impresos en un papel blanco doblado, baratísimos, que exigían el cociente intelectual de un mosquito. Se habían acabado los días de la niñez de Benton, cuando hurgaba con dedos pegajosos entre palomitas y cacahuetes glaseados con caramelo en busca de un tesoro, como un silbato de plástico, un buen juego o, lo mejor de todo, el anillo descodificador mágico que el pequeño Benton llevaba en el dedo índice con la pretensión de que le permitía saber lo que la gente pensaba y haría, y a qué monstruo vencería en su siguiente misión secreta.

No se le escapaba la ironía de que, de mayor, llevaba un anillo especial (éste de oro y con el emblema del FBI) y se había convertido en el as de la descodificación de los pensamientos, las motivaciones y las acciones de personas calificadas de monstruos. Benton había nacido con un talento especial para encauzar su intuición e intelecto hacia los abismos neurológicos y espirituales de los seres más deleznables. Sus presas eran los escurridizos delincuentes cuyos violentos actos sexuales eran tan abyectos que la policía de Estados Unidos y del extranjero hacía cola para presentarle sus casos en la Unidad de Perfiles Psicológicos de la Academia del FBI en Quantico, Virginia. Benton Wesley era el legendario jefe de la unidad que llevaba trajes de corte clásico y un gran anillo de oro.

Se creía que, a partir de informes y fotografías espeluznantes, él podría adivinar alguna pista que se había escapado a los investigadores, como si fuera un premio mágico que debía extraer durante las sesiones en el interior de la sala fría y húmeda, sin ventanas, donde sólo se oían voces lúgubres, rumor de papeles en la mesa y disparos sordos y lejanos, procedentes del campo de tiro cubierto. Durante la mayor parte de su carrera en el FBI, el mundo de Benton había sido el antiguo refugio antiaéreo de J. Edgar Hoover, un búnker subterráneo mal ventilado, donde las cañerías de los lavabos del nivel superior goteaban sobre la moqueta gastada o soltaban hililllos apestosos que resbalaban por las paredes de hormigón.

Benton tenía cincuenta años y había llegado a la amarga convicción de que la elaboración de perfiles psicológicos no tenía nada de psicológica, sino que sólo consistía en formas y suposiciones basadas en datos acumulados durante décadas. El trazado de perfiles psicológicos era propaganda y márketing. Estaba sobredimensionado. Era sólo un rollo publicitario más para captar mucho dinero y para que el FBI presionara al Capitolio. Cuando pensaba en el concepto «elaboración de perfiles psicológicos», Wesley apretaba los dientes. No soportaba cómo se malinterpretaba su antigua profesión, cómo se abusaba de ella, cómo se había convertido en un manido recurso que Hollywood había extraído de una agotada e imperfecta ciencia de la conducta, de anécdotas y suposiciones deductivas. La elaboración moderna de perfiles psicológicos no era inductiva. Eran tan engañosa como la morfopsicología y la antropometría, o las peligrosas y ridículas creencias de siglos atrás de que los asesinos tenían aspecto de trogloditas y podían identificarse a partir de su perímetro craneal o la longitud de sus brazos. La elaboración de perfiles psicológicos era una patraña, y para Benton haber llegado a esa convicción era como si un sacerdote hubiese decidido que Dios no existe.

No importaba lo que la gente decía, no importaba lo que las estadísticas y los estudios epidemiológicos sugerían y los gurús intelectuales pontificaban, la única constante era el cambio. Los seres humanos cometían ahora más asesinatos, violaciones, actos de pedofilia, secuestros, crímenes de cariz fóbico, acciones terroristas y pecados inconfesables que antes. Eso obsesionaba a Benton. Tenía mucho tiempo para pensar en ello. Max opinaba que Benton, cuyo nombre desconocía, era un esnob intelectual y chiflado, quizá profesor de Harvard o del Massachusetts Institute of Technology, y encima sin sentido del humor. Max no captaba la ironía o la mordacidad esporádicas por las que Benton era conocido cuando era conocido, y ya casi nadie lo conocía.

Max ya no le decía nada. Se limitaba a coger el dinero y a contar de modo muy ostentoso el cambio antes de dárselo al *Scheisse Arsch* junto con un trozo de pizza, un refresco o una bolsa de galletas.

Hablaba de Benton siempre que podía.

—El otro día compró unas galletas saladas —dijo Max a Nosmo King, el repartidor cuyo nombre de reminiscencias místicas era el resultado de que su madre viera la prohibición de fumar *No Smoking* dividida en *No Smo king* cuando las puertas dobles se abrían al entrarla en camilla en la sala de partos—. Se las tomó ahí. —Max señaló con el cigarrillo un grupo de viejos robles más allá de la ventana—. Y miraba hacia arriba como un zombi esa cometa atascada —prosiguió mientras indicaba de nuevo con el cigarrillo y asentía en dirección a la destrozada cometa roja en las ramas altas de un roble—. Como si fuera un fenómeno científico o un símbolo divino. ¡Quizás un ovni!

Nosmo King, que estaba amontonando cajas de agua mineral Fiji, se detuvo y se protegió los ojos del sol haciendo pantalla con una mano para seguir la línea del cigarrillo de Max hasta la destartalada cometa.

—Recuerdo cómo me cabreaba eso cuando era pequeño —rememoró Nosmo King—. Conseguías una cometa nueva y a los cinco minutos estaba colgada del tendido eléctrico o de un árbol. Así es la vida. Las cosas van bien, pero de repente el viento sopla en tu contra y te lleva a la bancarrota.

Lo que Benton sentía y veía, sin importar dónde estuviera ni lo que hiciera, eran preocupaciones lúgubres y sombras del pasado. Vivía dentro de una caja de acero, en un aislamiento que le deprimía y le frustraba tanto que había momentos, horas, días y semanas en que no le importaba nada, no tenía apetito y lo único que quería era dormir. Necesitaba el sol y temía el invierno. Agradecía que esa tarde fuera tan brillante que le impedía mirar al otro lado del río Charles o el cielo azul intenso si no tenía puestas, como era habitual en él, las gafas de sol. Desvió con indiferencia la mirada de los jóvenes atletas que dominaban el río, afligido porque había pasado medio siglo y ya no lo consumía el valor y la conquista, sino la inexistencia, la impotencia y la pérdida irrevocable.

«Estoy muerto —se decía cada mañana al afeitarse—. Pase lo que pase, estoy muerto. Me llamo Tom. Tom Haviland. Tom Speck Haviland. Nací en Greenwich, Connecticut, el 20 de febrero de 1955. Mis padres son de Salem, Massachusetts. Soy psicólogo, jubilado, cansado de escuchar los problemas de la gente. Número de la Seguridad Social: bla, bla, bla. Soltero, homosexual, portador del VIH. Me gusta ver cómo muchachos guapísimos se observan en el espejo del gimnasio, pero nada más. No entablo conversaciones, no voy a ligar a bares gays ni tengo citas. Jamás, jamás, jamás.»

Todo era mentira.

Benton Wesley había vivido seis años con falsedades y en el exilio.

Se dirigió a una mesa de pícnic y se sentó encima, apoyó los brazos en las rodillas y entrelazó con fuerza los dedos. El corazón empezó a latirle deprisa de agitación y miedo. Las décadas de una bien intencionada búsqueda de la justicia le habían sido recompensadas con el destierro, con una aceptación forzada de la inexistencia de sí mismo y de todo lo que había conocido. Algunos días, a duras penas podía recordar quién había sido, y se pasaba la mayor parte del tiempo viviendo en su imaginación, distrayéndose e incluso conformándose con la lectura de libros filosóficos y espirituales, de historia y poesía, y dando de comer a las palomas en el Public Garden, alrededor del Frog Pond, o donde pudiera pasar desapercibido entre los locales y los turistas.

Ya no tenía ningún traje. Se rapaba al cero la cabeza y llevaba un bigote y una barba bien recortados, pero su cuerpo y su actitud traicionaban su intento de parecer desaliñado y mayor de lo que era. Su rostro estaba bronceado pero era suave; su postura, muy erguida. Estaba en forma y musculoso, con tan poca grasa que las venas se marcaban bajo su piel como raíces de árbol que se abren paso por el suelo. Boston tenía muchos gimnasios y sitios dónde hacer *footing* y esprintar, y él cuidaba sin tregua su forma y se mantenía ágil. El dolor físico le recordaba que estaba vivo. No se permitía seguir rutinas en cuanto a cuándo y dónde corría o hacía ejercicio, compraba o comía.

Se volvió hacia la derecha cuando su aguda visión periférica captó la forma torpe de Pete Marino avanzando en su dirección. Contuvo el aliento. La ansiedad y la alegría lo embargaron, pero no saludó ni sonrió. No se había comunicado con su viejo amigo y antiguo colega desde que, tras su supuesta muerte, había desaparecido para incluirse en lo que se llamaba un programa de protección de testigos de nivel uno, diseñado exclusivamente para él y controlado conjuntamente por la Policía Metropolitana de Londres, Washington y la Interpol.

Marino se sentó junto a Benton en la mesa de pícnic tras comprobar que no había excrementos de pájaro, sacó un Lucky Strike sin filtro del paquete y lo encendió después de varios intentos con un encendedor desechable al que se le estaba acabando el gas. Benton observó que a Marino le temblaban las manos. Los dos hombres estaban encorvados, observando un velero que salía del cobertizo para embarcaciones.

—¿Vas alguna vez al quiosco del parque? —preguntó Marino, embargado de unas emociones que ahogó en la garganta con repetidas toses y profundas caladas.

—Oí a la orquesta Boston Pops el Cuatro de Julio —contestó Benton en voz baja—. Es imposible no oírla desde donde vivo. ¿Cómo estás?

—Pero no vas en persona. —Marino hacía lo posible por sonar normal, como en los viejos tiempos—. Sí, lo entiendo. Seguramente yo tampoco lo haría, con toda esa aglomeración de idiotas. No soporto las aglomeraciones. Ya ni siquiera puedo comprar en los centros comerciales. —Exhaló una bocanada de humo mientras el cigarrillo le temblaba entre los dedos—. Por lo menos, no estás tan lejos que no puedas oír la música, amigo. Podría ser peor. Es lo que siempre digo: podría ser peor.

La cara delgada y atractiva de Benton no reflejó su mezcla de pensamientos y sentimientos. Sus manos no delataron nada. Controlaba sus nervios y sus expresiones faciales. No era amigo de nadie y nunca lo había sido. Marino lo había llamado amigo porque no sabía de qué otro modo llamarlo.

—Supongo que debería pedirte que no me llamaras amigo —comentó Benton con voz anodina.

—Claro. Qué coño. —Marino se encogió de hombros, dolido.

Para ser un policía corpulento y rudo, era demasiado sensible y se lo tomaba todo muy a pecho. Su capacidad de interpretar un comentario honesto como un insulto cansaba a quienes le conocían y aterraba a quienes no. Tenía un carácter de mil demonios, y su furia era ilimitada cuando estaba lo bastante cabreado. El único motivo de que no lo hubieran matado en uno de sus arranques era que a su fuerza física unía una gran dosis de experiencia y suerte. Aun así, la suerte no le sonreía a uno toda la vida. Mientras Benton captaba todos los detalles del aspecto de Marino, abrigaba las mismas preocupaciones del pasado. Un día de éstos, una bala o un golpe acabaría con él.

—Lo que no puedo es llamarte Tom —replicó Marino—. No a la cara.

—Por supuesto. Estoy acostumbrado.

Marino dio una profunda calada.

—¿Te estás cuidando mejor o peor que la última vez que te vi? —Benton se miró las manos entre las rodillas. Sus dedos empezaron a juguetear con una brizna que recogió de la mesa de pícnic—. Aunque me parece que la respuesta es obvia —añadió esbozando una sonrisa.

El sudor resbalaba por la cabeza medio calva de Marino. Éste cambió de postura, consciente de la pistola Glock del calibre cuarenta que llevaba sujeta bajo su enorme brazo izquierdo y de sus deseos de quitarse la cazadora del equipo de bolos. Estaba empapado de sudor, el corazón le latía con fuerza y el nailon azul oscuro absorbía el calor igual que una esponja. Exhaló una nube de humo con la esperanza de que no flotara hacia Benton. Lo hizo. Directo a la cara.

—Gracias.

—De nada. No puedo llamarte Tom.

Marino devoró con los ojos a una joven de shorts y sujetador de deporte que pasó trotando con pechos bamboleantes. No era habitual que las mujeres corrieran en sujetador, y para ser un inspector de homicidios veterano que había visto centenares de mujeres desnudas en su día (la mayoría en locales de striptease o en mesas de autopsia), sorprendentemente le turbaba ver a una mujer tan ligera de ropa en público. Podía adivinar el aspecto que tendría desnuda, hasta el tamaño de sus pezones.

—Si mi hija corriera así la mataría —masculló mirando las nalgas oscilantes que se alejaban.

—El mundo agradece que no tengas ninguna hija, Pete —observó Benton.

—No me extraña. Sobre todo si se hubiera parecido a mí. Puede que hubiera terminando siendo una luchadora profesional lesbiana.

—No sé. Según los rumores, eras muy apolíneo.

Benton había visto fotografías de Marino cuando era un miembro del Departamento de Policía de Nueva York. De eso hacía mucho tiempo, al principio de su carrera. Era ancho de espaldas y atractivo, un auténtico semental vestido de uniforme, antes de que se abandonara por completo, con un descuido constante, como si detestara su propio cuerpo, como si quisiera acabar con él y quitárselo de encima.

Benton se bajó de la mesa. Ambos echaron a andar hacia el puente peatonal.

—Uy. —Marino sonrió con malicia—. Se me olvidaba que eres gay. Supongo que debería tener más cuidado al hablar sobre maricas y luchadoras lesbianas, ¿eh? Pero si intentas cogerme la mano, te arranco la cabeza.

Marino siempre había sido homófobo, pero nunca se

había sentido tan incómodo y confuso como en esa etapa de su vida. Su convicción de que los gays eran unos pervertidos y de que las lesbianas podían curarse practicando el sexo con hombres había pasado de clara como el agua a oscura como la tinta. No acababa de estar seguro de lo que creía sobre la gente a la que le gustaban las personas de su propio sexo, y sus comentarios sonaban tan cínicos y desagradables como monótonos. Pocas cosas le seguían resultando simples. Pocas cosas le parecían verdades incuestionables. Por lo menos, cuando era vehementemente intolerante no tenía que cuestionar nada. Al principio vivía siguiendo el evangelio según Marino. En los últimos años se había vuelto agnóstico, una brújula sin norte magnético. Sus convicciones hacían aguas por todas partes.

—Así pues, ¿qué se siente cuando la gente piensa que eres... ya me entiendes? —preguntó Marino—. Espero que nadie haya intentado pegarte ni nada por el estilo.

—Me da igual lo que la gente piense de mí —aseguró Benton entre dientes, consciente de la gente que pasaba junto a ellos en el puente peatonal, de los coches que circulaban por debajo en Storrow Drive, como si cualquier persona a treinta metros de ellos pudiera estar observando y escuchando—. ¿Cuándo fue la última vez que fuiste a pescar?

16

El ánimo de Marino se fue agriando a medida que seguían un sendero adoquinado a la sombra de dobles hileras de cerezos japoneses, arces y piceas azules.

Cuando estaba de un humor más ponzoñoso, normalmente a última hora de la noche, a solas y cargado de cerveza o de bourbon, le molestaba Benton Wesley, casi le despreciaba por lo mucho que había perjudicado la vida de quienes le importaban. Si Benton estuviera realmente muerto, sería más fácil. Marino se decía que, para entonces, ya lo habría superado. Pero ¿cómo recuperarse de una pérdida que no se había producido y vivir con sus secretos?

Así que cuando Marino estaba solo, borracho, y por añadidura furioso, maldecía a Benton en voz alta mientras aplastaba una lata de cerveza tras otra y las lanzaba a través de su reducido y desarreglado salón.

—¡Mira lo que le has hecho! —clamaba a las paredes—. ¡Mira lo que le has hecho, hijo de puta!

Mientras Marino y Benton paseaban, la doctora Kay Scarpetta era una aparición entre ellos. Se trataba de una de las mujeres más brillantes y excepcionales que Marino había conocido, y la tortura y el asesinato de Benton la habían desgarrado. Se tropezaba con el cadáver de Benton dondequiera que fuera, y todo el tiempo, desde el primer día, Marino había sabido que el truculento homicidio de Benton era una farsa, incluidos los informes de la autopsia y el laboratorio, el certificado de defunción y las cenizas que Scarpetta había esparcido al viento en Hilton Head Island, un lugar junto al mar que ella y Benton adoraban.

Las cenizas y los trozos de hueso se habían rascado del fondo del horno de un crematorio de Filadelfia. Eran sobras. Vete a saber de quién. Marino se las entregó a Scarpetta en una urna barata que le habían dado en el Departamento de Medicina Forense de Filadelfia, y lo único que se le había ocurrido decir fue: «Lo siento, doctora. Lo siento de veras, doctora.» Sudando, la observó lanzar esas cenizas al viento desde un helicóptero que Lucy mantenía suspendido en el aire. En un huracán de agua revuelta y palas giratorias, los supuestos restos del compañero sentimental de Scarpetta volaron tan lejos de su alcance como su dolor. Marino observó la expresión dura de Lucy, que le devolvía la mirada, mientras hacía exactamente lo que su tía le había pedido y, todo el rato, Lucy también lo sabía.

Scarpetta confiaba en Lucy y Marino más que en nadie. Ellos habían ayudado a planear el falso asesinato y la desaparición de Benton, y esa verdad era una infección cerebral, una enfermedad que combatían a diario, mientras Benton vivía su vida como un don nadie llamado Tom.

—Supongo que no pescas —prosiguió Benton en el mismo tono ligero.

—No pican. —Pero la rabia de Marino asomaba a la superficie. La furia mostraba los colmillos.

—Comprendo. Ni un solo pez. ¿Y los bolos? Si no recuerdo mal, erais los segundos de vuestra liga. Los Firing Pins. Creo que ése era el nombre de tu equipo.

—Hace siglos, sí. No paso mucho tiempo en Virginia. Sólo cuando tengo que bajar a Richmond para ir a juicio.

Ya no estoy en su departamento de policía. Me estoy trasladando a Florida e incorporándome al Departamento de Policía de Hollywood, al sur de Lauderdale.

—Si estás en Florida —señaló Benton—, cuando vas a Richmond, subes a Richmond, no bajas. Si siempre tuviste algo, era un sorprendente sentido de la orientación, Pete.

Le había pillado mintiendo, y Marino lo sabía. No dejaba de pensar en marcharse de Richmond. Le avergonzaba no tener el valor de hacerlo. Era lo único que conocía, aunque no le quedara nada en esa ciudad de viejas batallas que seguían siendo encarnizadas.

—No he venido hasta aquí para molestarte con historias largas —soltó Marino.

Las gafas oscuras de Benton lo miraron mientras ambos avanzaban con paso pausado.

—Bueno, veo que me has echado de menos —comentó Benton con una nota gélida en la voz.

—Eso no es justo, coño —soltó Marino entre dientes, apretando los puños a cada costado—. Y ya no aguanto más, amigo. Lucy no lo aguanta más, amigo. Me gustaría que pudieras estar allí para ver lo que le has hecho a la doctora Scarpetta. ¿O acaso tampoco la recuerdas?

—¿Has venido para proyectar tu cólera en mí?

—Es que había pensado que ya que estaba aquí, aprovecharía para decirte que no veo que morir sea peor que el modo en que vives.

—Cállate —repuso Benton, tranquilo, con un absoluto dominio de sí mismo—. Hablaremos dentro.

17

En una zona de Beacon Hill repleta de magníficas casas viejas de ladrillo y esbeltos árboles, Benton Wesley había encontrado un hogar que se adaptaba a sus peculiares necesidades actuales.

Vivía en un edificio de pisos de hormigón de un horroroso color beige, con sillas de jardín de plástico en las terrazas y una verja de hierro forjado que cercaba un jardín delantero cubierto de maleza y deprimentemente sombrío. Ambos subieron unas escaleras mal iluminadas que olían a orina y a humo de cigarrillo.

—¡Mierda! —Marino respiraba con dificultad—. ¿No podrías haber encontrado por lo menos una con ascensor? No quería decir nada con lo que he comentado. Sobre morir. Nadie quiere que te mueras.

En el quinto rellano, Benton abrió la arañada puerta de metal gris del apartamento 56.

—La mayoría de la gente ya cree que lo hice.

—Mierda. Nunca digo nada bien. —Marino se secó el sudor.

—Tengo cerveza Dos Equis y limas. —La voz de Benton pareció imitar el sonido del pestillo—. Y, por supuesto, zumo fresco.

—¿Y Budweiser?

—Ponte cómodo, por favor.

—Tienes Budweiser, ¿verdad? —insistió Marino

con tono de angustia. Benton no recordaba nada de él.

—Como sabía que ibas a venir, por supuesto que tengo Budweiser —repuso Benton desde la cocina—. Toda una nevera llena.

Marino miró alrededor y se decidió por un sofá con estampado de flores, nada bonito. El piso estaba amueblado y lucía la capa de suciedad de muchas vidas gastadas y descuidadas que habían llegado y se habían marchado. Era probable que Benton no hubiera vivido en un sitio decente desde que murió y se convirtió en Tom, y Marino a veces se preguntaba cómo un hombre tan meticuloso y refinado como él podía soportarlo. Benton pertenecía a una familia adinerada de Nueva Inglaterra y siempre había disfrutado de una vida privilegiada, aunque ninguna cantidad de dinero sería rescate suficiente para liberarlo de los horrores de su carrera. Ver a Benton viviendo en un piso que normalmente ocuparían universitarios juerguistas o miembros de la clase media baja, verlo con la cabeza afeitada, vello facial, vaqueros anchos y sudadera, y saber que ni siquiera tenía coche, era inconcebible para Marino.

—Por lo menos estás en buena forma —comentó con un bostezo.

—«Por lo menos» significa que eso es lo mejor que puedes decir de mí. —Benton abrió la puerta de la vieja nevera blanca y sacó dos cervezas.

Las botellas frías le repiquetearon en una mano mientras abría un cajón en busca de un abrelatas, como Marino llamaba a cualquier artilugio que quitara la chapa de una cerveza.

—¿Te importa si fumo? —preguntó Marino.

—Sí. —Benton abrió y cerró la puerta de un armario de cocina.

—Muy bien, me dará un ataque y me tragaré la lengua.

—No he dicho que no pudieses fumar —replicó Benton mientras cruzaba el salón poco iluminado para entregarle una Budweiser—. Sólo he dicho que me importaba. —Le pasó un vaso de agua para que lo usase de cenicero.

—Sí, puede que estés en forma y no fumes y todo lo demás —volvió a la carga Marino tras tomar un trago de cerveza y suspirar con satisfacción—, pero tu vida es una mierda.

Benton se sentó frente a Marino, ambos separados por una mesilla de centro en cuya arañada superficie de formica había un montón muy ordenado de revistas y el mando a distancia del televisor.

—No necesito que llegues caído del cielo para decirme que mi vida es una mierda —dijo—. Si has venido a eso, ojalá no hubieras venido. Has violado el programa, me has puesto en peligro...

—Y me he puesto a mí mismo en peligro —soltó Marino.

—Ahora iba a decirlo. —Benton subió la voz, y los ojos le echaban chispas—. Sabemos muy bien que no soy Tom sólo por mí. Si fuera sólo por mí, les dejaría intentarlo.

Marino empezó a hurgar la etiqueta de la cerveza.

—El chiflado del Hombre Lobo ha accedido a contarlo todo sobre su familia, los grandes Chandonne.

Benton leía los periódicos varias veces al día, navegaba por Internet, hacía consultas en distintos buscadores para recuperar partes de su vida pasada. Lo sabía todo sobre Jean-Baptiste, el hijo deforme y asesino de Chandonne (el gran monsieur Chandonne, amigo íntimo de la *noblesse* de París, el jefe del cártel más grande y más peligroso de crimen organizado en el mundo). Jean-Baptiste sabía lo bastante sobre el negocio de su familia y sobres quiénes llevaban a cabo sus terribles tareas como para meter a todos los peces gordos entre rejas o en una cámara de ejecución.

Hasta entonces, Jean-Baptiste estaba esperando en una cárcel de máxima seguridad en Tejas, sin decir nada a nadie. Benton se había enmarañado en la inmensa red de la familia Chandonne y, en ese momento, a miles de kilómetros, monsieur Chandonne bebía sus espléndidos vinos sin dudar un instante de que Benton había pagado un precio muy alto, un precio terrible. Monsieur Chandonne había sido burlado, pero en cierto sentido no lo había sido. Benton había fingido una muerte falsa para salvarse a sí mismo y a otros de morir de verdad. Pero lo estaba pagando carísimo. Era como si estuviera encadenado a una roca. No podía recuperarse porque le arrancaban las entrañas a diario.

—El Hombre Lobo ha dicho que delatará a todo el mundo, desde su padre hasta los mayordomos, pero sólo con ciertas condiciones —vaciló—. No nos está engañando, Benton. Habla en serio.

—Lo sabes a ciencia cierta —afirmó Benton débilmente.

—Sí. A ciencia cierta.

—¿Cómo te lo ha comunicado?

—Por carta.

—¿Sabemos a quién ha escrito, además de a ti?

—A la doctora. Yo recibí su carta. No se la he dado; no veo qué sentido tendría hacerlo.

—¿A quién más?

—A Lucy.

—¿También la recibiste tú?

—No. Fue directa a su oficina. No tengo idea de cómo consiguió la dirección o conocía el nombre El Último Reducto, ya que no figura en la guía telefónica.

Todo el mundo cree que la empresa de Lucy se llama Infosearch Solutions.

—¿Por qué iba a saber que personas como Lucy y tú os referís a su empresa como El Último Reducto? Si accediera a Internet ahora mismo, ¿encontraría alguna mención del Último Reducto?

—No del que estamos comentando.

—¿Encontraría Infosearch Solutions?

—Por supuesto.

—¿Aparece el número de su oficina en la guía telefónica? —preguntó Benton.

—El de Infosearch Solutions sí.

—Así que tal vez sepa el nombre de la empresa que aparece en la guía. Llamó a información y obtuvo así la dirección. Hoy en día puedes averiguarlo casi todo en Internet y, por menos de cincuenta dólares, comprar incluso números de teléfono que no figuren en la guía y de teléfonos móviles.

—No creo que el Hombre Lobo tenga ordenador en su celda del corredor de la muerte —comentó Marino, irritado.

—Rocco Caggiano podría haberle proporcionado todo tipo de información —le recordó Benton—. En cierto momento tuvo que tener el número de la empresa de Lucy, ya que quería que declarara. Pero Jean-Baptiste se declaró culpable, claro.

—Veo que te mantienes al corriente de las noticias. —Marino intentaba desviar la conversación del tema de Rocco Caggiano.

—¿Leíste la carta que envió a Lucy?

—Ella me la comentó. No quería mandarla por fax ni por correo electrónico. —Eso también preocupaba a Marino. Lucy no había querido enseñarle la carta.

—¿Alguna carta a alguien más?

—Ni idea —dijo Marino tras encogerse de hombros y tomar un sorbo de cerveza—. Evidentemente, no te ha escrito a ti. —Le parecía que eso sonaría gracioso.

Benton no sonrió.

—Porque estás muerto, ¿comprendes? —Marino supuso que Benton no había pillado la broma—. Bueno, en la cárcel, si un preso señala las cartas que remite con las palabras «correo jurídico» o «correo periodístico», los carceleros no pueden abrirlas. Así que, si el Hombre Lobo se cartea con alguien de esos ámbitos, es confidencial.

Siguió hurgando la etiqueta de la cerveza, hablando como si Benton no supiera nada sobre el funcionamiento interno de las penitenciarías, donde había entrevistado a centenares de criminales violentos durante su carrera.

—El único sitio que se puede mirar es la lista de visitas, ya que muchas de las personas a las que estos individuos escriben también van a verlos. El Hombre Lobo tiene una lista. Veamos, el gobernador de Tejas, el presidente...

—¿Te refieres al presidente de Estados Unidos? —Tomarse toda la información en serio era el sello característico de Benton.

—Sí —confirmó Marino. Le ponía nervioso ver gestos y reacciones que correspondían al Benton del pasado, al Benton con quien había trabajado, al Benton que era amigo suyo.

—¿Quién más? —Benton se levantó y recogió un bloc y un bolígrafo de las ordenadas pilas de papeles y revistas que había junto al ordenador en la mesa de la cocina.

Se puso unas gafas de montura metálica, muy pequeñas, tipo John Lennon, totalmente distintas de las que habría llevado en su vida anterior. Sentado de nuevo, anotó la hora, la fecha y el sitio en una hoja. Desde donde estaba, Marino distinguió la palabra «delincuente», pero aparte de eso, no entendió los pequeños garabatos de Benton, sobre todo al revés.

—Sus padres están en la lista —contestó Marino—. Eso tiene gracia, ¿no te parece?

El bolígrafo de Benton se detuvo.

—¿Y su abogado Rocco Caggiano? —preguntó alzando la vista.

Marino agitó la cerveza que quedaba en el fondo de la botella.

—¿Rocco? —dijo Benton con énfasis—. ¿Me lo vas a decir o no?

—Recuerda que no es mío. —La furia y la vergüenza asomaron al rostro de Marino—. No creció conmigo, no lo conozco y no quiero conocerlo. Le volaría la tapa de los sesos como a cualquier otro cabrón como él.

—Genéticamente es hijo tuyo, te guste o no —contestó Benton con naturalidad.

—Ni siquiera recuerdo cuándo es su cumpleaños —dijo Marino, y desechó a su único hijo con un gesto de la mano y un largo sorbo de Budweiser.

Rocco Marino, que se había cambiado el apellido por el de Caggiano, era malo de nacimiento. Era el secreto sucio y vergonzoso de Marino, un absceso que no había enseñado a nadie hasta que Jean-Baptiste Chandonne apareció en escena. Durante la mayor parte de su vida, Marino había creído que los actos infames de Rocco eran algo personal: el peor castigo que podía imponer a un padre al que despreciaba. Curiosamente, a Marino eso le consolaba un poco. Una *vendetta* personal era mejor que la verdad, humillante y dolorosa, de que Marino le era indiferente a Rocco. Los actos de Rocco no tenían nada que ver con su padre. Si acaso, Rocco se reía de él y lo consideraba un policía patán y fracasado que se vestía como un cerdo, vivía como un cerdo y era un cerdo.

La reaparición de Rocco en el mundo de Marino fue una coincidencia («una coincidencia de lo más graciosa», según palabras del propio Rocco cuando se detuvo para hablar con su padre frente a la puerta del juzgado después de la comparecencia de Jean-Baptiste Chandonne ante el juez). Rocco estaba involucrado en el crimen organizado desde que tenía edad de afeitarse. Era un abogado sin escrúpulos y pelota que trabajaba para los Chandonne desde mucho antes de que Marino hubiera oído hablar de ellos.

—¿Sabemos dónde está Rocco ahora? —preguntó Benton.

—Es posible, muy posible incluso, que lo sepamos pronto —contestó Marino, cuyos ojos se habían vuelto oscuros y opacos como monedas.

—¿Qué quieres decir?

Marino se recostó en el sofá, como si la conversación le complaciera y alimentara su ego.

—Quiero decir que esta vez tiene una ristra de latas atadas al culo y no lo sabe.

—¿A qué te refieres?

—La Interpol lo busca y él no lo sabe. Lucy me lo dijo. Estoy seguro de que lo encontraremos, y también a muchos otros cabrones.

—¿Por qué empleas el plural?

Marino volvió a encogerse de hombros, intentó tomar otro sorbo de cerveza y respiró hondo. Eructó y pensó en levantarse para buscar otra botella.

—Es una forma de hablar —explicó—. Me refiero a nosotros, los buenos. Rocco caerá porque pasará por algún aeropuerto y su alerta roja aparecerá en un ordenador. Acto seguido, llevará puestas un par de esposas relucientes y tal vez tendrá un AR-15 apuntándole a la cabeza.

—¿Por qué delitos? Siempre ha conseguido salir impune de sus trabajos sucios. Forma parte de su encanto.

—Lo único que sé es que se han emitido órdenes de busca y captura para él en Italia.

—¿Quién lo dice?

—Lucy. Daría lo que fuera para ser yo quien le apuntara ese AR-15 a la cabeza, sólo que yo apretaría el gatillo —aseguró Marino, convencido de que hablaba en serio pero incapaz de imaginárselo. No lograba visualizarlo.

—Es hijo tuyo —le recordó Benton con calma—. Sugiero que te prepares para lo que sentirás si tienes algo que ver con lo que pueda ocurrirle. Que yo sepa, no tienes jurisdicción para perseguirlo a él ni a ningún otro agente de Chandonne. ¿O estás trabajando de incógnito para los federales?

Una pausa. Marino no soportaba a los federales.

—No sentiré nada. —Intentó conservar una actitud indiferente, pero los nervios le empezaban a hervir de furia y temor—. Además, ni siquiera sé dónde coño está. Otra persona lo capturará y lo extraditará a Italia, si vive lo suficiente. No tengo duda de que los Chandonne lo eliminarán antes de que tenga la oportunidad de abrir la boca.

—¿Quién más? ¿Quién más integra esa lista?

—Un par de periodistas. Jamás había oído hablar de ellos, y no sé, hasta puede que no existan. Oh, sí, ésta es buena. El hermano guaperas del Hombre Lobo, Jean-Paul Chandonne, alias Jay Talley. Me gustaría que ese hijo de puta fuera a visitarlo a la cárcel para poder detenerlo y mandarlo al corredor de la muerte junto a su horrendo hermano gemelo.

Benton dejó de escribir. La mención de Jay Talley hizo que en su mirada apareciese un fugaz brillo de emoción.

—Supones que sigue vivo, pero ¿lo sabes?

—No tengo razón para creer lo contrario. Imagino

que su familia lo protege y que se está pegando la gran vida en alguna parte mientras prosigue con el negocio familiar.

Mientras decía todo esto, a Marino se le ocurrió que era probable que Benton supiera que Talley era un Chandonne que había fingido ser estadounidense, se había convertido en agente de la ATF y había logrado que lo nombraran enlace con la oficina central de Interpol en Francia. Marino repasó mentalmente todo lo que se había hecho público sobre el caso de Jean-Baptiste. No estaba seguro de si había habido alguna mención de la relación de Scarpetta con Talley cuando ella y medio mundo creían que era el atractivo e importante agente que hablaba un montón de idiomas y había estudiado en Harvard. No era necesario que Benton supiera lo que había habido entre Scarpetta y Talley. Marino esperaba de todo corazón que no lo averiguara nunca.

—He leído cosas sobre Jay Talley —comentó Benton—. Es muy inteligente, muy hábil, extremadamente sádico y peligroso. Dudo mucho que esté muerto.

—Hum... —Los pensamientos de Marino se dispersaron como pájaros sobresaltados—. ¿Qué has leído?

—No es ningún secreto que es el hermano gemelo de Jean-Baptiste. Gemelo bivitelino —dijo Benton con expresión impasible.

—Es lo más extraño que he oído nunca —aseguró Marino sacudiendo la cabeza—. Imagina. Él y el Hombre Lobo nacieron con unos cuantos minutos de diferencia. Puede decirse que uno de los hermanos se llevó toda la mala suerte del sorteo, mientras que el otro, Talley, recibió todos los premios.

—Es un psicópata violento. Yo no llamaría premios a eso.

—Tienen un ADN muy parecido —prosiguió Marino—. Hay que realizar muchas pruebas para descubrir que se trata del ADN de dos personas distintas. —Hizo una pausa, un poco exasperado, mientras seguía hurgando la etiqueta de la botella—. No me pidas que te explique toda esa mierda de las pruebas del ADN. La doctora lo dedujo todo...

—¿Quién más hay en la lista? —interrumpió Benton.

Marino puso cara de póquer.

—La lista de visitas —insistió Benton.

—La lista es una estupidez. Estoy seguro de que nadie ha ido a ver a Jean-Baptiste aparte de su abogado.

—Tu hijo, Rocco Caggiano. —Benton no iba a dejar que Marino eludiera ese hecho—. ¿Alguien más?

—Pues resulta que estoy yo. ¿No es un detalle? Y mi nuevo amigo por correspondencia, el Hombre Lobo, va y me manda correo. Una carta para mí y otra para la doctora, pero, como ya he dicho, no se la di. —Se levantó para ir por otra cerveza—. ¿Quieres una?

—No.

Marino se quitó la chaqueta, se metió la mano en un bolsillo, después en el otro y sacó por fin unos papeles doblados.

—Da la casualidad que las tengo aquí. Fotocopias, incluidos los sobres.

—La lista. —Benton no quería desviarse de ese tema—. Habrás traído una copia de la lista.

—No necesito una copia de esa maldita lista —soltó Marino, sin ocultar su irritación—. ¿Qué te pasa con esa puta lista? Puedo decirte quién está en ella con toda exactitud. La gente que ya te he mencionado y dos periodistas: Carlos Guarino y Emmanuele La Fleur.

Su pronunciación fue ininteligible, y Benton le pidió que le deletreara los nombres.

—Supuestamente viven en Sicilia y en París.

—¿Son personas de verdad?

—No hay rastro de ellos en Internet, y Lucy lo ha mirado.

—Si Lucy no los encuentra, no existen —decidió Benton.

—En la lista también está la mismísima Jaime Berger —añadió Marino—, que habría llevado la acusación si hubiera ido a juicio en Nueva York por la periodista que se cargó ahí. Berger es excelente, tiene una relación muy buena con la doctora. Son amigas.

Benton ya lo sabía y no reaccionó. Tomaba notas.

—Y, por último, y puede que menos importante, un hombre llamado Robert Lee.

—Su nombre suena bastante verdadero. ¿No empezará por casualidad su segundo nombre por E? —comentó Benton con ironía—. ¿Alguna correspondencia entre Jean-Baptiste y el tal Robert Lee, en el caso de que el señor Lee no haya muerto hace cien años?

—Lo único que puedo decirte es que está en la lista de visitas. En la cárcel no saben nada del correo confidencial, así que no tengo ni idea de a quién más escribe el Hombre Lobo ni de quién recibe notas de amor.

18

Marino desdobló la carta de Jean-Baptiste y empezó a leer:

—«*Bonjour, mon cher ami* Pete...» —Se interrumpió y alzó los ojos—. ¿Te puedes creer que me llame Pete? —exclamó con ceño—. Eso sí que me cabrea.

—¿Más que el apelativo *mon cher ami*? —repuso Benton con sequedad.

—No me gusta que un cabrón me llame por el nombre de pila. Es una de mis manías.

—Continúa, por favor —pidió Benton con algo de impaciencia—. Y espero que no haya nada más en francés que puedas destrozar. ¿Qué fecha lleva la carta?

—No tiene ni siquiera una semana. Lo organicé todo para venir aquí lo más rápido posible. Para verte... Oh, por el amor de Dios. Te llamaré Benton.

—No lo harás. Lee, por favor.

Marino encendió otro cigarrillo, inhaló hondo y prosiguió:

> Sólo quería decirte que me estoy dejando crecer el pelo. ¿Por qué? Pues porque han fijado la fecha de mi muerte, claro. Será el 7 de mayo a las diez de la noche. Ni un minuto después, así que espero que estés aquí como invitado especial. Antes de eso, *mon ami*, tengo asuntos que concluir, de modo que te haré una oferta

que no podrás rechazar (como dicen en las películas).

Nunca los atraparás sin mí. Sería como capturar mil peces sin una red muy grande. Yo soy la red. Hay dos condiciones. Son sencillas.

Sólo hablaré con madame Scarpetta, que me ha pedido permiso para verme a efectos de que le cuente lo que sé. No puede haber presente nadie más.

Tengo otra condición que ella no conoce. Ella tiene que ser el médico que me administre el cóctel letal, como lo llaman. Madame Scarpetta tiene que matarme. Estoy seguro de que si acepta, no incumplirá su promesa. Ya ves lo bien que la conozco.

À bientôt,
JEAN-BAPTISTE CHANDONNE

—¿Y la carta para ella? —preguntó con brusquedad Benton, reacio a pronunciar el nombre de Scarpetta.

—Lo mismo. Más o menos. —Marino no quería leérsela.

—La tienes en la mano. Léela.

Marino sacudió la ceniza del cigarrillo en el vaso de agua y entornó un ojo mientras soltaba el humo.

—Te haré un resumen —dijo.

—No me protejas, Pete —pidió Benton en voz baja.

—Claro. Si quieres oírla, la leeré. Pero no creo que sea necesario, y puede que...

—Léela, por favor. —Benton sonaba cansado. Su mirada no era tan intensa, y se recostó en el asiento.

Marino se aclaró la garganta a la vez que desdoblaba otra hoja blanca de papel. Empezó:

Mon chéri amour, Kay...

Alzó los ojos hacia el rostro inexpresivo de Benton, que había palidecido.

Me duele mucho el corazón porque todavía no has pedido hora para verme. No lo entiendo. Sientes lo mismo que yo, claro. Soy tu ladrón en la noche, el gran amante que fue a robarte, pero te negaste. Me rechazaste y me lastimaste. Ahora debes sentirte vacía, aburrida, suspirando por mí, madame Scarpetta.

¿Y yo? Yo no estoy aburrido. Estás aquí conmigo en mi celda, sin voluntad, totalmente bajo mi hechizo. Debes saberlo. Debes sentirlo. A ver, déjame contar. Cuatro, cinco o quince veces al día te rasgo esos trajes tan bonitos que llevas, la alta costura de madame Scarpetta, doctora, abogada, jefa. Lo rasgo todo con las manos desnudas y muerdo esas tetas grandes que tienes mientras te estremeces y mueres de placer...

—¿Llega a alguna parte con esto? —La voz de Benton restalló como una pistola al amartillarse—. No me interesan sus tonterías pornográficas. ¿Qué quiere?

Marino lo miró con dureza, se detuvo, y dio la vuelta a la carta. Las gotas de sudor le cubrían la cabeza medio calva y le resbalaban por las sienes. Leyó lo que había en el dorso de la hoja.

¡Tengo que verte! No puedes escapar a no ser que no te importe que muera más gente inocente. Aunque no hay nadie inocente. Te diré todo lo que es necesario. Pero tengo que verte en persona mientras cuento la verdad. Y, después, tú me matarás.

Marino se interrumpió.

—Más mierda que no tienes por qué oír...

—¿Y ella no sabe nada de todo esto?

—Bueno, no del todo —respondió Marino, evasivo—. Como te dije, no se la enseñé. Lo único que le dije era que había recibido una carta y que el Hombre Lobo quería verla para darle información a cambio de su visita. Y que quería que fuera ella quien le pusiera la inyección.

—Normalmente, las penitenciarías utilizan médicos externos para que administren el cóctel letal —comentó Benton de modo extraño, como si lo que Marino acababa de decir no hiciera mella en él—. ¿Usaste ninhidrina en las cartas? —cambió de tema—. No puedo saberlo porque son fotocopias.

La ninhidrina habría reaccionado con el aminoácido de las huellas dactilares y habría vuelto partes de las cartas originales de color violeta oscuro.

—No quise dañarlas —contestó Marino.

—¿Y algo inocuo, como luz ultravioleta?

Como Marino no respondió, Benton lo pinchó con la cuestión obvia.

—¿No has hecho nada para comprobar que estas cartas son de Jean-Baptiste Chandonne? ¿Sólo lo has supuesto? Dios mío. —Se frotó la cara con las manos—. Vienes aquí, ¡aquí!, corres un riesgo semejante, ¿y ni siquiera sabes con certeza si estas cartas son suyas? Déjame adivinar. Tampoco tomaste muestras de ADN del dorso de los sellos y las solapas de los sobres. ¿Y los matasellos? ¿Y los remites?

—No hay remites, por lo menos suyo, ni ningún matasellos que pueda indicarnos desde dónde las mandó —admitió Marino, que ahora sudaba profusamente.

—¿Qué? —Benton se inclinó hacia adelante—. ¿Entregó las cartas en mano? ¿El remite no es suyo? ¿Qué demonios me estás diciendo? ¿Cómo pudo enviarte algo sin matasellos?

Marino desdobló otra hoja de papel y se la entregó. La fotocopia correspondía a un sobre blanco de veintiún centímetros por veintiocho, preimpreso, con el franqueo pagado de una organización sin ánimo de lucro, la Academia Nacional de Justicia.

—Bueno, supongo que ya lo hemos visto antes puesto que hemos sido miembros de la ANJ la mayor parte de nuestra vida —comentó Benton mientras miraba la fotocopia—. O, por lo menos, yo lo era antes. Lamento decirlo, pero ya no figuro en su lista de distribución. —Se detuvo al observar que se había marcado la casilla de «urgente» debajo del sello de franqueo pagado preimpreso—. No lo entiendo —afirmó.

—Esto es lo que me llegó por correo —explicó Marino—. El sobre de la ANJ, y cuando lo abrí, las dos cartas estaban dentro. Una para mí y otra para la doctora. Cerradas, con la indicación «correo jurídico», supongo que por si alguien de la cárcel sentía curiosidad por el sobre de la ANJ y decidía abrirlo. Lo único escrito en los sobres eran nuestros nombres.

Ambos guardaron silencio un momento. Marino fumó y bebió cerveza.

—Bueno, hay una posibilidad, la única cosa que se me ocurre —dijo entonces—. Lo he comprobado con la ANJ y con el director del centro, y hay cincuenta y seis carceleros que son miembros. No sería nada inusual encontrar alguno de estos sobres tirado por ahí.

—Pero tu dirección está impresa, a máquina. ¿Cómo podría Chandonne hacer eso?

—¿Cómo diablos soportas vivir aquí? ¿Ni siquiera tienes aire acondicionado? Y sí que intentamos recoger muestras de los sobres que contenían las cartas, pero eran de esos autoadhesivos. Así que no tuvo que lamer nada.

Marino estaba siendo evasivo y lo sabía. A los autoadhesivos pueden adherirse células de piel. No quería contestar la pregunta de Benton.

—¿Cómo logró Chandonne enviarte cartas dentro de un sobre como éste? —prosiguió Benton a la vez que agitaba la fotocopia hacia Marino—. ¿Y no te parece un poco extraña la indicación de «urgente»? ¿Por qué lo haría?

—Supongo que tendremos que pedir al Hombre Lobo que nos lo explique —respondió Marino groseramente—. No tengo ni puñetera idea.

—Aún así, pareces estar seguro de que las cartas son de Jean-Baptiste. —Benton calibraba cada palabra—. Pete, sabes hacer mejor las cosas.

—Mira —se defendió Marino, y se secó la frente con una manga—, el caso es que no tenemos pruebas científicas para demostrar nada. Pero no porque no lo hayamos intentado. Usamos la Luma-Lite, y tratamos de obtener ADN, pero en vano de momento.

—¿ADN mitocondríaco? ¿Lo estáis intentando?

—¿Para qué molestarse? Tardaría meses y, para entonces, ya estará muerto. De todos modos, es imposible que vayamos a obtener nada. Por el amor de Dios, ¿no te parece que ese gilipollas disfrutó usando un sobre de la Academia Nacional de Justicia? Es su manera de martirizarnos. ¿No crees que disfruta haciéndonos hacer todas esas pruebas cuando sabe que no sacaremos nada de ellas? Basta con que se cubriese las manos con papel higiénico o con lo que fuera al tocar las cosas.

—Puede —dijo Benton.

Marino estaba a punto de estallar. Su exasperación superaba todo límite.

—Tranquilo, Pete. No pensarías tan bien de mí si no te lo preguntara.

Marino se lo quedó mirando sin pestañear.

—¿Quieres saber mi opinión? —prosiguió Benton—. Escribió las cartas y fue con sumo cuidado de no dejar pruebas. No sé cómo consiguio un sobre de la Academia Nacional de Justicia, y sí, es una manera perversa de martirizarnos. Para serte franco, me sorprende que no hayas tenido antes noticias suyas. Las cartas parecen auténticas. No poseen la nota desentonada de un chiflado. Sabemos que Jean-Baptiste es un fetichista de los pechos —comentó con frialdad—. Sabemos que es muy probable que disponga de información que podría destruir a su criminal familia y al cártel. Que ponga esa condición encaja con su necesidad insaciable de dominar y controlar.

—¿Y eso de que diga que la doctora quiere verlo?

—Dímelo tú.

—Ella no le ha escrito. Se lo pregunté a bocajarro. ¿Por qué coño iba ella a escribir a ese cabrón? Le hablé de los sobres de la Academia Nacional de Justicia, que su carta y la mía habían llegado dentro de uno. Le enseñé una fotocopia...

—¿De qué? —interrumpió Benton.

—Del sobre que contenía las cartas que el Hombre Lobo nos mandó a ella y a mí —se exasperó Marino—. Le dije que si recibía una de estas malditas cartas de la Academia Nacional de Justicia, no la abriera, que ni siquiera la tocara. ¿De veras crees que quiere que ella sea su verdugo?

—Si tiene intención de morir...

—¿Intención? No creo que el Hombre Lobo tenga ni voz ni voto en eso.

—Pueden pasar muchas cosas entre ahora y entonces, Pete. Recuerda las influencias que tiene. Yo no estaría demasiado seguro de nada. Por cierto, la carta para Lucy ¿iba también dentro de un sobre de la Academia Nacional de Justicia?

—Sí.

—La fantasía de que una médica le administre la inyección letal y le vea morir le resultaría erótica —reflexionó Benton.

—No hablamos de cualquier médica. ¡Hablamos de Scarpetta!

—Quiere una víctima hasta el final, dominar y controlar a otro ser humano hasta el final, obligar a una persona a cometer un acto que la marcará para siempre. —Benton se detuvo antes de añadir—: Si matas a alguien nunca le olvidas, ¿verdad? Tenemos que tomarnos en serio las cartas. Creo que son suyas, con o sin huellas dactilares o ADN.

—Sí, yo también lo creo, y que habla en serio, por eso estoy aquí, por si todavía no lo habías captado. Si logramos que el Hombre Lobo cante, acabaremos con el cártel Chandonne. Y ya no tendrás que preocuparte por nada.

—¿A quién te refieres al hablar en plural?

—¡Me gustaría que dejaras de preguntarme eso! —Marino se levantó para ir a buscar otra cerveza. La rabia y la frustración afloraron otra vez—. ¿No lo entiendes? —soltó mientras rebuscaba en la nevera—. Después del siete de mayo, una vez que tengamos la información y el Hombre Lobo esté muerto, no habrá razón para que sigas siendo Tom-como-se-llame.

—¿A quién te refieres al hablar en plural?

Marino resopló como un toro mientras abría una botella de Dos Equis.

—A mí. A Lucy.

—¿Sabe Lucy que hoy has venido a verme?

—No. No se lo dije a nadie ni lo haré.

—Muy bien. —Benton asintió sin moverse de su asiento.

—El Hombre Lobo nos da peones para derribar el tablero. Puede que ya nos haya dado nuestro primer peón al delatar a Rocco, ya que alguien tiene que haberlo delatado si de repente es un fugitivo.

—Comprendo. Qué honorable por parte de Chandonne que tu hijo sea su primer peón. ¿Visitarás a Rocco en la cárcel, Pete?

De pronto, Marino estrelló la botella contra el fregadero. Avanzó hacia Benton y acercó la cara a la suya.

—Deja de hablar de él, ¿me oyes? ¡Espero que pille el puto sida en la cárcel y se muera! Después de todo el sufrimiento que ha causado, ahora debería ser su turno, joder.

—¿El sufrimiento de quién? —Benton no se estremeció ante el cálido aliento a cerveza de Marino—. ¿Tuyo?

—Empieza por el sufrimiento de su madre. Y continúa. —A Marino todavía le resultaba difícil pensar en Doris, su ex esposa y madre de Rocco.

Era la chica de Marino cuando éste estaba en la flor de la vida. Todavía pensaba en ella como en su chica mucho después de que ella lo hubiese dejado por otro hombre.

—¡Podrás volver a casa, imbécil! —gritó a Benton mientras esto le cruzaba por la cabeza—. ¡Podrás volver a vivir tu vida!

Marino se sentó en el sofá. Respiraba con dificultad y tenía la cara de un rojo intenso que recordó a Benton el Maranello Ferrari 575M que había visto cerca de Cambridge. Se trataba de un burdeos intenso llamado Barcetta, y pensar en ese coche le recordó a Lucy, a la que siempre habían gustado los modelos rápidos y potentes.

—Podrás ver a la doctora, y a Lucy, y a...

—Falso —susurró Benton—. Jean-Baptiste Chandonne lo ha manipulado todo para situarse en esta posición. Está exactamente donde quiere estar. Une los cabos, Pete. Remóntate a cómo empezó todo después de que lo detuvieran. Sorprendió a todo el mundo con una confesión, que no se le había pedido, de otro asesinato más, éste en Tejas, y después va y se declara culpable. ¿Por qué? Porque quería que lo extraditaran a Tejas. Lo eligió él, no el gobernador de Virginia.

—Ni hablar —cuestionó Marino—. Nuestro ambicioso gobernador de Virginia no quería cabrear a Washington cabreando a Francia, la capital mundial antipena de muerte. Así que trasladó a Chandonne a Tejas.

—No es así. —Benton sacudió la cabeza—. Jean-Baptiste trasladó a Jean-Baptiste a Tejas.

—¿Y tú cómo coño lo sabes? ¿Hablas con alguien? Creía que no hablabas con nadie.

Benton no respondió.

—No lo entiendo —prosiguió Marino—. ¿Por qué iba a importarle un carajo al Hombre Lobo ir a Tejas?

—Sabía que ahí moriría deprisa, y quería morir deprisa. Formaba parte de su plan general. No tenía intención de pudrirse en el corredor de la muerte diez o quince años. Y sus posibilidades de actuar con astucia son mucho mayores en Tejas. Virginia podría doblegarse a la presión política y aplazar su ejecución.

»Además, Virginia es claustrofóbico. Todos sus movimientos serían observados. Conseguiría muchas menos cosas, porque los policías y los funcionarios de prisiones no le quitarían ojo. Lo controlarían al máximo. No me digas que si estuviera en Virginia no le comprobarían el correo en secreto. A la mierda sus derechos legales.

—En Virginia lo habrían electrocutado —replicó Marino—. Después de lo que hizo.

—Mató a una dependienta. Mató a un policía. Casi mató a la jefa del Departamento de Medicina Forense. El gobernador de esa época es ahora senador y presidente del Comité Demócrata Nacional. No cabreó a Washington porque no iba a cabrear a los franceses. Por cierto, al gobernador de Tejas, un republicano que dispara a la mínima y que está en su segundo mandato, le importa un comino cabrear a quien sea.

—¿La jefa del Departamento de Medicina Forense? No puedes pronunciar su nombre, ¿verdad? —dijo Marino, incrédulo.

19

Hacía unos años, Kay, la tía de Lucy Farinelli, recordaba una anécdota sobre la cabeza decapitada de un soldado alemán muerto en la Segunda Guerra Mundial.

Le contó a Lucy que encontraron su cadáver enterrado en la arena en algún lugar de Polonia, y que la aridez del terreno había hecho que se conservaran muy bien sus características arias: el cabello rubio y corto, los rasgos atractivos e incluso la barba. Cuando Scarpetta vio la cabeza en la vitrina de un instituto médico forense polaco durante una visita como conferenciante, le vino a la mente el museo de Madame Tussaud.

—Tiene los dientes delanteros rotos —prosiguió Scarpetta, y explicó que no creía que los dientes se hubiesen dañado *post mortem* ni debido a una lesión durante la muerte del joven nazi. Sencillamente, no prestaba atención al cuidado dental—. Herida de bala en la sien derecha, sin contacto del arma. El ángulo de la herida indica en qué dirección estaba apuntada el arma; en este caso, hacia abajo. En un suicidio, el cañón suele estar recto o dirigido hacia arriba. No había restos de pólvora, ya que le habían limpiado la herida y afeitado el cabello circundante en el depósito de cadáveres, adonde se habían enviado los restos momificados para asegurarse de que la muerte no era reciente, o eso me dijeron cuando di la conferencia en la Academia Polaca de Medicina.

La única razón por la que Lucy se acordó del nazi decapitado mientras le registraban el coche en la frontera nororiental de Alemania era que el guardia alemán que se inclinó hacia el Mercedes negro de alquiler y recorrió los asientos de piel con una linterna era un atractivo joven rubio de ojos azules. A continuación, repasó la moqueta negra del suelo, de modo que el potente haz iluminó el maletín de piel raspada y las bolsas rojas de Nike en la parte trasera. Dirigió varias veces la luz al asiento del pasajero y después fue al maletero. Lo abrió y cerró sin apenas mirarlo.

Si se hubiera molestado en abrir esas dos bolsas y en rebuscar entre la ropa, habría descubierto un bastón táctico. Se parecía mucho al mango de caucho negro de una caña de pescar pero, con un movimiento rápido de la muñeca, se extendía para convertirse en una fina varilla de acero reforzado de medio metro capaz de destrozar tejido, órganos y hueso.

Lucy estaba preparada para explicar que el arma no era demasiado conocida ni utilizada, salvo por las fuerzas del orden. Afirmaría que su sobreprotector novio se la había dado para defenderse porque era una mujer de negocios y solía viajar sola. Explicaría tímidamente que no sabía muy bien cómo utilizarla, pero que él había insistido y le había prometido que podía incluirlo en el equipaje sin problemas. ¿Y qué si la policía lo confiscaba? Pero Lucy se tranquilizó al ver que no lo encontraba y que el agente de uniforme verde claro que le revisaba el pasaporte desde el interior de la garita no parecía sentir curiosidad por esa joven estadounidense que conducía sola un Mercedes de noche.

—¿Cuál es el motivo de su visita? —preguntó en un inglés terrible.

—*Geschäft*. —No le dijo qué clase de negocios, pero tenía una respuesta preparada si era necesario.

El guardia descolgó el teléfono y dijo algo. Lucy no entendió, pero comprendió que no hablaba de ella o que, si lo hacía, no era nada importante. Esperaba que hurgaran en sus pertenencias y que la interrogaran, y estaba preparada para ello, pero el guardia que le recordaba la cabeza que su tía había visto en la vitrina del instituto forense polaco le devolvió el pasaporte.

—*Danke* —dijo ella con educación mientras en silencio lo calificaba de *trag Narr*. El mundo estaba lleno de idiotas perezosos como él.

Le indicó con la mano que siguiera adelante.

Avanzó despacio para entrar en Polonia y otro guardia, éste polaco, la sometió a la misma rutina. No hubo suplicio, no hubo búsqueda a fondo, ni insinuación de algo que no fuera somnolencia y aburrimiento. Era demasiado fácil. Surgió la paranoia. Recordó que nunca debería confiar en nada que fuera demasiado fácil, e imaginó hombres de la Gestapo y las SS, espectros crueles del pasado. El temor, infundado e irracional, aumentó como el olor corporal. El sudor le resbalaba por los costados, bajo la cazadora, y pensó en los polacos dominados y desprovistos de sus propios nombres y vidas durante una guerra que sólo conocía a través de los libros de historia.

No era demasiado distinto a la forma en que Benton Wesley vivía, y Lucy se preguntó qué pensaría y sentiría si supiera que estaba en Polonia y por qué. No pasaba un día sin que él no ensombreciera su vida.

20

Su experiencia profesional no se apreciaba a no ser que la exhibiera adrede como un arma.

Estaba aún en secundaria cuando empezó las prácticas para el FBI y diseñó su Red de Inteligencia Artificial de Lucha contra el Crimen, conocida como CAIN. Cuando terminó sus estudios en la Universidad de Virginia, se convirtió en un agente especial del FBI y le dieron carta blanca como experta informática y técnica. Aprendió a pilotar helicópteros y se convirtió en la primera mujer del Equipo de Rescate de Rehenes de las Fuerzas Especiales del FBI. La hostilidad, el acoso y las insinuaciones groseras la seguían en cada operación, en cada batida, en cada sesión dura de entrenamiento. Rara vez era invitada a unirse a los hombres a tomar una cerveza en el bar de la academia, el Boardroom. No le confiaban nada sobre las operaciones que habían ido mal ni sobre sus mujeres, hijos o novias. Pero la observaban. Se hablaba de ella en las duchas.

Su carrera en el FBI se había malogrado una mañana húmeda de octubre, cuando ella y su compañero del Equipo de Rescate de Rehenes, Rudy Musil, disparaban balas reales de nueve milímetros en la Casa de los Neumáticos de la Academia del FBI. Como su nombre indicaba, ese campo de tiro cubierto, muy peligroso, estaba lleno de neumáticos viejos que los agentes podían utilizar para echarse encima de ellos, agacharse debajo o ponerse a cubierto mientras practicaban unas maniobras demenciales. Rudy jadeaba, sudoroso, al agacharse tras un montón de neumáticos para introducir otro cargador en la Glock. Se asomó desde detrás de un Michelin gastado para buscar a Lucy, su compañera.

—Muy bien. Habla —le gritó a través del humo de los disparos—. ¿Cuáles son tus preferencias sexuales?

—Practicarlo todo lo posible. —Volvió a cargar el arma y la amartilló a la vez que rodaba entre pilas de neumáticos antes de disparar cinco veces a un blanco móvil a diez metros de distancia. Los impactos en la cabeza fueron tantos que recordaba a una florecilla.

—¿Ah, sí?

Dos balas perforaron a un matón con resorte que empuñaba una ametralladora.

—Los chicos y yo hemos apostado —dijo Rudy mientras se arrastraba por el sucio suelo de hormigón.

Se abalanzó a través de unas torres de neumáticos tiznados y agarró a Lucy, que estaba desprevenida, por las botas Red Wing con refuerzos de acero.

—¡Te pillé! —exclamó a la vez que dejaba la pistola sobre un neumático.

—¿Estás loco? —Lucy vació una bala de la recámara de la pistola y el cartucho expulsado rebotó en el suelo—. ¡Usamos munición real, imbécil!

—Déjamela ver —pidió Rudy, poniéndose serio—. No suena bien. —Cogió la pistola y extrajo el cargador—. Un resorte suelto —sentenció. Sacudió la pistola antes de dejarla junto a la suya sobre el neumático—. Ajá. Regla número uno: nunca pierdas el arma.

Se situó sobre ella, riendo mientras forcejeaban. De algún modo creía que era lo que ella había estado esperando, que estaba excitada y que bromeaba al seguir gritando: «¡Suéltame, cabrón!» Por último, le sujetó ambas muñecas con una de sus fuertes manos, le deslizó la otra por debajo de la camisa y le metió la lengua en la boca mientras le levantaba el sujetador.

—Los chicos sólo dicen que eres lesbiana porque no pueden tenerte... —dijo entre jadeos mientras intentaba desabrocharle el cinturón.

Lucy le mordió el labio inferior y con la frente le dio un fuerte golpe en la nariz. Rudy se pasó el resto del día en urgencias.

Los abogados del FBI recordaron a Lucy que una denuncia no beneficiaría a nadie, sobre todo porque Rudy creía que ella «quería» y era probable que tuviera motivos para creerlo. Lucy había dicho a Rudy que quería «practicarlo todo lo posible», según había expuesto éste de mala gana en los formularios que se había visto obligado a rellenar para Asuntos Internos.

—Es verdad —aceptó Lucy con calma en una declaración jurada ante un equipo de cinco abogados, ninguno de los cuales la representaba a ella—. Dije eso, pero no dije que quería practicarlo con él ni con nadie en ese momento, en medio de fuego real, en plena Casa de los Neumáticos y en plena maniobra, y menos con la menstruación.

—Pero le había dado esperanzas en el pasado. Había dado al agente Musil motivos para pensar que le gustaba.

—¿Qué motivos? —Lucy quedó desconcertada—. ¿Ofrecerle un chicle de vez en cuando, ayudarle a limpiar sus armas, correr con él la Yellow Brick y otras carreras de obstáculos, como la del cuartel de marines, que es la peor, bromear, esa clase de cosas?

—Ésas son muestras de buen compañerismo —coincidieron entre sí los abogados.

—Es mi compañero. El compañerismo es lo que suele haber entre compañeros.

—Sin embargo, parecía dedicarle mucho tiempo y atención al agente Musil, incluida atención personal, como preguntarle cómo había pasado sus fines de semana y sus vacaciones, y llamarle a casa cuando estaba de baja, enfermo.

—Quizá «bromear», como usted lo llama, podría interpretarse como flirtear. Algunas personas bromean cuando flirtean.

Los abogados estuvieron otra vez de acuerdo, y lo peor era que dos de ellos eran mujeres; mujeres con trajes masculinos y zapatos de tacón alto, mujeres cuyos ojos reflejaban una identificación con el agresor, como si sus iris estuvieran pegados al revés en los globos oculares y fueran apagados en lugar de brillantes, ciegos a lo que tenían ante ellos. Las abogadas tenían los ojos muertos de las personas que se privan de lo que quieren o se convierten en lo que temen.

—Perdonen —dijo Lucy, evitando aquellos ojos muertos—. Me han pisado. Repitan, por favor —masculló en jerga de piloto.

—¿Cómo dice? ¿Quién la ha pisado? —Entrecejos fruncidos.

—Han interferido en mi transmisión a la torre. Uy, no hay torre. Estamos en un espacio aéreo incontrolado y pueden hacer lo que quieran. ¿No es así?

Más ceños. Los abogados se miraron entre sí con indulgencia.

—Da igual —añadió.

—Es soltera y atractiva. ¿Ve cómo el agente Musil podría haber malinterpretado las bromas, las llamadas telefónicas a su casa, etcétera, y haberlas considerado una muestra de interés sexual por él, agente Farinelli?

—También se ha expuesto que solía referirse al agente Musil y a usted misma como Yin e Ylang.

—He dicho a Rudy miles de veces que el ylang es un árbol malayo. Ylang-ylang, para ser exactos. Un árbol con flores amarillas de las que se destila perfume... pero no siempre sintoniza sus oídos a la frecuencia adecuada. —Lucy contuvo una sonrisa.

Los abogados tomaban notas.

—Nunca he llamado «ylang» a Rudy. A veces le he llamado «yang» y él a mí «ying», por mucho que le haya dicho que la palabra es «yin» —siguió explicando Lucy.

Silencio, bolígrafos expectantes.

—Tiene que ver con la filosofía china. —Lucy podría haber estado hablando con una pared—. Equilibrio, homólogos.

—¿Por qué se llaman... lo que sea?

—Porque somos como dos gotas de agua. ¿Conocen esta expresión?

—Creo que estamos familiarizados con ella. Sugiere también una relación...

—No del tipo que ustedes hablan —contestó Lucy—. Él y yo somos como dos gotas de agua porque ninguno de los dos encaja. Él es austríaco y los demás chicos le llaman despectivamente «Musili» y afirman que es, y cito, «gilipollas», algo que a él no le hace nada de gracia. Y yo soy lesbiana y odio a los hombres, porque ninguna mujer normal a la que le gusten los hombres querría estar en el Equipo de Rescate de Rehenes ni daría la talla. Según las leyes del machismo.

Lucy examinó los ojos muertos de las mujeres y decidió que los ojos de los abogados hombres también estaban muertos. El único signo de vida en ellos era el destello de unos seres miserables e insignificantes que detestaban a alguien como Lucy porque se atrevía a resistirse a que la dominaran y la asustaran.

—Esta entrevista, declaración, inquisición o lo que quiera que sea es una gilipollez —les dijo—. No tengo ningún interés en demandar al FBI. Supe cuidarme yo sola en la Casa de los Neumáticos. No informé del incidente. Fue Rudy quien lo hizo. Tenía que explicar sus heridas. Asumió la responsabilidad. Podría haber mentido. Pero no lo hizo, y estuvimos de acuerdo en un abrir y cerrar de ojos.

Había usado la palabra «ojos» para recordar a los abogados sus ojos muertos, como si de algún modo ellos supieran que sus ojos estaban muertos y fueran incapaces de ver una realidad que se modificaba con la verdad y las posibilidades, y suplicaba a los seres humanos que participaran en ella y combatieran a la gente de ojos muertos que estaba arruinando el mundo.

—Rudy y yo hemos sido nuestros propios mediadores —prosiguió Lucy con calma—. Hemos dejado claro de nuevo que somos compañeros, y un compañero no hace lo que el otro no quiere ni comete ningún acto que pueda traicionar o dañar al otro. Y me pidió que lo perdonara. Y hablaba en serio. Estaba llorando.

—Los espías piden perdón. También lloran. —El rubor ascendía por el cuello de una abogada hostil con traje de raya diplomática y unos zapatos de tacón de aguja que a Lucy le recordaban unos pies atados—. Y que acepte sus disculpas no viene al caso, agente Farinelly. Intentó violarla —recalcó, con lo que suponía que humillaría a Lucy y la convertiría otra vez en una víctima al invitar a los abogados hombres a imaginarla desnuda y atacada sexualmente en la Casa de los Neumáticos.

—No sabía que Rudy fuese un espía —contestó Lucy.

Después dimitió del FBI y se incorporó a la Oficina

de Alcohol, Tabaco, Armas de Fuego y Explosivos, que el FBI considera injustamente una colección de provincianos que revientan alambiques clandestinos y llevan cinturón de herramientas y pistola.

Se convirtió en una experta investigadora de incendios en Filadelfia, donde contribuyó a escenificar el asesinato de Benton Wesley, lo que incluyó conseguir un cadáver donado a una facultad de medicina. El difunto era un hombre mayor, de cabello plateado, cuya identificación visual después de ser incinerado en un edificio en llamas fue poco fiable, por no decir imposible. Lo único que una horrorizada Scarpetta vio en la escena sucia, humeante y empapada de agua fue un cuerpo carbonizado, un cráneo sin rostro y un reloj de titanio que pertenecía a Benton. Por orden secreta de Washington, el forense jefe de Filadelfia falsificó todos los informes. Sobre el papel, Benton estaba muerto; un homicidio más añadido a las estadísticas de delincuencia del FBI en 1997.

Después de que Benton desapareciera en el agujero negro del programa de protección de testigos, la ATF trasladó a Lucy a la Oficina de Campo de Miami, donde se ofrecía voluntaria para peligrosas misiones secretas y conseguía que se las asignaran a pesar de las reservas del agente especial responsable. Lucy tenía carácter. Era voluble. Nadie próximo a ella, salvo Pete Marino, entendía por qué. Scarpetta no sabía, ni remotamente sospechaba, la verdad. Suponía que Lucy atravesaba una etapa terrible porque no podía sobrellevar la muerte de Benton, cuando lo cierto era que Lucy no podía sobrellevar que Benton estuviera vivo. Al año de ocupar su nuevo cargo en Miami, disparó y mató a dos traficantes de drogas en una redada que salió mal.

A pesar de las cintas de vídeo de la cámara de vigilancia que mostraban con claridad que había salvado su propia vida así como la de su compañero, hubo rumores, habladurías desagradables y desinformación, y una investigación administrativa tras otra. Lucy dejó la ATF. Dejó a los federales. Cobró sus acciones punto com antes de que la economía se desestabilizara y derrumbara después del 11 de septiembre. Invirtió una parte de su riqueza, junto con su experiencia en las fuerzas del orden y su talento, en la creación de una agencia de investigación privada que denominaba El Último Reducto. Era donde ibas cuando ya no te quedaba ningún sitio. No se anunciaba ni aparecía en ninguna guía.

21

Benton se levantó y se metió las manos en los bolsillos.

—Gente del pasado —dijo—. Vivimos muchas vidas, Pete, y el pasado está muerto. Es algo concluido. Algo a lo que no podemos volver. Avanzamos y nos reinventamos.

—Menuda tontería. Has pasado demasiado tiempo solo —soltó Marino, mientras el miedo le helaba la sangre—. Me pones enfermo. Me alegra mucho que Scarpetta no esté aquí para verlo. O quizá debería, para que pudiera por fin olvidarte como es evidente que has hecho tú con ella. Maldita sea, ¿no puedes encender el aire acondicionado?

Marino se dirigió al aparato de la ventana y lo puso al máximo.

—¿Sabes qué está haciendo ahora, o te importa un carajo? Nada. Es una maldita asesora, joder. La despidieron de su cargo de jefa. ¿Te lo puedes creer? El gobernador de Virginia se la quitó de encima por una cuestión de política. Y que te despidan en medio de un escándalo no te ayuda demasiado a conseguir clientes —despotricó—. Nadie quiere contratarla, si no se trata de algún caso insignificante en algún sitio que no se puede permitir a nadie, así que ella lo hace gratis. Como una sobredosis en Baton Rouge. Una puta sobredosis...

—¿En Luisiana? —Benton se acercó a la ventana y miró por ella.

—Sí, el juez de instrucción me llamó esta mañana antes de salir de Richmond. Un tal Lanier. Una vieja sobredosis. Yo no sabía nada sobre el caso, así que quiso saber si la doctora hacía trabajos privados y, más que nada, quería referencias de ella. Me cabreé muchísimo. Pero a eso hemos llegado. Necesita referencias.

—¿En Luisiana? —repitió Benton, como si tuviera que haber un error.

—¿Conoces algún otro estado con una ciudad llamada Baton Rouge? —repuso Marino, insidioso, por encima del ruido del aire acondicionado.

—No es un buen sitio para ella —comentó Benton de modo extraño.

—Sí, bueno, no la llaman de Nueva York, de Washington ni de Los Ángeles. Menos mal que la doctora tiene dinero, porque si no estaría...

—En esa zona hay asesinatos en serie... —empezó Benton.

—Bueno, no ha sido el grupo de trabajo que los investiga quien la ha llamado. Este caso no tiene nada que ver con esas mujeres desaparecidas. Es una minucia. Un caso viejo. Supongo que Lanier la llamará. Y conociéndola, ella lo ayudará.

—¿Una zona donde han desaparecido diez mujeres y el juez llama por un viejo caso? ¿Por qué ahora?

—No lo sé. Una pista.

—¿Qué pista?

—¡No lo sé!

—Quiero saber por qué esa sobredosis es tan importante de repente —insistió Benton.

—¿Te fallan las antenas? —exclamó Marino—. No captas la idea, coño. La vida de la doctora se ha ido a la mierda. Ha pasado de ser la bateadora del año a jugar en segunda división.

—Luisiana no es un buen sitio para ella —repitió Benton—. ¿Por qué te llamó ese juez? ¿Sólo para pedir referencias?

Marino sacudió la cabeza como si intentara despertarse. Se frotó la cara. Benton estaba perdiendo el control.

—Me llamó para pedirme que le ayudara en el caso —contestó.

—¿Tú?

—¿Qué rayos quieres decir? ¿Crees que no puedo ayudar a alguien a resolver un caso? Puedo ayudar a cualquier maldito...

—Claro que sí. ¿Por qué no le ayudas entonces?

—¡Porque no sé nada de ese caso! ¡Dios mío, me estás volviendo loco!

—El Último Reducto podría ayudarlo.

—¿Quieres dejarlo ya, joder? El hombre no parecía demasiado ansioso ni preocupado, sólo dijo que podría pedir la opinión médica de la doctora...

—Su sistema jurídico se basa en el Código napoleónico.

—¿Qué tiene que ver Napoleón en esto? —preguntó Marino, que no tenía ni idea.

—Es el sistema jurídico francés —explicó Benton—. Luisiana es el único estado del país que posee un sistema jurídico basado en el francés en lugar del inglés. Baton Rouge tiene más homicidios de mujeres sin resolver per cápita que ninguna otra ciudad de Estados Unidos.

—Muy bien, de acuerdo: no es un sitio agradable.

—No debería ir. Especialmente sola. En ninguna circunstancia. Asegúrate de ello, Pete. —Benton seguía mirando por la ventana—. Hazme caso.

—¿Que te haga caso? Estás de broma.

—Lo menos que puedes hacer es cuidar de ella.

Marino, indignado, tenía los ojos fijos en la mirada de Benton.

—No puede acercarse a él —concluyó éste.

—¿De quién estás hablando? —quiso saber Marino, cuya frustración iba en aumento. Benton era un desconocido. No conocía a ese hombre—. ¿Del Hombre Lobo? —prosiguió—. Por Dios. Creía que estábamos hablando de un caso de sobredosis en la región cajún —se quejó.

—Manténla alejada de ahí.

—No tienes ningún derecho a pedirme nada, sobre todo en lo que a ella se refiere.

—Está obsesionado con ella.

—¿Qué coño tiene que ver él con Luisiana? —Marino se acercó y le escudriñó la cara, como si se esforzara en interpretar algo que no conseguía ver bien.

—Es una continuación de una lucha de poder que perdió ante ella en el pasado. Y ahora quiere ganar aunque sea lo último que haga.

—No me parece que vaya a ganar nada cuando le van a inyectar líquido suficiente para matar a una docena de caballos.

—No estoy hablando de Jean-Baptiste. ¿Has olvidado al otro Chandonne, su hermano? El Último Reducto debería ayudar a ese juez de instrucción y no ella.

Marino no escuchaba. Se sentía como si estuviera sentado en el asiento trasero de un coche en movimiento en el que no había nadie al volante.

—La doctora sabe lo que el Hombre Lobo quiere de ella —seguía sin desviarse de un tema, el que le interesaba y tenía sentido—. No le importará ponerle la inyección, y yo estaré detrás del cristal ahumado, sonriendo.

—¿Le has preguntado si le importa? —Benton observaba cómo otro día de primavera llegaba con suavidad a su fin. La luz dorada del sol bañaba las tonalidades tenues y vívidas de verde, y las sombras se intensificaban cerca del suelo.

—No tengo que preguntárselo.

—Comprendo. Así que no lo has comentado con ella. No me sorprende. Ella nunca lo comentaría contigo.

El insulto era sutil pero picó a Marino como una medusa. Nunca había intimado con Kay Scarpetta. Nadie había intimado así con ella, no como Benton. Ella nunca había dicho a Marino cómo se sentía siendo un verdugo. No comentaba sus sentimientos con él.

—He contado contigo para que la cuides —aseguró Benton.

El aire pareció caldearse y ambos, sudorosos, guardaron silencio.

—Sé lo que sientes, Pete —dijo por fin Benton en voz baja—. Siempre lo he sabido.

—Tú no sabes nada.

—Cuídala.

—He venido para que puedas hacerlo tú —le espetó Marino.

22

El Carthage Bluff Landing era un buen sitio para comprar comestibles y gasolina, pero Bev Kiffin nunca atracaba ahí.

No redujo la velocidad al pasar por delante y se acercó al Tin Lizzy's Landing, un restaurante cuya construcción había costado un millón de dólares a partir de unos cobertizos derruidos y lo que Bev llamaba «mierda de derribo». Los ricos de tierra firme podían acceder a Lizzy desde el puente Springfield y tomar todo el marisco, los bistecs al estilo cajún y la bebida que quisieran sin tener que volver a casa en barco después del anochecer. Hacía seis meses, Bev había pedido a Jay que la llevara por su cumpleaños y él se había reído. Después, había torcido el gesto y la había llamado estúpida y fea, y dicho que estaba loca si pensaba que la llevaría a ningún restaurante, y mucho menos a uno de clase alta, accesible por carretera.

Los celos la consumían mientras aceleraba hacia el Jack's Boat Landing. Se imaginó a Jay magreando a otras mujeres.

Recordó cuando su padre se sentaba a otras niñas en el regazo y pedía a Bev que llevara a casa a sus amiguitas para poder hacerles carantoñas mientras ella lo miraba. Era un empresario atractivo, próspero y, al llegar ella a la adolescencia, objeto del enamoramiento de sus amigas. Las tocaba de maneras que no eran evidentes o denunciables, sólo lo que él consideraba un contacto inocente entre su pene excitado y las nalgas de las muchachas sentadas en su regazo. Jamás se exhibía ni hablaba de modo vulgar, ni siquiera soltaba juramentos. Y lo peor: cuando les rozaba por casualidad el pecho, a sus amigas les gustaba, y a veces le rozaban ellas primero.

Un día Bev se marchó y jamás volvió, igual que había hecho su madre cuando Bev tenía tres años y la había dejado con él y sus necesidades. Bev se convirtió en adicta a los hombres. Pero dejar a Jay era una cuestión totalmente distinta, y se preguntaba por qué no lo había hecho aún. No estaba segura del motivo por el que hacía todo lo que le pedía, aun cuando temía por su propia seguridad. Le aterraba la idea de que un día Jay se fuera en el barco y no volviera. Le estaría bien empleado, ya que eso era lo que ella le había hecho a su padre, que murió de un infarto en 1997. Bev no asistió al entierro.

De vez en cuando, cuando iba a tierra firme, pensaba en el río Misisipí, pero Jay conocía su impulso esporádico de huir a la costa del Golfo. En más de una ocasión le había dicho que el Misisipí era el río más grande de Estados Unidos, con más de un millón y medio de kilómetros de aguas bravas y turbias, y de afluentes que se desplegaban en miles de arroyos, marismas y pantanos, donde cualquiera podía perderse tanto que, según Jay, «terminaría muerta a bordo de su barco». Ésas eran sus palabras exactas: «muerta» en lugar de «muerto». La elección de género no era ningún error. Jay no cometía errores, ni inconscientes ni de ningún otro tipo.

Aun así, cuando Bev salía en el barco, soñaba con el Misisipí, con cruceros fluviales y casinos, con cócteles afrutados y cervezas en vasos helados, y tal vez contemplar el Carnaval desde la ventana de un bonito hotel con aire acondicionado. Se preguntaba si la buena comida le sentaría mal ahora que llevaba tanto tiempo sin probarla. Seguramente una cama cómoda la agarrotaría y se levantaría dolorida porque estaba acostumbrada a colchones apestosos y destartalados en los que ya ni siquiera Jay dormía.

Esquivó un tronco semisumergido, temerosa al principio de que se moviese y tuviera fauces, y empezó a sentir comezón bajo la ajustada cinturilla de los vaqueros.

—¡Mierda! —Sujetó el timón con una mano y se metió la otra bajo la ropa para rascarse frenéticamente—. ¡Maldita sea! Oh, mierda, ¿qué coño me ha picado ahora?

Respiró con fuerza y, presa del pánico, abrió la escotilla y hurgó en su bolsa de playa en busca del repelente de insectos, que se aplicó por todo el cuerpo. Jay siempre decía que todo era psicológico. Los verdugones no eran picaduras, eran urticaria porque estaba mal de los nervios, porque estaba medio loca. «Bueno, no estaba medio loca hasta que te conocí a ti —le contestaba mentalmente—. Nunca había tenido urticarias ni nada parecido, ni siquiera erupciones por haber tocado zumaque sin querer.»

Navegó a la deriva por el río un minuto o dos, planteándose lo que iba a hacer e imaginando la cara de Jay cuando le llevara lo que quería, y después imaginando su cara si no lo hacía. Aceleró hasta alcanzar sesenta kilómetros por hora, que era demasiado para esa parte del Tickfaw e imprudente si se tenía en cuenta su temor a las aguas oscuras y a lo que ocultaban. Se desplazó a la izquierda y redujo con brusquedad la velocidad para doblar hacia un arroyo, por el que avanzó despacio hacia un pantano que olía como la muerte. Sacó la escopeta de debajo de la lona y se la puso en el regazo.

23

La luz del sol iluminaba una franja de la cara de Benton mientras éste miraba por la ventana.

Por un largo instante reinó un silencio, tenso. El aire pareció adquirir un brillo inquietante, y Marino se frotó los ojos.

—No lo entiendo. —Le temblaban los labios—. Podrías ser libre, volver a casa, estar vivo otra vez… —Se le quebró la voz—. Creía que por lo menos me darías las gracias por tomarme la molestia de venir aquí a decirte que puede que Lucy y yo no renunciemos nunca a devolverte...

—¿Ofreciéndola a ella? —le interrumpió Benton, y se volvió para mirarlo—. ¿Ofreciendo a Kay como anzuelo?

Por fin pronunció su nombre, pero estaba tan impasible que era como si no tuviera sentimientos. Marino se sobresaltó y se secó los ojos.

—¿Anzuelo? ¿Qué...?

—¿No es suficiente lo que ese cabrón le ha hecho ya? —prosiguió Benton—. Ya intentó matarla una vez. —No estaba hablando de Jean-Baptiste, sino de Jay Talley.

—No podrá matarla si está sentado tras un cristal a prueba de balas, charlando por teléfono en una cárcel de máxima seguridad —dijo Marino mientras seguían hablando de dos personas distintas.

—No me estás escuchando.

—Porque tú no me escuchas a mí —replicó Marino de modo infantil.

Benton apagó el aire acondicionado y abrió la ventana. Cerró los ojos cuando la fría brisa le acarició las mejillas calientes. Olió la tierra floreciente. Por un instante, recordó cuando estaba con Kay, y empezó a sangrar por dentro como un hemofílico.

—¿Lo sabe ella? —preguntó.

—Dios mío —dijo Marino, y se restregó la cara—. Estoy harto de que la presión arterial se me dispare como si fuera un jodido termómetro.

—Dímelo —insistió Benton mientras se apoyaba en el marco de la ventana para inclinarse hacia el aire fresco. Se volvió y miró a Marino a los ojos—. ¿Lo sabe o no?

—No —suspiró Marino al captar lo que quería decir—. No lo sabe. No lo sabrá nunca si no se lo dices tú. Yo no le haría eso. Lucy tampoco. —Se puso de pie, enfadado—. Algunos de nosotros la queremos tanto que no la lastimaríamos así, ¿sabes? Imagina cómo se sentiría si supiera que estás vivo y que ella ya no te importa una mierda.

Se dirigió a la puerta, temblando de rabia y pesar.

—Creía que me lo agradecerías —se quejó.

—Te lo agradezco. Sé que tus intenciones son buenas. —Benton se acercó a él con asombrosa serenidad—. Sé que no lo entiendes, pero tal vez algún día lo hagas. Adiós, Pete. No quiero volver a verte ni a tener noticias tuyas nunca. Por favor, no te lo tomes como algo personal.

—Hasta nunca y vete a la mierda —soltó Marino, y tiró del pomo con tanta fuerza que casi lo arrancó de la puerta—. No te lo tomes como algo personal.

Se miraron como dos hombres que se miden en un

duelo, sin querer ser ninguno de los dos el primero en moverse, ni siquiera deseando realmente que el otro desapareciera de su vida. Los ojos pardos de Benton eran inexpresivos, como si quienquiera que viviera tras ellos se hubiera desvanecido. Marino se dio cuenta de que el Benton que él conocía se había ido y nada lo devolvería.

Y, de algún modo, Marino iba a tener que decírselo a Lucy. Y, de algún modo, tendría que aceptar el hecho de que su sueño de rescatar a Benton y devolvérselo a Scarpetta sería siempre un sueño, sólo un sueño.

—¡No tiene sentido! —gritó.

Benton se llevó el dedo índice a los labios.

—Márchate, Pete, por favor —dijo en voz baja—. No es necesario que lo tenga.

Marino vaciló en el rellano apestoso y mal iluminado del apartamento 56.

—Muy bien. —Intentó sacar un cigarrillo y se le cayeron unos cuantos al sucio suelo—. Muy bien... —iba a decir «Benton» pero se contuvo antes de agacharse a recoger los cigarrillos con tal torpeza que se le rompieron dos.

Se secó los ojos con el dorso de una mano mientras Benton lo miraba de pie desde la puerta, sin ayudarle a recoger los cigarrillos, incapaz de moverse.

—Cuídate, Pete —dijo Benton, el maestro de las máscaras y del autocontrol, con voz firme, razonable.

Marino, que seguía en cuclillas, alzó la mirada con los ojos enrojecidos. La costura de la entrepierna de sus arrugados pantalones caqui estaba algo descosida, y se le entreveían los calzoncillos blancos.

—No lo entiendes. ¡Puedes volver! —soltó.

—Lo que tú no entiendes es que no hay nada a lo que volver —dijo Benton con voz apenas audible—. No quiero volver. Y ahora, lárgate de mi vida y déjame solo, por favor.

Cerró la puerta y echó el pestillo. Dentro, se desplomó en el sofá y se tapó la cara con las manos mientras las insistentes llamadas de Marino se convertían en patadas y golpes violentos.

—Vale, disfruta de tu maravillosa vida, imbécil —se oyó a través de la puerta—. ¡Siempre supe que eras frío y que no te importaba un carajo nadie, ni siquiera ella, psicópata de mierda! —Los golpes y patadas se interrumpieron de repente.

Benton contuvo el aliento en un esfuerzo por escuchar. El silencio repentino era peor que cualquier berrinche. El silencio de Pete Marino era condenatorio. Era definitivo. Oyó cómo su amigo bajaba pesadamente por las escaleras.

—Estoy muerto —masculló Benton mientras se encorvaba en el sofá—. Pase lo que pase, estoy muerto. Soy Tom. Tom Haviland. Tom Speck Haviland... —Respiraba agitadamente y el corazón le palpitaba con fuerza—. Nacido en Greenwich, Connecticut...

Se levantó, aplastado por una depresión que oscurecía la habitación y volvía el aire tan denso como el aceite. Sintió el olor a cigarrillo que había dejado Marino, y lo atravesó como un puñal. Se dirigió a la ventana y se situó de modo que no se le pudiera ver desde la calle para observar cómo Pete se iba despacio a través de las sombras intermitentes y de la luz del sol veteada por el irregular asfalto de la calle.

Marino se detuvo para encender un Lucky Strike y se volvió para dirigir una mirada al deprimente edificio de Benton hasta encontrar la ventana del apartamento 56. La brisa alcanzó las cortinas, finas y baratas, que se agitaron hacia el exterior como espíritus que abandonaban la casa.

24

En Polonia pasaban unos minutos de la medianoche.

Lucy adelantó caravanas de viejos camiones del ejército ruso y recorrió kilómetros de túneles alicatados y la E28, bordeada de árboles. No podía dejar de pensar en la alerta roja, en lo fácil que le resultaba enviar información informatizada que ponía en guardia a las fuerzas del orden de todo el mundo. La información era legítima, por supuesto. Rocco Caggiano era un criminal. Lo sabía desde hacía años. Pero hasta que había recibido la información que lo implicaba en varios delitos, ni ella ni las demás partes interesadas habían podido hacer otra cosa que detestarlo.

«Una simple llamada telefónica», pensó.

Lucy había llamado a la Oficina Central de Interpol en Washington. Se había identificado y había mantenido una breve conversación con un funcionario llamado McCord. El siguiente paso había sido una búsqueda en la base de datos de Interpol para ver si Caggiano era conocido, y no lo era, ni siquiera como alerta verde, que significa, sencillamente, que una persona debía ser observada y sometida a más registros de los habituales cuando cruzara fronteras y pasara por aeropuertos internacionales.

Rocco Caggiano tenía unos treinta y cinco años. Nunca lo habían detenido, y había ganado una fortuna, aparentemente como un abogado sin escrúpulos, de los que buscan casos de indemnizaciones a personas accidentadas, pero su formidable riqueza y poder procedía de sus verdaderos clientes, los Chandonne, aunque no era exacto llamarlos clientes. Lo poseían. Lo protegían. Lo mantenían vivo y rodeado de todo el lujo que quisiera.

—Compruebe un asesinato de 1997 —dijo Lucy a McCord—. Fin de Año en Sicilia. Un periodista llamado Carlos Guarino. Recibió un disparo en la cabeza y su cadáver fue arrojado a una zanja de drenaje. Trabajaba en un artículo de investigación sobre los Chandonne, algo muy arriesgado, por cierto. Acababa de entrevistar a un abogado que representaba a Jean-Baptiste Chandonne...

—Sí, sí. Conozco el caso. El Hombre Lobo, o comoquiera que lo llamen.

—Fue portada de *People* o *Time*. Supongo que todo el mundo conoce al asesino en serie apodado Hombre Lobo —contestó Lucy—. Guarino fue asesinado horas después de hablar con Caggiano.

»A continuación, un periodista llamado Emmanuel La Fleur. Barbizon, Francia, 11 de febrero de 1997. Trabajaba para *Le Monde*. También, y de modo muy imprudente, estaba preparando un reportaje sobre la familia Chandonne.

—¿Por qué tanto interés en los Chandonne, aparte de que son los desafortunados padres de Jean-Baptiste?

—Crimen organizado. Un cártel enorme. Nunca se ha demostrado que el padre lo dirija, pero lo hace. Hay rumores. A veces, las primicias y los premios ciegan a los periodistas de investigación. La Fleur tomó unas copas con Caggiano horas antes de que su cadáver fuera encontrado en un jardín cerca del anterior castillo del pintor Jean François Millet. No se moleste en buscarlo; lleva muerto más de cien años. —No estaba siendo sarcástica. Suponía que Millet no era un nombre muy conocido y no quería encontrarse con que, de repente, el artista fuera sospechoso—. La Fleur recibió un disparo en la cabeza, y la bala de diez milímetros procedía de la misma arma utilizada para asesinar a Guarino —explicó.

Había más. La información procedía de una carta escrita por Jean-Baptiste Chandonne.

—Le mandaré la carta por correo electrónico de inmediato —dijo Lucy. Esa transmisión habría sido inconcebible antes de que Interpol empezara a usar Internet.

La red de comunicaciones informatizadas de la policía internacional contaba con cortafuegos, codificaciones jeroglíficas y sistemas para rastrear a los piratas informáticos más que suficientes para que cualquier transmisión fuera segura. Lucy lo sabía. Cuando la Interpol empezó a valerse de Internet, el secretario general la había retado personalmente a acceder al sistema sin autorización. No lo consiguió. No pudo pasar del primer cortafuego y eso la enfureció, aunque lo último que querría era haberlo logrado.

El secretario general la llamó, bastante divertido. Le leyó una lista de nombres de usuarios, contraseñas y la ubicación de su ordenador.

—No te preocupes, Lucy. No te mandaré la policía —dijo.

—*Merci beaucoup, monsieur Hartman* —contestó al secretario general, que era estadounidense.

De Nueva York a Londres y luego a Berlín, y ahora, al haber cruzado la frontera polaca, había notado que la policía estaba alerta. Pero ella no les había despertado sospechas. Era evidente que no les parecía ninguna terrorista, y no lo era. Pero podría serlo, fácilmente, y era una tontería no tomarla en serio, sin más motivo que su nacionalidad, juventud, aspecto y una sonrisa que podía ser cálida y cautivadora cuando quería.

Era demasiado lista para llevar un arma de fuego. Su bastón táctico cumpliría su cometido si tenía algún problema, no con la policía, sino con algún imbécil que intentara robarle o cualquier otro tipo de agresión. No le costó introducir el bastón en Alemania. Usó su rutina habitual porque no le había fallado nunca: meterlo en un neceser lleno de un revoltijo de accesorios (tenacillas, cepillo rizador, secador, etcétera) y enviarlo por correo. El paquete llegó a un hotel barato cerca del aeropuerto, dirigido a uno de los alias de Lucy; también tenía una habitación reservada con ese nombre. Lucy condujo el Mercedes hasta el hotel, lo aparcó en una calle lateral, recogió el paquete al llegar, revolvió un poco la habitación y colgó el cartel de «No molestar» en la puerta. En media hora, volvía a estar en el coche.

Si en una misión necesitaba un arma más seria, metía una pistola y cargadores adicionales en una maleta presuntamente perdida, sujeta de cualquier manera con cinta de una línea aérea, y uno de los asociados de Lucy, vestido para el papel, la dejaba en la recepción del hotel. Lucy tenía muchos asociados. La mayoría no la había visto nunca y no sabía quién era. Sólo su equipo más próximo la conocía. Ella los tenía a ellos y ellos la tenían a ella. Era suficiente.

Tomó su teléfono móvil y pulsó la tecla de rellamada.

—Estoy en marcha —anunció cuando Rudy Musil contestó—. Una hora y quince si no corro demasiado.

—No lo hagas. —Un televisor sonaba de fondo con fuerza.

Lucy echó un vistazo al velocímetro, que superaba los ciento veinte kilómetros por hora. Podía ser audaz, pero no insensata. No tenía intención de tener problemas con la policía mientras se dirigía a la ciudad más importante pero más pobre de Polonia. No suelen verse estadounidenses en Szczecin. ¿Para qué iban a ir ahí? Sin duda no de turismo, a no ser para visitar los campos de concentración cercanos. Desde hacía años, el desempleo y la depresión económica seguían corroyendo a una ciudad que tiempo atrás había sido una joya de la arquitectura, la cultura y el arte.

Szczecin había recuperado muy poco esplendor desde la Segunda Guerra Mundial, cuando Hitler invadió Polonia y empezó a exterminar a su gente. Era imposible ganarse la vida. Pocos sabían qué era vivir en una casa bonita, conducir un buen coche, llevar ropa de calidad, comprar libros o ir de vacaciones. Se decía que en Polonia sólo los miembros de la mafia rusa y los cárteles criminales tenían dinero, y salvo contadas excepciones era cierto.

Lucy observaba sin cesar la carretera. Entornó los ojos y la sonrisa se desvaneció de su rostro.

—Luces traseras delante —anunció por el móvil—. No me gusta. Alguien reduce la velocidad. —Levantó el pie del acelerador—. Se para en mitad de la carretera.

—No te pares —le indicó Rudy.

—Una limusina averiada. Es extraño ver una limusina estadounidense por estos alrededores.

Lucy cambió de carril para sortear una Lincoln blanca. El conductor y un pasajero bajaban, y resistió el impulso de detenerse y ayudar.

—Mierda —masculló.

—Ni se te ocurra —advirtió Rudy, muy consciente de lo osada que era Lucy y de su compulsión a salvar el mundo.

Pisó el acelerador, y la limusina y sus pasajeros en apuros pasaron a formar parte de la densa oscuridad que se cerraba detrás de ella.

—La recepción está vacía a esta hora —le dijo Rudy.

No podían cometer errores ni ser vistos.

Lucy miró repetidas veces por el espejo retrovisor, inquieta por si la limusina estaba acortando distancia y resultaba ser un problema. Se le hizo un nudo en el estómago. ¿Y si esas personas necesitaban realmente ayuda? Las había dejado solas en la oscuridad de la estrecha y peligrosa E28. Seguramente las atropellaría un camión.

Por unos segundos se planteó dar la vuelta en la siguiente salida. Solía hacerlo por perros extraviados, por tortugas que cruzaban carreteras y calles. Siempre frenaba para no atropellar ardillas y bajaba del coche para comprobar el estado de los pájaros que chocaban contra el parabrisas. Pero la gente era otra cosa. No podía permitirse correr riesgos.

—No se te puede pasar el Radisson —decía Rudy—. No estaciones en la zona para autocares. No les gusta.

Bromeaba. No era necesario recordarle que no aparcara delante del Radisson.

25

En Delray Beach, Florida, hacía calor a las seis de la tarde, y Kay Scarpetta se alejó de la ventana de la cocina, decidida a trabajar otra hora antes de salir.

Se había convertido en una experta a la hora de juzgar las sombras y la luz, de observarlas de modo científico antes de ir a echar un vistazo a sus árboles frutales o a pasear por la playa. Tomar decisiones nimias, basadas en análisis y cálculos sobre cómo se desplazaba el sol por el cielo, la ayudaba a sentirse como si no hubiera perdido el control de su vida por completo.

Su casa estucada en amarillo, de dos plantas, era modesta desde su punto de vista: una vieja casa con temblorosas barandillas blancas, una fontanería y una instalación eléctrica deterioradas y un aire acondicionado que parecía tener vida propia. A veces caían azulejos de detrás de la cocina eléctrica, y el día anterior el grifo de la bañera se había desprendido de la pared. Por una cuestión de supervivencia, había leído libros de reparaciones domésticas y conseguía impedir que las cosas se le cayeran encima mientras trataba de no recordar cómo era su vida antes de haberse trasladado cientos de kilómetros al sur, a apenas una hora en coche al norte de Miami, donde había nacido. El pasado estaba muerto, y la muerte sólo era una fase más de la existencia. Ése era su credo. La mayor parte del tiempo se lo creía.

El tiempo en este mundo era una oportunidad para evolucionar y, después, la gente seguía adelante o cruzaba al otro lado; un concepto que no era suyo ni mucho menos, pero ella no era de los que aceptan lo no evidente sin diseccionarlo antes. Después de muchas reflexiones, sus conclusiones sobre la eternidad eran simples: ningún bien o mal cesa de existir; la vida es energía y la energía no se crea ni se destruye, sólo se transforma. Así pues, era posible que los puros de corazón y los puramente malvados hubieran estado allí antes y volvieran a estarlo en el futuro. Scarpetta no creía en el cielo o el infierno, y ya no iba a misa, ni siquiera las fiestas de guardar.

—¿Qué ha ocurrido con tu sentimiento católico de culpa? —le había preguntado Lucy unas Navidades atrás, mientras estaban mezclando un ponche fuerte de huevo e ir a misa no figuraba en sus planes.

—No puedo participar en algo en lo que ya no creo —contestó Scarpetta, y alargó la mano hacia la nuez moscada—. En especial, si estoy en desacuerdo con ello, lo que es peor que haber perdido la fe.

—La pregunta es: ¿qué significa «ello»? ¿Estás hablando del catolicismo o de Dios?

—La política y el poder. Tienen un hedor inconfundible, muy parecido al del depósito de cadáveres. Puedo saber qué hay dentro con los ojos cerrados. Nada vivo.

—Gracias por comentarlo —dijo Lucy—. Me parece que tomaré un poco de ron con hielo. De repente, los huevos crudos no me resultan demasiado apetitosos.

—Tú no eres nada aprensiva. —Scarpetta le sirvió un vaso de ponche de huevo al que añadió una pizca de nuez moscada—. Bébetelo antes de que llegue Marino y no quede nada.

Lucy sonrió. Lo único que le daba náuseas era entrar en unos lavabos de señora y encontrar a alguien cambiando los pañales a un bebé. Ese hedor le resultaba peor que un cuerpo en descomposición cubierto de moscardas, y había visto horrores ofensivos más que suficientes debido a la inusual profesión que ambas tenían.

—¿Significa eso que ya no crees en la eternidad? —cuestionó Lucy.

—Creo en ella más que nunca.

Scarpetta había hecho hablar a los muertos la mayor parte de su vida, pero siempre a través del lenguaje silencioso de las heridas, los indicios, las enfermedades y los detalles de investigación que podían interpretarse mediante la medicina, la ciencia, la experiencia y una deducción que rozaba la intuición, un don que no podía aprenderse ni enseñarse. Pero la gente cambiaba. Ella ya no era del todo analítica. Había llegado a aceptar que los muertos seguían existiendo e intervenían en la vida de sus seres queridos y sus enemigos. Era una convicción que ocultaba a sus detractores y que, por supuesto, jamás mencionaba en sus presentaciones profesionales, en sus artículos periodísticos o ante los tribunales.

—En televisión he visto personas con poderes parapsicológicos hablando sobre quienes mueren, y cruzan al otro lado, creo que ése es el término —observó Lucy y bebió un sorbo de ponche—. No sé. Es bastante interesante. Cuanto mayor me hago, menos segura estoy sobre la mayoría de las cosas.

—He notado tu avanzado proceso de envejecimiento —dijo Scarpetta—. Cuando cumplas treinta, empezarás a tener visiones y ver auras. Confiemos en que no contraigas artritis.

Esta conversación había tenido lugar en la antigua casa de Scarpetta en Richmond, una fortaleza de piedra que había concebido con amor y cierta renuncia a cualquier prudencia financiera, sin escatimar gastos en las maderas viejas, las vigas a la vista, las sólidas puertas y las paredes enlucidas, la cocina y el despacho, ideales para la forma en que ella hacía las cosas, ya fuera con un microscopio o con una cocina de gas Viking.

La vida era fantástica. Pero eso se había terminado y ya nunca volvería. Habían salido mal muchas cosas. Se habían estropeado y perdido cosas que nunca podrían recuperarse. Hacía tres años se encontraba abocada al desastre. Había dimitido de la presidencia de la Asociación Nacional de Médicos Forenses y el gobernador de Virginia estaba a punto de despedirla. Un día, quitó de las paredes de la oficina las menciones de honor, certificaciones y títulos que ahora estaban guardados en cajas de cartón. La Scarpetta anterior al derrumbamiento estaba impecable, por no decir totalmente segura de sus conocimientos y su capacidad de obtener respuestas. Era una leyenda de las fuerzas del orden y la justicia penal, aunque para algunas personas resultaba fría e inaccesible. Ahora sólo trabajaba para ella su secretaria, Rose, que la había seguido a Florida con la excusa de que sería bonito «jubilarse» cerca de West Palm Beach.

Scarpetta no podía superar la muerte de Benton Wesley. Lo había intentado. Había salido varias veces con hombres perfectamente aceptables, pero retrocedía al menor contacto. Una simple caricia le recordaba a Benton. Revivía entonces sus últimas imágenes, carbonizado, mutilado. Todavía lamentaba haber leído el informe de su autopsia y, sin embargo, no lo lamentaba. Lamentaba haber tocado sus cenizas y haberlas esparcido y, sin embargo, no lo lamentaba. Era importante, lo era de verdad, se decía sin cesar cuando recordaba el tacto de las cenizas sedosas y apelotonadas, cuando recordaba haber devuelto a Benton al aire puro y al mar que él amaba.

Salió de la cocina, con la misma taza de café que había calentado en el microondas por lo menos cuatro veces desde el mediodía.

—Doctora Scarpetta, ¿quiere que le traiga algo? —gritó Rose desde la habitación que le servía de despacho.

—Nada me iría bien —contestó Scarpetta, medio en broma.

—Tonterías. —Ésa era la refutación preferida de su secretaria—. Ya le dije que si trabajaba por su cuenta, estaría más ocupada, si eso era posible. Y agotada y cargadísima de obligaciones.

—¿Y qué te dije yo sobre la jubilación?

Rose alzó los ojos del informe de la autopsia que estaba corrigiendo en el ordenador. Avanzó hasta el espacio reservado a «encéfalo», escribió «1.200 gramos; dentro de los límites normales», y corrigió un error mecanográfico.

Las uñas del bulldog de Scarpetta repiquetearon por el suelo de madera como en un mensaje en Morse. Se acercó a ellas para sentarse.

—Ven aquí, *Billy-Billy* —lo llamó Scarpetta con cariño.

El animal la miró con ojos caídos.

—Se llama *Billy* —le recordó Rose, aunque no tenía sentido hacerlo—. Si le sigue llamando *Billy-Billy*, pensará que hay eco o que tiene doble personalidad.

—Ven aquí, *Billy-Billy*.

Se levantó con lentitud.

Rose llevaba un traje chaqueta de color melocotón. Era de lana, como todos los suyos. La casa estaba en la playa. Hacía muchísimo calor y humedad, pero Rose no dudaba en salir con una falda y una blusa de manga larga para regar los hibiscos o subirse a una escalera para recoger plátanos o limas. Era increíble que las polillas no hubieran acabado con todas las prendas de Rose, una mujer orgullosa, con una dignidad que ocultaba un carácter frágil y delicado. Era por respeto a ella misma y a su jefa que todas las mañanas dedicaba tiempo a asegurarse de que el atuendo que elegía para el día estuviera planchado y limpio.

En todo caso, parecía secretamente complacida de que su sentido de la elegancia fuera anticuado, con algunos trajes tan viejos que ya los llevaba más de diez años atrás, cuando había empezado a trabajar para Scarpetta. Rose tampoco se había cambiado el peinado, y seguía llevando el cabello recogido en un cuidado moño y negándose a librarse de las canas. Tenía un buen porte gracias a que sus huesos eran delicados. A sus sesenta y siete años, los hombres la encontraban atractiva, pero no había salido con nadie desde la muerte de su marido. El único hombre con el que Scarpetta la había visto flirtear era Pete Marino, y no lo hacía en serio y él lo sabía, pero se habían atormentado entre sí desde que Scarpetta había sido nombrada forense jefe de Virginia, en lo que ahora le parecía una encarnación anterior.

Billy jadeaba. Todavía no llegaba al año. Era blanco a excepción de una gran mancha marrón en medio del lomo, y su belfo recordaba a Scarpetta una excavadora. Se sentó a sus pies y alzó los ojos.

—No tengo ningún...

—¡No pronuncie esa palabra! —exclamó Rose.

—No iba a hacerlo. Iba a deletrearla.

—Ya sabe deletrear.

Billy no sufría ninguna barrera lingüística con las palabras «adiós» y «premio». También reconocía «no» y «siéntate», pero fingía no hacerlo, haciendo honor a la proverbial tozudez de su raza.

—Más te vale no haber estado masticando nada ahí atrás —le advirtió Scarpetta.

El último mes, a *Billy* le había dado por mordisquear y arrancar molduras de los marcos de las puertas y zócalos, en especial en el dormitorio de Scarpetta.

—Esta casa no es tuya, y tendré que pagar todas las reparaciones cuando me vaya —le riñó a la vez que le hacía un gesto admonitorio con el dedo.

—Sería peor si la casa fuera suya —comentó Rose mientras el perro seguía mirando a Scarpetta y meneando la cola, que parecía un cruasán.

Cogió unas cartas de la mesa y se las tendió a su jefa.

—Ya me he encargado de las facturas. Hay un par de cartas personales, las revistas habituales y demás. Y esto, de Lucy.

Señaló un sobre de papel manila grande, con el nombre y la dirección escritos con rotulador negro, lo mismo que el remite de la oficina de Lucy en Nueva York. En el sobre se indicaba «personal» en letras grandes y subrayado dos veces. Scarpetta tenía muy arraigado el hábito de mirar los matasellos, y éste era desconcertante.

—El código postal no corresponde a su zona de la ciudad —dijo—. Lucy siempre me manda las cosas desde su oficina, y de hecho siempre lo hace por correo urgente. No recuerdo una sola vez que me haya enviado algo por correo ordinario, no desde que estaba en la universidad.

—«Una consistencia estúpida es el duende de las mentes pequeñas.» —Rose, que no parecía preocupada, citó a Ralph Waldo Emerson. De hecho, era su cita favorita—. No parece que haya nada peligroso aquí dentro —bromeó agitando el sobre—. Si le parece que va a tener uno de sus ataques de paranoia, ya lo abriré yo, pero pone «personal»...

—No importa —aseguró Scarpetta, y lo tomó junto con el resto de cartas.

—Y el doctor Lanier de Baton Rouge le ha dejado un recado. —Rose pulsó el teclado y corrigió otro error mecanográfico—. Es sobre el caso de Charlotte Dard. Dice que lo recibirá el lunes, sus informes y todo eso. Parecía estresado. Quiere saber de inmediato lo que averigüe. —Dirigió a su jefa una mirada que siempre recordaba a Scarpetta una maestra a punto de señalar a algún alumno desprevenido y de ponerlo en un aprieto—. Creo que hay algo en este caso, algo peor que una sobredosis —sentenció.

—La causa de la muerte no está clara —comentó Scarpetta, que masajeaba las orejas suaves y moteadas de *Billy*—. Eso es terrible. Y aún peor, el caso tiene ocho años.

—No entiendo por qué les importa tanto ahora, como si no tuvieran bastantes asesinatos sin resolver y muertes sospechosas en la zona. Esas mujeres raptadas... Dios mío.

—Yo tampoco sé por qué de repente se ha vuelto prioritario —contestó Scarpetta—. Pero el caso es que me siento obligada a hacer lo que pueda.

—Porque no se puede molestar a nadie más.

—A mí se me puede molestar, ¿verdad, *Billy-Billy*?

—Bueno, le diré algo más, doctora Eco. Creo que hay algo que ese juez de instrucción no tiene intención de contarle.

—Será mejor que no lo haya —comentó Scarpetta, y se marchó de la habitación.

26

Lucy necesitaba urgentemente un lavabo.

Ni hablar de buscar una gasolinera o un área de descanso. Puso el Mercedes a 160 kilómetros por hora, a pesar de la advertencia de Rudy sobre correr demasiado. Fijó la mirada en la carretera oscura y trató de concentrarse y olvidarse de su vejiga. El viaje pareció llevarle el doble de lo necesario, pero logró un tiempo excelente y llegó treinta y cinco minutos antes de lo previsto. Volvió a marcar el móvil de Rudy.

—He llegado —anunció—. Sólo tengo que dejar este trasto en algún sitio.

—Cállate —ordenó Rudy a alguien en la habitación, mientras el televisor sonaba con fuerza—. No quiero tener que volver a decírtelo.

27

La forma de relajación favorita de Rocco Caggiano era sentarse durante horas en el patio de algún bar y tomarse una *Gross Bier* tras otra.

Los elixires dorados se servían en vasos largos y sencillos, y prefería las *lagers* de sabor puro a las cervezas de trigo, que jamás probaba. Rocco nunca había entendido cómo podía beberse tres litros y medio de cerveza de un tirón pero no de agua. No podía beberse tres litros y medio de agua en todo un día, quizá ni siquiera en tres días, y siempre le desconcertaba la cantidad de cerveza, vino o champán que podía consumir cuando apenas lograba terminarse un solo vaso de agua.

De hecho, detestaba el agua. Tal vez fuera cierto lo que le había dicho una vez un vidente: se había ahogado en una vida anterior. Le parecía una forma terrible de morir, y a menudo pensaba en ese asesino de Inglaterra que ahogó a una esposa tras otra en la bañera tirando de sus pies hasta sumergirles la cabeza, y lo único que ellas podían hacer era agitar impotentes los brazos, que parecían peces fuera del agua. Esa idea le producía una desazón emocional constante cuando empezó a odiar a su primera mujer y, después, a la segunda. La pensión alimenticia era más barata que el precio que tendría que pagar si algún médico forense descubría cardenales o Dios sabía qué. Pero, aunque se hubiera ahogado en una vida anterior y pensara que ahogar a alguien era una buena forma de asesinarlo, eso no explicaba, a su juicio, el enigma (el fenómeno puramente biológico) de cómo podía consumir tanto alcohol y por qué no podía terminarse ni siquiera un vaso de agua.

Nadie había podido nunca aclarárselo con una respuesta aceptable. Los pequeños acertijos siempre le habían molestado como una piedrecita en el zapato.

—Ha de ser porque cuando bebes cerveza meas sin parar. —Caggiano sacaba el tema en casi todas las reuniones sociales—. Cuando meas, dejas sitio para más, ¿no?

—Si te tomaras tres litros y medio de agua también mearías sin parar —le contradijo un agente de aduanas holandés unos meses atrás cuando él, Rocco y unos cuantos amigos más del cártel Chandonne pasaban el rato en la terraza de una cervecería de Munich.

—Detesto el agua —comentó Rocco.

—¿Cómo sabes entonces si mearías el agua tan rápido como la cerveza? —preguntó el capitán de un buque portacontenedores alemán.

—No lo sabe.

—Deberías probarlo, Rocco.

—Nosotros bebemos cerveza, tú tomas agua, y veremos quién mea más y más rápido.

Los hombres rieron y entrechocaron los vasos en un brindis que derramó cerveza sobre la mesa. Había sido un buen día. Antes de montar esa juerga en la cervecería, habían paseado por el parque nudista, donde un hombre desnudo había pasado a su lado en bicicleta y el holandés le había gritado en su idioma que tuviera cuidado con qué marcha ponía, mientras el capitán de barco le gritaba en alemán que tenía un caballete muy pequeño. Rocco le gritó en inglés que no tenía que preocuparse porque se le enredara el pene en los rayos porque ni siquiera le colgaba fuera del sillín. El ciclista siguió pedaleando, impertérrito.

Las mujeres tomaban el sol desnudas en el parque y no parecía importarles que los hombres las observaran. Rocco y sus secuaces se volvían muy descarados y se situaban al lado de las mujeres tumbadas para hacer comentarios sobre sus puntos anatómicos de interés. Por lo general, la aludida se tumbaba boca abajo y volvía a dormir o seguía leyendo una revista o un libro mientras los hombres se dedicaban a contemplarle las nalgas, como si fueran colinas que pudieran escalar. La excitación volvía despreciable a Rocco, y soltaba palabras asquerosas y lascivas a las mujeres hasta que sus compinches tenían que llevárselo. Rocco era especialmente despiadado con los homosexuales que estaban tan tranquilos en el parque. Creía que habría que castrarlos y ejecutarlos, y le gustaría ser él quién lo hiciera y verlos orinarse de miedo.

—Es un dato médico que cuando te torturan o vas a diñarla, te meas y cagas encima —anunció en la cervecería.

—¿Qué dato médico? Creía que eras abogado, no médico.

—¿Y cómo lo sabes, Rocco? ¿Les quitas los pantalones para comprobarlo? ¿Acaso les quitas los pantalones para comprobar si se han meado y cagado encima? —Sonoras carcajadas—. Entonces sí sabrías que es un dato. Si es así, tengo que repetir esa pregunta crucial: ¿te dedicas a quitar los pantalones a los cadáveres? Creo que todos tenemos derecho a saberlo. Porque, por lo menos yo, si me muero, quiero saber que no me quitarás los pantalones.

—Si te mueres —contestó Rocco—, no te enterarás de una mierda.

Era irracional que Rocco recordara esta conversación alcoholizada y lo que su médico le repetía desde hacía años. Rocco tenía gastritis y síndrome de intestino irritable debido al estrés, el tabaco y el consumo excesivo de alcohol. Al salir de la consulta, Rocco siempre replicaba lo mismo: «Se culpa de todos los males de la vida al estrés, al tabaco y al consumo excesivo del alcohol.» Y reanudaba su vida autodestructiva.

Los intestinos y la vejiga se le aflojaron al sentarse en una silla de la habitación de su hotel con una Colt del calibre 38 apuntándole a la cabeza.

28

El Jack's Boat Landing era un revoltijo de caravanas, lanchas, barcazas y embarcaciones de fondo plano, y de coches utilitarios a lo largo de un entramado de destartalados muelles protegidos por neumáticos viejos.

En la orilla enlodada había varias piraguas, o canoas cajunes, y una lancha de arrrastre medio oxidada que ya no tiraría de ningún otro esquiador. El aparcamiento estaba sucio, y en la gasolinera del muelle había dos surtidores: uno para gasolina corriente y otro para diesel. Jack trabajaba de cinco de la mañana a nueve de la noche en su oficina de una sola habitación con peces que colgaban en ángulos aleatorios de una pared desconchada. El calendario sobre su vieja mesa de metal mostraba fotos brillantes de lanchas relucientes, del tipo carísimo que puede alcanzar los cien kilómetros por hora.

Si no fuera por el aparato de aire acondicionado en la ventana y el lavabo tras el edificio, Jack carecería de las más elementales comodidades. Tampoco era que le importara especialmente. Su vida siempre había sido dura y lo habían educado para hacer cualquier sacrifico que pudiera mantenerlo donde estaba, en un mundo acuático lleno de seres vivos y de árboles musgosos.

Para quienes frecuentaban su embarcadero, era normal amarrar para repostar combustible y hacer un viaje a la ciudad por suministros. La gente que se pasaba semanas en sus campamentos de pesca en los pantanos y los ríos dejaba los vehículos y los remolques de barca en el embarcadero. No le daba importancia al jeep Cherokee blanco rodeado de camionetas y de utilitarios deportivos en un extremo del aparcamiento, cerca del agua. No se metía en lo que no le incumbía, aunque su intuición con respecto a las personas era tan buena como su sentido del olfato. La Mujer del Pantano le mandaba potentes señales desde el primer día, y ya hacía unos dos años de eso. Su conducta indicaba que había que abstenerse de hacerle preguntas personales.

Bev Kiffin abrió la escotilla y sacó la bolsa de playa. Se situó en la popa y echó el ancla. Después lanzó dos cabos de nailon hacia el muelle de la gasolina, donde Jack se acercaba deprisa saludándola con la mano.

—¡Pero si es la Mujer del Pantano! —gritó—. ¿Quieres que te lo llene?

El embarcadero estaba iluminado y lleno de insectos que formaban nubes opacas bajo el brillo amarillento de las farolas. Jack le lanzó las amarras de proa.

—Lo dejaré aquí unas horas. —Bev pasó el cabo alrededor de la cornamusa. Retiró la lona y puso latas de gasolina vacías en el muelle—. Llénalas. ¿A cuánto va ahora?

—A uno con ochenta y cinco.

—Mierda —exclamó Bev, y saltó al muelle con mucha agilidad para una mujer de su corpulencia—. Es un atraco.

—Yo no fijo el precio del petróleo —bromeó Jack.

Era alto y calvo, tan oscuro y fuerte como un ciprés. Bev nunca lo había visto sin la gorra naranja de Harley-Davidson manchada de sudor y sin mascar tabaco.

—¿Acabas de llegar y ya te vas? —dijo, y se secó la boca con el dorso de una mano nudosa y manchada por el sol antes de ayudarla con las amarras de popa.

—Sólo voy a la tienda.

Bev buscó en su bolsa una sola llave unida a una boya de pesca, por si alguna vez se le caía la llave al agua. Su mirada recorrió el concurrido estacionamiento y se detuvo en el Cherokee.

—Supongo que será mejor que lo arranque para comprobar que no se ha quedado sin batería.

—Bueno, si fuera así —dijo Jack mientras ponía las cuatro latas de gasolina en línea cerca del surtidor—, te la recargaría.

Bev observó cómo se ponía en cuclillas y metía la manguera en cada lata mientras el surtidor iba calculando el dinero que le costaría. La nuca de Jack le recordaba la piel de un caimán, y los codos eran unos grandes callos. Lo veía por lo menos diez veces al año, más a menudo últimamente, y no tenía ni puñetera idea sobre ella, lo que era bueno para él. Se dirigió al coche, preocupada de repente por si también necesitaría gasolina. No recordaba si la última vez había llenado el depósito.

Se sentó al volante y le dio al contacto. El motor arrancó a la tercera y le alivió ver que tenía más de medio depósito lleno. Cuando le quedara poco combustible, iría a una gasolinera. Encendió los faros, retrocedió y se detuvo cerca del muelle. Mientras sacaba dinero del billetero y entornaba los ojos para distinguir los billetes, Jack se limpió las manos en un trapo y esperó a que bajara la ventanilla.

—Son cuarenta y cuatro dólares con cuarenta centavos —le dijo—. Te pondré las latas en el barco y lo vigilaré. He visto que te has traído a tu amiga. —Se refería a la escopeta—. ¿Piensas dejarla en el barco? Yo no lo haría. Ten cuidado, no vayas a usar ese trasto para disparar a los caimanes. Eso sólo sirve para enfurecerlos.

Bev no podía creerse que casi se hubiera dejado la escopeta. Esa noche no pensaba con claridad, y le dolía la rodilla.

—Antes de marcharte —dijo mientras Jack se subía al barco—, llena la bodega con hielo.

—¿Cuánto? —Jack cogió la escopeta, volvió al muelle y la depositó en el asiento trasero del Cherokee.

—Bastará con cuarenta y cinco kilos.

—Debes de comprar mucho para necesitar tanto hielo —comentó Jack a la vez que se metía el trapo en el bolsillo trasero de sus viejos y sucios pantalones de trabajo.

—Aquí las cosas se estropean muy deprisa.

—Serán veinte más. Te rebajo tres dólares.

Bev entregó dos billetes de diez sin darle las gracias por el descuento.

—Me voy a las nueve —comentó Jack mientras observaba el interior del destartalado Cherokee—. Si no has vuelto para entonces...

—No habré vuelto —dijo Bev, y puso la marcha atrás.

Jamás lo hacía y no necesitaba el recordatorio.

Jack dirigió la mirada a la puerta del pasajero, a la ventanilla subida y al tirador y al botón del seguro que faltaban.

—Yo te podría arreglar eso si me dejaras la llave, ¿sabes?

—No importa —contestó Bev tras observar la puerta—. Nadie más se sube a este coche.

29

En el ala norte de la casa, en la planta superior había una habitación de invitados con vistas al mar. Frente a la ventana en saliente estaba el escritorio de Scarpetta, que no era de época ni nada especial, sino una mesa barata de ordenador.

La pared estaba cubierta de estanterías, tan pegadas entre sí que algunos enchufes quedaban tras ellas, fuera del alcance de la mano, y Scarpetta tenía que arreglárselas con alargadores. Los muebles estaban chapados de arce, lo que suponía un contraste deprimente con los hermosos objetos de época y artísticos, incluidas alfombras orientales, cristalería fina y porcelana, que había reunido durante su carrera. La vida anterior de Scarpetta estaba almacenada en un guardamuebles de Connecticut lo bastante seguro como para conservar piezas de museo.

No había ido a ver sus pertenencias desde que Lucy se había encargado de ellas hacía más de dos años. Había elegido ese sitio debido a su proximidad a Nueva York, donde Lucy tenía su oficina y su piso. Scarpetta no echaba en falta los muebles de su pasado. Era inútil pensar en ello. Sólo la idea la agotaba por motivos que no alcanzaba a entender.

El despacho de su casa de alquiler de Delray era de buenas dimensiones, aunque no tan espacioso y organizado como el de su casa de Richmond, donde tenía archivadores, kilómetros de espacio para trabajar y un escritorio de cerezo enorme hecho de encargo. Por entonces vivía en una moderna casa de campo estilo italiana, construida piedra a piedra, con paredes enlucidas de aspecto antiguo y vigas a la vista que eran traviesas de madera negra de eucalipto del siglo XIX, procedente de Sudáfrica. Si bien la casa que había construido en Richmond era bonita al principio, la remodeló espectacularmente en un intento de erradicar el pasado: un pasado acechado por Benton y Jean-Baptiste Chandonne. Pero no se sintió mejor. Los fantasmas la seguían de una habitación a otra.

La negación de una pérdida insoportable y su casi asesinato eran sueños fragmentados y aterradores que la dejaban helada, con independencia de la temperatura que hiciera en la casa. Cada crujido de la vieja madera y el ruido del viento la llevaban a alargar la mano hacia la pistola mientras el corazón le latía con fuerza. Un día, salió de su magnífica casa y ya no volvió, ni siquiera para recoger sus cosas. Lucy se encargó de eso.

Para ser alguien que tenía siempre protegida el alma de un mundo perverso y un dolor inalcanzable, acabó siendo una trotamundos que iba de un hotel a otro, haciendo llamadas telefónicas para montar una asesoría privada, y enseguida se encontró tan envuelta por la maraña de las pruebas, de la incompetencia investigadora y de la despreocupación de la policía y de los médicos forenses de todas partes que no le quedó más remedio que instalarse en otra casa, porque tenía que instalarse en alguna parte. Ya no podía revisar los casos sentada en la cama de un hotel.

—Ve al sur, muy al sur —le dijo Lucy en voz baja, con cariño, una tarde en Greenwich, Connecticut, donde Scarpetta se escondía en el Homestead Inn—. No estás preparada aún para Nueva York, tía Kay, y es evidente que tampoco lo estás para trabajar para mí.

—Yo nunca trabajaré para ti —replicó Scarpetta, y desvió la mirada. Hablaba en serio.

—Bueno, pero no hace falta que me insultes. —Lucy también se había molestado, y al cabo de un minuto las dos discutían y se peleaban.

—Yo te crié —soltó Scarpetta desde la cama, donde estaba sentada, rígida y enfurecida—. Mi jodida hermana, la admirada autora de libros infantiles no tenía ni puñetera idea de cómo educar a su propia hija y me dejó contigo... Quiero decir: al revés.

—*Lapsus linguae!* Tú me necesitabas a mí más que yo a ti.

—¡Qué dices! Eras un monstruo. A los diez años, cuando llegaste a mi vida como el caballo de Troya, fui lo bastante idiota para acogerte, ¿y qué pasó entonces? ¿Qué pasó entonces? —La gran jefa, la infalible médica y abogada, farfullaba mientras las lágrimas le resbalaban por la cara—. Tenías que ser un genio, ¿verdad? La peor mocosa del mundo... —Le temblaba la voz—. Y no podía dejarte, por terrible que fueras —prosiguió aunque apenas podía hablar—. Si la muy zorra de Dorothy hubiera querido recuperarte, yo la habría llevado a juicio y demostrado que no era una buena madre.

—No era ni es una buena madre —corroboró Lucy, que también había empezado a sollozar—. ¿Zorra, dices? Eso es acusarla de un delito menor cuando es una criminal. ¡Una criminal! Una mujer con trastorno de la personalidad. Por el amor de Dios, ¿cómo acabaste con una psicópata por hermana? —Lucy sollozaba, sentada junto a su tía en la cama de modo que sus hombros se rozaban.

—Es el dragón que siempre has combatido, que te has

pasado la vida combatiendo —aseguró Kay—. En realidad, combates a tu madre. Para mí es una presa demasiado pequeña. Es sólo un conejo con unos dientes afilados que te quiere hincar en el tobillo. Yo no pierdo el tiempo en conejos. No tengo tiempo.

—Ve al sur, por favor —le suplicó Lucy. Se levantó de la cama y la miró con los ojos llorosos y la nariz enrojecida—. De momento. Por favor. Vuelve a tus orígenes y empieza de nuevo.

—Soy demasiado vieja para empezar de nuevo.

—¡Pero qué dices! —Lucy sonrió—. Sólo tienes cuarenta y seis años, y los hombres y las mujeres se te quedan mirando dondequiera que vayas. Y tú ni siquiera te das cuenta. Tienes un envoltorio espléndido.

Eso recordó a Scarpetta la ocasión en que estuvo metida en un lío más grande de lo habitual y necesitó policías fuera de servicio para su seguridad. Por la radio, se referían a ella como «el paquete». Scarpetta no sabía muy bien qué querían decir con eso.

Se trasladó al sur, a Delray Beach. No volvía exactamente a sus raíces, sino a una zona cercana a donde vivían su madre y su hermana, aunque a una distancia prudencial.

Dentro de la gastada casa de los años cincuenta que había alquilado, su despacho estaba lleno de papeles y carpetas. Había tantas amontonadas en el suelo que tenía que ir con cuidado para no tropezar con su trabajo, de modo que, cuando entraba, le resultaba imposible concentrarse en sus cosas como solía. Las estanterías estaban abarrotadas; había libros de medicina y derecho dispuestos en doble hilera, mientras que los libros antiguos, poco corrientes, estaban protegidos del sol y la humedad en el cuartito de al lado, antaño seguramente destinado a los niños.

Picó la ensalada de atún fresco de Rose mientras repasaba la correspondencia, con un escalpelo a modo de abrecartas. En primer lugar abrió el sobre manila, al parecer de su sobrina o tal vez de otra persona de su oficina, y la desconcertó descubrir que había otro sobre dentro. Éste era blanco, y estaba dirigido a nombre de «Madame Kay Scarpetta, letrada», en letra manuscrita.

Dejó caer el sobre de papel manila sobre la mesa y salió deprisa de su despacho, pasó junto a Rose sin hablar y entró en la cocina a buscar film de plástico.

30

A Benton los taxis le recordaban insectos.

Y durante su exilio le había tomado cariño a ciertos bichos. Los insectos palo parecían ramitas. Benton se perdía a menudo en parques y recorría aceras, buscando pacientemente entre los arbustos un insecto palo o, mejor aún, una mantis religiosa, que era muy inusual y suponía un buen augurio, aunque nunca había notado un cambio positivo en su suerte después de haber visto alguna. Quizás algún día lo notaría. Las mariquitas traían buena suerte. Todo el mundo lo sabía. Si alguna llegaba hasta él, la conducía con delicadeza hacia su dedo y la llevaba fuera para depositarla en un arbusto. Una semana lo hizo diez veces y le gustó pensar que era la misma mariquita que flirteaba con él. Creía que todas las amabilidades eran correspondidas. También creía que el mal obtenía su desagradable recompensa. Antes de haber empezado su inexistencia, solía discutir sobre eso con Scarpetta, porque él no lo creía en absoluto entonces. Y ella sí.

A menudo no sabemos el porqué de las cosas, Benton. Pero yo creo que hay uno, siempre.

Oía la voz de Scarpetta en una cavidad remota de su cerebro mientras iba en un taxi en dirección al sur.

¿Cómo puedes decir eso?

Oía su propia voz contestándole.

Porque he visto lo bastante como para decirlo. ¿Qué razón puede haber para que una hermana, una hija, un hermano, un hijo, un padre u otra persona sea violada, torturada y asesinada?

Silencio. El taxista escuchaba música hip-hop.

—Apague eso, por favor —pidió Benton con calma.

¿O qué me dices de una anciana a la que la parte un rayo por llevar un paraguas con estructura de metal?

Scarpetta no respondía.

De acuerdo, ¿y qué hay de una familia entera que muere intoxicada por monóxido de carbono porque nadie les advirtió que no cocinaran con carbón en la chimenea, en especial con las ventanas cerradas? ¿Qué razón, Kay?

La presencia de Scarpetta permanecía en el ambiente, como su perfume favorito.

¿De modo que hay una razón por la que fui asesinado y desaparecí de tu vida para siempre?

La conversación se había transformado en un monólogo y no se interrumpía. Preguntaba qué razón había atribuido a lo que ella creía que le había ocurrido, convencido de que, sin duda, habría encontrado alguna para entonces.

Estás racionalizando, Kay. Has olvidado nuestras charlas sobre la negación.

La ágil mente de Benton pasó a otra cuestión mientras iba en el taxi de camino a Manhattan, con el maletero y el resto del espacio del vehículo abarrotados con sus pertenencias. El taxista no había disimulado su indignación al ver que la carrera incluía un considerable equipaje. Pero Benton había sido inteligente. Había parado el taxi en la calle, y el conductor no había detectado el montón de maletas ocultas entre las sombras de la acera hasta que se vio obligado a elegir entre marcharse o aceptar la lucrativa carrera hasta Nueva York.

El taxista se llamaba Robert Leary. Era un hombre blanco de pelo castaño y ojos pardos, de aproximadamente un metro ochenta de estatura y unos ochenta kilos de peso. Esos detalles y otros más, incluido el número de identificación en la foto de la licencia fijada en el parasol, quedaron anotados en el bloc del tamaño de una cartera que Benton llevaba a todas partes. En cuanto llegara a la habitación del hotel, pasaría las notas, como era habitual, al ordenador portátil. Desde que había accedido al programa de protección de testigos, Benton había registrado todas sus actividades, cada sitio donde había estado y todas las personas que había conocido, en especial si las había visto más de una vez, e incluso el tiempo que había hecho, dónde había practicado ejercicio y qué había comido.

Robert Leary intentó varias veces entablar conversación, pero Benton miraba por la ventanilla y no decía nada mientras el taxista, por supuesto, no tenía ni idea de que aquel hombre de cara bronceada y barbuda y cabeza afeitada estaba haciendo observaciones en silencio y examinando posibilidades, probabilidades y requisitos tácticos desde todos los ángulos imaginables. Era evidente que el taxista pensaba que había tenido la mala suerte de haber recogido a un bicho raro que, a juzgar por lo raído de su equipaje, pasaba por un mal momento.

—¿Seguro que podrá pagarme? —preguntó, o más bien exigió, por tercera vez—. No le saldrá barato según la ruta que acabe tomando, según el tráfico y las calles, ¿sabe? Hoy en día nunca sabes qué calles cerrará la policía. Por seguridad. Menuda cosa. Yo, por mi parte, no soy demasiado aficionado a las metralletas y los tipos vestidos de camuflaje.

—Podré pagarle —contestó Benton.

Los faros de los coches que pasaban iluminaban un

instante su rostro sombrío. De una cosa estaba seguro: el intento de asesinato de Scarpetta a manos de Jean-Baptiste Chandonne carecía de sentido o de significado. Gracias a Dios ella había sobrevivido. Mil veces gracias. Los demás planes destinados a destruirla carecían de significado más allá del milagro de que también habían fracasado. Benton conocía bien los detalles, quizá no todos, pero lo que había oído en las noticias bastaba.

Todas las personas involucradas en su plan estaban tangencial, cuando no directamente, relacionadas con la intrincada y malévola red de los Chandonne. Benton sabía qué daba poder a los Chandonne y qué los debilitaba. Conocía los receptáculos, sin los cuales los conductos principales entre los peones y los jerifaltes no funcionaban. La solución era demasiado compleja para que nadie la encontrara, pero desde hacía seis años Benton no tenía otra cosa que hacer salvo encontrarla.

Había descubierto que la respuesta era sencilla: cortar y vaciar quirúrgicamente los cables y desconectarlos para después reconectarlos de modo que hubiera un cortocircuito entre los criminales y el imperio Chandonne implosionara. Mientras tanto, Benton (el difunto Benton) observaba sin ser visto lo que había concebido y ejecutado como si de un videojuego se tratara, y ninguno de los participantes tenía la menor idea sobre lo que pasaba, salvo que algo pasaba, y fuera lo que fuese debía estar instigado por traidores desde dentro. Los jugadores principales debían morir. Otros jugadores, muchos de ellos desconocidos para Benton, serían culpados y catalogados de traidores. Morirían.

Con este método, Benton manipularía a sus enemigos y los eliminaría uno a uno. Según sus cálculos, la coalición formada por él mismo y otros que ni siquiera sabían que habían sido reclutados para este ejército privado terminarían su misión en unos meses, acaso semanas. Según sus cálculos, Rocco Caggiano ya estaba muerto, o pronto lo estaría, asesinado a sangre fría. Su asesinato sería escenificado. Lucy y Rudy podían saber lo que estaban haciendo o habían hecho, pero ignoraban el videojuego. No sabían que participaban en él.

Lo que Benton no había calculado y jamás habría previsto era que Kay Scarpetta se relacionaría con Baton Rouge, la posición más estratégica del mapa mental de Benton. Por alguna razón, esta parte de su plan casi perfecto había fallado. No sabía por qué. No sabía qué había ocurrido. Repasaba una y otra vez todos los detalles, pero al final la pantalla estaba en blanco, con un cursor inútil parpadeando hipnóticamente ante él. Ahora, Benton tenía que darse prisa. Eso no era natural en él. Scarpetta no debía haber tenido ningún contacto con nada ni con nadie de Baton Rouge. Eso debía hacerlo Marino. Debía hacerlo El Último Reducto.

Averiguar que su hijo estaba muerto conllevaría inevitablemente que Marino siguiera los pasos de Rocco, lo que le conduciría, junto con sus colegas, a Baton Rouge, donde Rocco tenía un piso desde hacía muchos años. El puerto de Baton Rouge era formidable. La costa del Golfo era una mina. Todo tipo de materiales valiosos y peligrosos viajaban a diario por el Misisipí. Baton Rouge era otro baluarte de los Chandonne, y Rocco había disfrutado de muchos éxitos y satisfacciones en ese lugar, incluida una inmunidad total, así como intrigas, incluida la protección de Jay Talley y Jean-Baptiste Chandonne mientras se divertían en esa zona.

Jean-Baptiste y Jay sólo tenían dieciséis años la primera vez que visitaron Baton Rouge. Jean-Baptiste perfeccionó sus habilidades como asesino matando a prostitutas después de que Jay usara sus servicios. Esos casos no se habían relacionado entre sí porque el anterior juez de instrucción había delegado sus tareas de investigación en otros organismos, y a la policía le importaban un carajo las prostitutas.

Una cosa llevaría a la otra hasta que Marino descubriera a Jay Talley y a Bev Kiffin en Baton Rouge y los eliminara. Ése era el plan. Scarpetta no tenía que participar. El pulso le latía en las sienes.

Acercó la muñeca a la cara para comprobar la hora en su barato reloj de plástico negro, que carecía de esfera luminosa. Era así adrede. No quería nada que brillara en la oscuridad.

—¿A qué hora deberíamos llegar? —preguntó.

—No lo sé con exactitud —contestó el taxista—. Depende de si el tráfico sigue así de fluido. Puede que unas dos horas y media más.

Un coche se acercó por detrás y sus faros les lanzaron un cegador brillo blanco. El taxista soltó un juramento mientras un Porsche 911 negro los adelantaba, y sus luces traseras rojas, cada vez más pequeñas, recordaron a Benton el infierno.

31

Scarpetta contemplaba la carta sin abrir, mientras el aire cálido y húmedo circulaba por la puerta abierta.

Las nubes eran flores negras que flotaban bajas en el horizonte. Presentía que la lluvia llegaría antes del amanecer y se despertaría con todas las ventanas empañadas, lo que era intolerable. Estaba segura de que los vecinos pensaban que era obsesiva y estaba loca cuando la veían a las siete de la mañana en el balcón frotando los cristales con toallas para quitarles la condensación. Entonces, debido a su vínculo obligado y despreciable con él, lo imaginaba dentro de su celda en el corredor de la muerte sin vistas, y su objetivo de limpiar las ventanas opacas y cubiertas de rocío se volvía mucho más urgente.

La carta cerrada dirigida a «Madame Scarpetta, letrada» estaba centrada en un cuadrado de film de plástico. En Francia, las médicas recibían el tratamiento de «madame». En Estados Unidos, referirse a una médica de cualquier otro modo que no fuera «doctora» era un insulto. Le recordó de manera desagradable aquellos astutos abogados de la defensa que se dirigían a ella como señora Scarpetta ante el tribunal, arrebatándole así sus credenciales y su experiencia con la esperanza de que los miembros del jurado, y tal vez hasta el juez, no la tomaran tan en serio como a una «doctora en medicina», cuya especialidad en patología y patología forense requería seis años más de formación tras la facultad de medicina.

Si bien era cierto que Scarpetta estaba también licenciada en derecho, casi nadie hacía constar tal hecho al presentarla, y hacerlo ella misma sería arrogante y engañoso ya que no ejercía la abogacía. Los tres años que pasó en la facultad de derecho de Georgetown habían tenido por objeto facilitar su posterior carrera de medicina legal, nada más. Hacerlo constar tras su nombre era ridículo por pretencioso y condescendiente.

Jean-Baptiste Chandonne.

Sabía que la carta era de él.

Por un instante notó su horrible hedor. Una alucinación olfativa. La última vez que había tenido una fue al visitar el Museo del Holocausto y oler la muerte.

—He salido al jardín con *Billy*. Ha hecho sus cosas y está muy ocupado persiguiendo lagartijas —decía Rose—. ¿Puedo hacer algo más por usted antes de irme?

—No, gracias, Rose.

—¿Qué, le gustó mi ensalada de atún? —preguntó tras una pausa.

—Podrías abrir un restaurante.

Se puso unos guantes de látex y sujetó la carta y el escalpelo para introducir la punta de la hoja en el extremo superior del sobre. El acero inoxidable siseó a través del papel.

32

Rocco estaba sentado en una silla acolchada.

Hacía dos (quizá fueran tres, o cuatro) surreales horas, estaba sentado en esa misma silla cenando, cuando el servicio de habitaciones había llamado a la puerta para llevarle una botella de champán, un excelente Moët & Chandon, gentileza de la dirección. Rocco, pese a que era avispado y crónicamente paranoico, no sospechó nada. Era un hombre importante que se alojaba en el Radisson siempre que estaba en Szczecin. Era el único hotel decente de la ciudad, y la dirección le solía enviar regalos, incluido un buen coñac y cigarros habanos, porque pagaba la cuenta en dólares en lugar de zlotys, que carecían de valor.

Gracias a su costumbre de sentirse seguro en ese hotel, el intruso con la pistola Colt había podido entrar en la habitación de lujo de Rocco. Sucedió tan deprisa que no tuvo tiempo de reaccionar ante el camarero alto que no llevaba uniforme y que se coló dentro de un empujón con una botella vacía de champán en una bandeja de servicio que seguramente había pillado a la puerta de alguna habitación. Ese imbécil (quienquiera que fuera) había atrapado a Rocco así de fácil.

Rocco apartó el plato lo más lejos posible. Temía que iba a vomitar. Se había defecado encima. La habitación olía tan mal que no entendía cómo su captor lo soportaba, pero el hombre joven y musculoso sentado en el borde de la cama no parecía notarlo. Observaba a Rocco con la mirada de alguien con la adrenalina alta y preparado para matar. No le permitiría limpiarse. No le dejaría levantarse de la silla. Dejó el móvil en la cama tras otra breve conferencia y se acercó a la bandeja con la botella vacía de champán. Rocco observó cómo el hombre limpiaba con cuidado la botella con una servilleta. Intentó ubicarlo. Quizá lo había visto antes, pero en cualquier caso tenía la inconfundible mirada de un agente federal.

—Escucha, dime quién y por qué, vamos —pidió Rocco por encima del sonido del televisor—. Dime quién y por qué, y tal vez se nos ocurra algo mejor. Eres un agente, ¿verdad? Alguna clase de agente. Eso no significa que no se nos pueda ocurrir algo.

Lo había dicho por lo menos seis veces desde que el agente había irrumpido en su habitación, había cerrado la puerta de un puntapié rápido y empuñado la pistola. Luego había abierto la puerta y la había cerrado con fuerza varias veces. Eso iba poniendo a Rocco cada vez más nervioso. Aunque no entendía cuál era el propósito del agente, en ese hotel las puertas cerraban con tanto estruendo que sonaban como disparos.

—Baja la voz —le indicó el agente.

Puso la botella de champán en la mesa de Rocco.

—Cógela. —El agente la señaló con la cabeza.

Rocco contempló la botella y tragó saliva con dificultad.

—Cógela, Rocco.

—Te lo preguntaré otra vez. ¿Cómo es que sabes mi nombre? —insistió Rocco—. Venga. Me conoces, ¿verdad? Podemos encontrar una solución...

—Coge la botella.

Rocco lo hizo. El agente quería las huellas dactilares de Rocco. La cosa iba mal. El agente quería que pareciera que Rocco había pedido el champán y se lo había bebido. Iba fatal. Sus temores aumentaron cuando el agente volvió hacia la cama, tomó su chaqueta y sacó de ella una petaca de piel. Desenroscó el tapón, regresó a la mesa y vertió una gran cantidad de vodka en lo que quedaba de uno de los cócteles de Rocco.

—Bébetelo —le ordenó.

Rocco se tomó el vodka de varios tragos, agradecido de que le ardiera al tragarlo, y de que le enviara un seductor entumecimiento hacia la cabeza. Sus confusos pensamientos flotaban hacia la esperanza de que el agente se había apiadado de él e intentaba que se relajara. Puede que al final pudiesen llegar a un acuerdo.

Rocco especulaba, pero aun así alguien había mandado a ese hombre, alguien que conocía a fondo los negocios de Rocco y sabía que viajaba una vez al mes a Szczecin para manejar los asuntos de los Chandonne en el puerto. La tarea de Rocco era tratar con la policía y otros funcionarios. No era nada del otro mundo. Podía hacerlo borracho, ya que se trataba sólo de las tretas legales y las comisiones de costumbre y, si era necesario, de recordarles lo peligroso que era el mundo.

Sólo alguien de dentro sabría el calendario de Rocco y dónde se hospedaba. El personal del hotel sólo sabía que era de Nueva York, tal como él decía. A nadie le importaba lo que hacía. Era generoso. Era rico. Pagaba y daba propinas generosas en dólares, que costaban mucho de conseguir y resultaban muy útiles en el mercado negro. Caía bien a todo el mundo. Los camareros le ponían el doble de vodka Chopin en su copa en el bar del piso superior, donde se sentaba muchas veces y fumaba puros.

Su captor tendría unos treinta años. Llevaba el negro cabello corto y peinado de punta con gel fijador, como muchos jóvenes en la actualidad. Rocco observó la mandíbula cuadrada, la nariz recta, los ojos azul oscuro, la barba corta y las venas que se le marcaban en los bíceps y las manos. Quizá no necesitara un arma para acabar con la vida de un hombre. Gustaba a las mujeres. Era probable que se lo quedaran mirando, que intentaran ligarlo. Rocco nunca había sido atractivo. Cuando era adolescente, ya sufría cierta alopecia y no podía mantenerse alejado de la pizza y la cerveza, y eso se le notaba. La envidia se apoderó de él. Como siempre. Las mujeres sólo dormían con él porque tenía poder y dinero. El odio por su captor se desató.

—No sabes en lo que te estás metiendo —le espetó.

El agente no se molestó en contestar mientras recorría rápidamente la habitación con la mirada. Rocco se secó la cara con la servilleta grasienta, y su atención se concentró en el cuchillo de carne que había en el plato.

—Inténtalo —soltó el agente, sin apartar la vista del cuchillo—. Adelante. Inténtalo, por favor. Facilítame las cosas.

—No iba a hacer nada. Déjame marchar y olvidaré todo lo que ha pasado aquí.

—No puedo dejar que te marches. La verdad es que estas cosas no me divierten. No me cabrees, que de bastante mal humor estoy ya. No me cabrees. ¿Quieres hacerte un favor? Bueno, ya sabes lo que dicen sobre confesarlo todo al final.

—No. ¿Qué coño dicen?

—¿Dónde está Jay Talley? Y no me digas otra mentira, cabrón.

—No lo sé —gimió Rocco—. Te lo juro. Yo también le tengo miedo. Está loco. No sigue las reglas del juego, y todos nosotros nos mantenemos alejados de él. Va a la suya, te lo juro. ¿Me puedo cambiar de pantalones, por favor? Puedes mirarme. No voy a intentar nada.

Rudy se levantó de la cama y abrió el armario, con la Colt como si tal cosa a un costado para indicar a un Rocco cada vez más derrotado y aterrado que no tenía miedo de nada. Había unos seis trajes llamativos colgados, y Rudy tomó unos pantalones y se los lanzó a Rocco.

—Adelante. —El agente abrió la puerta del baño y se sentó de nuevo en la cama.

Rocco entró tembloroso en el cuarto de baño para quitarse los pantalones y los calzoncillos. Los echó en la bañera, roció una toalla con agua del grifo y se limpió.

—Jay Talley —repitió el agente—. Nombre real: Jean-Paul Chandonne.

—Pregúntame otra cosa —pidió Rocco a la vez que se sentaba en otra silla.

—Muy bien. Volveremos a Talley más adelante. ¿Tienes planes para acabar con tu padre? —La mirada del agente era fría—. No es ningún secreto que lo odias.

—No quiero nada de él.

—No importa, Rocco. Te fuiste de casa. Te cambiaste el apellido de Marino por el de Caggiano. ¿Cuál es el plan y quién está involucrado?

Rocco vaciló. Los pensamientos se agolpaban tras los ojos inyectados de sangre. El agente se levantó, respirando por la boca como para evitar el hedor. Puso el cañón de la Colt en la sien derecha de Rocco.

—¿Quién, qué, cuándo y dónde? —preguntó, dándole un golpecito con la pistola con cada palabra—. No me salgas con gilipolleces.

—Iba a hacerlo yo. En un par de meses, cuando vaya a pescar. Siempre va a pescar a Buggs Lake la primera semana de agosto. Me lo iba a cargar en la cabaña y a hacer que pareciera un robo que había terminado mal.

—Así que ibas a matar a tu propio padre cuando fuera a pescar. ¿Sabes lo que eres, Rocco? Eres el mayor hijo de puta que he conocido.

33

Siempre que Nic Robillard pasaba por el Sno Depot en el centro de Zachary le entraban ganas de echarse a llorar.

Esa noche, el puesto, con sus carteles pintados a mano que anunciaban granizados, estaba vacío y desierto. Si Buddy estuviera con ella, miraría por la ventanilla y le suplicaría, sin importarle que el Sno Depot estuviera cerrado y que a su madre no le fuera posible comprarle nada. A ese chiquillo le encantaban los granizados más que a nadie que Nic conociera, y a pesar de sus esfuerzos por alejarlo de los dulces, pedía un granizado, de cereza o de uva, cada vez que lo llevaba a cualquier parte en el coche.

En ese momento, Buddy estaba con su abuelo en Baton Rouge, donde se quedaba siempre que Nic tenía que trabajar hasta tarde, y desde que había regresado de Knoxville trabajaba sin cesar. Scarpetta la había inspirado. La necesidad de impresionar a Scarpetta dominaba la vida de Nic. Estaba resuelta a atrapar al asesino en serie. Lo de las mujeres secuestradas la desesperaba porque sabía que volvería a suceder si no cazaban a ese chiflado cabrón. El pesar y la culpa de estar descuidando a su hijo después de haber estado lejos de él dos meses y medio la atormentaban.

Si Buddy dejara algún día de quererla o se apartara

del buen camino, Nic querría morirse. Algunas noches, cuando por fin regresaba a su pequeña casa victoriana, a la vuelta de la iglesia católica de San Juan el Bautista en Lee Street, yacía en la cama contemplando las formas oscuras de su dormitorio y escuchaba el silencio mientras se imaginaba a Buddy profundamente dormido en casa de su padre en Baton Rouge. Sus pensamientos sobre su hijo y su ex marido, Ricky, revoloteaban como polillas. Se preguntaba si se dispararía en el corazón o la cabeza en caso de perder todo lo que le importaba.

Nadie tenía ni idea de que Nic se deprimía. Nadie podría imaginarse que había veces en que se planteaba el suicidio. Lo que le impedía hacer lo inconcebible era que creía que el suicidio era uno de los pecados más egoístas que podía cometer una persona, y se imaginaba las nefastas consecuencias de un acto así, con lo que alejaba la fantasía mortal hasta la siguiente vez que se sumergía en un remolino de impotencia, soledad y desesperación.

—Mierda —susurró mientras iba por Main Street y dejaba atrás el Sno Depot en su estela emocional—. Perdóname, Buddy, mi cielo.

Menuda decisión: elegir entre no hacer nada respecto del asesinato de mujeres y no hacer nada respecto de su hijo.

34

Mon petit agneau prisé!

«Mi preciada ovejita», tradujo Scarpetta mientras se le helaba la sangre al reconocer la letra de Chandonne. Había estado sentada en la misma posición tanto rato (en la silla de madera junto a la puerta de su dormitorio) que le dolían los riñones, y la pequeña mesa de cristal sudaba debido al aire húmedo del mar. Cuando se acordó de respirar, se percató de que tenía todos los músculos tensos, con todo el cuerpo como un puño apretado.

La carta, la carta, la carta.

Que su letra fuera bonita la aturdía. Era una caligrafía estudiada, escrita en tinta negra, sin una sola palabra tachada, sin un solo error detectable a primera vista. Tuvo que pasar mucho rato escribiéndole esa carta, como si lo guiara un empeño amoroso, y esa idea aumentó el horror de Scarpetta. Pensaba en ella. Se lo decía en la primera frase de la carta.

Leyó sus palabras:

¿Ya sabes lo de Baton Rouge y que tienes que ir ahí?

Pero no hasta que hayas venido a verme. A Tejas, claro.

Ya lo ves, te dirijo.

No tienes voluntad propia. Puedes creer que sí,

pero yo soy la corriente que te recorre el cuerpo y todos tus impulsos proceden de mí. Estoy dentro de ti. ¡Siéntelo!

¿Recuerdas aquella noche? Abriste ansiosa la puerta y después me atacaste porque no podías soportar desearme. Te he perdonado por quitarme la vista, pero no podías quitarme el alma. Te sigue constantemente. Si lo intentas, puedes tocarla.

Maintenant! Maintenant! Es el momento. Baton Rouge te espera.

Tienes que venir a mí o nadie oirá mis historias.

Sólo te las contaré a ti.

¡Sé qué quieres, *mon petite trésor agneau*! Tengo lo que quieres.

En dos semanas estaré muerto y no tendré nada que decir. ¡Ja!

¿Me liberarás al éxtasis?

¿O te liberaré yo a ti? Clavándote los dientes en tu hermosura suave y redondeada.

Si no me encuentras, yo te encontraré a ti.

Con amor y éxtasis,
JEAN-BAPTISTE

Scarpetta fue al antiguo cuarto de baño, con su sencillo retrete blanco, su sencilla cortina de ducha de plástico alrededor de la sencilla bañera blanca y sus paredes blancas con manchas de moho, y vomitó. Bebió un vaso de agua del grifo y volvió al dormitorio, a la mesa, a esa maldita carta que probablemente no le aportaría ninguna prueba. Jean-Baptiste era demasiado inteligente para dejar huellas.

Se sentó en la silla e intentó combatir las imágenes de la bestia asesina que irrumpía en su casa como un espíritu maligno salido del infierno. A duras penas recordaba los detalles de la persecución, esa terrible persecución alrededor de su salón mientras él empuñaba un martillo de desbastar, el mismo que había usado antes para destrozar la cabeza y el cuerpo de otras mujeres y convertirlos en carne apaleada y hueso astillado, sobre todo la cara.

Cuando era forense e investigaba los asesinatos de Richmond, jamás se le había ocurrido que ella podía ser la siguiente. Desde esa experiencia casi mortal, luchaba por alejar la destrucción imaginada de su propio cuerpo y su propia cara. No la habría violado. No podía violar. La venganza de Jean-Baptiste contra el mundo era causar muerte y desfiguración, recrear a los demás a su propia imagen. Era la máxima encarnación del odio por uno mismo.

Si bien era cierto que había salvado la vida dejando permanentemente ciego a Jean-Baptiste, éste tendría la suerte de ahorrarse verse reflejado en el espejo de metal pulido que había en su celda del corredor de la muerte.

Scarpetta se dirigió a un armario del pasillo y apartó la aspiradora. Sacó una maleta.

35

—Si necesitas cualquier cosa, llámame al móvil —dijo Nic, de pie frente al umbral de la casa de ladrillo blanco de su padre en el Old Garden District, donde los edificios eran grandes y las copas de las magnolias y los robles daban sombra a gran parte del viejo *establishment* de la ciudad.

Incluso los días más brillantes, Nic encontraba el hogar de su infancia sombrío y premonitorio.

—Ya sabes que no te voy a llamar a ese telefonillo moderno que llevas —soltó su padre, y le guiñó el ojo—. Aunque no seas tú quien llama, tienes que pagar igual, ¿no es así? ¿O tiene lo de los kilómetros ilimitados, quiero decir, minutos?

—¿Qué? —Nic frunció el entrecejo y soltó una carcajada—. Olvídalo. Tienes mi nuevo número pegado a la nevera, tanto si decides llamarme como si no. Si no te devuelvo la llamada enseguida, ya sabes que es porque estoy ocupada. Y tú pórtate bien, Buddy. Eres el hombre de mi vida, ¿lo sabías?

Su hijo de cinco años se asomó por detrás de su abuelo e hizo una mueca.

—¡Mía! —Nic fingió quitarle la nariz e intentó el viejo truco de mostrar el pulgar entre dos dedos—. ¿Quieres que te devuelva la nariz o no?

Buddy era el típico querubín rubio, vestido con un

peto un par de centímetros demasiado corto. Se tocó la nariz y sacó la lengua.

—Si sigues sacando así la lengua, habrá un día que no podrás volver a meterla en la boca —le advirtió su abuelo.

—Chist —dijo Nic—. No le digas esas cosas, papá. Te creerá. —Rodeó a su padre y cogió en brazos al pequeño—. ¡Ya te tengo! —exclamó, levantándolo y cubriéndole la cara de besos—. Parece que tendremos que ir de compras, hombretón. La ropa ya te vuelve a quedar pequeña. ¿Cómo te lo haces, eh?

—No sé. —El niño la abrazó con fuerza.

—¿Crees que podrías llevar algo que no fuera un peto? —le susurró ella al oído.

Buddy sacudió enérgicamente la cabeza. Su madre lo dejó en el suelo.

—¿Por qué no puedo ir? —soltó el niño con un mohín.

—Mamá tiene que trabajar. Cuando te despiertes, habré vuelto, ¿vale? Si te vas a la cama como un hombrecito, te traeré una sorpresa.

—¿Qué sorpresa?

—Si te lo dijera no sería una sorpresa, ¿verdad? —Nic le besó de nuevo la parte superior de la cabeza, y el pequeño, malhumorado, se pasó la mano por el pelo como si quisiera matar un insecto—. Oh, creo que alguien se está poniendo de mal humor —comentó a su padre.

Buddy le lanzó la mirada mezcla de rabia y pena que siempre daba remordimientos a Nic. Desde que su ex marido, Ricky, que era vendedor, consiguió el ascenso que siempre había querido, fue más difícil aún convivir con él, porque se pasaba el tiempo viajando, se quejaba y era poco amable. Se había ido, y Nic se sentía aliviada, pero muy herida de formas que no podía definir. Las dificultades de la vida eran siempre positivas si cumplías la voluntad del Señor, según la doctrina de su padre, que la quería pero no se había puesto de su lado en su fracaso matrimonial.

—Deberías saber que ser policía no va bien con conservar a un hombre, si alguna vez te casas —le había dicho cuando la aceptaron en la academia de policía ocho años atrás, después de unos años monótonos como contable en el concesionario de Ford en Zachary, donde conocería a Ricky. Salieron tres meses y se fueron a vivir juntos. Otro pecado.

—Mamá tenía negocio propio —recordaba Nic a su padre cada vez que éste hacía sus comentarios.

—No es lo mismo, cielo. Ella no llevaba pistola.

—Tal vez si lo hubiera hecho...

—¡Cierra la boca!

Sólo terminó la frase una vez. Fue después de haber presentado la demanda de divorcio y de que su padre la hubiera reprendido toda una tarde sin dejar de pasearse por el salón con expresión de incredulidad, temor y rabia. Era un hombre corpulento, desgarbado, y cada zancada disgustada parecía llevarlo de una pared a la otra y sacudía la lámpara de cristal de la mesa junto al sofá hasta que finalmente se cayó y se rompió.

—¡Mira lo que has hecho! —exclamó su padre—. Has roto la lámpara de tu madre.

—La has roto tú.

—Las chicas no tienen por qué perseguir delincuentes y disparar armas. Por eso has perdido a Ricky. Se casó con una mujer bonita, no con la versión femenina de Buffalo Bill. Y qué clase de madre...

Fue entonces cuando Nic lo dijo.

—¡Si mamá hubiera tenido una pistola, puede que no

la hubiera matado un cabrón aquí, en nuestra propia casa!

—No te atrevas a decir eso —la reprendió su padre, que recalcó cada palabra acompañándola con un dedo como si diese puñaladas, puñaladas que recordaron a Nic lo que le habían hecho a su madre.

No volvieron a tocar el tema. Seguía siendo una borrasca estancada entre ellos. Daba lo mismo la frecuencia con que se vieran, Nic no sentía el cariño de su padre ni se acercaba demasiado a él. Nic había nacido tras dos hijos prematuros que no sobrevivieron y era hija única. Cuando su padre se jubiló y dejó de dar clases de sociología en secundaria, se aburrió y más o menos dejó de vivir. Cuando no ejercía de niñera, se pasaba las mañanas haciendo crucigramas, y daba obsesivamente largos paseos a paso ligero.

Nic sabía que su padre se culpaba a sí mismo. Su madre había sido asesinada hacía ocho años en pleno día mientras él y Nic estaban trabajando. Puede que ella también se culpara a sí misma, se decía que no tanto por la muerte de su madre sino porque si no se hubiese ido con sus amigas al salir del trabajo, tal vez su padre no habría sido quien encontrara el cadáver de su esposa y su sangre por toda la casa, ya que había corrido de una habitación a otra luchando con su asesino. Cuando Nic llegó a casa, achispada de cerveza, había policías pululando por el inmueble y ya se habían llevado el cadáver. Nic no llegó a verlo. El funeral se celebró con el ataúd cerrado. Nunca había reunido el valor suficiente para pedir una copia del informe policial, y como el caso seguía sin resolver, la oficina del juez de instrucción se negaba a proporcionarle una copia de los informes de la autopsia. Lo único que sabía era que su madre había sido apuñalada, y que había muerto desangrada. Saber eso era suficiente. Pero, por alguna razón, ya no lo era.

Esa noche concreta, Nic estaba resuelta a hablar, pero no podía hacerlo si Buddy no estaba distraído.

—¿Quieres ver la tele unos minutos antes de acostarte? —le preguntó.

Ése era un privilegio especial.

—Sí —afirmó, haciendo todavía un mohín, y corrió a encender el televisor.

Nic hizo un gesto con la cabeza a su padre y éste la acompañó fuera. Se colocaron en el sitio habitual, bajo el viejo roble de Virginia, en una punta del jardín.

—Espero que sea importante. —Su padre tenía sus frases y no se cansaba de usarlas.

Nic captó el brillo de sus ojos y supo que se alegraba de que ella quisiera hablar con él sobre algo que no podía oír un niño pequeño.

—Sé que no quieres hablar de ello —empezó Nic—, pero es sobre mamá. —Advirtió que su padre se sobresaltaba y se retraía, como si su espíritu de repente lo hubiera abandonado—. Necesito saber más cosas, papá. No saberlas me está afectando. Puede que sea por lo que está ocurriendo ahora en esta zona, con la desaparición de esas mujeres. Estoy sintiendo algo. No sé decirlo de otro modo; estoy sintiendo algo. Algo terrible —explicó con voz temblorosa—. Y me asusta, papá. El modo en que me siento a veces me asusta mucho.

Su padre guardó un silencio impenetrable.

—¿Recuerdas cuando saqué la escalera de mano y la apoyé en este mismo árbol? —Nic alzó los ojos al cielo, y su visión quedó atrapada en unas ramas gruesas y oscuras, cubiertas de hojas—. Lo siguiente que recuerdo es que me quedé encallada ahí arriba, demasiado asustada para seguir subiendo o para bajar. Y tuviste que bajarme tú.

—Lo recuerdo. —La voz de su padre sonó ausente.

—Bueno, así es como me siento ahora —prosiguió Nic, en un intento de despertar la parte de su padre que se había anestesiado después del asesinato de su esposa—. No puedo subir ni bajar y necesito que me ayudes, papá.

—Yo no puedo hacer nada —aseguró él.

36

La línea del horizonte de Szczecin estaba salpicada de antenas, las calles tranquilas, el centro venido a menos. Ninguna tienda parecía atractiva, en especial tan tarde, y los pocos coches que se veían eran viejos y estaban mal conservados. El Radisson era un edificio de ladrillo, con un patio gris y pavimento rojizo, y una pancarta azul en la entrada que daba la bienvenida a la Convención de Métodos y Modelos de Automatización y Robótica, lo que era afortunado.

Cuanta más gente hubiera en el hotel, mejor, y Lucy había programado robots, de modo que podía hablar de esa tecnología si era necesario. Pero no lo sería. Tenía un plan muy bueno en todos los sentidos. Encontró un sitio para aparcar unas calles más abajo de una tienda Fila, frente a una *delikatesy*.

Usó el espejo de cortesía para maquillarse deprisa y ponerse unos pendientes de oro. Se quitó las zapatillas de tenis y se calzó unas botas vaqueras forradas en raso negro. Se puso una blusa negra de lino, arrugada, y se metió el bastón táctico por la manga. Se desabrochó un par de botones para exhibir un buen escote. Transformada en una joven y sexy huésped, Lucy lucía lo bastante alborotada y seductora como para pasar por el típico asistente a una convención que se ha divertido media noche. Se puso una cazadora y avanzó deprisa hacia el hotel bajo las tenues auras de las farolas, maldiciendo las botas.

Este Radisson era self-service, como Lucy llamaba a los hoteles en que tenías que subirte tú mismo las maletas, usabas la llave magnetizada de la habitación para acceder al gimnasio y llenar el cubo de hielo, y donde las camareras se sorprendían si les dabas propina. A esa hora no había portero ni botones, sólo una mujer joven que leía una revista polaca tras el mostrador de recepción. Lucy se quedó fuera, en la oscuridad, mirando en derredor para asegurarse de que nadie la veía. En caso contrario, hurgaría en el bolso de piel que llevaba colgado al hombro y fingiría buscar la llave de la habitación. Esperó inquieta diez minutos hasta que la recepcionista, aburrida y cansada, se marchó, puede que al lavabo de señoras o por un café. Lucy cruzó el vestíbulo y se metió en el ascensor. Pulsó el botón del quinto piso.

Rudy estaba en la habitación 511. No era la suya. Había entrado en el hotel más o menos como Lucy, sólo que a él se le presentó una buena oportunidad: sumarse a un grupo de empresarios que regresaban de cenar. Por suerte, había sido lo bastante listo como para llevar traje y corbata. Rudy era algo especial. Los antiguos compañeros del Equipo de Rescate de Rehenes envidiaban su cuerpo hermoso y musculoso, y le acusaban de tomar esteroides, algo que nunca había consumido. Lucy lo sabía, porque Rudy podía tener defectos, pero era tan honesto y sincero que ella a veces lo llamaba «amiga». Ella conocía todos los detalles de su dieta, complementos vitamínicos y proteínicos, así como sus agotadoras sesiones de ejercicio y sus revistas y programas de televisión favoritos. No podía recordar la última vez que Rudy había leído un libro. También entendía por qué la había agredido sexualmente en la Casa de los Neumáticos y, si acaso, lamentaba haberle roto la nariz.

—Creía que tú también lo querías. Te lo juro —le había explicado con una expresión de lo más lastimera—. Supongo que me excité con tanto rodar entre neumáticos y disparar, y tú estabas ahí conmigo con ese montón de casquillos repiqueteando por todas partes, los dos estábamos sucios y tiznados, y estabas tan guapa que no pude resistirlo. Así que te hice aquella pregunta, cuando no debería, y tu dijiste que querías practicar el sexo siempre que tuvieras ocasión. Creí que querías decir conmigo.

—¿En aquel momento? —soltó Lucy—. ¿De veras creíste eso?

—Sí. Creí que tú también estabas excitada.

—De vez en cuando deberías ver algo más aparte de películas de acción —dijo Lucy—. ¿Walt Disney quizá?

Habían tenido esta conversación en la habitación de Lucy en la Academia del FBI. Ambos estaban sentados en la cama porque ella no tenía miedo de Rudy y nunca lo había tenido. Él era quien llevaba puntos bajo el labio y tenía una nariz rota que requería los servicios de un cirujano plástico.

—Además, sé que esto te parecerá una tontería, Lucy, pero estaba harto de lo que decían los demás chicos. Puede que quisiera demostrar algo, demostrar que no eras lo que ellos decían.

—Comprendo. Si nos enrollábamos, podrías ir y contárselo a todos.

—¡No! No he querido decir eso. No les habría contado nada. ¡No es de su incumbencia!

—Hum. A ver si lo entiendo. Enrollarnos en la Casa de los Neumáticos habría demostrado a los demás chicos que me gustan los hombres, pero ellos no habrían sabido que nos habíamos enrollado en la Casa de los Neumáticos porque eres demasiado caballeroso para irte de la lengua.

—Oh, mierda. —Rudy dirigió una mirada abatida al

suelo—. No me estoy explicando bien. No les habría contado nada, pero la próxima vez que hubieran hablado mal de ti, que te hubieran acusado de ser lesbiana, frígida o lo que sea, les habría dirigido una mirada, habría hecho algo para indicar que no sabían de qué hablaban.

—Ajá. Pensabas en mi bienestar cuando intentaste arrancarme la ropa y violarme.

—¡Yo no intenté violarte! Por el amor de Dios, no emplees una palabra así. Creía que a ti también te apetecía. Joder, Lucy. ¿Qué quieres que haga?

—No vuelvas a intentarlo nunca más. O la próxima vez te partiré algo más que la nariz.

—De acuerdo. No volveré a intentarlo a menos que empieces tú. O cambies de parecer.

Después, Rudy renunció al FBI y con el tiempo fue a trabajar para ella en El Último Reducto. Rudy era una mezcla desconcertante. En ciertos sentidos, era un bobo atractivo y corpulento, incapaz de comprometerse con ninguna mujer a la que hubiera afirmado amar como un loco (y sus elecciones, por lo que Lucy sabía, mostraban un mal criterio increíble). Pero en su lucha contra el crimen era tan meticuloso y hábil como en su trayectoria como piloto de helicóptero. Rudy no era egoísta ni narcisista. Rara vez bebía y jamás tomaba drogas, ni siquiera una aspirina.

—Hay una cosa positiva. —Rudy miró a Lucy mientras seguían sentados en la cama—. Cuando el cirujano plástico me arreglaba la nariz, aprovechó para eliminarme un bultito —aseguró a la vez que se tocaba el entablillado del puente de la nariz—. Dice que me quedará una perfecta nariz aquilina. Así es como la llamó: «nariz aquilina». —Se detuvo, algo perplejo—. ¿Qué es exactamente una nariz aquilina? —preguntó.

37

Lucy llamó a la puerta de la habitación 511.

El cartel de «No molestar» colgaba del pomo, y el televisor sonaba en el interior con ruido de cascos y disparos. Parecía que Rudy miraba una película del Oeste. Pero lo que hacía era vigilar a Rocco.

—Sí —se oyó la voz de Rudy tras una pausa.

—En tierra y seguro. —Lucy usó jerga de helicóptero y echó un vistazo al pasillo mientras sacaba unos guantes de látex de un bolsillo y se los ponía.

La puerta se abrió lo imprescindible para que entrase. Una vez dentro, la cerró. Rudy, que también llevaba guantes, giró el seguro y echó el pestillo. Lucy se quitó la cazadora y miró con dureza a Rocco Caggiano con su cuerpo gordo y fofo y los ojos inyectados en sangre. Captó todos los detalles de la habitación. Había un abrigo de cachemir negro de Rocco extendido sobre una silla, y en una esquina de la alfombra había una mesita con una bandeja y una botella vacía de champán junto a una cubitera de acero inoxidable llena de agua. El hielo habría tardado horas en fundirse por completo. La cama era de matrimonio, y frente a ella, delante de una ventana con las cortinas corridas, había una mesita de cristal y dos sillas. En la alfombra había varios periódicos británicos. Puede que hubiera estado hacía poco en Inglaterra. Pero Rocco no se había molestado nunca en aprender un segundo idioma. Los periódicos podían proceder de cualquier punto de su ruta hasta ahí.

Entre la mesa y la cama había un carrito del servicio de habitaciones que no tenía nada encima salvo cuatro tapaderas de plato de acero inoxidable. Lucy no pudo evitar pensar en el padre de Rocco, Pete Marino, mientras veía una costilla mordisqueada, un trozo de patata al horno, un plato con una porción de mantequilla ya derretida, una panera vacía y una copa llena de ensalada mustia, salsa de cóctel, pedazos de limón y colas de gamba. También había devorado una ración de pastel de chocolate; sólo quedaban manchas en el plato.

—Tengo que ir al lavabo.

—Adelante.

Se metió en el baño, donde el hedor era terrible.

—¿Está sobrio? —preguntó a Rudy cuando volvió.

—Lo suficiente.

—Debe de ser genético.

—¿El qué?

—El modo en que padre e hijo se cuidan —aclaró—. Pero eso es lo único que él y Marino tienen en común. —Y añadió para Rocco—: ¿Te has dejado caer en Szczecin para ver unas cuantas armas más? ¿Tal vez algo de munición, explosivos, electrónica, perfumes y ropa de diseño? ¿Cuántas tarjetas de embarque falsas tienes en la maleta?

Rocco la miró y su atención se desvió hacia el escote.

—Vigila dónde pones los ojos —le espetó Lucy, que había olvidado su aspecto. Se abrochó la blusa y reinició el interrogatorio—. Quizás haya millares en alguna parte, ¿verdad, Rocco?

Éste no dijo nada. Lucy observó el vómito en la alfombra entre sus mocasines de piel de cocodrilo negro.

—Ya era hora de que tu propia mierda te diera náuseas, Rocco. —Lucy se sentó en el borde de la cama.

—¿Tienes un problema en la manga o es que te alegras de verme? —le preguntó Rudy sin sonreír y sin apartar los ojos de Rocco.

Lucy recordó el bastón táctico que llevaba bajo la blusa de lino, lo sacó y lo dejó en la mesilla de noche. Hacía calor en la habitación. Echó un vistazo al termostato y confirmó que Rudy había subido la calefacción a veinticuatro grados. El aire caliente movía las cortinas corridas de la ventana situada al otro lado de la habitación. Era una ventana grande que daba a la parte delantera del hotel. Rocco miraba la pistola con lágrimas en los ojos.

—Vaya, vaya —comentó Lucy—. Eres bastante llorica para ser alguien tan mezquino y tan duro. Y, por cierto, tu padre no llora. —Miró a Rudy—. ¿Has visto llorar alguna vez a Marino?

—No.

—¿Le has visto alguna vez cagarse encima?

—No. ¿Sabías que Rocco tenía planes para disparar a Marino cuando fuera a pescar? Durante ese viaje que hace siempre a Buggs Lake, ya sabes.

Lucy no hizo ningún comentario. Los colores le subieron a la cara. Con un poco de suerte, Marino no sabría nunca que ella y Rudy habían ido hasta ahí y seguramente le habían salvado la vida. Rocco ya no dispararía a nadie más.

—Podrías haber matado a tu padre hace años. ¿Por qué este agosto? —le preguntó Lucy. Sabía qué mes del año iba a pescar Marino.

—Instrucciones —respondió Rocco encogiéndose de hombros.

—¿De quién?

—Mi antiguo cliente. Tiene bastantes cuentas que saldar.

—Jean-Baptiste —dijo Lucy—. Así que os habéis mantenido en contacto. Es conmovedor porque él es la razón de que estés a punto de morir.

—¡No te creo! —exclamó Rocco—. Él jamás... Me necesita.

—¿Para qué? —preguntó Rudy.

—Trabajo externo. Todavía soy su abogado. Puede enviarme lo que quiera. Ponerse en contacto conmigo cuando quiera.

—¿Qué te envía? —quiso saber Rudy.

—De todo. Sólo tiene que indicar «correo jurídico», y nadie puede abrirlo. Así que, si quiere mandar cartas o lo que sea a alguien, lo hace a través de mí.

—La carta que recibí donde te delata, Rocco, ¿me la envió a través de ti? —preguntó Lucy.

—No. Nunca me ha enviado una carta dirigida a ti. Yo nunca las abro. Es demasiado arriesgado, por si llegara a enterarse. —Se detuvo, y tenía los ojos vidriosos—. ¡No me creo que te mandara una carta!

—Estamos aquí, ¿no? —repuso Rudy—. ¿Cómo es posible si Chandonne no nos hubiera mandado una carta con todo lo que necesitábamos saber?

Rocco no tenía respuesta a eso.

—¿Por qué querría que mataras a tu padre? —Lucy no iba a olvidar ese tema—. Sobre todo ahora. ¿Qué cuentas que saldar?

—Puede que no le caiga bien a Jean-Baptiste. Supongo que podría considerarse su última voluntad —dijo Rocco.

—¿Me dejas verla un momento? —Lucy alargó la mano hacia la pistola de Rudy.

Rudy sacó el cargador y extrajo la bala de la recámara. El proyectil rebotó contra la cama. Lucy lo recogió y Rudy le pasó la Colt. Se acercó a Rocco e introdujo la bala en el cargador con el pulgar.

—Tu padre me enseñó a conducir —le dijo a Rocco en tono distendido—. ¿Has visto alguna vez esas camionetas enormes que tiene? Bueno, así fue como aprendí cuando era tan pequeña que tenía que sentarme sobre un cojín.

Amartilló el arma y le apuntó entre los ojos.

—También me enseñó a disparar.

Apretó el gatillo.

Clic.

Rocco dio un violento respingo.

—Uy. —Lucy golpeó de nuevo el cargador para introducirlo en la culata—. Había olvidado que no estaba cargada. Levántate, Rocco.

—Sois policías —afirmó, y la voz le temblaba de miedo e incredulidad—. Los policías no matan a la gente. ¡No hacen esas cosas!

—Yo no soy policía —dijo Rudy. Miró a Lucy y añadió—: ¿Lo eres tú?

—Tampoco. No veo a un solo policía en esta habitación, ¿y tú?

—Pues paramilitares de la CIA. Seguro que os enviaron a Irak, ¿verdad? Para eliminar a Saddam. Sé lo que hace la gente como vosotros.

—Nunca he estado en Irak, ¿y tú? —preguntó Lucy a Rudy.

—Últimamente no.

38

Emitían otra película de vaqueros por televisión. Las bocas se movían desincronizadas mientras dos vaqueros, doblados al polaco, desmontaban del caballo.

—Una última oportunidad —dijo Rudy a Rocco—. ¿Dónde está Jay Talley? No mientas. Te aseguro que me daré cuenta.

—Hizo un curso sobre análisis de las declaraciones en la Academia del FBI —bromeó Lucy—. Fue el mejor de la clase.

Rocco meneó la cabeza. Para entonces era evidente que, si lo supiera, lo diría. Era cobarde, interesado y llorica, y en aquel momento tenía más miedo de ellos que de Jay Talley.

—Te diré qué haremos, Rocco. No te mataremos. —Lucy lanzó el arma a Rudy—. Te suicidarás.

—No... —Temblaba como si tuviera la enfermedad de Parkinson.

—Estás acabado, Rocco —dijo Rudy—. Eres un fugitivo. Una alerta roja. Ya no puedes ir a ningún sitio. Te atraparán. Si tienes suerte, terminarás en la cárcel, puede que en Sicilia, y tengo entendido que no es agradable. Pero sabes muy bien qué pasará. Los Chandonne te eliminarán. Al instante. Y quizá de una forma menos humanitaria que si eres tú mismo quien termina con tu miserable y asquerosa vida. Ahora.

Lucy se acercó a la cama y sacó un sobre de su bolso. Contenía hoja de papel. La desdobló.

—Ten. —Se la ofreció a Rocco.

Éste no se inmutó.

—Cógela. Una impresión de tu alerta roja. Calentita. Tendrás curiosidad.

Él no respondió. Hasta los globos oculares parecían temblarle.

—Cógela —repitió Lucy.

Rocco lo hizo. La alerta roja le temblaba entre las manos mientras dejaba sus huellas dactilares en el papel, un detalle en el que seguramente no pensaba.

—Léela en voz alta. Es muy importante que veas qué dice. Porque estoy segura de que comprenderás que no tienes más remedio que suicidarte aquí mismo, en esta encantadora habitación de hotel —dijo Lucy.

La página tenía impreso el emblema de Interpol en el ángulo superior derecho, en rojo fuerte, por supuesto. Destacaba la fotografía de Rocco, que era fácil de conseguir. Con lo ególatra que era, jamás había rehuido la cámara cuando representaba a criminales en juicios escandalosos. Se trataba de una imagen reciente y guardaba un gran parecido.

—Léela en voz alta —le ordenó Lucy—. Adelante, Rocco.

—«Detalles de la identidad —empezó con voz vacilante, y se aclaró la garganta—. Nombre actual, Rocco Caggiano. Nombre al nacer, Peter Rocco Marino, hijo.» —Se detuvo con lágrimas en los ojos. Se mordió el labio inferior y, acto seguido, prosiguió leyendo todo sobre sí mismo. Cuando llegó a la información judicial y leyó que le buscaban por el asesinato de los periodistas siciliano y francés, puso los ojos en blanco—. Dios mío —masculló, e inspiró hondo.

—Exacto —corroboró Lucy—. Orden de detención número siete-dos-seis-cero en el caso del pobre Guarino. Orden de detención número siete-dos-seis-uno en el de La Fleur. Emitidas el 24 de abril de 2003. Hace dos días.

—Dios mío.

—Tu fiel cliente Jean-Baptiste —le recordó Lucy.

—El muy cabrón —farfulló Rocco—. Después de todo lo que he hecho por ese hijo de puta...

—Se ha terminado, Rocco —dijo Rudy.

Dejó la alerta roja sobre la mesa.

—Tengo entendido que los Chandonne pueden ser bastante creativos —comentó Lucy—. Tortura. ¿Recuerdas cuánto le gustaba a Jay Talley atar a la gente con una cuerda a unas anillas y quemarla con pistolas de aire caliente? Quemarla hasta que le quedaba la piel chamuscada. Mientras estaba viva y consciente. ¿Recuerdas cómo intentó hacer eso a mi tía mientras la muy zorra de Bev Kiffin trataba de acabar conmigo con una escopeta?

Rocco desvió la mirada.

Se acercó más a él. Tras pensar en lo que casi le ocurrió a su tía, estuvo tentada de abrir el bastón táctico y matar a Rocco a golpes. Dirigió la vista al arma, en la mesilla de noche; sabía que no debía hacerlo.

—También te podrías ahogar —prosiguió.

—No —suplicó Rocco, dando un respingo al oírla.

—¿Recuerdas a Thomas, el primo de Jean-Baptiste? Se ahogó. No es una forma agradable de morir. —Miró a Rudy.

Éste limpió con cuidado la Colt con una esquina de la sábana para mayor precaución. Su expresión era dura, y los ojos le brillaban con una indiferencia y una resolución que le permitía borrar de la mente la oleada repentina de empatía que sentía por Rocco, a pesar de lo poco que merecía vivir.

Rudy miró a Lucy y sus ojos se encontraron un instante como dos chispas.

El sudor resbalaba por la cara de Lucy y le pegaba mechones de pelo a las sienes. Estaba pálida, y Rudy sabía que todos sus intentos de humor cáustico y dureza eran forzados mientras interpretaba el papel más terrible de su vida.

Rudy puso una bala en la recámara y se acercó a Rocco.

—Es diestro, ¿estás de acuerdo, colega? —preguntó con calma a Lucy.

—Sí —contestó ella sin apartar los ojos de Rocco. Habían empezado a temblarle las manos y se obligó a pensar en Jay Talley y su malvada amante, Bev Kiffin.

Imágenes.

Lucy imaginó el dolor de su tía mientras esparcía lo que creía las cenizas de Benton Wesley en el mar. El cerebro pareció dividírsele dentro del cráneo. No se había mareado nunca en el mar, pero debía de parecerse a lo que sentía ahora.

—Tú decides —dijo a Rocco—. Hablo en serio. O mueres ahora sin dolor, sin tortura, sin quemaduras, sin asfixia, y nos encargaremos de que tu suicidio sea de lo más comprensible. O te marchas de aquí, sin saber nunca cuándo exhalarás tu último aliento ni qué pesadilla sufrirás cuando los Chandonne te encuentren. Y lo harán.

Rocco asintió. Claro que lo harían. Eso seguro.

—Alarga la mano —ordenó Rudy a Rocco.

Rocco volvió a poner los ojos en blanco.

—¿Lo ves? Estoy sujetando la pistola, voy a ayudarte —prosiguió Rudy con indiferencia, mientras su sudor caía a la alfombra.

—Asegúrate de apuntar hacia arriba —indicó Lucy, que pensaba en la cabeza decapitada de aquel nazi.

—Vamos, Rocco. Haz lo que te digo. No te dolerá. Ni siquiera te darás cuenta.

Rudy tocó la sien derecha de Rocco con el cañón.

—Hacia arriba —le insistió Lucy.

—Tú rodeas la culata con la mano y yo te rodeo la mano con la mía.

Rocco cerró los ojos, pero la mano le temblaba. Cerró los dedos, cortos y regordetes, alrededor de la culata, y la mano grande y fuerte de Rudy se los sujetó.

—Tengo que ayudarte porque no puedes sujetar el arma sin moverla —le dijo Rudy—. No dispararías bien y eso podría ser desagradable. Y no te puedo dejar sujetar el arma tú solo, ¿verdad? Eso sería una estupidez —concluyó Rudy en voz baja—. ¿Lo ves? No es tan difícil. Ahora apóyate el cañón en la cabeza.

Rocco tuvo arcadas. Respiraba agitadamente.

—Apunta hacia arriba —dijo Lucy una vez más, obsesionada con la cabeza decapitada del nazi, mientras intentaba no ver la de Rocco.

Éste se balanceaba en la silla y respiraba superficialmente. Estaba lívido y cerraba los ojos con fuerza. El dedo enguantado de Rudy apretó el gatillo.

La pistola se disparó con un sonoro estampido.

Rocco cayó hacia atrás junto con la silla. Su cabeza fue a dar contra los periódicos británicos esparcidos por la alfombra y su cara se volvió hacia la ventana. La sangre manaba con un gorgoteo de su cabeza. El humo del disparo volvió acre el ambiente. Rudy se puso en cuclillas para arreglar el brazo derecho de Rocco y la pistola. Cualquier huella entera o parcial que se obtuviera de la Colt pertenecería a Rocco.

Lucy abrió la ventana un poco y arrojó los guantes mientras Rudy presionaba con dos dedos la carótida de Rocco Caggiano. Su pulso era débil y al final se detuvo.

Rudy asintió en dirección a Lucy y se levantó. Metió la mano en el bolsillo interior de la chaqueta y sacó un bote de mostaza alemana. La tapa tenía unos agujeritos, y unas moscardas se movían en el interior del tarro para alimentarse de lo que quedaba de la carne podrida que el día anterior había servido de cebo para capturarlas junto a un contenedor de basura tras un restaurante polaco.

Abrió el tarro y lo agitó. Varias decenas de moscas despegaron aletargadas, zumbaron hacia las lámparas y rebotaron en las pantallas iluminadas. Al percibir las feromonas y el efluvio de una herida abierta, volaron directamente, con gula, hacia el cuerpo inmóvil de Rocco. Las moscardas, el más común de los insectos carroñeros, aterrizaron en la cara ensangrentada. Unas cuantas se le metieron en la boca.

39

Sólo eran las ocho de la tarde en Boston.

Pete Marino estaba sentado en la puerta de embarque de US Airways comiendo galletas recubiertas de chocolate y escuchando otro aviso en tono de disculpa que prometía que su vuelo saldría tras otra ligera demora de sólo dos horas y diez minutos. Eso después de una demora anterior que ya lo había retenido en el aeropuerto Logan una hora y media desde la hora prevista del despegue.

—¡Mierda! —exclamó sin importarle quien lo oyera—. ¡A pie ya habría llegado!

Rara vez tenía mucho tiempo para reflexionar sobre su vida y, al pensar en Benton, alejó su sufrimiento y su rabia evocando el cuerpo fuerte y en buena forma de su viejo amigo. Decidió, de modo deprimente, que tenía incluso mejor aspecto que antes. ¿Cómo era posible después de seis años de lo que equivalía a un confinamiento solitario? Marino no podía entenderlo. Tomó otra galleta de chocolate, compradas en la tienda de regalos del aeropuerto, y se preguntó cómo sería dejar de trabajar para Lucy y no perseguir más delincuentes. Eran como las cucarachas. Aplastabas uno y otros cinco ocupaban su sitio. Quizá debería ir a pescar, tal vez convertirse en jugador de bolos profesional (una vez casi consiguió la máxima puntuación), encontrar una mujer buena y construirse una cabaña en el bosque.

Hacía mucho tiempo, Marino también era admirado, y el espejo no lo detestaba. Las mujeres (y los hombres, suponía con confusión y repugnancia) miraban a Benton y lo deseaban. Estaba seguro de ello. No se le podían resistir cuando a su atractivo añadía su mente y su categoría de as del FBI o, para ser más preciso, su anterior categoría en el FBI. Marino se echó hacia atrás matas de pelo canoso y se dio cuenta de que ya nadie conocía a Benton ni sabía su nombre auténtico o admiraba su antigua carrera en el FBI. Se suponía que estaba muerto o que era Tom o un don nadie. Que Scarpetta añorara tanto a Benton causaba a Marino un profundo dolor en algún sitio cercano al corazón y lo sumía en una mayor desesperación. Sufría mucho por ella. Sufría mucho por él mismo. Si él muriera, Scarpetta lo lloraría, pero no toda la vida. Nunca había estado enamorada de él, ni lo estaría, y no quería compartir la cama con su cuerpo gordo y peludo.

Marino se metió en otra tienda y cogió una revista sobre salud, un acto que le resultaba tan desconocido como el hebreo. En la portada de *Men's Workout* aparecía un joven atractivo que parecía esculpido en piedra. Tenía que haberse afeitado todo el cuerpo salvo la cabeza y dado brillo a su piel bronceada con aceite. Marino volvió a un bar cercano, pidió otra Budweiser de barril, encontró la misma mesa, quitó unas migajas de pizza y dejó la revista, algo temeroso de abrirla. Reunió por fin el valor para levantarla, pero la satinada portada se quedó pegada a la mesa.

—¡Oiga! —llamó al camarero—. ¿No limpian nunca las mesas?

Todos los presentes en el bar lo miraron.

—Acabo de pagar tres con cincuenta por esta cerveza aguada, y la mesa está tan asquerosa que la revista se ha quedado pegada.

Todos los presentes miraron la revista de Marino. Unos jóvenes se dieron un ligero codazo y sonrieron. El camarero, que tendría que ser un pulpo para poder servir con diligencia a los clientes, lanzó molesto un trapo húmedo a Marino. Éste limpió la mesa y se lo devolvió, con tan mala fortuna que casi dio a una señora mayor en la cabeza. La mujer tomó un sorbo de vino blanco, sin darse cuenta de nada. Marino empezó a hojear la revista. Quizá no fuera demasiado tarde para reivindicar su plumaje masculino, para tener músculos que pudiera flexionar como un pavo real que abría la cola. En Nueva Jersey, cuando era joven, se había puesto fuerte gracias a las flexiones y las pesas que se preparaba con bloques de hormigón y palos de fregona o escoba. Levantaba la parte posterior de automóviles para trabajar la espalda y los bíceps, cargaba una bolsa de ropa llena de ladrillos mientras flexionaba las piernas o mientras subía o bajaba corriendo las escaleras. Boxeaba con la colada que se secaba en la cuerda, siempre en días ventosos en que las prendas oponían resistencia.

—¡Peter Rocco! ¡Deja de pelearte con la colada! ¡Si se te cae al suelo, la lavarás tú!

Su madre era una figura difuminada tras la puerta mosquitera, con las manos en las caderas. Intentaba sonar severa mientras el gancho de derecha de su hijo arrancaba uno de los calzoncillos mojados de su padre del tendedero y lo enviaba volando hacia un arbusto cercano. Cuando Marino se hizo mayor, se envolvía los puños con trapos y propinaba puñetazos a un colchón viejo que guardaba en el espacio hueco para tuberías y cables bajo la casa. Si fuera posible matar un colchón, ése habría muerto mil veces. Acabó por romperse y la goma espuma ya podrida se desintegraba con cada golpe. Marino recogía colchones entre las basuras del barrio y se peleaba con ellos rabiosamente.

—¿A quién intentas matar, cariño? —le preguntó su madre una tarde cuando, sudoroso y tembloroso debido al agotamiento, abrió la nevera en busca de agua helada—. No bebas de la jarra. ¿Cuántas veces tengo que decírtelo? ¿Sabes qué son los gérmenes? Son unos bichitos asquerosos que te salen de la boca y van a parar a la jarra. Da igual que no los veas. Eso no hace que sean menos reales, y esos mismos gérmenes son los que te provocan la gripe y la polio, y después terminas en un pulmón de acero y...

—Papá bebe de la jarra.

—Bueno.

—¿Bueno qué, mamá?

—Él es el hombre de la casa.

—Vaya. Supongo que, como es el hombre de la casa, a él no le salen bichitos asquerosos como al resto de la gente. Supongo que a él le importa un rábano quién termina en un pulmón de acero.

—¿Contra quién peleas cuando aporreas el colchón? Pelear, pelear, pelear. Siempre estás peleando.

Marino pidió otra cerveza y se consoló con la idea de que los modelos masculinos de aquella revista no eran luchadores porque tenían la flexibilidad de una piedra. No bailaban con los pies al boxear. Lo único que hacían era levantar peso, posar para los fotógrafos e intoxicarse con esteroides. Aún así, a Marino no le importaría tener un abdomen que pareciera una pista de esquí, y qué no daría porque el pelo le volviera a poblar la cabeza en lugar de seguir su incesante migración hacia otras partes de su cuerpo. Fumaba y bebía mientras oía el sonido de fondo de un partido de baloncesto, en una pantalla grande de televisión. Mientras hojeaba unas cuantas páginas más de la revista, empezó a observar los anuncios de afrodisíacos, de potenciadores del rendimiento y las invitaciones a fiestas especiales y partidos de strip voleibol.

Cuando llegó al encarte central con tíos cachas sin pelo en tanga y diminutas prendas de malla, cerró la revista de golpe. Un empresario sentado en la mesa de al lado se levantó y se dirigió al otro extremo del bar. Marino se acabó con calma la cerveza, se levantó, se desperezó y bostezó. Los clientes del bar observaron cómo avanzaba hacia el empresario y le dejaba la revista sobre su ejemplar del *Wall Street Journal*.

—Llámame —le soltó Marino con un guiño, y salió despacio del local.

40

De vuelta en la puerta de embarque, Marino se sintió agitado e impetuoso.

Su vuelo iba a retrasarse otra hora debido al mal tiempo. De repente, no quería regresar a casa, con Trixie, levantarse por la mañana y darse cuenta de lo que había pasado en Boston. Pensar en su casa pequeña y su garaje abierto de barrio obrero aumentó aún más su amargura y sus ganas de contraatacar. Si por lo menos pudiera identificar al enemigo. No tenía sentido seguir viviendo en Richmond. Esa ciudad era el pasado. No tenía sentido que hubiera permitido a Benton desembarazarse de él. No debería haberse ido nunca del piso de Benton.

—¿Sabe qué significa «debido al mal tiempo»? —preguntó a la joven pelirroja que, sentada a su lado, se estaba limando las uñas.

Dos groserías que Marino no soportaba eran pedorrearse en público y el sonido de la manicura acompañado de la caída de partículas de uña.

—Significa —continuó— que todavía no han decidido cuándo partiremos de Boston. ¿Lo ve? No hay bastantes pasajeros como para que les salga a cuenta. Pero le echan la culpa a otra cosa.

La mujer dejó de limarse las uñas y echó un vistazo alrededor para corroborar que había decenas de asientos vacíos.

—Puede pasarse sentada aquí toda la noche o venir a una habitación de motel conmigo —añadió Marino.

Pasado un momento de incredulidad, la joven se levantó y se alejó con un resoplido.

—Cerdo —soltó.

Marino sonrió tras haber restaurado la urbanidad y mitigado su aburrimiento aunque sólo fuera por un momento. No iba a esperar un vuelo que tal vez no fuera a existir, y volvió a pensar en Benton. La rabia y la paranoia le embargaron. Su sensación de impotencia y rechazo se afianzó más en él y le sumió en una depresión que le impedía pensar y lo fatigaba como si no hubiera dormido desde hacía días. No podía soportarlo. Deseó poder llamar a Lucy, pero no sabía dónde estaba. Lo único que le había dicho era que tenía que atender unos asuntos que le exigían viajar.

—¿Qué asuntos? —le había preguntado.

—Asuntos.

—A veces me pregunto por qué coño trabajo para ti.

—Yo no me lo pregunto. Lo tengo muy claro —contestó Lucy por teléfono desde su oficina de Manhattan—. Me adoras.

Fuera del aeropuerto Logan, Marino paró un taxi de la compañía Cambridge Checker poniéndose casi delante de él y agitando los brazos, sin tener en cuenta la cola de docenas de personas cansadas y descontentas que esperaban uno.

—Al Embankment —indicó al taxista—. Cerca del quiosco.

41

Scarpetta tampoco sabía dónde estaba Lucy.

Su sobrina no contestaba en casa ni al móvil, y no le había devuelto sus numerosas llamadas por el busca. Tampoco localizaba a Marino, pero no tenía intención de llamar a Rose para contarle lo de la carta. Su secretaria ya se preocupaba demasiado. Se sentó en la cama para pensar. *Billy* trepó a la cama y se dejó caer lo bastante lejos como para que ella tuviera que alargar la mano si quería acariciarlo, y lo hizo.

—¿Por qué te sientas siempre tan lejos de mí? —le dijo mientras acariciaba las orejas suaves y caídas—. Oh, ya lo entiendo. Se supone que tengo que cambiarme de sitio y acercarme a ti.

Lo hizo.

—Eres un perro muy terco, ¿lo sabías?

Billy le lamió la mano.

—Tengo que irme de la ciudad por unos días —le explicó Scarpetta—, pero Rose cuidará bien de ti. Quizá podrías quedarte en su casa, y entonces te llevaría a la playa. Así que prométeme que no te disgustarás por que me voy.

Nunca lo hacía. La única razón por la que la seguía corriendo cuando se iba de viaje era que quería dar una vuelta en el coche. Daría vueltas en coche todo el día, si pudiera. Scarpetta marcó el número de la oficina de Lucy por segunda vez. Aunque pasaba bastante de la hora de cerrar, una voz humana y despierta contestaba veinticuatro horas al día, siete días a la semana. Esa noche era el turno de Zach Manham.

—Muy bien, Zach —dijo sin más—. Ya es bastante malo que no me quieras decir dónde está Lucy...

—No es que no quiera decírtelo...

—Claro que sí. Lo sabes, pero no sueltas prenda.

—Te juro que no lo sé —contestó Manham—. Mira, si lo supiera, la llamaría a su móvil de última generación y, al menos, ella te llamaría.

—Así que está fuera del país, ¿eh?

—Siempre lleva ese móvil. Ya sabes cuál, el que toma fotografías, vídeos, se conecta a Internet. Incluso hace pizza.

En ese momento, nada hacía gracia a Scarpetta.

—He intentado llamarla al móvil. No contesta, esté en este país o en otro —indicó—. ¿Qué me dices de Marino? ¿También me lo vas a negar?

—Hace días que no hablo con él —aseguró Manham—. No sé dónde está. ¿No contesta tampoco al móvil o a las llamadas por el busca?

—No.

—¿Quieres someterme a la prueba del polígrafo, doctora?

—Sí.

Manham rió.

—Muy bien, me rindo. Estoy demasiado cansada para seguir con esto toda la noche —cedió ella mientras acariciaba la barriga de *Billy*—. Cuando vuelvas a tener noticias de cualquiera de los dos, diles que se pongan en contacto conmigo enseguida. Es urgente. Tan urgente que mañana por la mañana viajaré a Nueva York.

—¿Cómo? ¿Estás en peligro? —preguntó Manham, alarmado.

—No quiero hablarlo contigo, Zach. No te ofendas. Buenas noches.

Cerró con llave la puerta de su habitación, conectó la alarma y puso la pistola en la mesilla de noche.

42

A Marino no le gustaba el taxista, y le preguntó de dónde era.

—De Kabul —respondió él.

—¿Dónde está Kabul exactamente? —quiso saber Marino—. Bueno, conozco el país —añadió, lo que no era cierto—, pero no su situación geográfica exacta.

—Kabul es la capital de Afganistán.

Marino trató de imaginar Afganistán. Lo único que le vino a la cabeza fueron dictadores, terroristas y camellos.

—¿Y a qué se dedica ahí?

—A nada. Vivo aquí. —El taxista lo observó por el retrovisor con sus ojos oscuros—. Mi familia trabajaba en las fábricas de lana, y yo vine aquí hace ocho años. Debería ir a Kabul. El barrio antiguo es muy bonito. Me llamo Babur. Si tiene dudas o necesita un taxi, llame a mi compañía y pregunte por mí. —Sonrió, y sus dientes blanquísimos relucieron en la oscuridad.

Marino advirtió que el taxista le estaba tomando el pelo, pero no le vio la gracia. Su tarjeta de identificación estaba sujeta al parasol del asiento del pasajero y Marino intentó leerla, pero no pudo. Aunque su vista ya no era la de antes, se negaba a usar gafas. A pesar de la insistencia de Scarpetta, también rechazaba la cirugía por láser porque, según afirmaba categóricamente, lo dejaría ciego o le dañaría el lóbulo frontal.

—Esta ruta no me resulta conocida —refunfuñó Marino con su habitual malhumor al ver por la ventanilla edificios desconocidos.

—Tomamos un atajo por el puerto, pasaremos por el muelle y, después, por el paso elevado. Hay vistas muy bonitas.

Marino se inclinó hacia adelante en el duro asiento y evitó un muelle que parecía decidido a pellizcarle la nalga izquierda.

—¡Estás conduciendo al norte, Mohammed de mierda! ¡Puede que no sea de Boston, pero sé dónde está el Embankment, y ni siquiera vas por el lado correcto del puto río!

El taxista llamado Babur ignoró por completo a su pasajero y siguió su ruta, señalando con alegría las vistas, incluida la cárcel Suffolk Country, el Hospital General y el hospital Shriners Burn Center. Cuando dejó a Mario en Storrow Drive, cerca del edificio de pisos donde vivía Benton Wesley, el taxímetro marcaba 68,35 dólares. Marino abrió la puerta y lanzó un billete arrugado de un dólar al asiento delantero.

—Me debe sesenta y siete dólares con treinta y cinco centavos. —El taxista alisó el billete de dólar en la pierna—. ¡Llamaré a la policía!

—Y yo te daré una paliza. Y no podrás hacer nada al respecto porque eres ilegal, ¿no? Enséñame el permiso de residencia, imbécil. Y ¿sabes qué? Yo soy policía y llevo una pistola colgada del hombro. —Le enseñó la placa que, con el argumento de que la había perdido, no había devuelto al Departamento de Policía de Richmond después de retirarse.

Los neumáticos chirriaron cuando el taxista aceleró mientras lanzaba maldiciones por la ventanilla. Marino se dirigió hacia el Longfellow Bridge y dobló hacia el sureste siguiendo la misma acera que Benton y él habían transitado unas horas antes. Dio un rodeo al llegar a una farola de Pinckney con Revere, sin dejar de escuchar y mirar alrededor para asegurarse de que nadie lo seguía, como era su costumbre. Marino no pensaba en el cártel Chandonne. Estaba alerta a los gamberros y chalados habituales de la calle, aunque no había visto indicios de ninguna de las dos cosas en esa parte de Beacon Hill.

Cuando tuvo el edificio de Benton a la vista, observó que en las ventanas del apartamento 56 no había luz.

—Mierda —mascullló arrojando el cigarrillo al suelo.

Benton debía de haber ido a cenar fuera, o al gimnasio o a hacer footing. Pero no era probable, y la ansiedad le oprimía más el pecho a cada paso que daba. Sabía muy bien que Benton dejaría las luces encendidas al salir. No era la clase de persona que entra en una casa o en un piso totalmente a oscuras.

Subir las escaleras hasta el quinto piso fue peor que la última vez, porque la adrenalina y la cerveza le aceleraron el corazón hasta que apenas podía respirar. Cuando llegó al apartamento 56, llamó a la puerta. No oyó nada en el interior.

—¡Tom! —gritó mientras golpeaba con más fuerza.

43

Lucy arrancó el Mercedes y, de repente, miró a Rudy.

—¡Oh, Dios mío! ¡No me lo puedo creer! —Dio un puñetazo al volante, lo que hizo sonar el claxon sin querer.

—¡Qué! —exclamó Rudy, sobresaltado y frenético de golpe—. ¿Qué coño...? ¿Qué coño ocurre?

—El bastón táctico. ¡Maldito trasto! Me lo dejé en la mesilla de noche, en la habitación. Tiene mis huellas dactilares, Rudy.

¿Cómo podía haber cometido un error tan estúpido? Todo había ido según el plan hasta que había tenido un descuido, un error garrafal, la clase de error que servía para capturar a los fugitivos. El motor ronroneaba con suavidad a un lado de la calle sombría. Ni Lucy ni Rudy sabían demasiado bien qué hacer. Se habían librado. Habían salido impunes. Nadie los había visto, pero ahora uno de los dos tenía que volver al hotel.

—Lo siento —susurró Lucy—. ¡Qué idiota soy, coño! Quédate aquí.

—No. Iré yo. —El temor de Rudy se convirtió en una emoción más manejable, la rabia, y se resistió a descargarla en ella.

—La he cagado yo —insistió ella—. Yo lo solucionaré. —Abrió la puerta del coche.

44

Bev Kiffin recorrió con los dedos un estante cubierto de bragas y sujetadores baratos.

La sección de lencería femenina del Wal-Mart estaba cerca de la de artesanía y al otro lado de la de zapatos de hombre. Era una sección de la tienda que solía frecuentar, pero estaba segura de que, aún así, los dependientes con el chaleco azul y la insignia identificativa no la reconocían. Era el tipo de comercio en que los empleados cansados y apáticos no prestaban demasiada atención a la gente de aspecto corriente que, como Bev, merodeaba a la búsqueda de gangas en una tienda de descuento que estaba abierta veinticuatro horas al día los siete días de la semana.

Un sujetador rojo de encaje despertó su interés, y comprobó las tallas en busca de una 85. Encontró uno en negro y se lo metió por la manga del impermeable verde oscuro. Le siguieron dos pares de bragas tipo biquini de talla grande. Robar lencería y otros artículos carentes de sensores de seguridad era muy fácil. No entendía cómo no lo hacía todo el mundo. Bev no temía las consecuencias. No le sonaba ninguna alarma en el lóbulo frontal cuando se planteaba cometer un acto delictivo, por grave que fuera. Las oportunidades aparecían y desaparecían de su pantalla de radar, unas más grandes y brillantes que otras, como la mujer que acababa de entrar en la sección de artesanía, interesada en el bordado.

La idea de tener una afición tan casera y estúpida llenó a Bev de desprecio y dedujo que aquella rubia atractiva de vaqueros y chaqueta azul cielo era una ingenua.

Una oveja.

Bev siguió rebuscando en el estante de lencería mientras el blanco de su radar parpadeaba con más fuerza a cada segundo que pasaba. El pulso se le aceleró y las palmas empezaron a sudarle.

La mujer metió unas madejas de hilo de seda de colores y un patrón de bordado con un águila y una bandera en el carrito.

«Qué patriótica», pensó Bev.

Tal vez tuviera un marido o un novio en el ejército que a lo mejor estaba lejos, acaso aún en Irak. Tenía por lo menos treinta y cinco años. Podría ser que su marido estuviera en la Guardia Nacional.

El carrito avanzó en su dirección.

Bev olfateó colonia. La fragancia no le resultaba conocida; quizá fuera de las caras. La mujer tenía piernas esbeltas y buen porte. Iba al gimnasio. Tenía tiempo libre. Si tenía hijos, podría permitirse tener a alguien que cuidara de ellos mientras ella iba al gimnasio o la peluquería.

Bev repasó la lista de la compra y fingió no fijarse en la mujer, que se detuvo en el pasillo para mirar el estante de lencería. Quería satisfacer a su marido.

Una oveja.

Atractiva.

Tenía un aire que Bev asociaba a la inteligencia.

Bev intuía cuando las personas eran listas. No tenían que decir nada, porque el resto hablaba por ellas. La mujer empujó el carrito hacia el estante, a sólo unos centímetros de donde estaba Bev, y el perfume se le metió por la nariz y le llegó hasta el cerebro. La mujer se bajó la cremallera de la chaqueta, tomó del estante un sujetador rojo, muy transparente, y se lo probó sobre unos pechos firmes y generosos.

El odio y la envidia electrizaron el cuerpo matronil de Bev, que notó cómo un sudor frío empezaba a perlarle el labio superior. Se acercó a las zapatillas deportivas de hombre mientras la mujer llamaba desde un móvil. Sonó unos segundos en algún sitio.

—Soy yo —dijo con dulzura y alegría—. Aún estoy aquí. Ya lo sé. Es una tienda enorme. —Sonrió—. Prefiero el Wal-Mart del Acadian. —Sonrió de nuevo—. Bueno, tal vez lo haga si estás seguro de que no te importa.

Extendió el brazo izquierdo para mirar el reloj que asomó bajo la manga, el tipo de reloj que llevan los corredores de footing. Bev se esperaba algo más elegante.

45

Una lluvia suave y neblinosa humedecía las calles de Szczecin mientras Lucy se acercaba al hotel Radisson.

Esta vez no tuvo que esperar a que la recepcionista abandonara su puesto. El vestíbulo estaba desierto. Entró con naturalidad pero con rapidez, en dirección a los ascensores. Su dedo estaba a punto de pulsar el botón de llamada cuando las puertas se abrieron y un hombre muy ebrio salió y chocó con ella.

—¡Perdona! —dijo en voz alta, lo que sobresaltó a Lucy.

¿Qué hacer? ¿Qué hacer?

—¡Pero si eres la cosa más bonita que he visto en la vida!

Arrastró las palabras como si tuviera la boca entumecida con lidocaína mientras la repasaba con lascivia, desde el peinado hasta las botas vaqueras de satén pasando por el escote. Le anunció que en la habitación 301 se lo estaban pasando en grande y que le acompañase. Hablaba y hablaba. Por Dios, que bonita y sexy era, no había duda de que era estadounidense; él era de Chicago, trasladado hacía poco a Alemania, se sentía muy solo y estaba separado de su mujer, que era una bruja.

La recepcionista volvió al vestíbulo, y menos de un minuto después la siguió un guardia jurado que habló en inglés con el borracho.

—Quizá debería volver a su habitación. Es tarde y debería dormir —sugirió el guardia con rigidez, a la vez que observaba a Lucy con aversión y recelo, como si supusiera que era la amiguita del hombre, o quizás una prostituta, y era probable que también estuviera borracha.

Lucy oprimió torpemente el botón del ascensor, mientras se balanceaba y cogía del brazo al hombre ebrio.

—Ven, cariño, vamos —balbuceó con acento ruso, apoyada en él.

—Qué dulzura... —Iba a mostrar sorpresa y placer por su compañía cuando Lucy le besó con fuerza en la boca.

Las puertas del ascensor se abrieron y lo empujó dentro, rodeándolo con los brazos y sin dejar de darle un beso largo y apasionado que sabía a ajo y whisky. El guardia los contempló impávido mientras se cerraban las puertas.

Error.

El guardia recordaría su cara. La cara de Lucy era difícil de olvidar, y el guardia había tenido mucho tiempo para mirarla mientras estaba con ese imbécil borracho.

Gran error.

Pulsó el botón del segundo piso mientras el hombre la manoseaba. No pareció darse cuenta de que el ascensor no se detenía donde debía, pero de repente su nueva amante se marchó corriendo. Intentó perseguirla agitando frenético los brazos y maldiciendo hasta que, por fin, tropezó con la alfombra.

Lucy siguió las señales de salida y enfiló otro pasillo hacia unas escaleras. Subió sin hacer ruido tres pisos y esperó en el rellano mal iluminado conteniendo el aliento y escuchando mientras el sudor le resbalaba por la cara y le empapaba la sexy blusa negra. Más por costumbre que por instinto, se había llevado la llave magnética de la habitación de Caggiano. Siempre que se iba de un hotel conservaba la llave por si de repente se percataba de que se había olvidado algo. Una vez, y no le gustaba recordarlo, se había dejado la pistola en un cajón de la mesilla de noche y no se había dado cuenta hasta que estaba subiendo a un taxi. Gracias a Dios que todavía tenía la llave.

El cartel de «No molestar» seguía colgado del pomo de la puerta y Lucy echó un vistazo al pasillo para comprobar que no había nadie. Mientras se acercaba, oyó débilmente el televisor en el interior de la habitación de Rocco, y una punzada le atravesó el estómago. El miedo la consumía. Recordar lo que ella y Rudy acababan de hacer era terrible, y ahora debía enfrentarse de nuevo a ello.

El piloto verde parpadeó y ella abrió la puerta empujándola con un codo porque no tenía más guantes, ya que los había olvidado en el coche. Olfateó la última comida de Rocco y observó su sangre saturada de alcohol. Se le coagulaba como si fuera pudin bajo la cabeza, con los ojos medio abiertos y sin brillo. Todos los detalles seguían exactamente como los habían dejado. Las moscardas zumbaban alrededor del cadáver a la búsqueda de un buen sitio para poner huevos. Lucy contempló, paralizada, los insectos frenéticos.

Buscó el bastón táctico. Seguía también donde lo había dejado, en la mesilla a la izquierda de la cama.

—Oh, gracias a Dios —farfulló.

Llevaba otra vez el bastón bajo la manga cuando abrió con cuidado la puerta y limpió el pomo con la blusa. Esa vez bajó por las escaleras hasta el nivel del servicio, donde oyó un murmullo de voces, seguramente de la cocina. A lo largo de las paredes había carritos cargados de platos sucios, flores marchitas en floreros, botellas vacías de vino y restos de cócteles y otras bebidas. La comida se estropeaba en la vajilla del hotel y manchaba los manteles blancos y las servilletas arrugadas. Allí abajo no había moscas. Ni una.

Tragó saliva varias veces. De golpe, imaginar las moscardas que recorrían el cuerpo de Rocco y se alimentaban de su sangre le dio náuseas. Pensó en lo que ocurriría a continuación. En su caldeada habitación, de los huevos de moscardas saldrían larvas que, según el tiempo que tardaran en encontrarlo, cubrirían el cadáver en descomposición, sobre todo en la herida y demás orificios. A las moscardas les encantaban las aberturas y los pasajes profundos, oscuros y húmedos.

La presencia de depredadores carroñeros despistaría sobre la hora de la muerte de Rocco, como era intención de Rudy al introducir las moscas en la habitación. El patólogo forense que examinara el cadáver de Rocco se desconcertaría al oír que el servicio de habitaciones le había llevado la cena y observar el avanzado estado de descomposición del cuerpo. La concentración de alcohol en la sangre indicaría que Caggiano estaba ebrio al dispararse en la sien. La bala le había atravesado el encéfalo y las huellas de la pistola serían las suyas.

La botella de champán vacía tenía las huellas de Caggiano, si la policía se molestaba en comprobarlo, aunque no habría constancia de que la pidiera ni la recibiera como gentileza de la dirección. Podría haberla comprado en otro sitio. La alerta roja tendría sus huellas, si alguien se molestaba en comprobarlo, y tenía que suponer que alguien lo haría.

Deseaba que Rocco no hubiera solicitado el servicio de habitaciones, pero había previsto esa posibilidad y se había dado cuenta de que quien le hubiera servido la cena recordaría la propina y no querría revelar que era en dólares estadounidenses. Ese camarero no querría verse implicado en ningún escándalo relacionado con la policía. Además, si la hora de la muerte de Rocco que determinara el forense no cuadraba con lo que dijera el camarero que le había servido la cena (suponiendo que hablara), podía muy bien suponerse que esa persona estaba confundida sobre la hora, puede que incluso sobre el día. O que mentía. Nadie del hotel querría admitir haber aceptado divisa estadounidense y sabe Dios qué otros favores y contrabando que Rocco, un fugitivo, le hubiera obsequiado a lo largo de los muchos años que se había hospedado en ese hotel.

¿A quién le iba a importar la muerte de Rocco Caggiano? Puede que a nadie salvo a la familia Chandonne, que se haría preguntas. Lucy reflexionó sobre si presionaría mucho para conocer los hechos. Tal vez lo hiciera. O no. Se aceptaría que había sido un suicidio, y nadie lo lloraría ni le importaría un comino.

46

Lucy corrió por la penumbra. El pecho le dolía, y no era por el esfuerzo físico.

El Mercedes aguardaba silencioso a un lado de la calle. Lucy no pudo ver a Rudy a través de las ventanillas tintadas. Oyó el clic de los botones del seguro al levantarse, y abrió la puerta del conductor.

—¿Misión cumplida? —le preguntó su compañero entre las sombras—. No enciendas el motor aún.

Lucy le contó su encuentro con el borracho y con el personal del hotel, y le explicó cómo había manejado la situación. Rudy no dijo nada. Ella notó su desaprobación y su irritación.

—Confía en mí. Creo que vamos bien.

—Tan bien como cabría esperar, dadas las circunstancias —tuvo que admitir Rudy.

—Nadie tiene por qué relacionarme con la habitación de Rocco, con su muerte —prosiguió—. Te aseguro que el personal del hotel no entrará en su habitación con ese cartel de «No molestar» en la puerta. A través de la ventana abierta entrarán más moscas. Pon que lo encuentran dentro de tres o cuatro días; las larvas lo habrán devorado de tal modo que estará irreconocible. Y, por si no lo sabías, la mierda también atrae a las moscardas.

»Y el alcohol en la sangre será elevado. Nadie tiene por qué pensar que no fue un suicidio, y la dirección querrá que su cadáver putrefacto y las larvas desaparezcan del hotel lo antes posible. Y el forense creerá que lleva muerto más tiempo del que dirá el servicio de habitaciones, suponiendo que haya constancia de la hora exacta del pedido de Rocco, y es probable que no la haya. Los pedidos no se procesan informáticamente. Lo sé a ciencia cierta.

—¿A ciencia cierta? —preguntó Rudy—. ¿Cómo coño puedes saber eso a ciencia cierta?

—¿Te crees que soy idiota? Llamé hace unos días. Dije que era representante de Hewlett-Packard y que estaba comprobando los ordenadores que tenían y que el que usaban en la cocina para el servicio de habitaciones necesitaba una actualización del software. Y no sabían de qué estaba hablando. Me dijeron que usaban ordenadores sólo para hacer inventario y no para el servicio de habitaciones. Entonces les hablé de las ventajas de usar un HP Pavilion 753n con un procesador Intel Pentium, ochenta gigabytes, CD-ROM y todo lo demás para los pedidos del servicio de habitaciones... El caso es que no hay registro informático de la hora en que Rocco pidió la cena, ¿vale?

—¿Usan Hewlett-Packard en ese hotel? —preguntó Rudy tras una pausa.

—Es bastante fácil de averiguar si se llama a las oficinas.

—Vale. Eso ha estado bien. Así que, aunque el borracho o cualquier otra persona te prestara atención, tal como hemos montado la escena, pensarán que Rocco estaba muerto antes de que fueras a divertirte con el borracho.

—Exacto, Rudy. Vamos bien. Rocco ya está siendo infestado. Montones de larvas producirán calor y aumentarán la descomposición. Parecerá un suicidio cometido antes, mucho antes.

Puso en marcha el coche y apoyó una mano en el brazo de Rudy.

—¿Podemos irnos ya? —preguntó.

—No podemos cometer más errores, Lucy —dijo Rudy con frustración.

Lucy arrancó.

—Lo cierto es que por lo menos dos personas de ese hotel creen que podrías ser una asistente a la convención que acabó borracha o tal vez incluso una prostituta, y no eres fácil de olvidar, da igual lo que piensen que eras. Es probable que no importe, pero...

—Pero podía haber importado. —Lucy conducía con cuidado comprobando los espejos y las aceras, llenas de sombras.

—Sí. Podría haber importado.

Notó los ojos de Rudy fijos en ella y el cambio de su estado de ánimo. Se estaba ablandando, arrepentido de haber sido tan duro con ella.

—Venga, Rudy —dijo a la vez que alargaba la mano y le acariciaba con cariño la mejilla de barba incipiente—. Ya nos vamos y estamos bien.

Tomó la mano de Rudy y se la apretó.

—Salió mal, Rudy, muy mal, pero acabará bien. Vamos bien —insistió.

Cuando uno u otro, o ambos, estaban asustados, no lo admitían nunca, pero lo sabían porque se necesitaban. Ansiaban la cercanía del otro. Lucy se llevó la mano de Rudy a los labios, de modo que notaba su brazo junto a ella.

—Para —pidió Rudy—. Los dos estamos cansados y tensos. No es un buen momento para... para no tener ambas manos en el volante. Para, Lucy —farfulló mientras ella le besaba los dedos, los nudillos, la palma—. Basta, Lucy... Oh, Dios mío... No es justo. —Se desabrochó el cinturón de seguridad—. No quiero sentir esto por ti, maldita sea.

Lucy siguió conduciendo.

—Lo sientes. Por lo menos a veces, ¿no?

Lucy le acarició el cabello, el cuello, le metió la mano por el cuello de la camisa y con los dedos le recorrió los músculos de los hombros. No lo miró y siguió conduciendo deprisa.

47

Nic había enviado varios memorandos a los investigadores de Baton Rouge para recordar a los hombres y mujeres (la mayoría, hombres) que un Wal-Mart u otra tienda enorme como ésa sería un buen sitio para que el asesino acechara a sus víctimas.

Nadie prestaría atención a un vehículo en el aparcamiento, fuera la hora que fuese, y según los recibos de las tarjetas de pago, todas las mujeres desaparecidas compraban en Wal-Mart, si no en el más cercano al campus de la Universidad Estatal de Luisiana, en otros de Baton Rouge y Nueva Orleans. Ivy Ford lo había hecho. El sábado antes de desaparecer, había conducido desde Zachary y comprado en ese mismo Wal-Mart, el que estaba cerca del campus.

Los investigadores nunca contestaron directamente a Nic, pero alguien relacionado con ellos debió de llamar a su jefe porque éste fue a verla a la sala de descanso antes de que se fuera a Knoxville y le soltó:

—La mayoría de gente compra en Wal-Mart, Sam's Club, Kmart, Costco y demás, Nic.

—Sí, señor —contestó ella—. La mayoría.

Baton Rouge no estaba en su jurisdicción, y la única forma que tenía de cambiar esa situación era que el fiscal general decidiera obviar esas demarcaciones. No tenía un buen motivo para solicitárselo, y él no tendría un buen motivo para concedérselo. Nic no era de las que pedían permiso a no ser que no tuviera más remedio. Últimamente, trabajaba de incógnito donde su instinto la llevara, lo que solía ser al Wal-Mart cerca de la universidad, cerca de donde vivía su padre. No era difícil intuir qué zona de la tienda podría frecuentar un asesino si andaba buscando una presa. La lencería femenina lo excitaría, en especial si una posible víctima cogía sujetadores y bragas para comprobar modelos y tallas, como esa mujer rolliza de pelo corto y canoso había hecho hacía un instante, antes de salir de la tienda con artículos birlados bajo la manga del impermeable. El pequeño hurto quedaría sin denunciar porque Nic tenía cosas más importantes que hacer. Dejó el carrito de la compra en el pasillo y salió de la tienda, pendiente de todos los hombres que veía, pendiente de lo pendientes que estaban y de lo que hacían, y muy consciente de la pistola que llevaba en la riñonera.

Fuera, el aparcamiento estaba bastante bien iluminado con unas farolas altas. Los pocos coches que había estaban estacionados cerca entre sí, como para hacerse compañía. Vio que la ladrona regordeta avanzaba deprisa hacia un Chevrolet azul oscuro con matrícula de Luisiana. Nic memorizó el número mientras se dirigía hacia la mujer sin que pareciera que se fijaba en ella. No vio a nadie que pudiera ser un asesino en serie. Si alguien acechaba a esa mujer, y era una posibilidad muy remota, no había ninguna indicación de ello.

La idea de que pudiera lamentar que una mujer no se convirtiese en otra víctima era tan repugnante que Nic no lo reconocería ante nadie y, a duras penas, ante sí misma. Reprimía tanto esa verdad que podría superar la prueba del polígrafo si le preguntaran: «¿Se siente desilusionada cuando sigue a una posible víctima y el asesino no intenta secuestrarla?» No se pondría tensa ni vacilaría. Su pulso se mantendría regular mientras contestara: «No.» Cuanto más corta la respuesta, había menos probabilidades de que su sistema nervioso la traicionara.

No se acercó a su coche, un Ford Explorer verde oscuro de cinco años equipado con una luz de destellos portátil montada en el salpicadero, una escopeta, un botiquín de primeros auxilios, cables de arranque, bengalas, un extintor, un equipo de emergencia que contenía uniformes de campaña, botas, cargadores adicionales y otro equipo táctico, un escáner de mano metido bajo el salpicadero y un cargador para el móvil de última generación, que también servía de aparato emisor y receptor de radio. Había comprado gran parte de ese equipo con dinero propio. Siempre estaba preparada en exceso para lo peor.

La mujer hurgó en una bolsa de lona sucia, a unos tres metros del Chevrolet. Era evidente que no se ajustaba al perfil de las víctimas, ni mucho menos. Pero Nic no confiaba en los llamados modelos o modus operandi. Scarpetta siempre recalcaba que los perfiles eran peligrosos, porque estaban llenos de errores. No todo el mundo lo hacía todo igual cada vez, pero, cuando menos, aquella mujer estaba sola en un aparcamiento mal iluminado, relativamente desierto, en el extremo de un campus universitario, y eso la hacía vulnerable.

La mujer sacó las llaves con torpeza y se le cayeron. Al agacharse para recogerlas, perdió el equilibrio y cayó al suelo. Empezó a gritar agarrándose la rodilla izquierda. Echó un vistazo alrededor, impotente, y vio a Nic.

—¡Ayúdeme! —suplicó.

Nic corrió hacia ella y se agachó a su lado.

—No se mueva —le indicó—. ¿Le duele?

Percibió olor a sudor y repelente de insectos. Tuvo

la vaga idea de que las llaves del coche no parecían pertenecer a un Chevrolet relativamente nuevo.

—Me he hecho daño en la rodilla —dijo la mujer—. Es mi rodilla mala.

Tenía acento del sur, con su peculiar cadencia. No era originaria de esa zona, y tenía las manos curtidas, por lo que debía de estar acostumbrada al trabajo físico, como limpiar y abrir marisco. Nic observó que no llevaba joyas, ni siquiera un reloj. La mujer se subió la pernera del pantalón y se miró un cardenal morado e inflamado sobre la rótula. El cardenal no era reciente. Instintivamente, Nic sintió aversión por el desagradable olor a sudor y el mal aliento de la mujer, y también por algo en su comportamiento que le resultaba inquietante. Se puso de pie y retrocedió.

—Si quiere llamo a una ambulancia —dijo Nic—. No puedo hacer mucho más, señora. No soy médico.

El rostro de la mujer adoptó una expresión que lo volvió más rudo a la luz de las farolas.

—No, no necesito ninguna ambulancia. Como le dije, esto me suele pasar. —Intentó levantarse.

—¿Por qué entonces sólo tiene un cardenal?

—Siempre me caigo del mismo modo.

Nic se mantuvo a cierta distancia. No tenía intención de ofrecerle más ayuda. Quizás era una chiflada, y Nic sabía que era mejor no tratar con personas así. Podían ser imprevisibles e incluso violentas si alguien entraba en contacto físico con ellas. La mujer se había puesto de pie, sin forzar la pierna izquierda.

—Creo que me tomaré un café y descansaré un rato —anunció—. Estaré bien, no se preocupe.

Se alejó del Chevrolet cojeando despacio, de regreso a la tienda.

Nic se relajó. Se metió la mano en el bolsillo de los vaqueros y la alcanzó.

—Tenga —dijo mientras le entregaba un billete de cinco dólares.

La mujer sonrió sin apartar sus ojos oscuros de los de Nic.

—Que el Señor la bendiga —dijo al coger el dinero—. Es usted una de sus ovejas.

48

La puerta de enfrente se abrió y un hombre mayor con camiseta y pantalones de chándal observó a Marino con recelo.

—¿A qué viene tanto jaleo? —quiso saber. Su pelo canoso se levantaba como las cerdas de un erizo, una barba de días le cubría la cara arrugada y tenía los ojos hinchados y enrojecidos.

Marino conocía muy bien esa mirada. El hombre había estado bebiendo, seguramente desde que se había levantado.

—¿Ha visto a Tom? —preguntó Marino, que sudaba y boqueaba.

—¿Quién es usted? Oiga, no tenga un infarto aquí. No sé hacer reanimación cardiopulmonar, aunque conozco la maniobra de Heimlich.

—Habíamos quedado de reunirnos aquí. Y he venido desde California.

—¿En serio? —El hombre sentía curiosidad y salió al pasillo—. ¿Por qué?

—¿Qué quiere decir? —Marino se recuperó lo suficiente para hablar con brusquedad—. Porque la puñetera fiebre del oro se acabó. Porque estaba cansado de sentarme en el puto muelle de la bahía. Porque me cansé de ser una jodida estrella de cine.

—Pues si trabajaba en el cine nunca le he visto, y eso

que alquilo películas sin parar. ¿Qué más se puede hacer en California?

—¿Ha visto a Tom? —insistió Marino, accionando con fuerza el pomo y sacudiendo la puerta.

—Estaba durmiendo cuando usted empezó a montar jaleo —dijo el hombre, que parecía tener sesenta años como mínimo y estar un poco perturbado—. No he visto a Tom y no me gustan los de su clase, ya me entiende. —Escudriñó a Marino.

—¿Qué quiere decir?

—Los homosexuales.

—No lo sabía, aunque me importa un carajo lo que la gente haga, siempre y cuando no esté yo presente. ¿Traía hombres al piso o algo así? Porque no estoy seguro de querer entrar si...

—Oh, no. No le vi traer nunca a nadie. Pero otro homosexual del edificio que lleva cuero y pendientes me dijo que había visto a Tom en algunos de esos bares donde van los homosexuales para ligar y hacer una visita rápida al cuarto de baño.

—Mire, gilipollas, iba a subarrendarle este antro a ese cabrón —le espetó Marino, indignado—. Ya le he pagado los tres primeros meses de alquiler, y he venido de California para recibir la llave e instalarme. Tengo todas las cosas fuera, en la camioneta.

—Eso es para cabrear a cualquiera.

—Ni que lo diga, Sherlock.

—Para cabrearlo muchísimo. ¿Quién es Sherlock? Ah, sí. Ese detective con el sombrerito y la pipa. No leo libros sobre violencia.

—Así que si oye algún ruido procedente de este piso, no haga caso. Voy a entrar aunque tenga que usar dinamita.

—No hablará en serio —se inquietó el anciano.

—Sí —soltó Marino con sarcasmo—. Voy por el mundo con los bolsillos llenos de dinamita. Soy un terrorista suicida con acento de Nueva Jersey. Sé pilotar aviones, pero no despegar ni aterrizar.

El hombre se metió en su casa y echó la cadena.

49

Marino examinó la puerta del apartamento 56.

A unos treinta centímetros por encima del pomo había un pestillo. Encendió un cigarrillo y, con los ojos entornados, observó al enemigo a través del humo: un pomo barato con un seguro y el pestillo de un solo cilindro, más problemático. Ninguna de las demás puertas del pasillo tenía pestillo, lo que confirmaba su sospecha de que lo había instalado el propio Benton. Conociéndolo, habría optado por un pestillo a prueba de palanqueta que ni un ladrón, ni un sicario ni un exasperado Marino pudiera perforar sin una broca de acero. Pero Benton no había tenido en cuenta el marco de la puerta, recubierto por una tira delgada de metal atornillada a la madera.

«Está chupado», pensó Marino mientras sacaba una herramienta multiuso de su gastada funda de piel.

Poco después, había conseguido desmontar la puerta y estaba dentro del piso. Apoyó la puerta contra el quicio para tener un poco de intimidad y encendió la luz.

Benton se había mudado, sin dejar nada salvo la comida de la despensa, una nevera llena de Budweiser y una bolsa de basura en la cocina. «Podría tomarme una cerveza ya que estoy aquí», se dijo Marino. El abrebotellas seguía en la encimera, donde lo había visto por última vez. Parecía darle la bienvenida de una forma afectuosa, como un calcetín de Navidad. No había nada más fuera de sitio. Hasta el lavavajillas estaba vacío.

«Qué extraño», pensó.

Benton había tenido la precaución de no dejar siquiera unas huellas dactilares parciales en las ventanas, las mesas, los vasos, los platos, los cubiertos o los utensilios de cocina. Marino siguió cogiendo objetos y mirándolos al trasluz. En la moqueta eran visibles las marcas del paso de la aspiradora. Benton lo había limpiado todo, y cuando Marino rebuscó en el cubo de la basura, sólo encontró botellas vacías de Budweiser y la Dos Equis que él mismo había hecho añicos contra el fregadero. Todos los trozos estaban limpios, con las etiquetas mojadas y enjabonadas.

—¿Qué coño está pasando? —preguntó Marino volviéndose hacia el salón.

—No lo sé —contestó una voz de hombre desde el pasillo—. ¿Va todo bien ahí dentro?

—Váyase a la cama —respondió con brusquedad Marino, que había reconocido al vecino de enfrente—. Y si quiere que nos llevemos bien, no se meta en lo que no le importa... ¿Cómo se llama?

—Dave.

—Vaya, yo también. —Marino le observó por el espacio entre la puerta y el marco.

El vecino, que parecía más curioso que asustado, intentaba echar un vistazo a la habitación. La considerable corpulencia de Marino le bloqueaba la visión.

—No me puedo creer que el muy cabrón se marchara así —soltó Marino—. ¿Le gustaría tener que entrar por la fuerza en su propia casa?

—No.

—Y no sólo eso, el piso está hecho una pocilga, y se largó con los cubiertos y los cacharros de cocina, y todas las pastillas de jabón y rollos de papel higiénico.

—Los cubiertos y los utensilios de cocina pertenecen al piso —aseguró Dave en tono de reproche—. Pero desde aquí, todo parece bastante ordenado.

—Sí, desde ahí.

—Siempre me pareció un hombre extraño. No entiendo por qué se llevaría el papel higiénico.

—Yo lo conocí hace un par de meses al contestar a su anuncio de subarriendo —comentó Marino.

Se alejó de la puerta para repasar de nuevo con la mirada el piso mientras el vecino fisgón se asomaba al interior. Tenía los ojos enrojecidos y vidriosos, las mejillas caídas y con venitas rojas, puede que de los años que llevaba chapoteando en una botella de whisky.

—Sí —afirmó—. Nunca hablaba, ni siquiera cuando nos cruzábamos en la escalera o el rellano. Ahí estábamos, cara a cara, y lo máximo que hacía era dirigirme una sonrisita y un saludo con la cabeza.

Marino no creía demasiado en las coincidencias y sospechó que Dave vigilaba las idas y venidas de Benton para abrir la puerta cuando éste hacía lo propio con la suya.

—¿Dónde estaba esta tarde? —Marino se preguntaba si Dave habría oído el altercado, bastante fuerte, procedente del piso de Benton.

—No lo sé. Después de almorzar duermo mucho.

«Borracho», pensó Marino.

—No tenía amigos —prosiguió Dave.

Marino siguió mirando alrededor, sin alejarse de la puerta mientras Dave se asomaba por la rendija.

—Nunca vi que recibiera una sola visita, y llevo viviendo aquí cinco años. Cinco años y dos meses. Detesto este lugar. Antes era cocinero jefe en el Lobster House, pero desde que me jubilé tengo que mirar por el dinero.

—¿Era el cocinero jefe? Cada vez que vengo a Boston como en el Lobster House. —No era cierto, y tampoco visitaba con frecuencia Boston.

—Como todo el mundo, sí señor. Bueno, no era el cocinero jefe, pero debería haberlo sido. Un día de éstos le prepararé una buena comida.

—¿Cuánto tiempo vivió aquí este bicho raro?

Dave suspiró. Miró a Marino y respondió:

—Unos dos años. Intermitentemente. ¿Cuál es su plato favorito en el Lobster House?

—Conque dos años... Eso es muy interesante. Me dijo que acababa de mudarse aquí pero que lo habían trasladado o algo, y que por eso tenía que dejar el piso.

—Bueno, seguro que era la langosta —comentó Dave—. Todos los turistas piden langosta y la untan tanto con mantequilla que parece imposible que noten otro sabor, así que siempre les comentaba a los demás empleados de la cocina: «¿Qué sentido tiene servir langostas tan frescas si lo único que la gente saborea es la mantequilla?»

—No me gusta nada el marisco —dijo Marino.

—Bueno, también tenemos unos bistecs excelentes. Carne de vacuno de primera calidad.

—¿Sabe qué? La palabra «vacuno» siempre me ha sonado a inyección.

—No estaba aquí todo el tiempo, ¿sabe? —explicó Dave—. Iba y venía. A veces pasaba semanas fuera. Pero no es cierto que acabara de mudarse aquí. Como le he dicho, le he visto entrar y salir durante dos años.

—¿Puede decirme algo más sobre este homosexual que me ha dejado fuera y se ha largado con la mitad de las cosas del piso? —preguntó Marino—. Cuando lo encuentre, le patearé el culo.

Dave sacudió la cabeza; su decepción se hizo patente.

—Me encantaría poder ayudarle, pero como le he dicho, no conocía a ese hombre y me alegro de que se haya ido. Parece que usted y yo vamos a ser buenos vecinos, Dave.

—Uña y carne. Váyase a la cama. Haré un par de cosas aquí y lo veré después.

—Encantado de conocerlo.

—Buenas noches.

50

Benton había vivido allí dos años y nadie lo conocía, ni siquiera ese vecino aburrido y entrometido.

No es que eso sorprendiera realmente a Marino, pero constatarlo le recordaba la vida desolada y limitada de Benton, por lo que su negativa a volver a su vida, con sus amigos y sus seres queridos tenía aún menos sentido. Se sentó en la cama de Benton y dirigió una mirada vidriosa al espejo del tocador. Con lo bien que Benton lo conocía, seguramente supo que Marino regresaría para despotricar y recriminarle de nuevo. No debía haber demasiadas cosas que le dolieran tanto como haber dicho a Marino que no quería verlo nunca más.

Se concentró en su propia imagen, corpulenta y poco saludable. El sudor le resbalaba por la cara, y se le ocurrió que Benton había apagado el aire acondicionado del salón cuando habían discutido. Pero cuando Marino entró por la fuerza, el aire acondicionado volvía a estar en marcha en el salón aunque apagado en el dormitorio. Casi todas las acciones de Benton eran premeditadas. Era así, y que dejara el aire acondicionado al máximo en el salón y apagado en el dormitorio obedecía a algo. Marino se acercó al aparato de la ventana, donde vio un sobre pegado a un lado.

Estaba dirigido a «PM».

La agitación creció en Marino, pero se vio atenuada

por la cautela. Regresó a la cocina por un cuchillo afilado. De vuelta en el dormitorio, lo dejó sobre el aparato de aire acondicionado. A continuación, se dirigió al cuarto de baño y arrancó unos trozos de papel higiénico, con los que se envolvió los dedos. Volvió al aparato de la ventana y quitó con cuidado el sobre. La cinta adhesiva estaba pegada del mismo modo que empleaba la policía con la cinta para tomar huellas dactilares.

Rasgó el sobre y sacó una hoja de papel doblada. Escrito en las mismas letras mayúsculas del sobre, ponía: «Sigue así, por favor.»

Desconcertado, Marino pensó por un momento que la nota no iba dirigida a él y que no la había escrito Benton. Ni la cinta ni el papel eran viejos, y estaban muy limpios, como si quien los había manipulado hubiese llevado guantes de látex. Las iniciales de Marino eran PM, y Benton sabía que las letras mayúsculas solían impedir las comparaciones caligráficas a no ser que se cotejaran con otros testimonios de este tipo de letra del mismo individuo. Y también sabía que Marino tendría mucho calor en esa habitación y encendería el aire acondicionado. O, por lo menos, que captaría la incongruencia de que un aparato siguiera en marcha y el otro no, y se preguntaría por qué.

—¿Qué debo hacer ahora? —dijo Marino en voz alta, frustrado y exhausto.

Volvió a la cocina y abrió un armario, donde unos minutos antes había visto un montón ordenado de bolsas de papel. Sacudió una para abrirla y metió el sobre dentro.

—¿Qué coño quieres decirme? ¿Me estás tomando el pelo, cabrón?

La frustración le oprimió el pecho al pensar en el modo en que Benton lo trataba, como si los dos no hubieran sido amigos desde siempre, compañeros, casi como hermanos, y compartido la misma mujer aunque de una forma muy distinta. En una parte descabellada y secreta de la imaginación de Marino, él y Benton estaban casados con Scarpetta a la vez. Ahora Marino tenía derechos exclusivos sobre ella. Pero ella no lo deseaba, y esa angustia reprimida aumentaba su malestar. Una sensación de pánico le revolvió el estómago y le subió a la garganta.

Fuera, en la penumbra, sin un taxi a la vista, Marino encendió un cigarrillo y se sentó en un murete de ladrillo. Respiraba con dificultad y el corazón le latía con violencia contra las costillas como un boxeador que le estuviera dando una buena paliza. El dolor que le recorría el costado izquierdo del tórax lo aterró, e inspiró despacio, hondo, pero sin conseguir aire suficiente.

Un taxi vacío se acercó lentamente, mientras el sudor resbalaba por la cara de Marino, sentado inmóvil en el murete con los ojos muy abiertos y las manos en las rodillas. El cigarrillo le cayó de los dedos y rodó sobre la acera hasta detenerse en una grieta.

51

Bev no podía dejar de pensar en ella.

Debería mantenerse alejada de esa oveja que acababa de darle cinco dólares en el aparcamiento. Pero no podía. No podía controlar la compulsión y, aunque su reacción desafiaba cualquier explicación racional, había una causa y un efecto en sus pensamientos malvados y horribles. La oveja la había desdeñado. La mujer se había alejado como si ella fuera repulsiva y se había atrevido a rebajarla aún más dándole dinero.

Dentro del Wal-Mart, Bev se entretuvo en un expositor de repelentes de insectos. Fingía leer las etiquetas mientras observaba el aparcamiento a través del escaparate. Para su sorpresa, la oveja no iba en un coche nuevo, sino en un viejo Explorer verde oscuro que, por algún motivo, no parecía típico de una esposa o novia rica y consentida. Y, más interesante aún, estaba sentada al volante con las luces apagadas. Bev entró en un probador y salió cinco minutos después, vestida con una chillona camisa hawaiana y unas bermudas, a las que había cortado los sensores con su navaja multiuso para no pagarlas. Llevaba el impermeable del revés colgado del brazo y un gorrito de plástico para la lluvia en la cabeza, a pesar de que la noche estaba despejada. Si alguien se fijaba en ella, pensaría que estaba loca o que se estaba tratando el cabello.

El Explorer no se había movido. Bev se dirigió directamente al coche blanco, sucio y destartalado de Jay, segura de que la oveja no la observaba o, por lo menos, no la relacionaba con la mujer a la que había dado una limosna no hacía ni media hora. Salió del aparcamiento, dobló a la izquierda hacia Perkins y cruzó el Acadian y los jardines del pequeño y repleto aparcamiento del Caterie, un restaurante muy frecuentado por universitarios. Apagó el motor y las luces, y esperó. Sus deseos aumentaban cuanto más tiempo permanecía la oveja sentada en el Explorer verde en el aparcamiento del Wal-Mart al otro lado de la calle.

Quizás estuviera hablando por teléfono. Puede que esta vez estuviese discutiendo con su marido en lugar de sonar tan asquerosamente cariñosa. Bev era experta en seguir a la gente. Lo hacía con regularidad cuando conducía el Cherokee de Jay. Antes de empezar a vivir como una fugitiva en un campamento de pesca, seguía a la gente, según lo que tenía que hacer o sólo por divertirse. Pero ahora sus actividades tenían un propósito, o por lo menos eran un medio dirigido hacia una finalidad útil. Hiciera lo que hiciera, cumplía órdenes.

En cierta medida, ahora estaba siguiendo las órdenes de Jay, pero los métodos y las emociones cambiaban cuando le pedían a una que repitiera varias veces la misma tarea. Bev había empezado a darse gusto, a tener sus propias fantasías y su propia diversión. Estaba en su derecho.

El Explorer se dirigió hacia el centro del Old Garden District. La bonita rubia que lo conducía no tenía idea de que la mujer de la rodilla lesionada la seguía de cerca. Eso divertía a Bev. Sonrió cuando el Explorer redujo velocidad y dobló a la derecha para tomar un oscuro sendero de entrada, bordeado de arbustos altos. Bev pasó por delante, aparcó el coche y bajó. Se cubrió con el impermeable oscuro y retrocedió hacia la casa blanca de ladrillos a tiempo de ver cómo se cerraba la puerta de entrada tras aquella mujer. Bev volvió al Cherokee, anotó la dirección y tomó una calle lateral para no pasar frente a la casa otra vez. Aparcó un poco más allá y esperó.

52

Más que ninguna otra cosa, Jean-Baptiste Chandonne quería una antena dipolar, pero no gozaba de privilegios de economato y las antenas se vendían en el economato.

Los presos que disfrutaban de una situación de favor podían comprar antenas dipolares, auriculares, radios portátiles y otros artículos especiales. Al menos, algunos presos podían. A Bestia, en particular, le encantaba alardear de su radio portátil, pero no tenía antena dipolar porque los presos sólo podían poseer un objeto de la lista especial de los Diez Principales, como la llamaban. En el corredor de la muerte, se limitaban los privilegios por temor a que los presos prepararan armas caseras.

A Jean-Baptiste le daba igual lo del arma. Su cuerpo era la suya si alguna vez decidía desplegarla. Desplegarla no le interesaba, no ahora. Cuando lo conducían esposado a la ducha, no tenía necesidad de atacar a los carceleros, aunque podría sin duda hacerlo gracias a su magnetismo, que aumentaba cuando pasaba por muchas puertas de metal y barrotes de hierro. Su poder crecía. Le latía en la entrepierna y le ascendía hasta la cabeza para mantenerse suspendido como un aura. Dejaba un rastro de chispas visible. Los carceleros no entendían por qué sonreía y su actitud los molestaba mucho.

Las luces se apagaban a las nueve. El guardia de la cabina de control disfrutaba accionando todos los interruptores y dejando a los presos a oscuras. Jean-Baptiste había oído cómo los carceleros comentaban que la oscuridad daba a esos «cabrones» tiempo para pensar en sus ejecuciones inminentes, el castigo por lo que habían hecho cuando estaban fuera, libres para salir con mujeres. Quienes no mataban no entendían que la máxima unión con una mujer era liberarla, oírla gritar y gemir, cubrirte con su sangre mientras violabas su cuerpo y luego lo preparabas para que todo el mundo pudiera verlo, y por tanto compartir su éxtasis y la unión indisoluble de ambos magnetismos para toda la eternidad.

Yacía en la cama, cuyas sábanas estaban empapadas de sudor, y su olor llenaba la estrecha y mal ventilada celda. El retrete de acero inoxidable dibujaba la forma de un hongo contra la pared del fondo. Los condenados guardaban silencio, a excepción de Bestia, que hablaba en voz baja consigo mismo, casi susurrante, sin darse cuenta de que Jean-Baptiste podía oírlo. De noche, Bestia se transformaba en el ser impotente y débil que era en realidad. Estaría mucho mejor cuando el cóctel lo mandara al otro barrio y ya no necesitara su cuerpo débil e imperfecto.

—Quieta. Da gusto, ¿no? Qué gusto da. Para, por favor. Para. ¡Para! ¡Me haces daño! No grites. Qué gusto. No lo entiendes, bruja. ¡Da gusto! ¡Mamá! Yo también quiero a mi mamá, pero es una puta. Deja de gritar, ¿me oyes? Como grites otra vez...

—¿Quién está ahí? —preguntó Jean-Baptiste.

—Cállate, joder. Es culpa tuya. Tenías que gritar, ¿no? Y eso que te dije que no lo hicieras. Bueno, se acabó lo de masticar chicle. Dejar caer el papel junto al columpio para que sepa qué sabor te gusta. Estúpida hija de puta. Quédate en la sombra, ¿vale? Tengo que correr, correr. ¿Qué te parece? Tengo que correr, tengo que correr, tengo que correr. —Empezó a canturrear en voz baja—:

Tengo que correr, tengo que correr, tengo que correr, correr, correr...

—¿Quién está ahí?

—Toc toc, ¿quién está ahí? —repitió Bestia en tono burlón y mordaz—. Peludo, peludo, eres morrocotudo. ¿Cómo tienes el pito? Escondido en el culo junto a las pelotitas y chiquitito —canturreó en voz baja—. Soy poeta, ¿lo sabías? ¿Lo sabías, maravilla sin polla? Soy un tío muy sensible. Y también muy garboso. Y te diré otra cosa. Me gusta que una mujer sea rolliza, pero no sosa. Un redoble, por favor.

—¿Quién está ahí? —Jean-Baptiste enseñó los dientes espaciados y puntiagudos. Se los lamió con fuerza y notó el sabor metálico y salado de su propia sangre.

—Soy yo, Bola Peluda. Tu mejor amigo en el mundo. Tu único amigo en el mundo. Sólo me tienes a mí, ¿lo sabías? Tienes que saberlo. ¿Quién más te habla y te manda notitas de una puerta a otra hasta que te llegan, sucias y leídas por todo el mundo?

Jean-Baptiste escuchaba mientras se chupaba la sangre de la lengua.

—Tienes una familia po-de-ro-sa. Lo he escuchado en la radio. Más de una vez.

Silencio. Las orejas de Jean-Baptiste eran antenas parabólicas.

—Co-ne-xio-nes. ¿Dónde están esos putos guardias cuando los necesitas? —se burló en la oscuridad.

Su odiosa voz voló como un murciélago entre los barrotes de la puerta de Jean-Baptiste. Las palabras revolotearon a su alrededor, y él las ahuyentó agitando sus manos peludas.

—¿Sabías que aquí dentro te vuelves loco, Bola Peluda? Si no sales, acabas tan loco como un gato con un petardo en el culo. ¿Lo sabías, Bola Peluda?

—*Je ne comprends pas* —susurró Jean-Baptiste, mientras una gota de sangre le resbalaba por la mejilla y le desaparecía bajo el pelo de bebé.

Se secó la sangre con un dedo y se lo lamió.

—Oh, ya lo creo que *comprenez vous*. Puede que te metan algo por el culo, ¿eh? ¡Y zas! —Bestia rió—. Una vez que te ponen en esa jaula, te pueden hacer lo que les dé la puta gana. ¿Quién lo va a saber? Si lo denuncias, te hacen más daño y dicen que te lo hiciste tú mismo.

—¿Quién está ahí?

—Estoy hasta los cojones de que digas esa chorrada, Picha Corta. Sabes muy bien quién está aquí. Soy yo. Tu colega.

Jean-Baptiste oía la respiración de Bestia. Su aliento recorrió dos celdas, y Jean-Baptiste olió ajo y borgoña tinto, un joven Clos des Mouches, lo que él llamaba un vino estúpido porque no había reposado lo suficiente en sitios húmedos y sombríos para convertirse en brillante y sabio. En la penumbra, la celda de Jean-Baptiste era su bodega.

—Pero aquí está, mi amigo especial, tu único amigo. Tienen que transportarme en un furgón hasta el lugar donde van a matarme. Huntsville. Hasta el nombre suena mal, ¿no? Se tarda una hora en ir. ¿Y si pasa algo entre el punto A y el B?

En la Place Dauphine, los castaños, las azaleas y las rosas florecían. Jean-Baptiste no necesitaba ver, le bastaba con oler para saber dónde estaba: Bar du Caveau y Restaurant Paul, que era muy bueno. Los comensales, que no le veían, comían y bebían, sonreían y reían o se inclinaban a la luz de las velas. Algunos de ellos se irían y harían el amor, sin saber que los observaban. Jean-Baptiste se deslizó en medio de la noche hasta el extremo de la Île Saint-Louis, mientras el Sena reflejaba las luces de París, que relucían en el agua como finos cabellos. En sólo unos minutos estuvo a poco más de un kilómetro del depósito de cadáveres.

—Yo no tengo los medios para hacer nada. Pero seguro que tú sí. Si logras que el furgón se detenga cuando vaya de camino a la inyección, volveré a buscarte, Bola Peluda. Se me ha acabado el tiempo. Me quedan tres días. ¿Me oyes? Tres putos días. Sé que puedes encontrar una forma. Puedes organizarlo. Sálvame y seremos socios.

Estaba sentado en un rincón de un bar-restaurante de la Île Saint-Louis y contemplaba un balcón lleno de macetas, donde una mujer salió a echar un vistazo al cielo azul y al río. Era muy hermosa, y tenía las ventanas abiertas para que entrara el aire fresco del otoño. Recordó que olía a lavanda. Creía que era así.

—Puedes quedarte con ella cuando haya terminado —dijo Jay mientras bebía un Clos de Bèze de las bodegas de Prieuré Roch. El vino tenía sabor a almendras ahumadas.

Removió despacio el borgoña tinto, que lamía el cristal de la copa ancha como una lengua cálida que describiera círculos.

—Sé que quieres algo. —Jay alzó la copa y rió ante el doble sentido—. Pero ya sabes cómo te pones, *mon frère*.

—¿Me estás escuchando, Bola Peluda? Tres putos días, sólo una semana antes que tú. Me aseguraré de que tengas todas las putas que quieras. Te las traeré, siempre que no te importe que yo las pruebe primero. Como tú no puedes, no te importará compartirlas, ¿no? —Tras una pausa, la voz de Bestia se volvió siniestra—. ¿Me estás escuchando, Bola Peluda? ¡Libre como un pajarito!

—Allá vamos —soltó Jay con un guiño.

Dejó la copa de vino y dijo que volvería enseguida. Jean-Baptiste, recién afeitado y con una gorra calada de modo que le ocultaba la cara, no tenía que hablar con nadie mientras Jay... No podía llamarlo Jay. Jean-Paul. Mientras Jean-Paul no estaba. Por la ventana, observó cómo su atractivo hermano llamaba a la mujer del balcón. Hacía gestos, señalaba, como si le preguntara una dirección, y ella le sonrió y empezó a reírle las gracias. Sucumbió al instante a sus encantos y se metió en el piso.

Y su bendito hermano estaba sentado de nuevo a la mesa como por arte de magia.

—Ve —ordenó a Jean-Baptiste—. Vive en el tercer piso. —Señaló con la cabeza en esa dirección—. Ya has visto dónde está. Escóndete mientras ella y yo tomamos una copa. Será bastante sencillo. Ya sabes qué hacer. Ahora márchate y no asustes a nadie.

—Cabrón peludo de mierda. —El horrible susurro de Bestia llegó a la celda de Jean-Baptiste—. No querrás morir, ¿verdad? Nadie quiere morir salvo las personas que nosotros eliminamos, cuando no pueden soportarlo más y empiezan a suplicar, ¿no es cierto? Libre como un pajarito. Piénsalo. Libre como un pajarito.

Jean-Baptiste imaginó a la médica llamada Scarpetta. Se dormiría en sus brazos, sus ojos no la abandonarían nunca, y ella estaría siempre con él. Acarició la carta que ella le había enviado, mecanografiada y breve, en la que suplicaba verle y le pedía ayuda. Ojalá la hubiera escrito a mano para poder estudiar cada curva y contorno de su sensual caligrafía. Jean-Baptiste se la imaginó desnuda y se lamió los labios.

53

El trueno sonó como un timbal a lo lejos mientras las nubes desfilaban por delante de la luna menguante.

Bev no volvería a Dutch Bayou hasta que la tormenta amainara, y el parte meteorológico de la radio no lo preveía. La oveja del Ford Explorer verde había seguido una ruta interesante durante dos horas, y Bev no se explicaba por qué. Quienquiera que fuera había recorrido calles y, sobre todo, aparcamientos sin ningún motivo aparente para Bev.

Sospechaba que la oveja se había peleado con su marido y se negaba a volver a casa de inmediato, lo más seguro para darle motivo de preocupación. Bev había procurado mantenerse a distancia, tomar calles laterales, parar en gasolineras a lo largo de la carretera 19 y acelerar después. En varias ocasiones, había adelantado al Explorer por el carril izquierdo y, tras unos quince kilómetros, se había detenido para esperar a que su presa volviera a adelantarla. Poco después habían cruzado Baker, un pueblecito cuyos locales tenían nombres extraños: Raif's Po-Boy, Money Flash Cash, Crawfish Depot.

El pueblo se desvaneció como un espejismo, y la carretera se volvió oscura. No había nada, ninguna luz, sólo árboles y una valla publicitaria que rezaba: «Necesitas a Jesús.»

54

Los ojos de un caimán recordaban a Bev unos periscopios que la fijaban en la mira antes de desaparecer bajo un agua achocolatada.

Jay le decía que los caimanes no la molestarían a no ser que ella los molestara. Decía lo mismo de las mocasines acuáticas.

—¿Les has pedido su opinión? Y si es cierto, ¿por qué intentan meterse en el barco? ¿Y recuerdas esa película que vimos? ¿Cómo se titulaba...?

—*Rostros de muerte* —contestó Jay, en esta ocasión divertido en lugar de enojado por sus preguntas.

—¿Recuerdas aquel guardabosques que se caía al lago y ahí mismo, ante la cámara, un caimán enorme lo pillaba?

—Las mocasines acuáticas no se cuelan en el barco si no las sobresaltas —explicó Jay—. Y el caimán pilló al guardabosques porque él intentaba atraparlo.

Eso sonaba bastante razonable, y Bev se sintió algo más tranquila hasta que Jay esbozó su sonrisa cruel, cambió de postura y le explicó cómo podía saber si un animal o reptil era un depredador, y por tanto un agresor, y por tanto un cazador audaz.

—Se lo ves en los ojos, nena —le dijo—. Los ojos de los depredadores están en la parte delantera de la cabeza, como los míos. —Se señaló sus hermosos ojos azules—.

Como los de un caimán, como los de una mocasín de agua, como los de un tigre. Los depredadores miramos al frente en busca de algo a lo que atacar. Los ojos de los no depredadores están más hacia los lados de la cabeza, porque si no, ¿cómo coño va a defenderse un conejo ante un caimán? Así que el conejito necesita tener visión periférica para ver lo que se le acerca y huir a toda pastilla.

—Yo tengo ojos de depredador —comentó Bev, contenta de saberlo pero no de oír que los caimanes y las mocasines acuáticas eran depredadores.

Comprendió que unos ojos así significaban estar al acecho, querer dañar o matar. Los depredadores, en especial los reptiles, no temían a la gente. ¡Mierda! Ella no era rival para un caimán o una serpiente. Si se caía al agua o tropezaba con una mocasín de agua, ¿quién saldría victorioso? Ella seguro que no.

—Los seres humanos somos los peores depredadores —dijo Jay—. Pero somos complicados. Un caimán es siempre un caimán. Una serpiente es siempre una serpiente. Una persona puede ser un lobo o una oveja.

Bev era un lobo.

Mientras se deslizaba entre las protuberancias de los cipreses que sobresalían en el pantano como el lomo de un monstruo marino notó que la sangre caliente de loba se le agitaba. La hermosa mujer rubia atada en el suelo del barco entrecerraba los ojos al intermitente sol de primera hora de la mañana. Allí donde las raíces de los cipreses asomaban a la superficie, el agua no era profunda, y Bev estaba atenta mientras los motores reducían la velocidad hacia el cobertizo de pesca. De vez en cuando, su prisionera trataba de cambiar de postura para aliviar el dolor de las articulaciones, y su respiración dificultosa le ensanchaba los orificios nasales a la vez que succionaba e hinchaba la mordaza que le cubría la boca.

Bev no sabía su nombre y le advirtió que no se lo dijera. De eso hacía unas horas, en el Cherokee, después de que la oveja comprobara que la puerta del pasajero no se abría y que si intentaba cualquier cosa, Bev le dispararía. Entonces se puso a charlar, quiso mostrarse simpática para caer bien a Bev y llegó hasta el punto de preguntarle con educación su nombre. Todas lo hacían, y Bev siempre contestaba lo mismo: «Cómo me llame no te importa, y no quiero saber tu puñetero nombre ni nada de ti.»

La secuestrada de turno se sentía de inmediato impotente, porque comprendía que no podría escapar al horror que la aguardaba.

Los nombres sólo tenían dos objetivos: usarlos para que las personas creyeran que su vida valía algo, y negarse a usarlos para que las personas creyeran que su vida no valía nada. Además, Bev averiguaría muchas cosas sobre esta preciosa ovejita muy pronto, cuando Jay escuchara las noticias en la radio.

—Por favor, no me haga daño —había suplicado la oveja—. Tengo familia.

—No te estoy escuchando —le dijo Bev—. ¿Sabes por qué? Porque no eres más que la captura del día.

Bev rió, complacida ante la firmeza de su propia voz, porque muy pronto no tendría voz. La tendría Jay. Una vez que tomara posesión de la oveja, a Bev no le quedaría nada que hacer, salvo lo que él le ordenara hacer o no hacer. Bev se limitaría a observar, y pensarlo le produjo una compulsión a controlar y maltratar mientras pudiera. Sujetó a la oveja con más fuerza de la que usaba Jay, le ató tobillos y muñecas a la espalda, de modo que con el cuerpo curvado le costara más respirar.

—Te diré qué haremos, bonita —le había dicho Bev mientras maniobraba—. Echaremos el ancla bajo esos árboles y te pondré repelente de mosquitos por todo el cuerpo, porque mi novio no querrá que estés toda hinchada y cubierta de picaduras.

Soltó una carcajada al ver cómo su cautiva abría los ojos como platos y las lágrimas le anegaban los párpados enrojecidos. Era la primera vez que la oveja oía mencionar a un compinche.

—Deja ya de berrear, bonita. Tienes que mostrarte bella, y ahora mismo estás hecha una mierda.

La oveja pestañeó con fuerza, mientras la mordaza emitía ruidos húmedos con cada respiración agonizante, rápida y superficial. Bev acercó el barco a la orilla, apagó el motor y echó el ancla. Tomó la escopeta y repasó los árboles con la mirada en busca de serpientes. Una vez comprobado que la única que corría peligro era su cautiva, dejó la escopeta y colocó un cojín en el suelo, a unos centímetros de su «captura del día», como la seguía llamando. Bev rebuscó en su bolsa y sacó una botella de repelente de insectos.

—Ahora te quitaré la mordaza y te desataré —anunció—. ¿Sabes por qué puedo ser tan amable, bonita? Porque no puedes ir a ninguna parte a menos que saltes por la borda, y si piensas en lo que hay en estas aguas, no es probable que quieras nadar en ellas. También podrías tumbarte en la bodega de pescado. —Bev abrió la tapa de la bodega, del tamaño de un ataúd. Estaba llena de hielo—. Eso te mantendrá fresquita si decides armar escándalo. No lo harás, ¿verdad?

La mujer meneó la cabeza.

—No —balbuceó en cuanto le quitó la mordaza, y añadió con voz temblorosa tras humedecerse los labios—: Gracias, gracias.

—Seguro que te duelen muchísimo las articulaciones —comentó Bev mientras la desataba con calma—. Una vez, mi novio Jay me ató los tobillos y las muñecas con fuerza a la espalda hasta que me doblé como un ocho, como tú. Le excitaba, ¿sabes? —Lanzó la cuerda sobre la lona—. Bueno, pronto lo averiguarás.

La mujer se frotó los tobillos y las muñecas doloridos y procuró recuperar el aliento. A Bev le recordaba a una animadora, una de esas rubias atléticas de belleza pura, como las de la revista *Seventeen*. Llevaba unas gafitas de montura de carey que le daban un aspecto inteligente, y tenía la edad adecuada: cerca de los cuarenta.

—¿Has ido a la universidad? —le preguntó Bev.

—Sí.

—Perfecto. Es perfecto. —Se abstrajo un momento con una expresión relajada en su cara ajada y rolliza.

—Suélteme, por favor. Tenemos dinero. Le pagaremos lo que quiera.

La maldad asomó de nuevo a los ojos de Bev. Jay era inteligente y tenía dinero. Esa mujer era inteligente y tenía dinero. Se inclinó hacia ella mientras el zumbido de los mosquitos resonaba entre los árboles. A no mucha distancia, un pez chapoteó en el agua. Cuanto más alto estaba el sol, más calor hacía, y la blusa hawaiana de Bev estaba empapada de sudor.

—No se trata de dinero —informó Bev, y vio que la esperanza se desvanecía en sus ojos azul claro—. ¿No sabes de qué se trata?

—No le he hecho nada. Suélteme, por favor, y no se lo contaré nunca a nadie. No haré nunca nada que pueda meterla en líos. ¿Cómo iba a hacerlo, además? No la conozco.

—Bueno, te estás preparando para conocerme, bonita —dijo Bev mientras ponía una mano ruda y seca en el cuello de la mujer y se lo acariciaba con el pulgar—. Nos estamos preparando para conocernos muy bien.

La mujer pestañeó y se humedeció los labios mientras la mano de Bev le recorría el cuello, le tocaba la nuca y seguía bajando para explorarle lo que le daba la gana. La mujer, rígida, cerró los ojos. Dio un respingo cuando Bev le desabrochó el sujetador. Bev empezó a aplicarle el repelente y notó que la carne firme y seductora de la oveja, temblaba como un flan. Pensó en Jay y en aquella zona manchada bajo la cama, y empujó con fuerza a la oveja, que se golpeó la cabeza contra la borda.

55

En la esquina de la Ochenta y tres y Lexington, un camión de reparto había arrollado a una anciana.

Benton Wesley oyó conversaciones agitadas entre la muchedumbre de curiosos y vio las destellantes luces de emergencia en una manzana acordonada con cinta amarilla. El accidente mortal había ocurrido hacía menos de una hora. Benton había visto bastante sangre en su vida como para pasar con rapidez y desviar la mirada del cadáver atrapado bajo una de las ruedas traseras del camión.

Captó las palabras «cerebro» y «decapitada», y algo sobre una «dentadura postiza» en el suelo. La gente parece dispuesta a pagar por ver el escenario de una muerte violenta. Antes, cuando llegaba a una escena del crimen y toda la policía se apartaba para permitirle examinar todos los detalles, tenía derecho a ordenar que las personas sin autorización se marcharan. Podía dar rienda suelta a su indignación como mejor le pareciera; unas veces con calma, otras no.

Observó la zona sin quitarse las gafas oscuras mientras avanzaba por la abarrotada acera esquivando a unos y otros con la agilidad de un lince. Una sencilla gorra de béisbol negra le cubría la cabeza rapada, y se dirigió hacia la oficina de Lucy. Había bajado de un taxi diez manzanas al norte en lugar de hacerlo justo delante del edificio. Benton podría tropezarse con Lucy y decirle «disculpe» sin que ella lo reconociera. Hacía seis años que no la veía ni hablaba con ella, y se moría por saber qué aspecto tenía, cómo hablaba, cómo actuaba. La ansiedad le impulsó con paso decidido hasta acercarse al moderno edificio de granito pulido de la calle Setenta y cinco. En la entrada había un portero con las manos a la espalda. Tenía calor con su uniforme gris, y cambiaba el peso del cuerpo de una pierna a otra, lo que indicaba que le dolían los pies.

—Estoy buscando El Último Reducto —le dijo Benton.

—¿El qué? —El portero lo miró como si estuviera loco.

Benton se lo repitió.

—¿Un reducto? —El portero lo examinó y las palabras «indigente» y «chiflado» se reflejaron en su hastiada cara irlandesa—. ¿Qué clase de reducto?

—Planta veintiuno, despacho dos-uno-cero-tres —contestó Benton.

—Vale, pero no se llama El Último Reducto. El dos-uno-cero-tres es una empresa de software, ya sabe, cosas de informática.

—¿Está seguro?

—Hombre, trabajo aquí, ¿no? —El portero, que se estaba impacientando, contempló a una mujer cuyo perro husmeaba en la jardinera que había delante del edificio—. Oiga —le soltó—, que no se le ocurra a su perro hacer nada en esas plantas.

—Sólo está husmeando —replicó la mujer, indignada, a la vez que tiraba de la correa para llevar su caniche hacia el centro de la acera.

Tras eso, el portero ignoró a la mujer y al chucho. Benton sacó de sus vaqueros desteñidos un papel doblado. Lo desplegó y miró una dirección y un número de teléfono que no tenían nada que ver con Lucy, con su edificio ni con la oficina que en realidad se llamaba El Último Reducto, a pesar de lo que el portero creía. Si éste llegara a informarla, tal vez bromeando, de que un chiflado había preguntado por El Último Reducto, Lucy se pondría alerta y se preocuparía mucho. Marino creía que Jean-Baptiste conocía la empresa de Lucy por ese nombre. Benton quería que Marino y Lucy estuvieran alerta y preocupados.

—Aquí pone dos-uno-cero-tres —le dijo al portero a la vez que volvía a guardarse el papel en el bolsillo—. ¿Cómo se llama la empresa? Puede que me dieran una información equivocada.

El portero entró en el edificio y tomó una tablilla. Recorrió una página de arriba abajo con el dedo y contestó:

—Aquí está. Dos-uno-cero-tres. Como le he dicho, una empresa de informática: Infosearch Solutions. Si quiere subir, tendré que llamarles y ver algún documento de identificación.

Un documento de identificación sí, pero no era necesario llamar, y a Benton eso le hizo gracia. El portero se mostraba abiertamente grosero con aquel desconocido desaliñado, olvidando (como muchos neoyorquinos) que la principal virtud de la ciudad en el pasado había sido dar la bienvenida a desconocidos desaliñados, inmigrantes muy pobres que apenas hablaban inglés. Benton hablaba inglés a la perfección cuando quería, y no era precisamente pobre.

Sacó la cartera del interior de la chaqueta y le mostró un carné de conducir a nombre de Steven Leonard Glover, de cuarenta y cuatro años, nacido en Ithaca, Nueva York. Ya no era Tom Haviland porque Marino lo conocía por ese alias. Siempre que Benton tenía que cambiar de identidad, algo que hacía cuando era necesario, sufría un período de depresión porque volvía a enfurecerlo tener que hacerlo, y se sentía mucho más resuelto a imponerse antes de que el odio lo consumiera.

El odio destruía el recipiente que lo contenía. Odiar significaba perder claridad mental y visión. A lo largo de su vida se había resistido al odio. Hubiese sido demasiado fácil odiar a los delincuentes llenos de odio que había perseguido y atrapado sin piedad cuando estaba en el FBI. Pero su don para evadirse y permanecer inmune no sería posible si odiara o sucumbiera a cualquier emoción extrema.

Se convirtió en amante de Scarpetta mientras todavía estaba casado, y quizá fuera ése el único pecado que nunca se perdonaría. No podía imaginar el suplicio que Connie y sus hijas habrían sufrido cuando creyeron que lo habían asesinado. A veces creía que su exilio era un castigo por el daño que había hecho a su familia por haber sido débil y sucumbido a una emoción extrema que todavía sentía. Scarpetta ejercía ese efecto sobre él, y volvería a cometer el mismo pecado (lo sabía) si retrocediera en el tiempo hasta cuando se dieron cuenta de lo que sentían el uno por el otro. Su única excusa (y sabía que era poco convincente) era que su deseo y su enamoramiento no habían sido premeditados en ninguno de los dos. Ocurrió. Simplemente ocurrió.

—Les llamaré —dijo el portero, y devolvió el documento de identificación fraudulento a Benton.

—Gracias... ¿Cómo se llama?

—Jim.

—Gracias, Jim, pero no será necesario.

Benton se marchó, cruzó la calle Setenta y cinco sin prestar atención al semáforo en rojo y se incorporó al flujo anónimo de peatones en Lexington Avenue. Zigzagueó bajo un andamio y se caló más la gorra, observándolo todo detrás de las gafas oscuras. Si alguno de esos peatones distraídos se cruzara de nuevo con él en otra manzana, le reconocería. Y seguiría a quienquiera que fuera y lo filmaría con su cámara de vídeo de bolsillo. En los seis últimos años había acumulado centenares de cintas, pero hasta entonces no habían significado nada aparte de demostrar que el mundo era muy pequeño, daba igual lo grande que fuese la ciudad.

La policía tenía una presencia visible en Nueva York. Había agentes sentados en los coches patrullas o hablando entre sí en las aceras y las esquinas. Benton pasaba por su lado y miraba estoicamente al frente con la pistola sujeta al tobillo, una infracción tan grave que seguramente lo aplastarían contra una pared si algún policía detectaba el arma. Lo esposarían, lo meterían en un coche de la policía, lo interrogarían, comprobarían sus datos con el sistema informático del FBI, le tomarían las huellas dactilares y lo harían comparecer ante un tribunal, y todo ello en vano. Cuando trabajaba en escenas del crimen, habían introducido sus huellas en el AFIS, el sistema automatizado de identificación de huellas dactilares. Tras su presunta muerte, sus huellas fueron alteradas, sustituidas por las de un hombre fallecido por causas naturales y al que se le tomaron a escondidas las huellas dactilares en la sala de embalsamar de una funeraria de Filadelfia. La reseña genética de Benton no figuraba en ningún sistema automatizado del planeta.

Se detuvo en un umbral y marcó el número de información desde un teléfono móvil cuya dirección de facturación correspondía a un número del Departamento de Justicia Penal de Tejas. Programar esa dirección de facturación no había sido difícil. Benton había tenido años para adquirir experiencia en informática y en el uso y abuso del ciberespacio en su provecho. Era probable que una esporádica llamada añadida a las facturas telefónicas de la penitenciaría de Tejas pasara desapercibida y no pudiera seguirse hasta llegar a nadie y, por supuesto, mucho menos a él.

Benton sabía que cuando hiciera su llamada a la oficina de Lucy, el nombre y el número de la penitenciaría de Tejas aparecerían en cualquier sofisticado sistema de seguridad que Lucy tuviera. Por descontado, las llamadas se grababan. Por descontado, Lucy tendría su propio sistema informático de análisis de voz. Por descontado, Benton tenía grabada la voz de Jean-Baptiste desde los días peligrosísimos de aquella operación secreta que no acabó con el cártel Chandonne sino con la identidad y la vida de Benton. Era algo por lo que no se había perdonado aún. No podía olvidar su culpa y su humillación. Había subestimado a aquellos cuya confianza era sinónimo de su vida.

Cuando era pequeño, Benton y su anillo mágico cometían errores en sus investigaciones imaginarias. De adulto, él y su anillo de oro del FBI también los habían cometido: errores de juicio y equivocadas valoraciones psicológicas de asesinos. Pero la vez que más había necesitado su perspicacia y su inteligencia, metió la pata, y pensar en ello todavía le enfurecía, le ponía enfermo, le llevaba a llenarse de reproches.

«Nadie más tiene la culpa —se decía en los momentos de mayor abatimiento—. Ni siquiera los Chandonne y sus adláteres la tienen. Te cavaste tu propia tumba y ahora tienes que salir de ella.»

56

—Papel de oficina corriente —explicó Wayne Reeve, jefe del servicio de información al público de Polunksy, a Scarpetta por teléfono—. Lo compramos por resmas y se lo vendemos a los presos a un centavo la hoja. Los sobres son blancos y baratos, tres por veinticinco centavos —añadió—. Si no le importa que se lo pregunte, ¿por qué quiere saberlo?

—Una investigación.

—Ya. —Su curiosidad seguía viva.

—Análisis forense de papel. Soy científica. ¿Y si el recluso no goza de privilegios de economato? —preguntó Scarpetta desde su oficina en Delray Beach.

El teléfono había sonado justo cuando ella salía corriendo de la casa con la maleta. Rose contestó la llamada. Scarpetta se puso al aparato con impaciencia. Iba a perder el vuelo a Nueva York.

—El recluso puede obtener papel de carta, sobres, sellos, etcétera. A nadie se le niega eso, pase lo que pase. Es comprensible. Por los abogados —indicó Reeve.

Scarpetta no le preguntó si Jean-Baptiste Chandonne seguía en el corredor de la muerte.

No mencionó que había recibido una carta de él y que ya no estaba segura de que estuviera encerrado entre rejas.

Basta, cabrón.
Ya estoy harta, cabrón.
Quieres verme, me verás, cabrón.
Quieres hablar conmigo, pues hablaremos, cabrón.
Si te has escapado, lo averiguaré, cabrón.
Si escribiste o no esta carta, lo averiguaré, cabrón.
No harás daño a nadie más, cabrón.
Quiero verte muerto, cabrón.

—¿Podría enviarme muestras de papel del economato? —pidió.

—Las recibirá mañana mismo —le prometió Reeve.

57

Unos buitres volaban a poca altura en el cielo azul. El olor a muerte y descomposición les atraía hacia el pantano, más allá del muelle gris y erosionado.

—¿Qué has hecho, echar carne en la hierba? —se quejó Bev mientras pasaba un cabo alrededor de un pilote—. Ya sabes cómo detesto a esos malditos buitres.

Jay sonrió, concentrado en la oveja encogida de miedo en la popa del barco. Se frotaba las muñecas y los tobillos, con la ropa medio desabrochada y desarreglada. Por un instante, el alivio se reflejó en sus ojos aterrados, como si aquel atractivo hombre rubio no pudiera ser malo. Jay sólo llevaba unos vaqueros cortos y deshilachados, y los músculos de su cuerpo escultural y bronceado se le marcaban con cada movimiento. Subió con pasos ligeros al barco.

—Ve dentro —ordenó a Bev, y se dirigió a la mujer—: Hola, soy Jay. Ya puedes relajarte.

La mujer tenía los ojos desorbitados, vidriosos, clavados en él. No dejaba de frotarse las muñecas y de humedecerse los labios.

—¿Dónde estoy? —preguntó—. No comprendo...

Jay alargó la mano para ayudarla a levantarse y, como las piernas no le respondían, la agarró por la cintura.

—Estás un poco entumecida, ¿verdad? —Le tocó los mechones de cabello ensangrentado apelmazados en la parte posterior de la cabeza—. No tenía que lastimarte.

¿Estás herida? Muy bien. Aguanta. Voy a llevarte en brazos. —La levantó como si no pesara nada—. Rodéame el cuello. Muy bien.

La depositó en el muelle y luego la ayudó de nuevo a ponerse de pie, la levantó y la cargó hasta el interior del cobertizo.

Bev estaba sentada en la cama estrecha y maloliente. No había sábana superior, sólo una sábana ajustable blanca, apestosa y arrugada, y una almohada manchada que había perdido la forma y era casi plana. Los ojos de Bev siguieron a Jay mientras éste dejaba a la mujer en el suelo y la sujetaba por la cintura mientras ella intentaba conservar el equilibrio.

—No consigo mantenerme en pie —dijo sin mirar a Bev, como si Bev no estuviera ahí—. Tengo los pies entumecidos.

—Te ató demasiado fuerte, ¿verdad? —comentó Jay, y sus ojos echaron chispas—. ¿Qué le has hecho?

Bev lo miró fijamente.

—Levántate de la cama —le ordenó Jay—. Tenemos que acostarla. Está herida. Trae una toalla mojada. —Entonces se dirigió a la oveja a la vez que la ayudaba a meterse en la cama—: No tengo hielo. Lo siento. El hielo le habría ido bien a tu herida.

—Hay hielo en la bodega del barco. Y comestibles —afirmó Bev en tono monótono.

—No me has traído ningún cachorro —comentó Jay.

—Estaba ocupada, y todo estaba cerrado.

—Hay muchos perdidos, pero tú eres demasiado perezosa para buscarlos.

Bev abrió la nevera y vertió agua fría en un paño de cocina.

—Ya estoy mejor —terció la oveja dócilmente, algo más relajada.

Jay era guapo y amable. Era un amigo. No era horrible como esa mujer tan brutal y tan fea.

—Estaré bien. No necesito hielo.

—No estás bien. —Jay le arregló la almohada bajo la cabeza y la mujer dio un gritito de dolor—. No, no estás bien.

Le deslizó una mano bajo el cuello y le movió la cabeza para palparle la herida. La presión de sus dedos fue demasiado y la mujer gritó otra vez.

—¿Qué le has hecho? —volvió a preguntar a Bev.

—Se cayó en la cubierta.

La mujer no dijo nada y se negó a mirar a Bev.

—¿Se cayó con un poco de ayuda, tal vez? —repuso Jay con calma.

Colocó bien la blusa a la oveja y se la abrochó sin tocarla.

58

Benton se quitó la chaqueta y la arrojó a un cubo de basura.

Una manzana más allá, arrojó la gorra de béisbol a una papelera y agachó la cabeza bajo la sombra de un andamio para desabrocharse la mochila de lona. Dentro había un pañuelo negro que se ató alrededor de la cabeza. A continuación se puso un chaleco vaquero con una bandera estadounidense bordada en la espalda. En una breve pausa del tráfico peatonal, se cambió las gafas de sol por otras de tono ámbar con una montura distinta. Recogió la mochila y se la puso bajo el brazo antes de tomar la calle Setenta y tres y cruzar de nuevo por la Tercera y volver a la calle Setenta y cinco, donde se detuvo en la esquina del edificio de Lucy. Jim, el portero, no le prestó atención y se metió en el vestíbulo para disfrutar un poco del aire acondicionado.

Las nuevas tecnologías eran aliadas y enemigas de Benton. Las llamadas de los móviles podían rastrearse, y no sólo a partir de la identificación del usuario. Las señales rebotaban en los satélites y regresaban al lugar en que se encontraba quien hacía la llamada, y hasta la fecha era imposible evitar esta tecnología. Benton no tenía más remedio que ingeniárselas para sortearla. Si bien la identificación de su llamada indicaría erróneamente que se trataba de alguien que se encontraba en una cárcel de Tejas, la transmisión vía satélite revelaría que la llamada procedía de Manhattan, y la localizaría en un área inferior a una manzana.

Pero sacó partido de tal circunstancia. Todos los obstáculos podían convertirse en medios para obtener un mayor provecho.

Hizo la llamada desde la esquina de Lexington y la Setenta y cinco. Jean-Baptiste estaba en el corredor de la muerte, y eso era bastante fácil de comprobar. La lógica indicaría que Jean-Baptiste no podía haber efectuado una llamada desde Manhattan. ¿Quién habría sido entonces? Lucy cavilaría sobre la llamada realizada desde las inmediaciones de su edificio, y conociéndola como la conocía, Benton estaba seguro de que le devolvería la llamada para ver si el satélite confirmaba esas mismas coordenadas.

Eso la llevaría a suponer que había un problema técnico, que de algún modo el satélite rastreaba las llamadas en su lugar de recepción y no de origen. No entendería cómo podía haber ocurrido algo así. Se obsesionaría y se enfadaría, porque no toleraba las chapuzas o los fallos técnicos. Echaría la culpa a la compañía telefónica o a sus empleados. Seguramente a estos últimos.

En cuanto a Jim, el portero, cuando le preguntaran, diría que en el preciso momento de la llamada no había visto a nadie con un móvil frente al edificio o cerca de él. Sería mentira. Casi todo el mundo en Nueva York va por ahí con un teléfono móvil pegado a la oreja. Lo cierto era que, aunque Jim recordara la hora exacta en que había cambiado su puesto por el aire acondicionado del vestíbulo, no querría admitirlo.

El último obstáculo era el análisis de voz, que Lucy llevaría a cabo de inmediato para comprobar si quien había llamado era Jean-Baptiste Chandonne. Eso no suponía ningún riesgo. Benton había dedicado varios años a estudiar, transcribir y editar meticulosamente grabaciones de la voz de Jean-Baptiste, para grabarlas después en archivos digitales con un micrófono unidireccional que, usado en modo de alta sensibilidad, captaba el ruido de fondo (en este caso, el interior de una cárcel). Lo editó y lo empalmó informáticamente, y el resultado era perfecto: cada archivo suponía un bombardeo de frases cortas destinadas a un buzón de voz o a un receptor humano sin dar la oportunidad de entablar un diálogo. En la opción *menú* seleccionó un archivo que había denominado *Baton Rouge*, revisó la hora en la pantalla y comprobó que todos los detalles de la configuración eran correctos.

Luego hizo la llamada.

Alguien contestó el teléfono de Infosearch Solutions, en realidad El Último Reducto.

—Llamada a cobro revertido para Infosearch Solutions de la calle Setenta y cinco —dijo Benton.

—¿Su nombre?

—Unidad Polunksy.

—Espere un momento, por favor.

La operadora conectó la llamada.

—Llamada a cobro revertido desde la Unidad Polunsky. ¿La acepta?

—Sí —contestó un hombre mientras la identificación de quien hacía la llamada indicaba el Departamento de Justicia Penal de Tejas—: Buenas tardes. ¿Quién llama, por favor?

Benton pulsó la supresión de sonido ambiente para eliminar los ruidos del tráfico de Nueva York, así como cualquier otro que pudiese arruinar una llamada supuestamente efectuada desde una penitenciaría. Pulsó *play*. El indicador luminoso brilló de color verde, y el «archivo uno» empezó.

—Cuando mademoiselle Farinelli vuelva, dígale que vaya a Baton Rouge. —La voz grabada de Jean-Baptiste sonó tan natural como si él mismo estuviera hablando en tiempo real.

—No está en la oficina. ¿Quién llama? ¿Con quién hablo? —El hombre intentaba hablar por teléfono con lo que sólo era un chip de memoria—. ¿Quiere que le dé algún recado?

La llamada había terminado hacía siete segundos. Benton borró «archivo uno de Baton Rouge» para asegurarse de que el mensaje falso de Jean-Baptiste no pudiera ser reproducido nunca más.

Echó a caminar deprisa por la concurrida acera, con la cabeza gacha, sin que se le escapara nada.

59

—No me haga daño, por favor —suplicó la oveja.

Jay la ayudó a sentarse. La mujer lloraba y gemía mientras él le limpiaba el cabello ensangrentado y comprobaba la herida en la cabeza, provocada por el golpe que se había dado contra la banda. Le aseguró que la herida no era grave y que no se había fracturado el cráneo. No veía doble, ¿verdad?

—No —contestó ella, y contuvo el aliento cuando él le tocó otra vez el cabello con la toalla mojada—. Veo bien.

La dulzura de Jay, su actitud protectora, causaba el efecto habitual, y la mujer sólo fijaba la atención en él. Se identificaba con él hasta el extremo de que sintió que podía contarle que Bev, cuyo nombre ignoraba, la había empujado contra la borda.

—Así fue como me golpeé la cabeza —dijo.

Jay lanzó la toalla ensangrentada en dirección a Bev, que no se movió, sino que siguió plantada en medio de la pequeña habitación mirándolo como una mocasín de agua enroscada para atacar. La toalla aterrizó a sus pies, y no la recogió.

Jay le ordenó que lo hiciera.

No le obedeció.

—Recógela y lávala en el fregadero —indicó—. No quiero verla en el suelo. No deberías haberla lastimado. Lava la toalla y quítale todo este repelente de insectos.

—No es necesario que me lo quite —pidió la mujer—. Puede que sea mejor llevarlo puesto, con tantos bichos.

—No. Tienes que quitártelo —dijo Jay, que se acercó y le olió el cuello—. Llevas demasiado. Es tóxico. Debe de haberte echado toda una botella encima. Eso no es bueno.

—¡No quiero que vuelva a tocarme!

—¿Te hizo daño?

La oveja no respondió.

—Ahora estoy aquí. No te hará daño.

Jay se levantó del borde de la cama, y Bev recogió la toalla mojada y ensangrentada.

—No deberíamos malgastar el agua —comentó—. Queda poca en el depósito.

—Se supone que pronto lloverá —respondió Jay mientras examinaba a la mujer como si fuera un coche que pensara comprar—. Además, en el depósito hay mucha. Lava la toalla y tráemela aquí.

—No me haga daño, por favor.

La mujer levantó la cabeza de la almohada. Estaba rosada y húmeda, y una mancha roja indicaba que la laceración había empezado a sangrarle otra vez.

—Lléveme a casa y no se lo contaré a nadie. A nadie, lo juro. —Sus ojos suplicaban a Jay, su única esperanza, porque tenía un aspecto espléndido y hasta entonces había sido amable.

—¿Qué no le contarás a nadie? —le preguntó él, y se sentó a los pies de la cama de armazón de metal y un asqueroso colchón raído—. ¿Qué hay que contar? Te hiciste daño y nosotros, como buenos samaritanos, te estamos cuidando.

La mujer asintió, y la inseguridad primero y el miedo después le contrajeron el rostro.

—Que sea rápido, por favor —susurró entre sollozos e hipidos que le sacudían el cuerpo.

Bev regresó con la toalla y se la dio a Jay. Unas gotas de agua cayeron en la cama y en el brazo musculoso y desnudo de Jay. Bev le pasó los dedos por el cabello y le besó la nuca. Y mientras él desabrochaba la blusa de la mujer, se acercó más a él.

—Ah, no lleva sujetador —comentó, y volviendo la cabeza preguntó a Bev en tono inquietante—: ¿Iba sin?

Bev deslizó las manos por el tórax sudado de Jay.

La mujer tenía los ojos muy abiertos, presa del mismo terror que Bev había visto en el barco. Temblaba espasmódicamente, de modo que los pechos desnudos le vibraban. Un poco de saliva le corrió por el mentón y Jay se levantó, asqueado.

—Quítale el resto de la ropa y lávala —ordenó a Bev—. Si vuelves a tocarla, ya sabes lo que te espera.

Bev sonrió. Aquélla era una comedia bien ensayada que venía de lejos.

60

A la mañana siguiente, Scarpetta todavía estaba en Florida.

De nuevo, cuando estaba a punto de irse, la entretuvieron. En esta ocasión fue la entrega de dos paquetes, uno de la Oficina de Información de la Unidad Polunsky y el otro, bastante grueso, contenía el expediente de Charlotte Dard, en su mayoría copias de los informes de la autopsia y del laboratorio, además de muestras histológicas.

Scarpetta puso un portaobjetos con una muestra de la pared ventricular izquierda en la platina del microscopio compuesto. Si pudiera sumar todas las horas que se había pasado mirando muestras a lo largo de su carrera, el resultado sería decenas de miles. Aunque respetaba a los histólogos, dedicados a las minúsculas estructuras de los tejidos y a lo que podían revelarles sus células, jamás había comprendido cómo era posible pasarse todos los días sentado en un laboratorio, rodeado de secciones de corazones, pulmones, hígados, encéfalos y otros órganos, y de lesiones y estigmas de enfermedades convertidos en una sustancia gomosa dentro de frascos de formol. Las secciones de tejido estaban fijadas en parafina o en una resina plástica y cortadas de forma lo bastante delgada como para que la luz las traspasara. Después de montarlas en portaobjetos, se les aplicaban distintos colorantes desarrollados por la industria textil del siglo XIX.

Por lo general, Scarpetta veía muchos rosas y azules, aunque la perfusión de colores utilizada dependía del tejido y de la estructura celular, así como de los posibles defectos que debían revelar sus secretos al otro lado de la lente. Los colorantes, como las enfermedades, adoptaban el nombre de quien los descubría o inventaba, y era en este punto donde la histología se volvía innecesariamente compleja, por no decir pesada. No bastaba llamar a los colorantes o las técnicas de coloración azul o violeta; debían llamarse azul cresil, cresil violeta, azul de Prusia, hematoxilina de Heidenhain (rojo purpúreo), tricromática de Masson (azul y verde), coloración de Bielschowsky (rojo neutro), o su favorita: la metenamina plata de Jones. Un legado patológico de un egocentrismo inconcebible era la coloración de una célula conseguida por Schwann de un *schwannoma*, y Scarpetta no alcanzaba a entender por qué el naturalista alemán Theodor Schwann querría que un tumor recibiera su nombre.

Observó a través de la lente las bandas de contracción en el tejido teñido de rosa, raspado de una sección del corazón de Charlotte Dard durante la autopsia. A algunas fibras les faltaba el núcleo, lo que indicaba necrosis (la muerte del tejido), y otros portaobjetos revelaban una inflamación teñida de rosa y azul y una antigua cicatrización, además de un estrechamiento de las arterias coronarias. La mujer de Luisiana sólo tenía treinta y dos años cuando había caído fulminada ante la puerta de una habitación de motel en Baton Rouge, vestida para salir y con las llaves en la mano.

Ocho años atrás, en el momento de su muerte, se sospechó que su farmacéutico habitual le había suministrado de modo ilegal OxyContin, un potente analgésico que se encontró en su bolso. No tenía receta para ese fármaco. En una carta dirigida a Scarpetta, el doctor Lanier sugería que el farmacéutico en cuestión podía haber huido a Palm Desert, en California. Lanier no indicaba en qué basaba esta hipótesis ni daba más detalles sobre la reapertura del caso de Charlotte Dard.

Era un engorro por diversas razones: el caso era antiguo y no había pruebas de que el farmacéutico le suministrara el medicamento, y aunque hubiese sido así, a no ser que hubiera planeado matarla con el OxyContin, no era culpable de asesinato en primer grado. En el momento de la muerte de Charlotte Dard no había hablado con la policía, pero aseguró a través de su abogado que alguien debía de haberle dado el OxyContin a Charlotte Dard, y que ésta había tomado sin querer una sobredosis.

Varias copias de las cartas que Lanier había recibido hacía ocho años eran del abogado del farmacéutico, Rocco Caggiano.

61

Al otro lado de la ventana situada frente al escritorio de Scarpetta, las sombras se deslizaban sobre las dunas a medida que el sol recorría el cielo.

Las hojas de las palmeras susurraban y un hombre que paseaba un labrador por la playa agachó la cabeza contra el viento. A lo lejos, en el horizonte brumoso, un buque portacontenedores surcaba las aguas hacia el sur, tal vez hacia Miami. Si Scarpetta se concentraba demasiado en el trabajo, se olvidaría de qué hora era y de dónde estaba, y volvería a perder otro avión a Nueva York.

Lanier contestó el teléfono con voz ronca.

—¿Diga?

—¿Qué le ocurre a su garganta? —comentó Scarpetta, compasiva.

—No sé qué he pillado, pero me encuentro fatal. Gracias por llamarme.

—¿Qué está tomando? Espero que sean descongestivos y un supresor de la tos con expectorante, y que no consuma antihistamínicos. Pruebe alguna fórmula que no contenga antihistamínicos ni succinato de doxilamina, a menos que quiera contraer una infección bacteriana. Y nada de alcohol. Reduce la inmunidad.

—Soy doctor en medicina, para su información —dijo él tras sonarse la nariz—, y especializado en adicciones, lo que significa que sé un par de cosas sobre fármacos —añadió con naturalidad—. Espero que la tranquilice saberlo.

Scarpetta se reprochó haber sacado conclusiones precipitadas. Los cargos de juez de instrucción eran electos y, por desgracia, muchos de ellos no eran médicos.

—No pretendía ofenderle, doctor Lanier.

—Descuide. Por cierto, su compañero Pete Marino cree que usted puede caminar por el agua.

—Veo que se ha informado sobre mí. —Aquello la dejó perpleja—. Muy bien. Espero que ahora podamos ir al grano. He revisado el caso de Charlotte Dard.

—Un viejo amigo, y no lo digo en sentido literal. No tiene nada de amigo. Espere. Sin duda existe un Triángulo de las Bermudas para los bolígrafos, y en mi casa es mi querida esposa. Ya he encontrado uno.

—El caso Dard es desconcertante —empezó Scarpetta—. Como ya sabe por los informes de toxicología, la presencia de oximorfona (el metabolito del OxyContin) en la sangre es de sólo cuatro miligramos por litro, lo que la sitúa en un nivel bajo de toxicidad. El análisis gástrico es negativo, y la concentración en el hígado no supera la concentración en la sangre. Dicho de otro modo, la muerte por sobredosis de OxyContin es equívoca. Es evidente que su concentración farmacológica no es tan crítica como dan a entender sus resultados clínicos.

—Ya. Es lo que siempre pensé. Si interpretas la toxicología a la luz de los resultados histológicos, es posible que no necesitara una concentración tan elevada para una sobredosis fortuita. Aunque sus informes y diagramas corporales no indican ningún estigma cutáneo de un consumo intravenoso de drogas anterior —añadió—. De modo que supongo que tomaba pastillas pero no se pinchaba.

—No hay duda de que era una consumidora crónica

de fármacos —dijo Scarpetta—. Su corazón nos lo indica. Necrosis irregular y fibrosis de distinta madurez, e isquemia crónica, además de una ausencia de arteriopatía coronaria o de cardiomegalia. En esencia, un corazón cocainómano. Fármacos como los narcóticos, los narcóticos sintéticos, el OxyContin, la hidrocodona, el Percocet, el Percodan y otros similares destruyen el corazón del mismo modo que la cocaína. Elvis Presley era un triste ejemplo de ello.

—Quería preguntarle por las pérdidas temporales de memoria —dijo Lanier tras una pausa.

—¿Qué pérdidas? —Eso debía de ser lo que quería comentar urgentemente con ella—. En el archivo del caso que me envió no vi ninguna mención de pérdidas temporales de memoria.

Contuvo su irritación. Como asesora privada, debía ceñirse a la información medicolegal que le presentaban. Hasta que dejó de trabajar en sus propios casos y de supervisar aquellos en que trabajaban sus demás patólogos forenses en el estado de Virginia, nunca había dependido de la competencia o ineptitud de desconocidos.

—Charlotte Dard había sufrido alguna que otra pérdida temporal de memoria —explicó Lanier—. O, por lo menos, eso me dijeron entonces.

—¿Quién se lo dijo?

—Su hermana. Parece —prosiguió—, o mejor, se supone, que sufría amnesia retrógrada...

—Diría que su familia sabría algo así, a no ser que no hubiera nunca nadie en casa.

—El problema es que su marido, Jason Dard, es un personaje bastante sospechoso. Nadie sabe demasiado, puede que nada, sobre él, salvo que es riquísimo y que vive en una vieja plantación. Yo no llamaría a la señora Guidon un testigo fiable. Aunque podría estar diciendo la verdad sobre la salud de su hermana en los últimos tiempos.

—He leído el informe policial, que es breve. Dígame qué sabe —pidió Scarpetta.

—El motel donde murió está situado en una parte poco bonita de la ciudad, en mi jurisdicción —contestó Lanier tras un acceso de tos—. Una camarera encontró el cadáver.

—¿Y los análisis de sangre? En la documentación que me envió, sólo tengo concentraciones *post mortem*. Así que no sé si podría haber tenido las elevadas GGTP o CDT que se asocian al alcoholismo.

—Desde que me puse en contacto con usted he logrado localizar resultados de análisis de sangre *ante mortem*, porque estuvo en el hospital dos semanas antes de su muerte. Me avergüenza decir que estaban mal archivados. No sabe lo que daría para librarme de cierta empleada, pero es de esas que te demandan por cualquier cosa. La respuesta a su pregunta es que no, las GGTP o CDT no eran elevadas.

—¿Por qué estuvo en el hospital?

—Para hacerse pruebas después de su última pérdida temporal de memoria. Por tanto, parece que las tuvo unas dos semanas antes de morir. De nuevo, supuestamente.

—Bueno, si no las tenía elevadas, yo diría que podemos descartar el alcohol como causa de sus pérdidas temporales de memoria —contestó Scarpetta—. Pero no le puedo dar una segunda opinión si no dispongo de toda la información, doctor Lanier.

—A mí también me habría gustado disponer de toda la información. No me haga hablar sobre la policía local.

—¿Cuál era el comportamiento de la señora Dard durante sus pérdidas temporales de memoria?

—Al parecer, violento. Lanzaba cosas, destrozaba todo lo que tenía a mano. En una ocasión, rompió las ventanillas, las puertas y el maletero de su Maserati con un martillo. Vertió lejía en los asientos de piel.

—¿Existe constancia de eso en algún taller mecánico?

—Ocurrió en mayo de 1995 y fueron necesarios dos meses para reparar los daños. Después, su marido se lo sustituyó por un coche nuevo.

—Pero ésa no fue la última pérdida temporal de memoria. —Scarpetta pasó otra hoja del bloc donde tomaba notas rápidas e ilegibles.

—No, la última, dos semanas antes de su muerte, fue en otoño. El primero de septiembre de 1995. En esa ocasión rasgó con algún tipo de cuchilla cuadros valorados en más de un millón de dólares. Supuestamente.

—¿Fue en su casa?

—En un salón, según tengo entendido.

—¿Hubo testigos?

—Sólo a posteriori, según lo que me contaron. Otra vez, se trata de lo que su hermana y su marido dijeron entonces.

—No hay duda de que su adicción a fármacos podría provocar pérdidas temporales de memoria. Otra posibilidad sería epilepsia del lóbulo temporal. ¿Alguna constancia de haber sufrido una herida en la cabeza?

—Ninguna que yo sepa, y no hay viejas fracturas o cicatrices que aparezcan en radiografías ni en un reconocimiento superficial. Las fichas hospitalarias indican que después de su segunda pérdida temporal de memoria, que, como he dicho, se produjo el primero de septiembre de 1995, se hizo todo tipo de pruebas: resonancia magnética, tomografía PET y demás. Nada. Por supuesto, la epilepsia del lóbulo temporal no siempre se detecta. Puede que tuviera algún tipo de lesión en la cabeza que desconocemos, pero yo me inclino a pensar que fue por culpa de la adicción a los fármacos.

—A partir de la información que tengo, coincido con usted. Sus resultados están relacionados con el consumo crónico y no con una sola sobredosis de OxyContin. Parece que la única respuesta es la investigación.

—Dios mío. Ése es el problema. Los policías que trabajaron en el caso no hicieron nada y siguen sin hacerlo. Aquí todo es un problema. Salvo la comida.

—Es probable que la muerte de la señora Dard se debiese a un problema cardíaco agravado por el consumo crónico de fármacos —comentó Scarpetta—. Es lo más que puedo decirle.

—Tampoco ayuda que el fiscal del distrito, Weldon Winn, sea idiota —siguió quejándose Lanier—. Desde que este maldito asesino en serie anda suelto, mucha gente mete la nariz en todas partes. Política.

—Supongo que está usted en el grupo de trabajo.

—No. Dicen que no me necesitan porque no ha aparecido ningún cadáver.

—¿A pesar de que se crea que todas las mujeres han sido asesinadas? Según lo que me está contando, todo va de mal en peor —concluyó Scarpetta.

—Tiene razón. No me han invitado a echar un vistazo a los lugares donde han desaparecido. No he visto sus casas, sus coches, nada.

—Pues debería haberlo hecho. Si secuestran a alguien y se supone que se trata de un homicidio, la policía debería pedirle que lo viera todo y conociera todos los detalles. Debería estar totalmente informado.

—La palabra «debería» no significa nada aquí.

—¿Cuántas mujeres secuestradas pertenecen, o pertenecían, a su distrito?

—Hasta ahora, siete.

—¿Y usted no ha intervenido para nada? Perdone que se lo diga, pero me resulta increíble. Y ahora no hay ningún lugar donde recabar pruebas, ¿me equivoco?

—Los casos están varados —contestó Lanier—. Supongo que los coches siguen incautados, y por lo menos eso está bien. Pero no se puede precintar un aparcamiento o una casa para siempre. —Se detuvo para toser—. Y volverá a ocurrir. Pronto. Ese psicópata está intensificando sus acciones.

62

El cielo estaba cambiando. Se levantaba la niebla y empezaba a soplar el viento.

Scarpetta iba eligiendo papeles mientras hablaba con Lanier. En ese momento encontró una copia del certificado de defunción dentro de un sobre. El documento no estaba autentificado y no tendría que haber salido de la oficina de Lanier. Sólo podía autorizarse el envío a Scarpetta o a cualquier otro solicitante de una copia autentificada. Cuando Scarpetta era jefa, habría sido inconcebible que uno de sus empleados cometiera tamaño error.

Se lo mencionó a Lanier y añadió:

—No quisiera interferir en el modo en que dirige su oficina, pero creo que debería saber...

—¡Maldita sea! —exclamó Lanier—. Me imagino quién ha sido. Y no crea que ha sido un error. Aquí hay gente a quien le encantaría verme en un buen lío.

El apellido de soltera en el certificado de defunción era De Nardi, hija de Bernard de Nardi y Sylvie Gaillot de Nardi.

Charlotte de Nardi Dard había nacido en París.

—¿Doctora Scarpetta?

Oyó vagamente la voz ronca y la tos de Lanier. Sus pensamientos se concentraron en las mujeres secuestradas, en la sospechosa muerte de Charlotte Dard y en la información sobre las pérdidas temporales de memoria que tenían desconcertado a Lanier. El sistema jurídico de Luisiana tenía una infausta fama de corrupto.

—¿Doctora Scarpetta? ¿Sigue ahí? ¿Me escucha?

«Jean-Baptiste Chandonne va a ser ejecutado pronto.»

—¿Hola?

—Doctor Lanier —dijo Scarpetta por fin—. Permítame que le haga una pregunta. ¿Cómo supo de mí?

—Oh, bien. Creía que se había cortado la llamada. Fue por una referencia indirecta, por cierto poco ortodoxa, que me sugería que me pusiera en contacto con Pete Marino. Eso me llevó hasta usted.

—¿Una referencia poco ortodoxa de quién?

Esperó a que se le pasara otro acceso de tos para contestar:

—De un preso en el corredor de la muerte.

—Déjeme adivinar: Jean-Baptiste Chandonne.

—No me sorprende que lo haya deducido. Tengo que admitir que me he informado sobre usted. Tiene una historia bastante aterradora con él.

—Mejor no hablemos de ello. Supongo también que él es la fuente de información sobre Charlotte Dard. Y, por cierto, Rocco Caggiano, el abogado que representaba al misterioso farmacéutico que supuestamente huyó a Palm Desert, también es el abogado de Chandonne.

—Vaya, no lo sabía. ¿Cree que Chandonne tuvo algo que ver con la muerte de Charlotte Dard?

—Apostaría a que él o alguien de su familia o relacionado con ella lo tuvo —aseguró.

63

Lucy no se había duchado. El agotamiento y un estrés que se negaba a admitir afectaban su comportamiento habitual en la oficina.

Parecía que hubiera dormido con la ropa puesta porque lo había hecho, dos veces. La primera en Berlín, cuando cancelaron su vuelo, y la segunda en Heathrow, cuando ella y Rudy tuvieron que esperar tres horas para embarcar en un avión que había aterrizado en el aeropuerto Kennedy hacía menos de una hora tras ocho de viaje. Al menos no tenían equipaje que perder, ya que sus pocas pertenencias iban metidas en una bolsa de mano. Antes de salir de Alemania, se ducharon y se deshicieron de las prendas que habían llevado en la habitación 511 del hotel Radisson, en Szczecin.

Lucy había limpiado todas las huellas de su bastón táctico y sin vacilar lo había lanzado por la ventanilla abierta de un viejo Mercedes estacionado en una calle angosta y tranquila repleta de coches aparcados. Al propietario del Mercedes le extrañaría aquel artilugio y se preguntaría quién y por qué lo había dejado en el asiento delantero.

—Felices Navidades —murmuró Lucy, y siguieron su camino a la luz del alba.

La mañana era demasiado fría para las moscardas, pero al llegar la tarde, cuando haría horas que Rudy y Lucy se habían ido, las moscas se despertarían en Polonia y muchas encontrarían la ventana medio abierta de Rocco Caggiano y entrarían zumbando para alimentarse de su cadáver frío y rígido. Las moscas depositarían centenares, puede que millares, de huevos.

Al jefe de personal de Lucy, Zach Manham, le bastó el olfato para deducir que su jefa no era la misma de siempre y que algo muy malo había ocurrido: apestaba a olor corporal. Lucy nunca apestaba de ese modo, ni siquiera cuando pasaban horas en el gimnasio o corrían juntos. El suyo era el olor penetrante del miedo y el estrés. Su secreción precisaba poca transpiración, se concentraba en las axilas y le impregnaba la ropa, de modo que se volvía más desagradable y penetrante con el tiempo. Además, presentaba pulsaciones elevadas, respiración superficial, palidez y pupilas contraídas. Manham no conocía la fisiología de una reacción que había aprendido a reconocer los primeros días de su antigua carrera como investigador para la Oficina del Fiscal del Distrito de Nueva York, pero no necesitaba conocerla.

—Ve a casa y descansa un poco —le dijo varias veces a Lucy.

—Ya basta —le espetó ella por fin, interesada en la gran grabadora digital que había en la mesa de Manham.

Se puso los auriculares, volvió a pulsar la tecla *play* y ajustó el volumen.

Por tercera vez, escuchó el mensaje críptico que su sistema de identificación de llamadas, muy técnico, había ubicado en la Unidad Polunsky, mientras que un sistema de localización vía satélite indicaba que la llamada se había efectuado casi desde la misma puerta del edificio de Lucy o puede que incluso desde su interior. Pulsó el *off* y se sentó, agotada y fuera de sí.

—¡Maldita sea! —exclamó—. ¡No lo entiendo! ¿No hiciste nada mal, Zach?

Se frotó la cara. Los restos de rímel que se le habían quedado pegados a las pestañas la estaban volviendo loca. Para su papel de belleza desmadrada en el Radisson de Szczecin, había utilizado un tubo de rímel a prueba de agua, pero no soportaba el rímel y encima no tenía desmaquillador a mano. De modo que se había lavado la cara con fuerza, lo que sólo le había servido para que le entrara jabón en los ojos, enrojecidos e hinchados, como si se hubiera pasado la noche bebiendo. Salvo contadas excepciones, el alcohol estaba prohibido en el trabajo, y las primeras palabras que había pronunciado en cuanto apareció en la oficina hacía menos de una hora dejando una estela de hedor por donde pasaba, fueron que no se había ido de juerga, como si Manham o cualquier otro fuera a suponer, siquiera por un segundo, que lo había hecho.

—No hice nada mal, Lucy —contestó Manham con paciencia mientras la miraba preocupado.

Con cerca de cincuenta años, era un hombre de metro ochenta, en forma, con abundante cabello castaño y una pincelada gris en las sienes, que podía neutralizar o modificar su anterior acento cerrado del Bronx cuando era necesario. Manham era un imitador nato. De forma increíble, podía encajar en casi cualquier entorno. Las mujeres lo encontraban irresistiblemente atractivo y divertido, y sacaba partido profesional de ello. En El Último Reducto no se hacían juicios morales, a no ser que un investigador fuera lo bastante idiota y egoísta como para violar una norma inflexible de conducta. Las elecciones personales de uno no debían nunca, absolutamente nunca, acercarse a los límites de unas misiones que diariamente ponían vidas en peligro.

—De verdad que no tengo idea de lo que pasó, de por qué el sistema de localización vía satélite señaló las inmediaciones de este edificio —dijo Manham—. Me puse en contacto con Polunsky, y Jean-Baptiste está ahí. Dicen que está ahí. O sea que no podía estar en la puerta del edificio a menos que sepa levitar, por el amor de Dios.

—Creo que lo que quieres decir es viajar de modo extracorpóreo —replicó Lucy, cuyo malhumor y arrogancia eran incontrolables en ese momento, lo que la hacía sentir fatal—. Levitar significa estar suspendido en el aire.

Se sentía impotente porque su mente, normalmente brillante y lógica, era incapaz de descifrar qué había pasado. Y porque no estaba ahí cuando había ocurrido.

—¿Estás segura de que es él? —Manham la observaba con cortesía.

Lucy conocía la voz suave, casi dulce y con marcado acento francés de Jean-Baptiste. Era una voz que nunca olvidaría.

—Es él, sin duda —afirmó—. No obstante, haz un análisis de voz. Creo que en Polunsky tienen que comprobar que ese cabrón que tienen en el corredor de la muerte es realmente Chandonne, y me refiero al ADN. Puede que su maldita familia se haya sacado algo de la manga. Si es necesario, yo misma iré a echar un vistazo a su fea cara.

Detestaba odiarlo. Ningún investigador competente podía sucumbir a las emociones so pena de que su juicio se enturbiase. Pero Jean-Baptiste había intentado matar a la tía de Lucy. Por eso le despreciaba. Por eso debería morir. Y deseaba que fuera con dolor. Ese cabrón debería sentir el terror abyecto que infligía a los demás y que deseaba infligir a su tía Kay.

—¿Pedir una nueva prueba de ADN? Necesitaremos una orden judicial. —Manham era consciente de las limitaciones jurisdiccionales y legales, y había vivido según sus normas durante tanto tiempo que estaba programado para como mínimo preocuparse cuando Lucy sugería un plan descabellado.

—Berger puede pedirla. —Lucy se refería a la ayudante del fiscal del distrito Jaime Berger—. Llámala y pídele que venga lo antes posible. Es decir, ya.

—Estoy seguro de que no tiene nada que hacer y agradecerá la distracción —dijo Manham sonriendo.

64

Scarpetta extendió decenas de fotografías en color de veinte centímetros por veinticinco que había tomado poniendo cada hoja de papel del economato de Polunsky en una caja de luz y fotografiándola con luz ultravioleta. Después había repetido la operación con una ampliación del 5.000 por ciento. Las comparó con las fotografías de la carta de Chandonne que había recibido. El papel carecía de filigranas y se componía de fibras de madera muy apelmazadas, como era habitual en el papel barato a diferencia de los papeles de calidad.

Visualmente, la superficie del papel era suave y reluciente, típica del papel para mecanografiado, y no veía irregularidades que pudieran sugerir que procedía del mismo lote del fabricante, lo que en realidad no importaba. Aunque el papel procediera del mismo lote, esa prueba científica sería poco convincente ante un tribunal porque la defensa alegaría al instante que, debido a los costes de producción, los lotes de papeles baratos como ése incluían millones de hojas.

El papel de tamaño holandés y de ochenta gramos no era distinto del que Scarpetta usaba en su impresora. Irónicamente, la defensa podría argumentar que ella había escrito la carta de Chandonne y se la había enviado a sí misma.

Había sido objeto de acusaciones aún más ridículas

y extrañas. No se engañaba. Una vez que te acusaban de algo, la sombra de la sospecha siempre se cernía sobre ti, y la habían acusado de demasiadas infracciones profesionales, legales y morales como para sobrevivir al intenso escrutinio de cualquiera que desease de nuevo destruirla.

Rose asomó la cabeza en el despacho.

—Si no se va ahora mismo, va a perder otro vuelo —le advirtió.

65

Tomarse un café en la calle era una vieja rutina que permitía a Jaime Berger abstraerse un rato del caos.

Tomó el cambio que le daba Raúl, le dio las gracias y él asintió con la cabeza, atareado, consciente de la larga cola tras ella, y le preguntó si quería mantequilla, a pesar de que no la había querido en todos los años en que llevaba comprando en ese puesto de Centre Street, situado frente a la Oficina del Fiscal del Distrito. Se marchó con el café y el habitual almuerzo rico en hidratos de carbono, compuesto de un bollo con semilla de amapolas y dos paquetes de queso de untar en una bolsa de papel con una servilleta y un cuchillo de plástico. El teléfono celular le vibró en el cinturón como un insecto zumbador.

—¿Sí? —contestó, de pie en la acera frente a su edificio de granito, cercano a la Zona Cero, desde donde el 11 de septiembre de 2001 estaba mirando por la ventana de su oficina cuando el segundo avión se estrelló contra el World Trade Center.

Ese vacío junto al Hudson había dejado también un vacío en su interior. Observar el espacio libre y lo que ya no contenía le hacía sentir mayor de los cuarenta y ocho años que tenía, y que en cada época de su vida había perdido una parte de sí misma que no podría recuperar.

—¿Qué haces? —le preguntó Lucy—. Oigo ruido de calle, así que estás entre los policías, los abogados y los matones que pululan por los juzgados. ¿Cuánto tardarías en venir al Upper East Side, donde las cosas son más civilizadas?

Por lo general, Lucy no le dejaba abrir la boca hasta que ya no podía decirle que no.

—No tienes que ir a ningún juicio, ¿verdad?

—Supongo que me necesitas ahora —indicó Berger tras confirmar que estaba libre.

En realidad, ahora significaba más bien unos cuarenta y cinco minutos, debido a la lentitud del tráfico. Berger llegó a la planta 21 del edificio de Lucy hacia la una de la tarde. Las puertas del ascensor se abrieron a una recepción decorada con caoba con el nombre Infosearch Solution escrito en letras de metal en la pared situada tras el escritorio curvado de cristal. No había sala de espera y el escritorio estaba flanqueado por dos puertas de cristal opaco. La izquierda se abrió electrónicamente cuando las puertas del ascensor se cerraron, mientras una cámara camuflada en la araña mostraba a Berger y todos los ruidos que hacía en una pantalla de televisión en el interior de la oficina.

—Tienes un aspecto horrible. Pero lo que importa es mi aspecto —dijo con sequedad cuando Lucy la saludó.

—Eres muy fotogénica —contestó Lucy con una broma que ya había usado antes—. Tendrías mucho éxito en Hollywood.

Berger era una mujer de cabello oscuro, rasgos angulosos y unos dientes perfectos. Siempre iba vestida de modo impecable, con trajes prácticos realzados con complementos caros, y aunque puede que no se viese a sí misma como actriz, todo fiscal que se precie es teatral en las entrevistas y, por supuesto, en los juzgados. Berger dirigió la mirada hacia una pared con varias puertas de caoba cerradas. Una de ellas se abrió y Zach Manham entró con un puñado de discos compactos.

—Acompáñame al salón —pidió Lucy a Berger—. Ha aparecido una araña.

—Una tarántula —corrigió Manham con gravedad—. ¿Cómo va, jefa? —Estrechó la mano de Berger.

—¿Sigues echando de menos los buenos tiempos? —Berger le sonrió, aunque sus ojos contradecían su aire desenfadado.

Perder a Manham de la brigada de investigación de la Oficina del Fiscal del Distrito, o de su equipo estrella, como ella lo llamaba, todavía le dolía, a pesar de que fuera por su bien y de que siguieran trabajando juntos en ocasiones como ésa.

Otra época pasada.

—Por aquí —indicó Manham.

Berger lo siguió junto con Lucy a lo que denominaban con sencillez «el laboratorio». Era una sala grande e insonorizada, como un estudio de grabación profesional. En unos estantes superiores había equipos sofisticados de audio, vídeo y posicionamiento global, así como diversos sistemas de localización que desafiaban la pericia de Berger y que jamás dejaban de asombrarla cuando visitaba la oficina de Lucy. Por todas partes había luces parpadeantes y pantallas de vídeo que pasaban de una imagen a otra, algunas del interior del edificio, otras mostrando lugares que carecían de sentido para Berger. Vio lo que parecía un manojo de micrófonos diminutos sobre una mesa llena de módems y monitores.

—¿Qué es este artilugio? —preguntó.

—Nuestra última joya. Un ultramicrotransmisor —contestó Lucy, que tomó el manojo y soltó uno de los transmisores, de unos dos centímetros y medio, unido a un cable largo y fino—. Va con esto —añadió a la vez que daba unos golpecitos a lo que parecía una caja negra con enchufes y una pantalla de cristal líquido—. Podemos escondértelo en el dobladillo de una de tus chaquetas de Armani y, si te secuestran, el radiogoniómetro puede localizar tu posición exacta mediante señales de VHF y de UHF.

»Banda de frecuencias, entre veintisiete y quinientos megahercios. Los canales se seleccionan en un simple teclado, y esto otro que ves aquí es un sistema de localización que podemos utilizar para saber dónde estás en el coche, la motocicleta o la bicicleta. —Dio unas palmaditas a la caja negra—. Sólo es un oscilador de cristal que funciona con una pila de níquel cadmio. Puede seguir hasta diez blancos a la vez, suponiendo que tu marido te esté engañando con varias mujeres.

Berger no reaccionó ante una sutileza que no tenía nada de sutil.

—Es impermeable —prosiguió Lucy—. Un estuche muy bonito con una tira para colgar del hombro; tal vez podrías lograr que Gurkha o Hermès diseñaran uno especial, de piel de avestruz o canguro, sólo para ti. También dispone de una antena para avión, si quieres sentirte segura cuando vueles en un Learjet, un Gulf Stream, o comoquiera que se desplace una mujer tan viajera como tú.

—Otro día —dijo Berger—. Espero que no me hayas hecho venir hasta aquí para enseñarme qué pasaría si me perdiera o me secuestraran.

—Pues no.

Lucy se sentó frente a un monitor grande. Sus dedos teclearon con rapidez mientras saltaba ventanas a toda velocidad y se adentraba en una aplicación informática de ciencia forense que Berger no reconoció.

—¿Lo obtuviste de la NASA? —preguntó.

—Puede —respondió Lucy a la vez que marcaba con

el cursor un archivo etiquetado con un número que, una vez más, carecía de sentido para Berger—. La NASA hace muchas cosas además de traer piedras de la Luna. Te diré algo: tengo amigos ingenieros astronáuticos en el Langley Research Center. —Se detuvo con un dedo suspendido sobre una tecla y los ojos fijos en la pantalla. Después movió el ratón—. Ahí hay mucha gente que no obtiene el reconocimiento que se merece. Tenemos en marcha algunos proyectos sorprendentes. Muy bien.

Hizo clic en un archivo etiquetado con un número de acceso y la fecha del día.

—Ya lo tenemos —dijo mirando a Berger—. Escucha.

«Buenas tardes. ¿Quién llama, por favor?» La voz de la cinta era la de Zach Manham.

«Cuando mademoiselle Farinelli vuelva, dígale que vaya a Baton Rouge.»

66

Berger acercó una silla y se sentó, absorta en la pantalla del ordenador.

En ella aparecían inmóviles dos espectrogramas (cortes digitales de 2,5 segundos) con una voz humana grabada, convertida en frecuencias eléctricas. Los patrones resultantes eran bandas blancas y negras verticales y horizontales que, como manchas de tinta de Rorschach, evocaban distintas asociaciones imaginativas, según quién las mirara. En este caso, los espectrogramas recordaban a Lucy un cuadro abstracto de tornados en blanco y negro.

—Lógico, ¿no crees? —dijo tras mencionárselo a Berger—. Lo que he hecho, o mejor dicho, lo que ha hecho el ordenador, es encontrar los sonidos del habla de Chandonne de otra fuente. En este caso, la grabación en vídeo de la entrevista que tuviste con él después de su detención en Richmond. El ordenador buscó palabras coincidentes.

»Por supuesto, el cabrón no nos lo puso fácil si te fijas en las palabras que usó en la llamada que recibimos. En ninguna parte de tu entrevista con él dice "Baton Rouge", por ejemplo —prosiguió Lucy—. Ni tampoco me menciona a mí, Lucy Farinelli, por mi nombre. Eso nos deja "cuando", "vuelva" y "dígale que vaya". No es la cantidad de sonidos que me gusta tener para hacer una comparación. Nos gusta contar con al menos veinte sonidos del habla coincidentes para una identificación positiva. Sin embargo, hemos obtenido una similitud significativa. Las zonas más oscuras de los espectrogramas conocidos y analizados corresponden a la intensidad de las frecuencias. —Señaló las zonas negras de los espectrogramas en la pantalla.

—Yo los veo iguales —comentó Berger.

—No hay duda. Sí, estoy de acuerdo.

—Sí, yo estoy convencido —intervino Manham—. Pero ante un tribunal lo pasaríamos mal, por la razón que dijo Lucy. No tenemos sonidos de coincidencia suficientes para convencer a un jurado.

—Olvídate del tribunal de momento —dijo la fiscal más respetada de Nueva York.

Lucy pulsó otras teclas y activó un segundo archivo.

«Empecé a acariciarle los pechos y le desabroché el sujetador», decía la voz de Jean-Baptiste; esa voz suave, educada.

—Vamos a oír otros tres fragmentos de una entrevista que contiene palabras para hacer la comparación —indicó Lucy.

«Al principio, me confundió un poco, cuando intenté tocarla y no pude subírselo.»

Y después: «Pero sé que es bonita.»

—Más —dijo Lucy.

«Era un viaje de ida y vuelta, en clase turista, a Nueva York.»

—Nuestras palabras, Jaime, se acercan bastante —explicó Lucy—. Como te he dicho, estas frases son de la cinta de vídeo de la entrevista que tuviste con él antes de su comparecencia ante el juez, cuando fuiste como fiscal especial del caso.

A Lucy le resultaba difícil escuchar fragmentos de esa entrevista. En cierto modo le molestaba que Berger hubiera obligado a su tía a ver ese vídeo, aunque era necesario someterla a horas de lo que no era más que pornografía violenta y manipuladora después de que aquel cabrón hubiera estado a punto de matarla. Jean-Baptiste mentía y disfrutaba con ello. Sin duda lo excitaba sexualmente pensar que Scarpetta, víctima y testigo clave, sería su espectadora.

Durante horas lo miró y lo escuchó inventarse con detalle lo que había hecho en Richmond, y también su supuesto encuentro romántico en 1997 con Susan Pless, una meteoróloga del canal televisivo CNBC, cuyo cadáver destrozado fue encontrado en su piso del Upper East Side de Nueva York.

Susan Pless, una hermosa afroamericana de veintiocho años, apareció apaleada y mordida del mismo modo grotesco que las demás víctimas de Chandonne. Sólo en su caso se había encontrado semen. En los asesinatos más recientes de Jean-Baptiste, los de Richmond, las víctimas estaban desnudas sólo de cintura para arriba y no se había encontrado semen, sólo saliva. Ese hecho permitió sacar conclusiones, basadas en parte en el análisis del ADN, sobre la utilización de la densa trama criminal de los Chandonne para cometer aberrantes actos violentos por puro sadismo. Jean-Baptiste y Jay Talley disfrutaban de su diversión. En el asesinato sexual de Susan Pless, ambos hermanos formaron equipo. El atractivo Jay sedujo y violó a Susan, y después se la cedió a su horroroso e impotente hermano gemelo.

Lucy, Berger y Manham miraron los espectrogramas en la pantalla del ordenador. Aunque el análisis de voz no era una ciencia exacta, los tres estaban convencidos de que el hombre que había dejado el recado y Jean-Baptiste Chandonne eran la misma persona.

—Como si necesitara todo esto —comentó Berger mientras recorría la pantalla con el dedo—. Reconocería la voz de ese hijo de puta en cualquier parte. «Tornado.» Tú lo has dicho. Ésa es la verdad. La forma en que arrasa vidas, y da toda la impresión de que está volviendo a hacerlo.

Lucy explicó que la localización vía satélite había señalado las inmediaciones de su edificio mientras que la identificación de quien llamaba indicaba que la llamada se efectuaba desde el otro extremo del país, desde la Unidad Polunsky, en Tejas.

—¿Cómo se explica eso? —concluyó.

—Supongo que se trata de algún problema técnico que se me escapa —dijo Berger sacudiendo la cabeza.

—Quiero asegurarme de que Jean-Baptiste Chandonne sigue en el corredor de la muerte en Tejas y de que le van a poner la inyección letal el siete de mayo —dijo Lucy.

—No me digas —masculló Manham, que daba golpecitos sin cesar con un bolígrafo, una costumbre nerviosa que irritaba a todos cuantos le conocían.

—¿Zach? —Berger arqueó una ceja mirando fijamente el bolígrafo.

—Perdón —se disculpó, y se lo metió en el bolsillo de la camisa blanca almidonada. Las miró a ambas y añadió—: Si no me necesitáis, tengo que hacer unas llamadas.

—Ve. Después te pondré al corriente —aseguró Lucy—. Y si me llama alguien, di que nadie sabe dónde estoy.

—¿No estás preparada para salir a la superficie a respirar? —Manham sonrió.

—No.

Se marchó y el sonido apagado de la puerta acolchada apenas se oyó.

—¿Y Rudy? —quiso saber Berger—. Supongo que

está en su casa, tomando una ducha o dando una cabezada. Me parece que tú deberías hacer lo mismo.

—No. Los dos estamos trabajando. Él está en su despacho, al fondo del pasillo, perdido en el ciberespacio. Rudy es un adicto a Internet, lo que es positivo. Tiene más buscadores funcionando por todo el universo que bicicletas tiene Holanda.

—Para obtener una orden judicial para un análisis de ADN a Chandonne —dijo Berger— tengo que presentar un motivo razonable, Lucy. Y la grabación de una llamada telefónica no sólo no bastará, sino que no estoy segura de cuánta información quieres que salga de esta oficina. Sobre todo, dado que no sabemos qué significa la llamada...

—Nada. Sabes que no quiero que salga nada de esta oficina. Nada en absoluto.

—El pecado imperdonable —sonrió Berger, cuyos ojos expresaban una ligera tristeza al mirar el rostro severo y resuelto de Lucy, pero aún terso y radiante de juventud, un rostro con unos labios carnosos y sensuales del color de la arcilla.

Si era cierto que las personas empezaban a morir el día en que nacían, Lucy parecía una excepción. A menudo Berger creía que era una excepción de todo lo humano y, sólo por ello, temía que Lucy no viviría mucho tiempo. Se imaginaba ese cautivador rostro joven y ese cuerpo firme sobre una mesa de autopsia con una bala en la cabeza. Por mucho que se esforzara en borrar esa imagen de sus pensamientos, no podía.

—La deslealtad, aunque sea fruto de la debilidad, es el pecado imperdonable —coincidió Lucy, desconcertada y nerviosa por la forma en que Berger la miraba—. ¿Qué pasa, Jaime? ¿Crees que tenemos una filtración? Dios mío, es una pesadilla que me persigue. La pesadilla con la que vivo. Lo temo más que a la muerte. —Se estaba enfadando—. Si pillo a alguien traicionándonos... Bueno, si hubiera un Judas aquí, estaríamos todos perdidos. De modo que tengo que ser estricta.

—Eres estricta, Lucy —afirmó Berger, y se levantó sin mirar apenas los patrones de la voz de Chandonne en el monitor—. Tenemos un caso sin resolver aquí, en Nueva York: Susan Pless.

Lucy también se levantó con los ojos clavados en Berger. Preveía lo que iba a decir a continuación.

—Chandonne está acusado de su asesinato, y sabes todas las razones que me llevaron a ceder, decidir no procesarlo y permitir que Tejas se quedara con él.

—Por la pena de muerte —dijo Lucy.

67

Las dos se detuvieron ante la puerta insonorizada. Los monitores brillaban mientras las imágenes de las cámaras del circuito cerrado iban cambiando y los pilotos parpadeaban en blanco, verde y rojo, como si Lucy y Berger estuvieran en la cabina de una nave espacial.

—Sabía que en Tejas lo condenarían a muerte, y así fue. El siete de mayo —masculló Berger—. Pero aquí no le habrían impuesto la pena de muerte. En Nueva York, nunca. —Guardó el bloc de notas en el maletín y cerró éste de golpe—. Uno de estos días el fiscal del distrito podría autorizar la inyección letal, pero no creo que yo lo vea. Supongo que ahora la pregunta es si queremos que Chandonne muera. Y aún más, ¿queremos que quienquiera que esté en su celda en Polunsky sea ejecutado cuando no podemos estar seguros de quién es esa persona, ahora que hemos recibido estas comunicaciones del infame *Loup-Garou*?

Berger hablaba en plural, aunque ella no había recibido ninguna comunicación de Jean-Baptiste Chandonne. Que Lucy supiera, sólo ella, Marino y Scarpetta las habían recibido: cartas, y ahora una llamada telefónica que parecía proceder del Upper East Side de Manhattan, a no ser que la tecnología o los programadores humanos hubiesen fallado.

—Ningún juez me concederá una orden judicial para

obtener su ADN —repitió Berger en su habitual tono tranquilo y seguro—. No sin un motivo razonable. La obtengo y trato de extraditarlo a Nueva York para juzgarlo por el asesinato de Susan Pless. A partir del ADN de su saliva, lograremos una condena a pesar de que sepamos que el semen encontrado en la vagina de la víctima no era suyo, sino de Jay Talley, su hermano gemelo. El abogado de Chandonne, Rocco Caggiano, hará todas las jugarretas que se le ocurran si volvemos a abrir este caso, por decirlo así.

Lucy evitó el tema de Rocco Caggiano. Su expresión no reveló nada. Volvió a sentir náuseas y se obligó a contenerlas. «No voy a vomitar», se ordenó en silencio.

—Yo presento el semen de Talley como prueba y entonces el caso se vuelve incierto. La defensa argumenta que Jay Talley, ahora fugitivo, violó y asesinó a Susan, y lo único que yo puedo probar es que Chandonne le hincó los dientes.

»En resumen —prosiguió Berger con el estilo que usaba en el juzgado—, si hay suerte, el propietario del semen no será importante para los miembros del jurado, a quienes horrorizará que la saliva encontrada en las mordeduras que cubrían casi toda la parte superior del cuerpo de Susan demuestra que Chandonne la torturó. Pero no puedo probar que la mató ni que estuviera viva cuando empezó a morderla.

—Mierda —exclamó Lucy.

—A lo mejor lo condenan. A lo mejor el jurado cree que Susan sufrió un gran dolor físico, que el asesinato fue atroz y gratuito. Puede que lo condenen a muerte, pero en Nueva York jamás se ejecuta. Así que si lo declaran culpable, puede que sea condenado a cadena perpetua sin posibilidad de libertad condicional, y entonces tendremos que vivir con él hasta que se muera en la cárcel.

Lucy puso la mano en el pomo y se inclinó hacia el acolchado grueso de goma espuma acústica.

—Siempre he querido verlo muerto.

—Y yo me alegré de que terminara en Tejas —respondió Berger—. Pero también quiero su ADN para que sepamos con certeza que no vaga por las calles de alguna ciudad, con los ojos puestos en su siguiente víctima...

—Que podría ser una de nosotras —finalizó Lucy.

—Deja que haga unas llamadas. El primer paso es informar al juez que tengo intención de reabrir el asesinato de Susan Pless y que quiero una orden para obtener el ADN de Chandonne. Después me pondré en contacto con el gobernador de Tejas. Sin su aprobación, Chandonne no irá a ninguna parte. Conozco lo bastante al gobernador Corley para esperar una gran resistencia por su parte, pero por lo menos creo que me escuchará. Es un orgullo para su estado librar al mundo de asesinos. Tendré que llegar a un acuerdo con él.

—Nada los ayuda tanto como la justicia cuando llegan las elecciones —soltó Lucy con cinismo mientras abría la puerta.

68

A media mañana, en Polonia, un encargado de mantenimiento llamado George Skrzypek subió a la habitación 513 del hotel Radisson para arreglar un desagüe atascado de una bañera que provocaba un olor desagradable.

Llamó a la puerta y dijo «mantenimiento» varias veces. Como nadie contestaba, entró y observó que los huéspedes se habían marchado y habían dejado la cama con las sábanas revueltas y manchadas de semen, además de numerosas botellas vacías y ceniceros llenos de colillas en las mesillas de noche.

La puerta del armario estaba abierta y había perchas en el suelo. Cuando entró en el baño, se encontró con las habituales manchas de pasta de dientes incrustadas en el lavabo y el espejo. La cadena del retrete estaba sin tirar, la bañera llena de agua sucia, y unas moscas grandes se cebaban en una tableta de chocolate a medio comer en el mármol junto al lavabo. Las moscas revoloteaban, topaban con la lámpara situada sobre el espejo y caían en picado hacia la cabeza de Skrzypek.

«Cerdos —pensó—. Hay gente muy cerda en este mundo.»

Se puso guantes de goma y sumergió las manos en el agua grasienta y fría de la bañera en busca del desagüe. Puñados de cabellos largos y negros lo obstruían.

«Cerdos.»

La bañera empezó a vaciarse. Echó el cabello mojado y enmarañado al váter y se ahuyentó las moscas de la cara, asqueado al observar cómo pululaban sobre la tableta de chocolate. Se quitó los guantes de goma y golpeó con ellos los asquerosos y gordos insectos negros.

Por supuesto, las moscas no eran insectos exóticos para él, ya que estaban presentes en su trabajo, pero nunca había visto tantas en una habitación ni en esa época del año en que el clima era frío. Pasó junto a la cama y observó la ventana abierta, una imagen típica, incluso en invierno, porque muchos clientes fumaban. Cuando se dispuso a cerrarla, vio otra mosca que recorría el alféizar. Se elevó como un dirigible y se coló zumbando en la habitación. Con el aire del exterior le llegó un olor muy tenue como a leche agria o a carne podrida. Asomó la cabeza por la ventana. El hedor procedía de la habitación de la derecha. La 511.

69

El coche estaba estacionado en un parquímetro de la calle 114 Este, en Harlem, a una manzana de Rao's.

En la anterior vida de Benton, podía encontrar una de las codiciadas mesas de Rao's porque era del FBI y recibía un trato especial de la familia que había sido dueña durante cien años de este restaurante italiano de gran fama, por no decir de mala fama. Lo frecuentaba la mafia, y era imposible saber quién comía ahí ahora. Sus pocas mesas cubiertas con manteles de cuadros solían estar ocupadas por celebridades. A los policías les encantaba el local. El alcalde de Nueva York no iba nunca. Aparcado en la 114 Este, en un destartalado Cadillac negro que Benton había comprado por dos mil quinientos dólares en efectivo, era probable que estuviera lo más cerca de Rao's que volvería a estar nunca.

Enchufó un móvil en el encendedor, con el motor y el aire acondicionado en marcha, y las puertas cerradas con seguro. No apartaba los ojos de los espejos para observar personas toscas que no tenían nada mejor que hacer que caminar por las calles en busca de problemas. La dirección de facturación de ese teléfono era un apartado de correos de una mujer de Washington que no existía. La localización vía satélite del lugar desde donde Benton hacía la llamada carecía de importancia, y al cabo de dos minutos, oyó al senador Frank Lord hablando con un miembro de su personal que no sabía que el senador había activado la modalidad dos de su móvil e iba a recibir llamadas y a transmitir su conversación sin ninguna alerta que pudiera detectar nadie salvo él mismo.

El senador, que estaba haciendo declaraciones en directo para la televisión, consultó su reloj y, de repente, solicitó una pausa. Gracias al móvil que llevaba sujeto al cinturón, quien hacía la llamada, en este caso Benton, podía oír todo lo que decía el senador.

Oyó pasos y voces amortiguados.

«...El organismo más obstruccionista del mundo. No hay la menor duda —soltaba el senador Lord, que siempre era reservado, pero muy duro—. Ésa es la táctica de Stevens.»

«Ha elevado las intervenciones para impedir votaciones a una forma de arte, eso seguro», dijo otra voz de hombre.

Benton había enviado un mensaje de texto al móvil del senador con la hora exacta en que lo llamaría; era la primera vez que se ponía en contacto con él desde hacía casi un año. Ahora, Lord sabía que Benton estaba escuchando, a no ser que se hubiera olvidado o que no hubiera recibido el mensaje. La duda luchaba con la confianza de Benton. Trató de imaginar al senador, vestido con su habitual e impecable traje de corte clásico, tan erguido como un general de cuatro estrellas.

Pero la reunión unilateral a distancia parecía ir por buen camino. El senador abandonaba una sesión que seguramente se emitía en directo por C-SPAN. No lo haría sin una buena razón, y sería una coincidencia, por no decir más, que fuera a marcharse en el preciso momento en que Benton le había indicado que llamaría a ese número en modalidad dos.

Además, pensó con alivio, era evidente que el senador había puesto el teléfono en modalidad dos. Si no, Benton no podría oír su conversación.

«No seas idiota ni estés tan nervioso —se dijo en silencio—. No eres idiota. El senador Lord no es idiota. Piensa con claridad.»

Recordó lo mucho que echaba de menos ver a sus viejos amigos y conocidos en persona. Al oír la voz del senador Lord, amigo de confianza de Scarpetta, un hombre que haría cualquier cosa por ella, se le hizo un nudo en la garganta. Agarró con tanta fuerza el teléfono que los nudillos le quedaron blancos.

«¿Quiere que le traiga algo de beber?», preguntó un hombre, puede que un miembro del personal.

«Ahora no», dijo Lord.

Benton vio que un joven musculoso se acercaba con indiferencia al Cadillac oxidado y abollado, un montón de chatarra tan recubierto de masilla para carrocerías que era como si el coche tuviera una alteración pigmentaria. Benton lo miró fijamente, una advertencia universal, y el muchacho cambió de dirección.

«No lo nombrarán», comentó el miembro del personal, sin saber que sus palabras se transmitían a un teléfono móvil Nokia en Harlem.

«Yo siempre soy más optimista que tú, Jeff. Las cosas pueden dar un giro, sorprendente —indicó el senador Lord, presidente del Comité Judicial y el político más poderoso en las fuerzas del orden federales porque controlaba los fondos, y todo dependía de los fondos, incluso la resolución de los crímenes más abyectos—. Quiero que llames a Sabat. —Lord se refería a Don Sabat, el director del FBI—. Asegúrale que recibirá lo que necesita para su nueva unidad de ciberdelincuencia.»

«Sí, señor —dijo el miembro del personal, que sonaba sorprendido—. Bueno, le alegrará el día.»

«Ha hecho todo lo que debía y necesita mi ayuda.»

«No estoy seguro de estar de acuerdo con usted, presidente, en el sentido de que tenemos otras cuestiones importantes, y ésta desencadenaría mucho...»

«Gracias por ocuparte de ello —le interrumpió el senador—. Tengo que regresar ahí dentro y hacer que esos idiotas piensen en la gente en lugar de en malditos juegos de poder político.»

«Y en el castigo. Hay quien no le tiene demasiado afecto.»

«Eso significa que estoy haciendo algo bien —bromeó el senador—. Saluda a Sabat de mi parte. Dile que las cosas avanzan, que están en marcha. Tranquilízalo; sé que ha estado inquieto. Pero ahora tenemos que ser diligentes de verdad, más que nunca.»

La comunicación se cortó. En unas horas, se ingresaría dinero en varias cuentas de la sucursal del Bank of New York en la esquina de Madison y la Sesenta y tres, y Benton podría empezar a retirar cantidades con tarjetas bancarias emitidas con otros nombres ficticios.

70

En la oficina de Lucy, una luz empezó a parpadear en un ordenador. La noticia había llegado a las agencias de prensa. Al parecer, el infame abogado Rocco Caggiano se había suicidado en un hotel en Polonia. Su cadáver había sido encontrado por un encargado de mantenimiento que había notado mal olor en una de las habitaciones.

—¿Cómo coño...? —Lucy pulsó una tecla para desactivar la luz intermitente. Hizo clic en el icono de impresión.

Su especialidad eran los buscadores, y había dedicado un grupo numeroso a encontrar cualquier información relacionada con Rocco Caggiano. Había mucha. A Rocco le encantaba leer sobre sí mismo, buscaba salir en las noticias, y cada vez que Lucy había ojeado algún artículo sobre él o sobre alguno de sus clientes, había notado un extraño desasosiego. No lograba dominarse lo suficiente para dejar de imaginar a Rudy ayudando a Rocco a dispararse en la cabeza.

«Hacia arriba. El cañón debería apuntar hacia arriba.»

Detalle que había aprendido de su tía Kay, cuya reacción no podía imaginar si llegaba a enterarse de lo que Rudy y su preciosa sobrina habían hecho.

—¿Ni siquiera cuarenta y ocho horas? —Rudy se inclinó sobre su hombro, de modo que ella notaba su aliento, que olía al chicle de canela que tenía por costumbre mascar en la oficina.

—Parece que nuestra suerte sigue torcida en Szczecin. Gracias a un encargado de mantenimiento y a una cañería atascada. —Lucy siguió leyendo el informe de Associated Press.

Rudy se sentó a su lado y apoyó un codo en la mesa, con el mentón descansando en una mano. Le recordó a un chico que acabara de perder su primer partido de béisbol de la liga infantil.

—Después de tanto planearlo. Coño. ¿Y ahora qué? ¿Has obtenido el informe del médico forense? Joder, no me digas que está en polaco.

—Espera. Déjame salir de aquí... —Hizo clic con el ratón—. Entraré aquí... Me encanta la Interpol...

El Último Reducto era un cliente muy selecto, una de esas entidades consideradas parte de la amplísima red internacional de Interpol. Por supuesto, por ese privilegio Lucy tenía que obtener acreditación de seguridad y pagar la misma cuota de suscripción anual que un país pequeño. Ejecutó una búsqueda y en unos segundos los informes sobre la muerte de Rocco aparecieron en pantalla. Los de la policía y la autopsia estaban traducidos del polaco al francés.

—Oh, no —exclamó Lucy con un suspiro a la vez que hacía girar la silla para mirar a Rudy—. ¿Qué tal tu francés?

—Lo sabes muy bien. Limitado para mi lengua.

—Qué vulgar eres. Un sistema operativo de tarea única. Hombres. Sólo tienen una cosa en la cabeza.

—No siempre pienso sólo en una cosa.

—Tienes razón. Disculpa. Piensas en esa sola cosa, pero lo haces dos, tres, un millón de veces al día.

—¿Y tú, *mamouzelle* Farinelli?

—Dios mío, tu francés es terrible.

Echó un vistazo a su reloj de pulsera, un formidable

Breitling de titanio que incluía un transmisor localizador de emergencia, o ELT.

—Creía que no debías llevarlo a no ser que volaras. —Rudy le dio unos golpecitos al reloj.

—No lo toques. Lo activarás —bromeó Lucy.

Rudy le siguió sujetando el brazo para observar el reloj. Fruncía el entrecejo al ver la esfera azul brillante y ladeaba la cabeza hacia un lado y otro como si fuera tonto. Lucy rió.

—Uno de estos días destornillaré este botón de aquí y extenderé toda la antena —dijo él dando más golpecitos al reloj sin soltarle el brazo—. Y saldré pitando...

El móvil de Lucy vibró en la funda de su cinturón.

—Y me partiré de risa cuando los guardacostas y los F15 lleguen con gran estruendo... —añadió Rudy.

—¿Sí? —contestó ella con brusquedad.

—Eres tan dulce con la gente —le susurró Rudy al oído—. Si me muero, ¿te casarás conmigo?

—¿Quién habla? —preguntó en voz alta Lucy ya que había muchas interferencias—. No le oigo. —Las interferencias aumentaron, Lucy se encogió de hombros y colgó—. No reconocerás el número, ¿verdad?

—No. Nueve-tres-seis... ¿De dónde es ese prefijo?

—Enseguida lo sabremos.

No se precisaban buscadores especiales ni la Interpol para introducir en el ordenador un número de teléfono y averiguar a quién pertenecía. Lucy accedió a Google. En la pantalla apareció el nombre de la Unidad Polunsky, Departamento de Justicia Penal de Tejas. Mapa incluido.

—No me has contestado —dijo Rudy, que seguía flirteando aun siendo consciente de la importancia de una llamada desde Polunsky.

—¿Por qué iba a casarme contigo si estuvieras muerto? —farfulló Lucy, sin apenas escucharlo.

—Porque no puedes vivir sin mí.

—No me lo puedo creer. —Miró fijamente la pantalla—. ¿Qué está pasando? Pídele a Zach que llame a mi tía y que se asegure de que se encuentra bien. Que le diga que es posible que Chandonne se haya escapado. ¡Maldita sea! ¡Está jugando con nosotros!

—¿Por qué no la llamas tú misma? —repuso Rudy, desconcertado.

—¡Ese cabrón está jugando con nosotros! —Le destellaban los ojos.

—¿Por qué no llamas tú a Scarpetta? —insistió Rudy.

Lucy se puso triste al instante.

—No puedo hablar con ella ahora. No puedo. —Miró a Rudy—. Y tú, ¿cómo lo llevas?

—Fatal —contestó éste.

71

Benton no llamó desde una línea terrestre porque no quería que se grabara la conversación inaudible.

Los dispositivos técnicos que debía de tener Lucy —y sin los que no podría vivir— no incluirían un teléfono móvil que grabara automáticamente una conversación, sobre todo porque muy pocas personas tenían su número de móvil, y las que lo tenían no eran del tipo de las que ella grabaría en secreto. Esta estratagema era mucho más sencilla que la anterior, y no existía ningún riesgo de que Lucy analizara la voz para descifrar lo que la absurda voz grabada de Jean-Baptiste había dicho, que no era nada.

Benton se había limitado a empalmar fragmentos de la voz grabada de Jean-Baptiste con interferencias para dar la impresión de alguien que intentaba hablar desde un móvil muy precario. Ya habría localizado la llamada, como había hecho con la última, en Polunksy. No podría utilizar el satélite porque la llamada ininteligible había terminado y ahora estaba perdida en el espacio, una vez más porque Benton no había llamado a ninguna de las líneas de su oficina.

Estaría enfadada. Cuando se irritaba lo suficiente, nada podía detenerla. Jean-Baptiste Chandonne estaba jugando con ella. Eso pensaría, y Benton conocía a Lucy lo suficiente para saber que había cometido el error de odiar a Chandonne. El odio no permitía pensar con claridad. No entendería cómo Chandonne podía llamarla desde Polunksy y desde Nueva York, si había que fiarse de la tecnología vía satélite.

Al final, Lucy siempre se fiaba de la tecnología.

Tras la segunda llamada desde Polunksy empezaría a creer, y muy en serio, que Chandonne tenía un teléfono cuya dirección de facturación era el Departamento de Justicia Penal de Tejas. Estaba a menos de un paso de creer que Jean-Baptiste Chandonne se había escapado.

Scarpetta decidiría que tenía que verse con él cara a cara, separados por un cristal protector, en la Unidad Polunsky. Chandonne se negaría a recibir a nadie más, y tenía derecho a ello.

«Sí, Kay, sí. Es por ti, es por ti. Por favor. Enfréntate a él antes de que sea demasiado tarde. ¡Déjale hablar!»

Benton se estaba desesperando.

«¡Baton Rouge, Lucy! ¡Chandonne dijo que fueras a Baton Rouge, Lucy! ¿Me estás escuchando, Lucy?»

72

No era necesaria una radio con una antena dipolar para que Jean-Baptiste se enterara de la noticia.

—¡Eh, Bola Peluda! —bramó Bestia—. ¿Lo has oído? Supongo que no, ya que no tienes radio como yo. ¿Sabes qué? Adivina qué acabo de oír. Tu abogado se ha pegado un tiro en Polonia.

Jean-Baptiste movió con cuidado el bolígrafo con la mano experta de un cirujano para trazar las palabras «en el corredor de la muerte, y en primera fila de la vida». Pasó la yema de los dedos sobre las marcas en el papel blanco a medida que redactaba una carta para Scarpetta. Ella la recibiría a través de su abogado, quien, según se enteraba ahora, estaba supuestamente muerto. Jean-Baptiste no sentía ninguna emoción respecto al fallecimiento de Rocco, sino curiosidad por saber si era algo significativo o un mero antojo suicida fortuito que había acabado con su vida.

La noticia del suicidio causó revuelo y las obscenidades, los comentarios crueles y las preguntas habituales.

Información.

En el corredor de la muerte, la información era valiosa. Cualquier novedad era devorada. Los hombres estaban hambrientos de rumores, habladurías, información, información. De modo que era un gran día para ellos. Ninguno de los presos conocía a Rocco Caggiano, pero siempre que se mencionaba el nombre de Jean-Baptiste en las noticias, iba acompañado del de Rocco, y viceversa. Bastaba una simple deducción para que Jean-Baptiste aceptara que la muerte de Rocco interesaba a la prensa sólo porque representaba al infame Jean-Baptiste, alias *Le Loup-Garou*, alias Bola Peluda, Minipolla, Hombre Lobo y... Oh, ¿cuál era la nueva denominación que el listillo de Bestia se había inventado hoy?

Enemigo PÚBICO Número Uno.

Lo escribió en una nota que habían deslizado bajo la puerta de Jean-Baptiste, junto con un pelo púbico de Bestia. Jean-Baptiste se comió la nota, saboreando las palabras, y sopló el pelo púbico a través de los barrotes de la puerta. Cayó al suelo frente a su celda.

—Si yo fuera el abogado del Hombre Lobo, también me pegaría un tiro —gritó Bestia.

Se oyeron risas y patadas contra las puertas de acero.

—¡Silencio! ¿Qué demonios está pasando aquí?

El caos no duró mucho. Los funcionarios restablecieron de inmediato el orden en el bloque, y un par de ojos castaños aparecieron en el ventanuco con barrotes de la puerta de Jean-Baptiste.

Jean-Baptiste notó la baja energía de la mirada. Jamás la devolvía.

73

—¿Quieres hacer una llamada de teléfono, Chandonne? —preguntó la voz perteneciente a aquellos ojos—. Tu abogado ha muerto. Se suicidó. Encontraron su cadáver en un hotel de una ciudad polaca que no sé pronunciar. Parece que llevaba muerto un tiempo. Se suicidó porque era un fugitivo. Es lógico que te representara un criminal. No sé nada más.

Jean-Baptiste estaba sentado en la cama escribiendo en un papel blanco.

—¿Quién es usted? —preguntó.

—El agente Duck.

—¿Monsieur Pato? *Coin-coin*. Eso es *cua-cua* en francés, monsieur Duck.

—¿Quieres hacer una llamada o no?

—No, *merci*.

El agente Duck no sabía nunca muy bien cómo describir o definir las fastidiosas sutilezas de Jean-Baptiste, pero el resultado era una sensación de inferioridad e impotencia, como si el asesino mutante fuera superior al corredor de la muerte y a sus carceleros y le resultaran indiferentes. El Hombre Lobo lograba que el agente Duck se sintiera como si sólo fuera una sombra con uniforme. Esperaba la ejecución de Jean-Baptiste y le hubiera gustado que pudiera ser dolorosa.

—Te aseguro que no vamos a tener demasiada piedad

de ti estos diez últimos días —soltó Duck—. Lamento que tu abogado se volara la tapa de los sesos y se pudriera en una habitación de hotel. Te aseguro que lo siento mucho.

—Mentiras —contestó Jean-Baptiste, que se levantó de la cama y se acercó a la puerta. Rodeó los barrotes de hierro del ventanuco con unos dedos llenos de remolinos de pelo pálido y sedoso.

Su cara monstruosa llenó el hueco y sobresaltó a Duck, que casi se dejó llevar por el pánico ante la proximidad de la asquerosa uña de su dedo pulgar, de casi tres centímetros de longitud; la única uña que, por alguna razón, Jean-Baptiste no se cortaba jamás.

—Mentiras —repitió Jean-Baptiste.

No era fácil saber adónde dirigía sus ojos asimétricos ni lo mucho que veían, y el pelo que le cubría la frente y el cuello y que le salía a mechones de las orejas asustó al agente Duck.

—¡Atrás, maldita sea! Apestas más que un vómito de borracho. Te vamos a cortar esa puñetera uña.

—Tengo derecho a dejarme crecer las uñas y el pelo —contestó Jean-Baptiste en voz baja, con una amplia sonrisa que recordó al agente un pez de boca ancha.

Se imaginó esos dientes tan separados y puntiagudos clavándose en la carne de una mujer, mordiendo pechos como un tiburón frenético mientras sus puños peludos hacían papilla rostros hermosos. Chandonne sólo atacaba a mujeres preciosas, triunfadoras y sexis. Para él, los pechos grandes y los pezones eran un fetiche, lo que, según un patólogo forense que iba a la cárcel, denotaba una obsesión por una parte corporal que compelía a Jean-Baptiste a destrozarla.

—Para algunos delincuentes, son los zapatos y los pies —le había explicado el patólogo forense mientras tomaban un café, hacía más o menos un mes.

—Sí, lo de los zapatos me suena. Esos chiflados se meten en las casas y roban zapatos de mujer.

—Pasa más de lo que cabría esperar. El zapato en sí excita sexualmente al psicópata. Con frecuencia, siente después la necesidad de matar a la mujer que lleva el fetiche o cuya parte corporal constituye el fetiche. Muchos asesinos en serie empiezan como ladrones de fetiches que roban zapatos, ropa interior u otros objetos que tienen algún significado sexual para ellos.

—Así que puede que el Hombre Lobo robara sujetadores cuando era un niño peludo.

—Tal vez. Es evidente que sabe entrar en las casas con facilidad, y eso concuerda con un ladrón en serie que ha progresado hacia asesino en serie. El problema con el robo de fetiches es que a menudo la víctima no tiene idea de que alguien ha entrado en su casa y se ha llevado algo. ¿Cuántas mujeres que no encuentran un zapato o prendas de lencería supondrían que un ladrón ha estado en su casa?

—Bueno, mi mujer no encuentra las cosas la mitad de las veces —corroboró el agente Duck encogiéndose de hombros—. Tendrías que ver su armario. Si alguien considera los zapatos un fetiche, ésa es Sally. Pero no es que un hombre pueda entrar en casa de una mujer y llevarse un pecho. Bueno, supongo que algunos se dedican a descuartizarlas.

—Es como el color del cabello, el color de los ojos o cualquier otra cosa. El fetiche de ese delincuente es algo que lo excita sexualmente y que, en algunos casos, le provoca una necesidad sádica de destruirlo. Y, para Jean-Baptiste Chandonne, el fetiche es la mujer con pechos de un tamaño y una forma determinados.

El agente Duck lo entendía hasta cierto punto. A él también le gustaban los pechos. De una forma malsana y vergonzosa, le excitaban las imágenes, incluso las violentas.

74

El repiqueteo de los pasos del carcelero en la pasarela se alejó.

Jean-Baptiste volvió a sentarse en la cama con un montón de hojas en el regazo. Dio unos golpecitos con el bolígrafo y redactó otra frase poética, que se desplegó de su mente única como una bandera roja que ondeaba al ritmo de su bolígrafo. Su alma rebosaba poesía. Dar forma a las palabras en imágenes y profundidades que fluían juntas siguiendo un ritmo perfecto no costaba esfuerzo, ningún esfuerzo.

Fluyen juntas siguiendo un ritmo perfecto. Trazaba su elegante caligrafía una y otra vez, sujetando con fuerza el bolígrafo.

Se arremolinan siguiendo un ritmo perfecto.

«Eso está mejor», pensó mientras volvía a dar golpecitos con el bolígrafo en el papel, siguiendo su ritmo interno.

Tic-tic, tic-tic, tic-tic.

Podía disminuir o aumentar la velocidad, incrementar o reducir la fuerza, según la música de la sangre que recordaba de cada asesinato.

Fluyen, empezó de nuevo. *Mais non.*

Todo se arremolina siguiendo un ritmo perfecto.

Mais non.

Tic-tic del bolígrafo.

«Querido Rocco —decidió escribir Jean-Baptiste—. No te atreviste a mencionar Polonia a la persona equivocada, de eso estoy seguro. Eres demasiado cobarde.»

Tic, tic, tic.

«¿Pero quién? Tal vez Jean-Paul», escribió a su abogado muerto.

Tic, tic, tic, tic, tic, tic, tic...

—¡Eh, Bola Peluda! Tengo puesta la radio —gritó Bestia—. Oh, es una lástima que no puedas oírla. ¿Sabes qué? Están hablando otra vez de tu abogado. Otro pequeño avance informativo. Dejó una nota, ¿sabes? Decía que tenerte de cliente lo había matado. ¿Lo captas?

—Cállate, Bestia.

—Déjalo ya, Bestia.

—Tus chistes dan pena, tío.

—¡Quiero fumar! ¿Por qué coño no me dejan fumar?

—Es malo para tu salud, tío.

—Fumar puede matarte, idiota. Lo pone el paquete.

75

La dieta Atkins le iba bien a Lucy porque jamás le habían gustado los dulces y no le importaba privarse de la pasta y el pan.

Su concesión más peligrosa era la cerveza y el vino, y se abstenía de ambos en el ático de Jaime Berger en Central Park West.

—No voy a obligarte —dijo Berger mientras devolvía la botella de Pinot Grigio al estante superior de la nevera de su bonita cocina con armarios de castaño carcomido y encimeras de granito—. A mí también me va bien dejarlo. Ya no recuerdo apenas nada.

—A mí me iría bien que olvidaras cosas de vez en cuando —dijo Lucy—. También me iría muy bien hacerlo yo.

Habían pasado tres meses desde la última vez que había visitado el ático de Berger. El marido de Berger se había emborrachado y él y Lucy empezaron a reñir hasta que Berger pidió a Lucy que se marchara.

—Ya está olvidado —dijo Berger con una sonrisa.

—No está aquí, ¿verdad? —se aseguró Lucy—. Me prometiste que no pasaba nada si venía.

—¿Te iba a mentir?

—Quién sabe... —bromeó Lucy.

De momento, su charla desenfadada ocultaba lo horrible que había sido aquella velada. Berger nunca había visto algo igual en lo que se suponía una educada reunión social. Temió que Lucy y su marido pudieran llegar a las manos. Habría ganado Lucy.

—No me soporta —aseguró Lucy, y sacó unos papeles del bolsillo trasero de los vaqueros cortos.

Berger no respondió mientras servía agua con gas en dos vasos altos de cerveza y regresó a la nevera a buscar un bol con trozos de lima recién cortados. Incluso cuando iba vestida informal con un chándal de algodón blanco y calcetines, como ahora, era cualquier cosa menos descuidada.

Lucy empezó a moverse, inquieta, y volvió a guardarse los papeles en el bolsillo.

—¿Crees que podremos hacer las paces cuando estemos juntos, Jaime? No será lo mismo...

—No puede ser lo mismo, ¿no te parece?

Berger se ganaba la vida como fiscal. Su marido era un especulador inmobiliario, quizás un poco más evolucionado que Rocco Caggiano, en opinión de Lucy.

—En serio. ¿Cuándo volverá a casa? Porque si va a ser pronto, prefiero marcharme —comentó Lucy.

—No estarías aquí si fuera así. Está en una reunión en Scottsdale, Arizona. En el desierto.

—Con reptiles y cactus. Donde le corresponde.

—Basta, Lucy —pidió Berger—. Mis problemas matrimoniales no guardan relación con todos los hombres horribles que tu madre antepuso a ti cuando estabas creciendo. Ya lo hemos comentado antes.

—Es que no comprendo por qué...

—No te metas, por favor. Lo pasado, pasado —suspiró Berger, y volvió a guardar la botella de San Pellegrino en la nevera—. ¿Cuántas veces tengo que decírtelo?

—Sí, lo pasado, pasado. Pasemos pues a lo que importa.

—Nunca dije que no importara; que no importe. —Berger llevó las bebidas al salón—. Venga. Ten. Me alegro de que estés aquí. Tengamos la fiesta en paz, ¿quieres?

Las ventanas daban al Hudson. Estaban en un lateral del edificio, que era considerado menos atractivo que la fachada con vistas al parque. Pero a Berger le encantaba el agua. Le encantaba observar cómo fondeaban los buques para cruceros. Había dicho a Lucy muchas veces que si quisiera árboles, no viviría en Nueva York. A lo que Lucy solía contestar que si quería agua, no debería vivir en Nueva York.

—Bonita vista. No está mal para ser la parte barata del edificio —comentó Lucy.

—Eres insoportable.

—Ya lo sé.

—¿Cómo te aguanta el pobre Rudy?

—No lo sé. Supongo que le gusta mucho su trabajo.

Lucy se sentó en un sofá de piel de avestruz y cruzó las piernas. Sus músculos hablaban su propio idioma, en respuesta a sus movimientos y a sus nervios mientras ella vivía sin demasiada conciencia de su aspecto. Sus sesiones de ejercicios eran una liberación de demonios adictiva.

76

Jean-Baptiste se desperezó sobre la fina manta que cada noche empapaba de sudor.

Se apoyó contra la pared fría. Había decidido que Rocco no estaba muerto. Jean-Baptiste no se tragaría otra manipulación, aunque no estaba seguro de cuál podía ser el propósito de ésta. Ah, por supuesto, el miedo. Su padre debía de estar tras esta estratagema. Advertía a Jean-Baptiste que el sufrimiento y la muerte eran el precio de la traición, incluso cuando el traidor era el hijo del poderoso monsieur Chandonne.

«Una advertencia.»

Más valía que Jean-Baptiste no hablara ahora que estaba a punto de morir.

«¡Ja!»

Todas las horas de todos los días, el enemigo intentaba hacer sufrir y morir a Jean-Baptiste.

«No hables.»

«Lo haré si quiero. ¡Ja! Soy yo, Jean-Baptiste, quien controla la muerte.»

Podría suicidarse fácilmente. En unos minutos podría enrollar una sábana y atársela alrededor del cuello y a una pata de la cama de metal. La gente estaba mal informada acerca de los ahorcamientos. No se necesitaba altura, sólo una posición, como estar sentado con las piernas cruzadas en el suelo e inclinarse hacia adelante con todo el peso, de modo que se ejerciera presión sobre los vasos sanguíneos. La inconsciencia se producía en segundos y, después, la muerte. El miedo no le afectaría, y si acabara con su vida biológica, la transcendería y a partir de ese momento su alma dirigiría todos sus movimientos.

Jean-Baptiste no acabaría con su vida biológica de esa forma. Tenía demasiadas cosas que esperar, y siempre que quería abandonaba alegremente su pequeña celda en el corredor de la muerte para transportar su alma hacia el futuro, donde se sentaba detrás de una mampara de cristal y contemplaba a la doctora Scarpetta, absorbía con avidez todo su ser, revivía su habilidad para colarse en el encantador *château* de la doctora y empuñar aquel martillo para aplastarle la cabeza. Ella se había negado el éxtasis. Ahora acudiría a él con humildad y amor, porque se había dado cuenta de su error, de lo estúpida que había sido, de la dicha que se había negado a sí misma cuando le quemó los ojos con formalina, el producto químico con que se desinfectaban los cadáveres. Scarpetta se lo había echado a la cara. El líquido maligno lo había desmagnetizado un momento, y durante ese breve instante el dolor le había obligado a sufrir el martirio de vivir sólo en su cuerpo.

Madame Scarpetta se pasaría la eternidad idolatrando su estado superior. Su ser superior dirigiría su superioridad hacia otros seres humanos en todo el universo, como Poe había escrito con el pseudónimo de Un Caballero de Filadelfia. Por supuesto que el autor anónimo era Poe. El agente invisible que era el transcendente Poe acudió a Jean-Baptiste en un delirio cuando estaba confinado en el hospital de Richmond. Poe había crecido en Richmond. Su alma seguía ahí.

—Lee mis inspiradas palabras y te independizarás de una inteligencia que ya no necesitarás, amigo mío —dijo

Poe a Jean-Baptiste—. La fuerza te animará y el dolor y las sensaciones internas ya no te distraerán.

Páginas 56 y 57. El final de la marcha «limitada de los poderes de razonamiento» de Jean-Baptiste. Se acabaron las enfermedades o las quejas peculiares. La voz interna y una luminosidad gloriosa.

—¿Quién está ahí?

La mano peluda de Jean-Baptiste se movió más deprisa bajo la manta. Un hedor más fuerte se elevó de su transpiración intensa, y gritó de rabiosa frustración.

77

Lucy volvió a sacar los papeles del bolsillo trasero mientras Berger se sentaba a su lado en el sofá.

—Informes policiales, informes de la autopsia —le dijo Lucy.

Berger tomó los listados informáticos y los leyó con atención pero con rapidez.

—«Abogado estadounidense acaudalado. A menudo viajaba a Szczecin por negocios y se alojaba en el Radisson. Al parecer se disparó en la sien derecha con una pistola de calibre pequeño. Vestido, se había defecado encima. Índice de alcoholemia: cero coma veintiséis.» —Alzó los ojos hacia Lucy.

—Para un borrachín como él, eso debía ser la sobriedad —comentó Lucy.

Berger leyó un poco más. Los informes eran detallados y mencionaban los pantalones de cachemir, los calzoncillos y las toallas manchados de heces, la botella de champán vacía, la botella de vodka medio llena.

—Parece que estaba enfermo. Veamos —prosiguió Berger—. Dos mil cuatrocientos dólares en efectivo dentro de un calcetín en el cajón inferior de un tocador. Un reloj de oro, un anillo de oro, una cadena de oro. No hay indicios de robo. Nadie oyó un disparo, o por lo menos nadie denunció haberlo oído.

»Restos de comida. Bistec, patata al horno, cóctel

de gambas, pastel de chocolate, vodka. Un empleado de la cocina parece recordar, pero no está seguro, que Rocco recibió el servicio de habitaciones alrededor de las ocho de la tarde del día veintiséis. Se desconoce el origen de la botella de champán, pero es una marca que sirve el hotel. No hay huellas dactilares en la botella salvo las de Rocco... Se buscaron huellas en la habitación, se encontró un casquillo; se comprobaron las huellas en él y en la pistola. De nuevo, las de Rocco. Tenía residuos de pólvora en las manos, bla, bla, bla. Han sido concienzudos. —Miró a Lucy—. Ni siquiera hemos llegado a la mitad del informe policial.

—¿Y testigos? —preguntó Lucy—. ¿Alguien sospechoso...?

—No —respondió Berger, pasando las páginas—. Informe de la autopsia... Oh... cardio y hepatopatía, ¿por qué no me sorprende? Aterosclerosis, etcétera, etcétera. Herida de bala, contacto con márgenes lacerados y carbonizados, sin punteados. Muerte instantánea; esto pondría furiosa a tu tía. Ya sabes cómo le molesta que alguien diga que una persona murió al instante. Nadie lo hace, ¿verdad, Lucy? —Berger la miró por encima de las gafas de lectura y sus ojos se encontraron—. ¿Crees que Rocco murió en segundos, en minutos, tal vez en una hora?

Lucy no respondió.

—Su cadáver fue encontrado a las nueve y cuarto de la mañana del veintiocho de abril... —Berger la miró socarronamente—. Llevaba muerto menos de cuarenta horas. Ni siquiera dos días. El cadáver fue encontrado por... No sé pronunciar su nombre, un encargado de mantenimiento. El cadáver presentaba un elevado proceso de descomposición. —Se detuvo—. Infestado de gusanos. —Alzó los ojos—. Es una fase de descomposición muy avanzada para alguien que lleva muerto tan poco tiempo en lo que parece una habitación bastante fría.

—¿Fría? ¿Pone la temperatura de la habitación? —preguntó Lucy mientras alargaba el cuello para ver un listado que no sabía traducir.

—Dice que la ventana estaba un poco abierta, la temperatura de la habitación era de veinte grados, a pesar de que el termostato estaba fijado en veinticuatro porque hacía frío, con temperaturas inferiores a los quince grados de día y a unos doce de noche. Lluvia... —Fruncía el entrecejo—. Tengo el francés muy olvidado. Humm. No hay indicios de que se trate de un crimen. No ocurrió nada fuera de lo corriente en el hotel la noche en que Rocco ordenó el servicio de habitaciones, la presunta noche, si el camarero no se confunde de día. Humm —murmuró, y tradujo con rapidez—. Una prostituta montó un numerito en el vestíbulo. Hay una descripción. Esto es interesante. Me encantaría hacerla declarar.

Berger alzó la vista. Sus ojos se fijaron en los de Lucy.

—Bueno —dijo de un modo que inquietó a Lucy—, todos sabemos lo confusa que puede ser la hora de una muerte. Y parece que la policía no está segura de la hora de la última cena de Rocco, por así decirlo. Ese hotel no registra informáticamente los pedidos al servicio de habitaciones. —Se inclinó hacia adelante con una expresión que Lucy no le había visto nunca y que la asustó—. ¿Debería llamar a tu tía por lo de la hora de la muerte? ¿Quieres que llame a tu buen amigo el inspector Marino y le pida su opinión sobre la prostituta del vestíbulo? La descripción que figura en el informe se parece un poco a ti. Tal vez era una rusa.

Berger se levantó del sofá y se acercó a las ventanas

para admirar la vista. Empezó a menear la cabeza y a mesarse el pelo. Cuando se volvió, tenía los ojos ocultos bajo el velo protector con que los cubría casi todas las horas del día.

La entrevista de la acusación había empezado.

78

Lucy podría muy bien estar encerrada en una sala de interrogatorios de la cuarta planta de la Oficina del Fiscal del Distrito de Nueva York mirando por las ventanas polvorientas los viejos edificios del centro mientras Berger tomaba café en un vasito de plástico, tal como hacía en todas las entrevistas que Lucy había presenciado.

Y había visto muchas por distintas razones. Conocía los cambios de marcha de Berger. Estaba muy familiarizada con las modulaciones y las revoluciones del motor de Berger cuando perseguía, adelantaba o chocaba con el autor o el testigo perjuro de frente. Ahora esa potente maquinaria estaba dirigida hacia Lucy, y ella estaba aliviada a la vez que muy asustada.

—Estabas en Berlín, donde alquilaste un Mercedes negro —dijo Berger—. Rudy te acompañó en el vuelo de vuelta a Nueva York; al menos supongo que Frederick Mullins, tu supuesto marido, que iba sentado a tu lado en el avión de Lufthansa y en el de British Airways, era Rudy. ¿Me vas a preguntar cómo lo sé, señora Mullins?

—Un alias poco afortunado. Uno de los peores, la verdad. —Lucy notó que se derrumbaba—. Bueno, en cuanto a nombres. Quiero decir... —Rió de modo inoportuno.

—Contesta la pregunta. Háblame de la señora Mullins. ¿Por qué fue a Berlín? —prosiguió Berger, con una expresión férrea y unos ojos que reflejaban una rabia surgida del miedo—. Tengo la sensación de que la historia que voy a escuchar no es nada divertida.

Lucy bajó los ojos hacia el vaso sudoroso, hacia la lima que se hundía en el fondo, hacia las burbujas.

—Los resguardos del billete de vuelta y el recibo del alquiler del coche estaban en tu maletín, y éste, como de costumbre, estaba abierto sobre tu escritorio —explicó Berger.

Lucy puso cara de póquer. Sabía muy bien que a su amiga no se le escapaba nada y husmeaba en sitios que no le correspondían.

—Quizá querías que yo lo viera.

—No lo sé. Jamás se me ocurrió una cosa así —respondió Lucy en voz baja.

Berger observó cómo un remolcador tiraba despacio de un buque.

Lucy volvió a cruzar las piernas, nerviosa.

—Así que Rocco Caggiano se suicidó. No coincidiríais con él cuando estuvisteis en Europa, ¿verdad? No estoy diciendo que estuvierais en Szczecin, pero sé que la mayoría de la gente que viaja a esa ciudad del norte de Polonia volaría con toda probabilidad a Berlín, como hicisteis Rudy y tú.

—Eres una fiscal excelente —bromeó Lucy sin alzar la vista—. No tendría ninguna posibilidad si me interrogaras o repreguntaras.

—Algo que no quiero imaginarme. Dios mío. El señor Caggiano, abogado del señor Jean-Baptiste Chandonne. Muerto de un balazo en la cabeza. Supongo que te alegras.

—Iba a matar a Marino.

—¿Quién te lo dijo? ¿Rocco o Marino?

—Rocco —contestó Lucy a duras penas. Estaba demasiado involucrada en ello. Era demasiado tarde. Necesitaba expiar su culpa—. En su habitación del hotel —añadió.

—Dios mío —farfulló Berger.

—Tuvimos que hacerlo, Jaime. No es distinto a lo que nuestros soldados hicieron en Irak, ¿comprendes?

—No, de verdad, no lo comprendo. —Sacudió la cabeza—. ¿Cómo rayos pudiste hacer algo así?

—Rocco quería morir.

79

Lucy estaba de pie en la alfombra persa más bonita que había visto en su vida. Había estado allí muchísimas veces en momentos mejores con Jaime Berger.

—Me cuesta imaginarte vestida de prostituta y teniendo un altercado con un borracho —prosiguió Berger—. Qué chapuza por tu parte.

—Cometí un error.

—Eso parece.

—Tuve que regresar a buscar mi bastón táctico.

—¿Quién apretó el gatillo?

La pregunta sobresaltó a Lucy. No quería recordar.

—Rocco tenía planeado matar a Marino, su propio padre —repitió—. La próxima vez que Marino se fuera a pescar, iba a acabar con él. Rocco quería morir. Se suicidó, en cierto modo.

Berger contemplaba la ciudad con las manos enlazadas.

—En cierto modo se suicidó. En cierto modo lo matasteis. En cierto modo ha muerto. En cierto modo tienes las manos manchadas de sangre. En cierto modo cometes perjurio.

—Tuvimos que hacerlo.

Berger no quería oírlo.

—Te lo juro.

Berger guardó silencio.

—Había una alerta roja contra él. Iba a morir. Los Chandonne lo habrían eliminado, y no de una forma agradable.

—Ahora la defensa es eutanasia —dijo Berger por fin.

—Es igual a lo que nuestros soldados hicieron en Irak.

—Ahora la defensa es la seguridad mundial.

—La vida de Rocco ya estaba acabada de todos modos.

—Ahora la defensa es que ya estaba muerto.

—¡No me tomes el pelo, Jaime!

—¿Debería felicitarte? Y ahora me has jodido a mí también porque lo sé. Lo sé —repitió despacio—. ¿Soy idiota o qué? ¡Dios mío! Me senté ahí. —Se volvió y apuntó con un dedo a Lucy—. Y te traduje esos malditos informes. Es como si hubieras venido a mi oficina para confesar un asesinato y yo te hubiera dicho: «No te preocupes, Lucy. Todos cometemos errores.» O: «Pasó en Polonia, que no está en mi jurisdicción. No cuenta.» O: «Cuéntamelo todo si te vas a sentir mejor.» Y es que cuando estoy contigo no soy una verdadera fiscal. Cuando estamos solas, cuando estamos en mi casa, no soy nada profesional.

80

—El líquido blanco como la luz y chispeante. Página cuarenta y siete. ¿Quién está ahí?

—¡Joder! —Unos ojos brillaron en el ventanuco con barrotes, distintos a los de la última vez.

Jean-Baptiste notó el calor de esos ojos. No eran más que brasas pequeñas y débiles.

—¡Cállate, Chandonne, maldita sea! Deja ya esa mierda de los números de página. Joder, estoy harto de tanto número de página. ¿Tienes algún libro escondido? —Los ojos recorrieron la celda como chispas que esparciera el viento—. Y sácate esa mano asquerosa de los pantalones, Minipolla.

Esa conocida risa odiosa.

—Minipolla, Minipolla, Minipolla, Minipolla. —La voz de Bestia era infernal.

Bestia siguió hacia la zona de recreo interior, situada a seis metros de la celda de Jean-Baptiste, un piso más abajo.

No había nada que hacer durante la hora que un preso del corredor de la muerte con privilegios tenía permitido pasar en aquel rectángulo de suelo de madera y rodeado de una tupida tela metálica, como la jaula de un zoológico. El lanzamiento de anillas gustaba mucho, o se podía recorrer kilómetro y medio, para lo que, según los cálculos de Jean-Baptiste, eran necesarias unas setenta vueltas que nadie, salvo él, estaba motivado a dar. Si Jean-Baptiste lo hacía, como era su costumbre durante la hora de recreo que tenía a la semana, no le importaba que los demás condenados de su bloque le dirigieran miradas malévolas, sus ojos como puntitos calientes de sol que brillaban a través de una lupa. Hacían sus habituales comentarios insolentes. La hora de recreo era la única ocasión que tenían los presos de charlar y de verse. Muchas de estas conversaciones eran amistosas e incluso graciosas. A Jean-Baptiste no le importaba que nadie fuera simpático con él, ni que toda la gracia fuera a su costa.

Estaba familiarizado con todos los detalles sobre Bestia, que no era un recluso modelo pero, a diferencia de Jean-Baptiste, tenía privilegios, incluido el recreo diario y, por supuesto, su radio. La primera vez que Jean-Baptiste notó todos los detalles de la presencia de Bestia fue cuando dos guardias lo escoltaron a la zona de recreo interior, donde dirigió su energía enfermiza hacia la puerta de la celda de Jean-Baptiste.

La cara peluda de Jean-Baptiste apareció tras los barrotes del ventanuco. Era el momento de ver. Algún día, Bestia podría resultar útil.

—¡Mira esto, Sin Pelotas! —le gritó Bestia a la vez que se quitaba la camisa y flexionaba unos músculos prominentes que, como sus gruesos antebrazos, estaban casi totalmente recubiertos de tatuajes.

Se echó al suelo de hormigón y empezó a hacer flexiones con un solo brazo. La cara de Jean-Baptiste desapareció del ventanuco, no sin antes haber observado con atención a Bestia. Tenía la piel suave y una mata de vello castaño claro que le recorría el pecho musculoso hasta la barriga y le desaparecía en la entrepierna. Era atractivo de modo cruel, más bien como un aventurero, con una mandíbula fuerte, grande, dientes relucientes, nariz recta y ojos fríos color avellana. Llevaba el cabello muy corto, y aunque parecía bastante capaz de practicar el sexo duro y de pegar a las mujeres, costaría sospechar que prefería secuestrar niñas, torturarlas hasta la muerte y cometer actos de necrofilia con sus cadáveres, y en algunos casos volvía a las tumbas poco profundas donde las sepultaban para desenterrarlas y cometer más actos perversos hasta que estaban tan descompuestas que ni siquiera él podía soportarlo. Bestia no recibía ese nombre porque pareciera una bestia, sino porque desenterraba carroña como una bestia, y se rumoreaba que también había practicado el canibalismo con algunas de sus víctimas. La necrofilia, el canibalismo y la pedofilia eran perversiones que repugnaban al condenado medio del corredor de la muerte, que podía haber violado, estrangulado, acuchillado, descuartizado o encadenado a sus víctimas en un sótano (por mencionar sólo algunos ejemplos), pero para quien violar niños o cadáveres y comer carne humana eran actos tan obscenos que el culpable merecía la muerte sin paliativos. Varios presos del bloque querían acabar con Bestia.

Jean-Baptiste no perdía el tiempo imaginando formas creativas de partirle los huesos a Bestia ni de retorcerle el cuello; fantasías vanas para quienes no podían acercarse a menos de medio metro de Bestia. La necesidad de mantener separados a los reclusos era evidente. Cuando la gente está condenada a muerte, no tiene nada que perder si vuelve a matar, aunque según el modo de pensar de Jean-Baptiste, él nunca había tenido nada que perder, y con nada que perder, no había nada que ganar, y la vida no existía. Las referencias al ambiente familiar de los condenados eran descriptivas y deshumanizantes, y en el caso de Jean-Baptiste se remontaban a sus primeros recuerdos.

«Veamos.»

Estaba sentado en el retrete de metal magnetizador. Recordaba cuando tenía tres años. Su madre lo llevaba con brusquedad al baño, desde cuya ventana podía ver el Sena, e inevitablemente desde muy temprana edad relacionó el río con bañarse. Recordaba cómo su madre le enjabonaba el cuerpo con jabón perfumado y le ordenaba no moverse mientras le rasuraba los pelos finos de la cara, los brazos, el cuello, la espalda, los pies y demás con la navaja de afeitar con mango de plata de su padre.

A veces, su madre le gritaba si le cortaba sin querer el dedo o, en ocasiones, varios dedos, como si su torpeza fuera culpa de Jean-Baptiste. Los nudillos, en particular, eran muy difíciles. Los temblores y los ataques de furia que el alcohol provocaban a madame Chandonne pusieron fin al afeitado de su feo hijo cuando casi le cortó de cuajo el pezón izquierdo, y su padre tuvo que llamar al médico de la familia, monsieur Raynaud, que pedía a Jean-Baptiste que fuera un *grand garçon* ya que el chiquillo gritaba cada vez que la aguja le atravesaba la carne ensangrentada para coserle el pálido pezón que colgaba de un hilo de tejido.

Su madre, borracha, lloraba, se retorcía las manos y culpaba al *petit monstre vilain* de no haberse estado quieto. Una criada limpió la sangre del pequeño monstruo mientras el padre del pequeño monstruo fumaba cigarrillos franceses y se quejaba de la carga que suponía tener un hijo que había nacido con un *costume de singe* («un traje de mono»).

Monsieur Chandonne podía hablar, bromear y quejarse con franqueza ante monsieur Raynaud, el único médico que tenía contacto con Jean-Baptiste cuando él, el pequeño monstruo, *une espèce d'imbecile* nacido con un traje de mono, vivía en el *hôtel particulier* de la familia, donde su dormitorio estaba en el sótano. No existía historial médico, ni siquiera certificado de nacimiento. Monsieur Raynaud se aseguró de ello y sólo trataba a Jean-Baptiste en las urgencias, lo que no incluía las enfermedades o las lesiones habituales, como dolores intensos de oído, fiebres altas, quemaduras, torceduras de tobillos o muñecas, uñas pisadas y otros infortunios que llevaban a la mayoría de los niños al médico de cabecera. Monsieur Raynaud era ahora un anciano. No se atrevería a hablar de Jean-Baptiste aunque la prensa le pagara una fortuna por conocer los secretos de su famoso ex paciente.

81

La vergüenza y el miedo embargaron a Lucy.

Había contado a Berger con todo detalle lo ocurrido en la habitación 511 del hotel Radisson, pero no quién había disparado a Rocco.

—¿Quién apretó el gatillo, Lucy? —insistió Berger.

—Eso no importa.

—Como no has contestado la pregunta, deduciré que fuiste tú.

Lucy guardó silencio.

Berger no se movió y siguió contemplando las luces resplandecientes de la ciudad que eran reemplazadas por la oscuridad del Hudson y se convertían en las centelleantes llanuras urbanas de Nueva Jersey. El espacio entre ella y Lucy no podía parecer más insalvable, como si Berger estuviera al otro lado del cristal.

Lucy se acercó a su amiga. Quería tocarle el hombro pero le aterraba la idea de que, si se atrevía a hacerlo, Berger pudiera caer fuera de su alcance para siempre, como si sólo el aire la sostuviera cuarenta y cinco pisos sobre las calles.

—Marino no puede saberlo. Nunca —dijo Lucy—. Mi tía no puede saberlo. Nunca.

—Debería odiarte —comentó Berger.

Desprendía un ligero aroma a perfume, una fragancia aplicada con discreción, y se le ocurrió que no lo llevaba para su marido. Él no estaba.

—Llámalo cómo quieras —prosiguió Berger—. Rudy y tú cometisteis un asesinato.

—Palabras. Víctimas de guerra. Defensa propia. Homicidio judicial. Protección del hogar. Tenemos palabras, excusas jurídicas para cometer actos que deberían ser imperdonables, Jaime. Te prometo que no hubo ningún placer, ninguna deliciosa venganza. Era un cobarde patético que sólo lamentaba una cosa de toda su cruel y despreciable vida: que le tocara el turno de pagar por sus actos. ¿Cómo pudo Marino tener un hijo así? ¿Qué marcadores del genoma humano se juntaron para producir a Rocco?

—¿Quién más lo sabe?

—Rudy. Y ahora tú...

—¿Alguien más? ¿Recibisteis instrucciones?

Lucy pensó en el falso asesinato de Benton, en muchos hechos y conversaciones que no podría contar nunca a Berger. Hacía años que la rabia y la angustia dominaban a Lucy.

—Hay otras personas implicadas, indirectamente implicadas. No puedo hablar de ello. De veras —dijo.

Berger no sabía que Benton no estaba muerto.

—Mierda. ¿Qué otras personas?

—Dije que indirectamente. No puedo decirte nada más. No lo haré.

—Las personas que dan órdenes secretas suelen desaparecer cuando pueden quedar al descubierto. ¿Son de ésas tus otras personas? ¿Gente que dio órdenes secretas?

—No directamente sobre Rocco. —Pensó en el senador Lord, en el cártel Chandonne—. Digamos que hay personas que querían ver muerto a Rocco. Nunca tuve información suficiente para hacer nada hasta ahora. Cuando Chandonne me escribió, me dijo lo que necesitaba saber.

—Comprendo. Y Jean-Baptiste Chandonne es creíble. Todos los psicópatas lo son, claro. Quienquiera que estuviera implicado indirectamente ya ha desaparecido. Puedes estar segura.

—No lo sé. Hay instrucciones sobre el cártel Chandonne. Oh, sí. Las ha habido desde hace mucho tiempo. Años. Hice lo que pude mientras estuve en la ATF, en Miami. Pero no sirvió de nada. Las normas, ya sabes.

—Exacto. Tú y las normas —comentó Berger con frialdad.

—Hasta Rocco he sido ineficaz.

—Bueno, sin duda fuiste eficaz esta vez. Dime, Lucy, ¿crees que saldrás impune de esto?

—Sí.

—Rudy y tú cometisteis errores. Te dejaste el bastón táctico, tuviste que volver a buscarlo y varias personas te vieron. Eso no es bueno, nada bueno. Y arreglasteis la escena del crimen de forma bastante experta e inteligente. Puede que demasiado experta e inteligente. A mí me despertaría sospechas tener una habitación, un arma, una botella de champán, etcétera, tan limpios que sólo tuvieran las huellas dactilares de Rocco. Me despertaría sospechas que la avanzada descomposición del cuerpo discrepase de la hora probable de la muerte. Y las moscas, tantas moscas. A las moscardas no les gusta demasiado el frío.

—En Europa están más acostumbradas al frío. Se trata de la variedad moscarda azul. Por supuesto, las temperaturas más cálidas son mejores.

—Seguro que has aprendido eso de tu tía Kay. Estaría orgullosa de ti.

—A ti te despiertan sospechas —dijo Lucy, que volvía a hablar de los errores—. Todo te despierta sospechas. Por eso eres quien eres.

—No subestimes a las autoridades y a los forenses de Polonia, Lucy. Puede que la cosa no quede así. Y si algo te acusa, no podré ayudarte. Consideraré esta conversación como confidencial. Ahora soy tu abogada, no una fiscal. Es mentira, pero de algún modo lo aceptaré.

»Pero quienquiera que te haya dado instrucciones, no me importa cuánto tiempo haga, no te devolverá las llamadas secretas, ni siquiera sabrá tu nombre, fruncirá el entrecejo y se encogerá de hombros en alguna reunión ministerial o mientras toma unas copas en el Palm, o peor aún, se lo tomará a risa. La triste historia de una investigadora privada demasiado entusiasta.

—Eso no pasará.

Berger se volvió despacio y la agarró por las muñecas.

—¿Estás tan pagada de ti misma? ¿Cómo puede alguien tan inteligente ser tan estúpido?

Las mejillas de Lucy se sonrojaron.

—El mundo está lleno de gente que utiliza a los demás. Te convencen para que cometas los actos más atroces en aras de la libertad y la justicia, y después se desvanecen como la niebla. Parecen fantasías. Empiezas a preguntarte si alguna vez fueron reales, y mientras te pudres en una cárcel federal o, Dios no lo quiera, te extraditan a un país extranjero, te vas convenciendo de que todo fue un delirio, porque todos creen que deliras, que eres una chiflada que cometió un asesinato porque cumplía una misión secreta para la CIA, el FBI, el jodido Pentágono, el servicio secreto de Su Majestad o el Ratón Mickey.

—¡Basta! —exclamó Lucy—. No es así.

—Por una vez en tu vida, escucha a alguien —pidió Berger, cuyas manos se desplazaron hacia los hombros de Lucy.

Ésta parpadeó para contener las lágrimas.

—¿Quién? —quiso saber Berger—. ¿Quién te envió a esa espantosa misión? ¿Es alguien que yo conozco?

—¡Basta, por favor! ¡No puedo decírtelo y no lo haré! Hay tantas cosas... Jaime, es mejor que no lo sepas. Confía en mí, por favor.

—¡Dios mío! —Berger la sujetaba con menos fuerza, pero sin soltarla—. Dios mío, Lucy. Mírate. Estás temblando como un flan.

—No puedes hacerme esto —le espetó Lucy, y retrocedió enfadada—. No soy una niña. Cuando me tocas... —Retrocedió un poco más—. Cuando me tocas, significa algo distinto. Todavía lo consigues. Así que no lo hagas. No lo hagas.

—Sé qué significa —afirmó Berger—. Perdona.

82

A las diez de la noche, Scarpetta bajó de un taxi frente al edificio de Jaime Berger.

Como todavía no había conseguido localizar a su sobrina, su ansiedad se había acrecentado con cada llamada que había hecho. Lucy no contestaba en su casa ni en su móvil. En la oficina le habían dicho que no sabían dónde estaba. Scarpetta empezó a imaginarse lo peor de su imprudente e intrépida sobrina. Su ambivalencia sobre la nueva profesión de Lucy no había menguado. Llevaba una vida anárquica, peligrosa y muy reservada que podía adecuarse a su personalidad, pero frustraba y asustaba a Scarpetta. Podía ser imposible localizarla, y Scarpetta rara vez sabía qué estaba haciendo.

En el lujoso edificio de Jaime Berger la recibió un portero.

—¿Puedo servirla en algo, señora?

—Voy a ver a Jaime Berger —contestó Scarpetta—. En el ático.

83

Cuando Lucy se dio cuenta de que su tía subía en el ascensor, estuvo tentada de salir corriendo del edificio.

—Cálmate —dijo Berger.

—No sabe que estoy aquí —comentó Lucy, alterada—. No quiero que sepa que estoy aquí. No puedo verla ahora.

—Tarde o temprano tendrás que verla. ¿Por qué no ahora?

—Pero no sabe que estoy aquí. ¿Qué voy a decirle?

Berger le dirigió una mirada de extrañeza mientras permanecían cerca de la puerta, a la espera de oír el ascensor.

—¿Es la verdad algo tan malo? —repuso Berger, enojada—. Podrías decirle eso. De vez en cuando, decir la verdad resulta muy terapéutico.

—No soy una mentirosa —se defendió Lucy—. No lo soy, excepto por motivos de trabajo, sobre todo del trabajo secreto.

—El problema se presenta cuando los límites coinciden —comentó Berger mientras el ascensor llegaba—. Ve a sentarte al salón —ordenó como si fuera una niña—. Deja que hable primero con ella.

El vestíbulo de Berger, de mármol, disponía de una mesa con un centro de flores frescas frente al impecable ascensor de metal. No veía a Scarpetta desde hacía años y sintió consternación al verla salir del ascensor. Kay Scarpetta parecía exhausta, llevaba el traje muy arrugado y sus ojos reflejaban ansiedad.

—¿Es que ya nadie contesta al teléfono? —fue lo primero que dijo—. He intentado hablar con Marino, con Lucy, contigo. En tu caso comunicabas, y has estado comunicando toda una hora. Así que supuse que, por lo menos, había alguien en casa.

—Lo tenía descolgado... No quería interrupciones.

Scarpetta arrugó el entrecejo.

—Perdona que me presente así, sin avisar —prosiguió—. Estoy desesperada, Jaime.

—Ya lo veo. Antes de que entres, quiero que sepas que Lucy está aquí —manifestó con naturalidad—. No quería sobresaltarte, pero espero que esto te tranquilice.

—No del todo. En su oficina me han dado evasivas, lo que quiere decir que Lucy lo ordenó.

—Pasa, Kay —pidió Berger.

Entraron en el salón.

—Hola. —Lucy abrazó a su tía.

—¿Por qué me tratas así? —repuso Scarpetta, rígida.

—¿Cómo te trato? —Lucy volvió a sentarse en el sofá—. Ven —dijo a su tía—. Tú también, Jaime.

—No, a menos que se lo cuentes —replicó Berger—. Si no es así, no quiero participar en la conversación.

—¿Contarme el qué? —Scarpetta se sentó junto a su sobrina—. ¿Contarme el qué, Lucy?

—Supongo que te habrás enterado de que Rocco Caggiano supuestamente se suicidó en Polonia —explicó Berger.

—Hoy no me enterado de nada. Estaba al teléfono, en un avión o en un taxi. Ahora estoy aquí. ¿Por qué dices supuestamente?

Lucy se miró los zapatos sin decir nada. Berger, que permanecía en un lado del salón, guardó silencio.

—Desapareciste varios días. Nadie quería decirme dónde estabas —empezó Scarpetta en voz baja—. ¿Estabas en Polonia?

—Sí —afirmó Lucy mirando a su tía tras una tensa pausa.

—Dios mío —dijo Scarpetta—. Un supuesto suicidio... —repitió.

Lucy habló de la información sobre los periodistas asesinados que Chandonne le había revelado en una carta. Comentó la otra información que le había dado sobre el paradero de Rocco. Y finalmente explicó lo de la alerta roja.

—Así que Rudy y yo fuimos a buscarlo, fuimos al hotel donde se hospedaba siempre que hacía negocios sucios en Szczecin. Le dijimos lo de la alerta roja y supo que todo había acabado. Era el final. Porque, tanto si lo detenían como si no, los Chandonne se asegurarían de que no viviera mucho tiempo.

—Y se suicidó —concluyó Scarpetta con los ojos fijos en los de Lucy, escudriñándolos.

Su sobrina no respondió. Berger salió del salón y se metió en su despacho.

—Interpol ha enviado la información —comentó entonces Lucy, de forma bastante tonta—. La policía dice que su muerte fue un suicidio.

Eso apaciguó a Scarpetta de momento, sólo porque no tenía fuerzas para indagar más.

Abrió su maletín y enseñó a Lucy la carta de Chandonne. Entonces Lucy se dirigió al despacho de Berger.

—Ven, por favor —le pidió.

—No —se negó Berger con reproche en los ojos—. ¿Cómo puedes mentirle?

—No lo he hecho.

—Por omisión. Debes decirle toda la verdad, Lucy.

—Ya se la diré. Cuando sea el momento. Chandonne le ha escrito. Tienes que verlo. Está pasando algo muy extraño.

—Ya lo creo. —Berger se levantó del escritorio.

Volvieron al salón y echaron un vistazo a la carta y los sobres a través de su plástico protector.

—Esta carta no es como la que yo recibí —aseguró Lucy—. La mía estaba escrita en mayúsculas y no la recibí por correo ordinario. Supongo que Rocco envió ésta por él. Rocco usaba el correo ordinario para muchas cosas. ¿Por qué nos escribiría Chandonne en mayúsculas a Marino y a mí?

—¿Cómo era el papel? —preguntó Scarpetta.

—De libreta. Con renglones.

—El papel del economato es liso, barato, de ochenta gramos. Del mismo tipo que suele usarse en las impresoras.

—Si él no nos envió esas cartas a Marino y a mí, entonces ¿quién lo hizo? —Lucy se sintió colapsada, su sistema estaba sobrecargado.

Había orquestado la muerte de Rocco Caggiano basándose en la información de la carta que había recibido. Cuando Rudy y ella lo tenían como rehén en aquella habitación de hotel, Rocco no había admitido haber matado a los periodistas. Lucy recordaba que había puesto los ojos en blanco; ésa había sido la única respuesta de Rocco. Ella no sabía con certeza qué significaba en realidad ese gesto. Tampoco podía estar segura de que la información que había enviado a Interpol fuera correcta. Lo que había proporcionado bastaba para una detención, pero no para una condena porque, de hecho, Lucy no conocía los datos. ¿Había estado realmente Rocco con los dos periodistas unas horas antes de sus asesinatos? Y aunque hubiera sido así, ¿había sido él quien había disparado?

Lucy era responsable de la alerta roja. Y la alerta roja fue lo que convenció a Rocco de que su vida había terminado, sin importar si confesaba o no. Se había convertido en un fugitivo, y si Rudy y Lucy no le hubieran causado la muerte, lo habrían hecho los Chandonne. Debía morir. Necesitaba estar muerto. Lucy se dijo que el mundo era mejor sin Rocco en él.

—¿Quién me escribió esa puñetera carta? —exclamó—. ¿Quién escribió la de Marino y la primera para ti? —Miró a su tía—. Las que llegaron en esos sobres de franqueo pagado de la Academia Nacional de Justicia. Parecían escritas por Chandonne.

—Estoy de acuerdo —corroboró Scarpetta—. Y el juez de instrucción de Baton Rouge también recibió una.

—Puede que Chandonne cambiara el tipo de letra y el papel al redactar ésta —sugirió Lucy mientras señalaba la carta con su hermosa caligrafía—. Puede que el muy cabrón no esté en la cárcel.

—He oído lo de las llamadas telefónicas a tu oficina. Zach me llamó al móvil. Creo que en efecto no podemos estar seguros de que Chandonne siga en la cárcel —contestó Scarpetta.

—A mí me parece que, si sigue en la cárcel, no tiene acceso a papel con renglones ni a sobres de la Academia Nacional de Justicia —comentó Berger—. ¿Crees que te costaría mucho preparar buenas imitaciones de estos sobres de franqueo pagado con un ordenador?

—Dios mío, qué idiota soy —dijo Lucy—. No os podéis imaginar cómo me siento. Claro que podría hacerse. Basta con escanear un sobre, teclear la dirección que se quiera e imprimirlo en el mismo tipo de sobre. Podría hacerlo en cinco minutos.

—¿Lo hiciste, Lucy? —preguntó Berger tras mirarla fijamente.

—¿Yo? —se asombró—. ¿Por qué querría hacerlo?

—Acabas de admitir que podrías —dijo Berger con gravedad—. Parece que eres muy capaz de hacer muchas cosas, Lucy. Y resulta oportuno que la información de la carta te impulsara a ir a Polonia a buscar a Rocco, que ahora está muerto. Me voy. La fiscal que hay en mí no quiere oír ninguna mentira ni confesión más. Si tu tía y tú queréis hablar un rato, estáis en vuestra casa. Tengo que volver a colgar el teléfono. Tengo llamadas que hacer.

—No he mentido —aseguró Lucy.

84

—Siéntate —ordenó Scarpetta, como si Lucy hubiera dejado de ser adulta.

Las luces del salón estaban apagadas, y el resplandor de Nueva York las envolvía con sus rutilantes posibilidades y su vertiginoso poder. Scarpetta podría contemplarlo horas seguidas, como hacía con el mar. Lucy se sentó a su lado en el sofá.

—Está bien este sitio —comentó Scarpetta mientras observaba miles de luces.

Buscó la luna pero no consiguió encontrarla tras los edificios. Lucy lloraba en silencio.

—A menudo me he preguntado, Lucy, qué habría pasado si hubiese sido tu verdadera madre. ¿Habrías elegido un mundo tan peligroso e irrumpido en él de modo tan descarado, atrevido y sorprendente? ¿O te habrías casado y tenido hijos?

—Creo que sabes la respuesta —farfulló su sobrina a la vez que se secaba las lágrimas.

—A lo mejor habrías recibido una beca Rhodes, habrías ido a Oxford y te habrías convertido en una poetisa famosa.

Lucy la miró para ver si bromeaba. No lo hacía.

—Una vida más tranquila —dijo su tía en voz baja—. Yo te crié, o mejor dicho, me ocupé de ti lo mejor que pude, y no puedo imaginarme queriendo a ningún niño más de lo que te quise y de lo que te quiero. Pero, a través de mí, descubriste la violencia del mundo.

—A través de ti descubrí la decencia, la humanidad y la justicia —respondió Lucy—. No cambiaría nada.

—¿Por qué estás llorando entonces? —Divisó a lo lejos unos aviones que brillaban como pequeños planetas.

—No lo sé.

—Eso solías decir de pequeña. —Scarpetta sonrió—. Cuando estabas triste y te preguntaba por qué, contestabas: «No lo sé.» Por tanto, con gran perspicacia, mi diagnóstico es que te sientes triste.

Lucy se secó más lágrimas.

—No sé qué pasó exactamente en Polonia —dijo entonces su tía.

Scarpetta cambió de postura en el sofá y se colocó unos cojines a la espalda, como para escuchar una historia larga. Siguió mirando la noche centelleante por las ventanas, porque a la gente le costaba más tener conversaciones difíciles si se miraba.

—Yo no necesito que me lo cuentes. Pero creo que tú necesitas contármelo, Lucy.

Su sobrina observó la abarrotada ciudad que las rodeaba. Pensó en el mar con sus aguas oscuras y en barcos iluminados. Los barcos significaban puertos, y los puertos significaban los Chandonne. Los puertos eran las arterias de su imperio criminal. Rocco podía haber sido sólo un navío, pero su relación con Scarpetta, con todos ellos, tenía que interrumpirse. «Sí, así era —pensó—. Perdóname, tía Kay, por favor. Dime que no pasa nada, por favor. No dejes de respetarme y pienses que me he convertido en uno de ellos, por favor.»

—Desde la muerte de Benton te has convertido en una de las Furias, un ángel vengador, y no hay poder suficiente en toda esta ciudad para satisfacer tus ansias

—dijo Scarpetta, todavía con dulzura, y añadió mientras ambas contemplaban las luces de la ciudad más poderosa del mundo—: Éste es un buen sitio para ti. Porque un día de éstos, cuando estés saturada de poder, tal vez te des cuenta de que tener demasiado resulta insoportable.

—Lo dices para explicarte a ti misma —comentó Lucy con naturalidad—. Eras la médica forense más poderosa del país, acaso del mundo. Eras la jefa. Puede que tanto poder y admiración te resultaran insoportables.

El hermoso rostro de Lucy ya no estaba tan triste.

—Me han parecido insoportables muchas cosas —respondió Scarpetta—. Muchas. Pero no, el poder no era una de ellas cuando era forense jefe. Sí me resultó insoportable perderlo. Tú y yo opinamos distinto sobre el poder. Yo no estoy demostrando nada. Tú siempre estás demostrando algo cuando es del todo innecesario.

—No lo has perdido —le dijo Lucy—. Tu retirada del poder fue una ilusión. Política. Tu verdadero poder nunca ha sido impuesto por el mundo exterior, de lo que se deduce que el mundo exterior no puede arrebatártelo.

—¿Qué nos ha hecho Benton?

La pregunta sobresaltó a Lucy, como si su tía supiera de algún modo la verdad.

—Desde que murió... Todavía me cuesta decir esa palabra. Murió. —Kay hizo una pausa—. Desde entonces parece que todos nos hemos encaminado hacia la perdición. Como un país sitiado. Una ciudad que cae tras otra. Tú, Marino, yo. Sobre todo tú.

—Sí, soy una Furia. —Lucy se levantó, se acercó a la ventana y se sentó con las piernas cruzadas en la espléndida alfombra persa de Jaime Berger—. Soy la vengadora. Lo admito. Siento que el mundo es más seguro, que tú estás más segura, que todos nosotros estamos más seguros ahora que Rocco ha muerto.

—Pero no puedes jugar a ser Dios. Ni siquiera eres un miembro de las fuerzas del orden, Lucy. El Último Reducto es una empresa privada.

—No del todo. Somos un satélite de las fuerzas del orden internacionales, trabajamos con ellas, normalmente amparados por Interpol. Y otras autoridades elevadas de las que no te puedo hablar nos invisten de poder.

—¿Una autoridad elevada que te invistió de poder para librar legalmente al mundo de Rocco Caggiano? —repuso Scarpetta—. ¿Apretaste tú el gatillo, Lucy? Necesito saber eso. Por lo menos eso.

Lucy sacudió la cabeza. No, ella no había apretado el gatillo. Sólo porque Rudy insistió en hacerlo él y en que los restos de pólvora y la sangre de Rocco salpicaran sus manos, no las de ella. La sangre de Rocco en las manos de Rudy. Lucy dijo a su tía que eso no era justo.

—No debí permitir que Rudy pasara por eso. Asumo igual responsabilidad en la muerte de Rocco. En realidad, la asumo por completo porque yo instigué a Rudy para que fuera a esa misión en Polonia.

Hablaron hasta tarde y, una vez que le hubo revelado todo lo ocurrido en Szczecin, Lucy esperó la condena de su tía. El peor castigo sería el exilio de la vida de Scarpetta, igual que le había pasado a Benton.

—Me alivia saber que Rocco ha muerto —afirmó Scarpetta—. Lo hecho, hecho está —añadió—. En algún momento, Marino querrá saber lo que realmente le ocurrió a su hijo.

85

El doctor Lanier sonaba como si se estuviera reponiendo, pero estaba tan tenso como una catapulta amartillada.

—¿Hay algún lugar seguro donde pueda alojarme? —le preguntó Scarpetta por teléfono desde su habitación del hotel Melrose de la Sesenta y tres con Lexington.

Había decidido no pasar la noche con Lucy, a pesar de la insistencia de ésta. Quedarse con su sobrina le habría impedido partir hacia el aeropuerto por la mañana sin que Lucy lo supiera.

—El sitio más seguro de Luisiana. Mi casa de invitados. Es pequeña. ¿Por qué? Ya sabe que no puedo permitirme asesores...

—Escuche —le interrumpió—. Antes tengo que ir a Houston. —Evitó ser precisa—. Tardaré como mínimo otro día en llegar.

—La recogeré. Dígame cuándo.

—Si pudiera encargarse de alquilar un coche por mí, sería lo mejor. En este momento no tengo idea de nada. Estoy demasiado cansada. Pero preferiría no molestarle. Sólo necesito que me diga cómo llegar a su casa.

Anotó las indicaciones. Parecían bastante sencillas.

—¿Alguna clase particular de coche?

—Uno que sea seguro.

—La entiendo muy bien —contestó el juez de instrucción—. He sacado a muchas personas de coches que no lo eran. Le pediré a mi secretaria que lo haga a primera hora.

86

Trixie se apoyó en el mostrador fumando un cigarrillo mentolado y observando con indolencia cómo Marino llenaba una nevera portátil de cerveza, carne, botes de mostaza y mayonesa y todo lo que sus manazas cogían del frigorífico.

—Es más de medianoche —se quejó Trixie, y cogió una botella de Coronitas cuyo largo cuello obstruyó al meterle un trozo demasiado grande de lima—. Ven a la cama y te vas después, ¿quieres? ¿No tiene eso más sentido que largarte a toda velocidad y medio trompa en mitad de la noche?

Marino había estado bebiendo desde su regreso de Boston, sentado frente al televisor, negándose a contestar al teléfono, negándose a hablar con nadie, ni siquiera con Lucy. Hacía una hora, lo había sacudido un mensaje que la oficina de Lucy le había dejado en el móvil. Eso lo había despejado lo bastante para levantarlo de su silla reclinable.

Trixie se llevó la botella a los labios e intentó empujar la lima con la lengua. Lo consiguió y la cerveza le entró a borbotones en la boca y le bajó por el mentón. Poco tiempo atrás, eso le habría parecido divertidísimo a Marino. Ahora nada lo hacía sonreír. Abrió de golpe la puerta del congelador para sacar el recipiente de los cubitos y verterlos en la nevera portátil. Trixie, cuyo verdadero nombre era Teresa, tenía treinta años y apenas hacía un año que se había mudado a la casita de Marino, en el barrio obrero junto a Midlothian Turnpike, en el lado malo del río James, en Richmond.

Marino encendió un cigarrillo y la contempló. Le miró la cara, hinchada por la bebida, y el rímel, que llevaba siempre tan corrido que parecía tatuado. Tenía el cabello rubio platino tan quemado por los tintes que Marino detestaba tocarlo. Una vez, estando borracho, llegó a decirle que parecía material aislante. Parte de sus sentimientos estaban siempre lastimados y cuando Marino podía detectárselos en los ojos o los labios, salía de la habitación, ya fuera con el pensamiento o con los pies.

—No te vayas, por favor. —Trixie dio una profunda calada al cigarrillo y exhaló el humo por un lado de la boca, sin apenas inhalarlo—. Sé qué estás haciendo. No vas a volver, es eso. He visto lo que has estado metiendo en el maletero. Pistolas, la bola de bolos, hasta los trofeos y las cañas de pescar. Por no mencionar tu ropa habitual, tan distinta de esos bonitos trajes que llevan colgados en el armario desde que Jesús dictó los Diez Mandamientos.

Se acercó y le agarró el brazo mientras él ponía el hielo en la nevera portátil con los ojos entrecerrados debido al humo.

—Ya te llamaré. Tengo que ir a Luisiana y lo sabes. La doctora está ahí, o va a estarlo. La conozco. Sé muy bien qué hará. No me lo tiene que decir. No querrás que muera, ¿verdad?

—Estoy hasta los cojones de la doctora esto y la doctora aquello —exclamó ella a la vez que, con el rostro ensombrecido, le soltaba el brazo como si tocarse hubiera sido idea de Marino y no suya—. Desde que te conozco, ha sido la doctora esto y la doctora aquello. Es la única mujer de tu vida, si vamos a eso. Yo sólo soy el plato de segunda mesa en el festín de tu vida.

Marino se estremeció. No soportaba las originales expresiones de Trixie, que le recordaban un piano desafinado.

—Sólo soy la chica que se pasa sentada el baile que es tu vida —prosiguió ella el drama, y en efecto ya sólo era eso.

Un drama. Como un mal culebrón.

Por lo general, se sabían sus peleas de memoria, y aunque Marino sentía una aversión especial por la psicología, ni siquiera él podía evitar ver algo tan grande como una montaña: él y Trixie se peleaban por todo porque peleaban por nada.

Sus regordetes pies descalzos con las uñas mal pintadas de rojo sonaban en la cocina con cada paso que daba agitando frenética los brazos rechonchos, y la ceniza del cigarrillo caía como nieve en el suelo de linóleo manchado.

—Bueno, ve a Luisiana y sigue con la doctora esto y aquello, y para cuando vuelvas, si lo haces, puede que en este cuchitril viva otra persona y yo me haya ido. Ido. Ido. Ido.

Media hora antes, Marino le había pedido que pusiera la casa a la venta. Podía vivir en ella hasta que la comprara alguien.

Su vestido floreado le ondeaba alrededor de los pies al andar, y los pechos le colgaban por encima de la faja que seguía llevando alrededor de su ancha cintura. Marino sintió rabia y culpa. Cuando Trixie le incordiaba con Scarpetta, se salía de sus casillas como un pájaro cabreado de un agujero en un árbol, sin un lugar a donde ir, sin modo de defenderse, sin posibilidad de contraatacar, no de verdad.

No podía aliviar su ego herido insinuando indiscreciones con Scarpetta que, por desgracia, nunca se habían producido. Así que las flechas de las Trixies celosas de su vida siempre lograban diana. A Marino no le preocupaba haber perdido a todas las mujeres que había tenido. Le preocupaba la única que nunca tuvo, y el berrinche creciente de Trixie se acercaba peligrosamente al punto necesario para provocar el colofón necesario.

—¡Estás tan loco por ella que da asco! —gritó Trixie—. Tú sólo eres un sureño paleto para ella. Nunca serás otra cosa. ¡Un paleto gordo y estúpido! —chilló—. ¡Y me da igual si acaba muerta! ¡La muerte es lo único que ella conoce!

Marino recogió la nevera portátil como si no pesara nada, cruzó el salón destartalado y abarrotado y se detuvo en la puerta. Echó un vistazo al televisor en color de treinta y seis pulgadas, que no era nuevo pero era un Sony, y muy bueno. Miró con tristeza su silla reclinable favorita, donde parecía haberse pasado la mayor parte de su vida, y sintió un dolor tan profundo que era un retortijón. Imaginó cuántas horas se había pasado medio borracho mirando fútbol y malgastando su tiempo y sus esfuerzos con gente como Trixie.

No era una mala mujer. No era malvada. Ninguna de ellas lo había sido. Eran simplemente lastimosas, y él aún en mayor grado porque nunca había perseverado en conseguir algo más, y podría haberlo hecho.

—No te llamaré —le dijo Marino—. Me importa un carajo lo que pase con la casa. Véndela. Alquílala. Vive en ella.

—No hablas en serio, cariño. —Trixie rompió a llorar—. Te quiero.

—No me conoces —replicó Marino desde la puerta, y se sentía demasiado cansado para irse y demasiado deprimido para quedarse.

—Claro que sí, cariño. —Apagó un cigarrillo en el fregadero y rebuscó en la nevera otra cerveza—. Me vas a echar de menos —advirtió con el rostro crispado al sonreír y llorar a la vez—. Y volverás. Estaba enfadada cuando dije que no lo harías. Lo harás —prosiguió y, después de destapar la botella, añadió señalándolo con timidez—. ¿Sabes por qué sé que volverás? ¿Sabes de qué se ha percatado la inspectora Trixie? No te llevas los adornos navideños. Todos esos millones de Santa Claus, renos y muñecos de plástico, luces de colores y lo demás que has estado reuniendo desde hace un siglo. ¿Te ibas a marchar y dejarlos en el sótano? No. Ni hablar. No. —Hablaba para convencerse de que tenía razón. Marino no se iría para siempre sin llevarse sus queridos adornos navideños.

—Rocco ha muerto —anunció él.

—¿Quién? —La cara de Trixie era inexpresiva.

—¿Lo ves? A eso me refiero. No me conoces. No pasa nada, no es culpa tuya.

Se marchó dando un portazo, un portazo que cerraba la puerta de Richmond para siempre.

87

El nombre de la mujer desaparecida era Katherine Bruce.

Se la consideraba secuestrada, la última víctima del asesino en serie y presuntamente muerta. Su marido, un ex piloto de la Fuerza Aérea que actualmente trabajaba para la Continental, estaba fuera de la ciudad y, después de dos días de intentar ponerse en contacto con su mujer sin lograrlo, empezó a preocuparse. Envió a un amigo a su casa. Katherine no estaba, ni tampoco el coche, que fue encontrado estacionado en el Wal-Mart cercano al campus universitario, donde no había llamado la atención porque había muchos coches que se pasaban ahí las veinticuatro horas del día. Las llaves estaban puestas en el contacto, las puertas sin seguro, y faltaban el bolso y el billetero.

La mañana apenas se materializaba, como si sus moléculas se reunieran despacio en un cielo que se prometía despejado y azul. Nic no supo nada sobre el secuestro hasta las noticias de las seis del día anterior. Todavía no se lo podía creer. El amigo de Katherine Bruce, según lo que se había dado a conocer a los medios de comunicación, llamó a la policia de Baton Rouge enseguida, la mañana del día anterior. La información debería haberse conocido de inmediato y a nivel nacional. ¿Qué habían hecho los imbéciles del grupo de trabajo? ¿Someter al amigo, cuya identidad no se había revelado, al maldito polígrafo para asegurarse de que Katherine había desaparecido de verdad? ¿Estaban excavando en el jardín para comprobar que el marido piloto no había matado y enterrado a su esposa antes de marcharse de la ciudad?

El asesino había conseguido ocho horas de ventaja. La opinión pública había perdido ocho horas. Katherine había perdido ocho horas. Todavía podría haber estado viva, suponiendo que ya no lo estuviera. Alguien podría haberla visto con el asesino. Nic recorrió obsesivamente el aparcamiento del Wal-Mart en busca de cualquier detalle significativo. La enorme escena del crimen estaba muda, el coche de Katherine Bruce hacía rato que ya no estaba allí; se lo habían llevado a alguna parte. Sólo había basura, chicles y miles de colillas.

Eran las 7.16 cuando efectuó su único hallazgo hasta el momento. Se trataba de algo que la habría entusiasmado cuando era pequeña: dos monedas de veinticinco centavos. Dos caras, que siempre habían dado más suerte que las cruces. Después de haber oído las noticias la tarde anterior, Nic había ido ahí corriendo. Si las monedas ya estaban en el asfalto, la linterna no las había captado. Y tampoco las había visto a primera hora de la mañana, cuando había vuelto y todavía estaba oscuro. Tomó fotografías con una cámara Polaroid de treinta y cinco milímetros y memorizó la posición de las monedas, tomando notas, como le habían enseñado en la academia forense. Se puso guantes de látex y guardó las monedas en un sobre de pruebas. Después entró en la tienda.

—Me gustaría ver al encargado —dijo a un cajero que estaba contabilizando un carrito lleno de ropa de niño mientras una joven de aspecto cansado, seguramente una madre, sacaba una MasterCard.

Nic pensó en el peto de Buddy y se sintió fatal.

—Por ahí. —El cajero señaló un despacho situado tras una puerta de vaivén.

Nic la traspuso.

—Necesito ver el sitio exacto donde se encontró el coche de Katherine Bruce —le dijo tras enseñarle su placa.

El encargado era joven y simpático. Se le veía alterado.

—Se lo enseñaré encantado. Sé muy bien dónde estaba. La policía estuvo horas examinándolo, y después se lo llevó a remolque. Todo esto es terrible.

—Sí que lo es —coincidió Nic mientras salían de la tienda y el sol empezaba a mostrar su rostro brillante.

La plaza que había ocupado el Maxima negro de 1999 de Katherine Bruce se encontraba a unos seis metros de donde Nic había encontrado las monedas.

—¿Está seguro de que estaba aquí?

—Oh, sí. Ya lo creo. Aparcado a cinco filas de distancia. Muchas mujeres que compran al anochecer estacionan cerca de la entrada.

En su caso, esa precaución no le había servido de nada. La mayoría de la gente intenta estacionar lo más cerca posible de la entrada de una tienda, a menos que conduzca un coche caro y no quiera que le abollen las puertas. Quienes más se preocupan por eso son los hombres. Nic nunca había entendido por qué hay tantas mujeres a las que no parecen interesarles demasiado los coches y su mantenimiento. Si tuviera una hija, se aseguraría de que supiera el nombre de todos los coches exóticos, y le diría que si se esforzaba, a lo mejor algún día conduciría un Lamborghini, lo mismo que decía a Buddy, que tenía muchos modelos de coches deportivos que hacía correr por el suelo.

—¿Observó alguien algo inusual la noche en que estacionó aquí el coche? ¿Vio alguien a Katherine Bruce? ¿Vio alguien algo? —preguntó Nic mientras ambos echaban un vistazo alrededor.

—No. No creo que llegara a entrar en la tienda —comentó el encargado.

88

El Bell 407 lucía la mejor pintura que Lucy había visto nunca.

Era lógico. Era su helicóptero, y había diseñado todos sus detalles, salvo aquellos que incluía de origen, directos de fábrica. Sus cuatro palas, comodidad y velocidad máxima de 140 nudos (muy buena para un aparato no militar) y control informatizado del combustible eran sólo algunos de sus elementos básicos. A ellos había que añadir asientos de piel, flotadores hinchables en caso de un fallo mecánico sobre el agua, lo que era muy poco probable, un equipo *wire strike* por si se precipitaba contra cables de alta tensión (Lucy era un piloto demasiado bueno para eso), un depósito auxiliar de combustible, un detector de tormentas, un radar de tráfico y GPS (todos los instrumentos eran los mejores, por supuesto).

El helipuerto de la calle Treinta y cuatro estaba junto al Hudson, a medio camino entre la estatua de la Libertad y el Intrepid. En la plataforma número 2, Lucy rodeó su aparato por cuarta vez, después de haber mirado el interior de la cabina y los visores de nivel para comprobar el aceite, los filtros y el sistema hidráulico. Una de las muchas razones por las que le encantaba levantar pesas en el gimnasio era por si alguna vez le fallaba el sistema hidráulico en pleno vuelo y tenía que dominar los controles. A una mujer débil podría costarle mucho.

Deslizó la mano con cariño por la estructura de cola y se puso otra vez en cuclillas para comprobar las antenas de la parte inferior. Después subió al asiento del piloto y deseó que Rudy se diera prisa. Su deseo le fue concedido. La puerta del helipuerto se abrió y Rudy, cargado con una bolsa, corrió hacia el helicóptero. Cuando vio el asiento izquierdo vacío y comprendió que, como de costumbre, iba a ser el copiloto, su expresión reflejó una ligera decepción. Vestido con unos pantalones militares y un polo, era el típico galán.

—¿Sabes qué? —dijo a la vez que se abrochaba el cinturón de seguridad mientras Lucy llevaba a cabo una última comprobación meticulosa, empezando por los cortacircuitos y los interruptores, y siguiendo por los instrumentos y el regulador—. Eres muy codiciosa. Una acaparadora de helicópteros.

—Eso es porque el helicóptero es mío, grandullón. —Conectó la batería—. Veintiséis amperios. Mucho combustible. No lo olvides, tengo más horas que tú, y más certificaciones también.

—Venga ya —soltó Rudy, siempre de buen humor cuando volaban juntos—. Despejado a la izquierda.

—Despejado a la derecha.

89

Volar era lo más parecido a experimentar euforia con Lucy que Rudy iba a vivir.

Lucy nunca terminaba lo que rara vez empezaba. Rudy podría haberse sentido usado después de que se marcharan del Radisson en Szczecin, si no fuera porque comprendía lo que había pasado. Las experiencias próximas a la muerte, o cualquier otra situación muy traumática, causaban una reacción primaria en la mayoría de las personas: ansiar la calidez del cuerpo humano. El sexo te hacía sentir vivo. Tal vez por eso él no dejaba de pensar en el sexo.

No estaba enamorado de Lucy. No permitiría que eso ocurriera. La primera vez que la había visto años atrás, no se había interesado en ella. Lucy descendía de un enorme Bell 412 después de haber efectuado las maniobras habituales de exhibición que el FBI hacía cuando un personaje importante, en especial un político, visitaba la academia. Rudy supuso que, como Lucy era la única mujer del Equipo de Rescate de Rehenes, era políticamente correcto que el fiscal general, o quienquiera que fuera, viera a una mujer joven y atractiva pilotando el aparato.

Rudy la observó apagar el formidable aparato bimotor y bajar, vestida con un uniforme de campaña azul oscuro y botas negras hasta el tobillo. Le sorprendió su belleza fogosa al verla caminar con seguridad y garbo, sin rastro de masculinidad. Tal vez lo que se decía sobre ella no fuera cierto. Sus movimientos le intrigaron: los músculos parecían tensarse como los de un animal exótico, un tigre, mientras se dirigía hacia el fiscal general, o quienquiera que presenciara aquel día la exhibición, y le estrechaba cortésmente la mano.

Lucy era atlética pero muy femenina y muy agradable al tacto. Rudy había aprendido a no desearla demasiado. Sabía cuándo tenía que retroceder.

En unos minutos, el helicóptero se elevó, con la aviónica y los auriculares conectados, mientras el sonoro girar de las palas emitía la música que a ambos les gustaba bailar. Rudy notó que el ánimo de Lucy subía a medida que lo hacía el helicóptero.

—Nos vamos —dijo por el micrófono—. Control de Hudson, helicóptero cuatro-cero-siete Echo Uniform Romeo, se dirige al sur por la treinta y cuatro.

Estar suspendida en el aire era lo que más le gustaba, y podía mantener el helicóptero totalmente inmóvil aunque hubiera un fuerte viento de cola. Dirigió la proa hacia el agua y aumentó la potencia.

90

Scarpetta tomó el primer vuelo a Houston en el aeropuerto George Bush y aterrizó a las 10.15 de la mañana.

Desde ahí, el trayecto hasta Livingstone, casi al norte, supuso una hora y cuarenta y cinco minutos de tensión. No tenía ningún interés en alquilar un coche y dirigirse por sí sola a la penitenciaría. Fue una decisión acertada. La ruta a seguir a lo largo de la carretera 59 era enrevesada. Los pensamientos de Scarpetta estaban embrollados, como si fuera un nuevo recluta que recibía órdenes.

Había adoptado su actitud más desapasionada, un personaje que asumía cuando prestaba declaración ante un tribunal y los abogados de la defensa estaban alertas como chacales, a la espera de oler su sangre. Rara vez la herían. Nunca mortalmente. Se había refugiado en su mente analítica y había guardado silencio durante todo el viaje. No había hablado con la conductora del Lincoln negro, salvo para darle instrucciones. La mujer era del tipo parlanchín, pero al principio del trayecto Scarpetta le había advertido que no quería hablar. Tenía trabajo que hacer.

—Entendido —dijo la mujer, que llevaba una librea negra con gorra y corbata incluidas.

—Puede quitarse la gorra —le dijo Scarpetta.

—Gracias —contestó la conductora con alivio, y se la

quitó al instante—. No sabe cómo detesto llevarla, pero la mayoría de los pasajeros quiere que tenga el aspecto de un chófer como Dios manda.

—Yo preferiría que no.

La penitenciaría se alzaba ante ellas: una fortaleza moderna que parecía un gigantesco carguero de hormigón con una hilera de ventanas por debajo del tejado plano, donde había dos obreros trabajando. Las extensiones de hierba estaban rodeadas por una gruesa alambrada que brillaba como la plata bajo el sol. Los guardias, en lo alto de sus torres, escrutaban con prismáticos.

—Uf —exclamó la conductora—. Tengo que admitir que me pone un poco nerviosa.

—No le pasará nada —aseguró Scarpetta—. Ya le dirán dónde tiene que aparcar. Quédese en el coche; no le aconsejo que salga para nada.

—¿Y si tengo que ir al lavabo? —se preocupó a la vez que se detenía ante una garita que marcaba el inicio de la zona de máxima seguridad y quizá de la misión más aterradora que Scarpetta hubiera realizado nunca.

—Supongo que tendrá que pedírselo a alguien —contestó distraídamente mientras bajaba la ventanilla y entregaba a un guardia uniformado sus credenciales de médico forense, una chapa de metal reluciente y una tarjeta de identificación.

Cuando dejó su cargo en Richmond, fue tan mala como Marino. No devolvió la placa. Nadie pensó en pedírsela. O quizá nadie se atrevió. Puede que ya no fuera la jefa literalmente, pero lo que Lucy había dicho la noche anterior era cierto: nadie podría arrebatarle a su tía lo que era ni cómo hacía su trabajo. Scarpetta sabía lo buena que era, aunque nunca lo dijera.

—¿A quién viene a ver? —le preguntó el guardia, devolviéndole los documentos.

—A Jean-Baptiste Chandonne. —Casi se atragantó con el nombre.

El guardia parecía bastante tranquilo, teniendo en cuenta su entorno y su responsabilidad. Por su comportamiento y su edad, era probable que llevara trabajando mucho tiempo en el sistema penitenciario y apenas notara el fatídico mundo en que entraba al principio de cada turno. Se metió en la garita y repasó una lista.

—Lleve el coche hasta ahí y ya le indicarán dónde aparcarlo —dijo cuando volvió a salir, y señaló hacia la fachada de cristal de la cárcel para indicar—: El jefe del servicio de información al público la recibirá fuera.

Una bandera de Tejas parecía hacer señas a Scarpetta para que siguiera adelante. Con un cielo despejado, la temperatura recordaba al otoño. Unos pájaros mantenían una conversación como muestra de que la naturaleza seguía su curso, ajena a la maldad.

91

La vida en el bloque no cambiaba.

Sólo cambiaban los condenados, y los nombres anteriores desaparecían en el silencio.

Después de días, o tal vez semanas (Jean-Baptiste perdía a menudo la noción del tiempo), los nombres de los nuevos que llegaban para esperar la muerte reemplazaban a los que antes habían ocupado esas mismas celdas. La celda 25 del bloque A correspondía a Bestia, que iba a ser trasladado a otra celda en unas horas. La celda 30 del bloque A pertenecía a Jean-Baptiste. En la celda 31, a la derecha de la de Jean-Baptiste, estaba Polilla, un asesino necrófilo de manos temblorosas y piel grisácea. Le gustaba dormir en el suelo, y llevaba siempre el uniforme de reo cubierto de polvo, como las alas de una polilla.

Jean-Baptiste se afeitó el dorso de las manos y unos largos remolinos de pelo cayeron en el lavabo de acero inoxidable.

—Muy bien, Bola Peluda. —Unos ojos se asomaron al ventanuco de la puerta—. Tus quince minutos casi se han acabado. Dos minutos más y deberás entregarme la navaja.

—*Certainement*. —Jean-Baptiste se aplicó jabón barato a la otra mano y se siguió afeitando, con cuidado en la zona de los nudillos.

Los mechones de las orejas eran peliagudos, pero lo consiguió.

—Se acabó el tiempo.

Jean-Baptiste enjuagó con cuidado la navaja.

—Te has afeitado —dijo Polilla, que hablaba bajito, tan bajito que los demás presos rara vez oían lo que decía.

—*Oui, mon ami*. Estoy bastante guapo.

La llave, que parecía una palanca, sonó al abrir una ranura en la parte inferior de la puerta, y la bandeja salió. El carcelero dio un paso atrás, fuera del alcance de los dedos pálidos y sin pelo que depositaban allí la navaja de plástico azul.

92

Polilla, sentado en el suelo, lanzaba rodando una pelota de baloncesto contra la pared con precisión, de modo que siempre seguía una línea recta de vuelta hacia él.

Era una piltrafa. Era tan débil que su único placer al matar era practicar el sexo con el cadáver. La carne muerta carecía de energía, la sangre ya no era magnética. Jean-Baptiste tenía un método mucho más efectivo cuando proporcionaba a sus elegidas el éxtasis. Una persona con heridas graves en la cabeza podía vivir un rato, lo bastante para que Jean-Baptiste mordiera y chupara la carne viva y la sangre, y recargara así su magnetismo.

—Hace un día precioso, ¿verdad? —El comentario en voz baja de Polilla llegó hasta la celda de Jean-Baptiste porque él era capaz de oír ese sonido apenas audible—. No hay nubes, pero después habrá unas pocas muy altas que a última hora de la tarde avanzarán hacia el sur.

Polilla tenía una radio y escuchaba de forma obsesiva la previsión meteorológica.

—Veo que la señorita Gittleman tiene un coche nuevo, un BMW Roadster plateado.

Los presos del corredor de la muerte podían ver el aparcamiento de la cárcel por una estrecha ventana que había en cada celda y, a falta de otra cosa que mirar desde su reclusión solitaria en el segundo piso, se pasaban la mayor parte del día observando el exterior. En cierto sentido, su comentario era un acto de intimidación. La mención del BMW de la señorita Gittleman era la mejor amenaza que Polilla podía lanzar. Era más que probable que unos carceleros lo comentaran a otros, que a su vez dirían a la señorita Gittleman, la ayudante del jefe del servicio de información al público, joven y muy bonita, que los reclusos apreciaban su nuevo coche. A ningún funcionario de prisiones le apetecía que un criminal vil que merecía morir conociera el menor detalle de su vida personal.

Puede que Jean-Baptiste fuera el único preso que rara vez miraba por la ranura que hacía las veces de ventana. Tras memorizar todos los vehículos, sus colores, marcas, modelos y hasta algunos números de matrícula, así como el aspecto de sus ocupantes, no le encontraba objeto a contemplar un cielo azul o encapotado. Se levantó del retrete sin molestarse en subirse los pantalones y miró por la ventana, ya que el comentario de Polilla había despertado su curiosidad. Vio el BMW y, pensativo, se volvió a sentar en el retrete.

Reflexionó sobre la carta que había mandado a la hermosa Scarpetta. Creía que lo había cambiado todo y se la imaginó leyéndola y sucumbiendo a su voluntad.

Hoy, a Bestia le iban a permitir cuatro horas de visitas, del capellán y de su familia. Luego emprendería el breve trayecto hasta Huntsville, la Casa de la Muerte. A las seis de la tarde moriría.

Eso también cambiaba las cosas.

Alguien deslizó un papel doblado bajo la puerta de Jean-Baptiste. Cortó un trozo de papel higiénico y, de nuevo sin molestarse en subirse los pantalones, recogió la nota y volvió al retrete.

La celda de Bestia estaba a cinco de distancia de la de Jean-Baptiste, a la izquierda, y él sabía cuando una nota pasada de celda en celda hasta la suya procedía de Bestia. El papel tenía cierta textura gris, el interior estaba emborronado, y las fibras de la línea del doblez estaban ablandadas de tanto abrirse y cerrarse, puesto que cada recluso a lo largo del camino leía la nota y algunos incluso añadían sus propios comentarios.

Jean-Baptiste se sentó en el retrete de acero inoxidable, con el pelo largo de la espalda apelmazado debido a un sudor que le había vuelto translúcida la camisa blanca. Siempre tenía calor cuando se magnetizaba, cuando su electricidad circulaba a través del metal de la celda, se precipitaba hacia el hierro de su sangre y volvía a salir para cerrar otro circuito, sin parar, sin parar, sin parar.

«Hoy —había escrito con lápiz el semianalfabeto de Bestia— no estarás contento cuando se me lleven. ¿Me echarás de menos? Puede que no.»

Por una vez, Bestia no lo insultaba.

«No tienes que echarme de menos, *mon ami*», escribió de vuelta.

Bestia entendería qué quería decir Jean-Baptiste, aunque no sabría qué haría éste para salvarlo de su cita con la muerte. La plataforma metálica repiqueteó al paso de los carceleros. Jean-Baptiste rompió la nota de Bestia en pedacitos y se los metió en la boca.

93

El asesino debió de acercarse a ella en cuanto aparcó el coche, antes incluso de que sacara las llaves del contacto.

Nic supuso que el bolso y el billetero podían haber quedado tirados en el aparcamiento y que, pasados dos días, sin duda alguien los habría recogido. Por desgracia, prevalecían quienes se quedaban los objetos encontrados. Con la cobertura mediática que recibía el secuestro de Katherine Bruce, era seguro que quien tuviera su bolso y su billetero sabía que eran pruebas. Pero no iba a llamar a la policía ahora y admitir que se había quedado el bolso o el billetero, o ambas cosas, porque no sabía que pertenecían a una mujer asesinada, suponiendo que Katherine hubiese sido asesinada.

«Si todavía no lo ha sido, pronto lo será», pensó Nic.

Se le ocurrió entonces que si quien tuviera el bolso y el billetero los hubiera devuelto, habría llamado al poderoso grupo de trabajo de Baton Rouge, que, por supuesto, encontraría alguna razón absurda para no proporcionar la información a la prensa, ni tampoco a otros compañeros del cuerpo. No podía dejar de pensar en el Wal-Mart y en que ella misma había estado allí unas horas antes, tal vez, del momento en que Katherine Bruce fue secuestrada y conducida probablemente al mismo lugar donde el asesino llevaba a todas sus víctimas.

Nic estaba obsesionada con la posibilidad, no muy grande, de que Katherine Bruce hubiera estado en el Wal-Mart cuando ella rondaba por allí.

En las noticias televisivas aparecían sin cesar fotografías de la víctima, rubia y bonita, que también podían verse en todos los periódicos. Nic no recordaba haberse fijado en nadie que se pareciera ni siquiera un poco a ella mientras elegía un patrón de bordado, sin saber bordar, y mostraba interés en lencería chabacana que no se pondría nunca.

Por alguna razón, aquella extraña mujer que se había caído en el aparcamiento porque tenía una rodilla lesionada le venía de vez en cuando a la cabeza. Había algo en ella que la inquietaba.

94

En pleamar, las embarcaciones pequeñas podían entrar en arroyos y pantanos donde la gente sensata casi nunca se aventuraba.

Darren Citron solía acelerar su viejo Bay Runner para deslizarse rozando la superficie de las aguas poco profundas y cruzar así el barrizal hacia la desembocadura de alguna vía fluvial. En aquel momento, la marea era algo más baja de lo que le gustaría pero, al llegar al río Blind, aceleró a fondo y casi se quedó atrapado en el limo, que podía llegar hasta los dos metros de profundidad. El barro podía absorberle a uno las botas y, aunque Darren solía conseguir sacar el barco a empujones, no le gustaba caminar en unas aguas infestadas de mocasines acuáticas.

A sus dieciocho años, este joven local, cuya tez bronceada tenía el color de un cacahuete tostado, vivía de pescar y de encontrar nuevos sitios para cazar caimanes. Debido a esta última actividad, Darren no era demasiado admirado. Si perseguía ejemplares grandes que podían reportarle una buena suma por la piel, la carne y la cabeza, necesitaba una cuerda resistente, un gran anzuelo de acero y, por supuesto, cebo. Cuanto más alto oscilara el cebo sobre el agua, más largo tenía que ser el caimán para alcanzarlo. El mejor cebo eran los perros. Darren los conseguía en perreras de toda la zona, donde engañaba a la gente con sus modales amables. Hacía lo que tenía que hacer, convencido de que los chuchos iban a ser sacrificados de todos modos. Cuando cazaba caimanes, pensaba en ellos, no en el cebo ni en cómo lo obtenía. Los caimanes mordían el anzuelo de noche, sobre todo si Darren se sentaba muy quieto en el barco y reproducía una cinta grabada con perros aullando. Se le daba muy bien desentenderse del cebo y pensar sólo en el enorme caimán que iba a emerger bruscamente, cerrar las fauces de golpe y quedar atrapado en el anzuelo. Se acercaba entonces deprisa y disparaba al reptil en la cabeza con una escopeta del 22.

Recorrió un río flanqueado por hierba y nenúfares, veteado con las sombras que proyectaban unos musgosos cipreses de raíces nudosas. Los caimanes entraban y salían del agua, en especial si la hembra había puesto huevos. Sus largas colas dejaban estelas, y cuando Darren veía un sitio donde había muchas, lo señalaba en su mapa mental y regresaba después del anochecer, si el tiempo y las mareas se lo permitían.

La superficie estaba tapizada de lentejas de agua, y una garza salió volando más adelante, descontenta con la intrusión del hombre y su motor. Darren buscaba estelas. Lo seguía un grupo de libélulas iridiscentes. Los ojos de los caimanes le recordaban un par de túneles diminutos, uno al lado del otro, situados justo sobre la superficie del agua. Pasado un meandro, distinguió varias estelas y una cuerda de nailon amarilla que colgaba de un árbol. El cebo en el enorme anzuelo de acero era un brazo humano.

95

Por primera vez en más de cinco años, Benton estaba hablando con el senador Frank Lord, y ambos lo hacían desde sendas cabinas.

A Benton le resultó casi cómico imaginarse a Lord, siempre tan acicalado y vestido de modo tan impecable, conduciendo desde su casa en el norte de Virginia hacia el Capitolio y deteniéndose en una gasolinera para llamar desde una cabina. Benton lo había organizado después de recibir un inesperado correo electrónico del senador a última hora de la noche anterior: «Problemas —rezaba—. Mañana 7.15. Déjame un número.»

Benton le envió por la misma vía el número de una cabina telefónica que eligió esa misma noche. Siempre había que seguir el plan más simple, más obvio, si era posible. Los más meticulosos y complicados parecían estar fracasando en todas direcciones.

Se apoyó contra la cabina sin dejar de observar su destartalado Cadillac para asegurarse de que nadie se acercara o mostrara interés en él. En su cabeza sonaban todas las alarmas. El senador Lord le estaba hablando de la carta que Scarpetta había recibido de Chandonne, la caligrafiada.

—¿Cómo te has enterado? —le preguntó Benton.

—Jaime Berger me llamó ayer por la noche. A mi casa. Muy preocupada porque Chandonne le ha tendido una trampa a Scarpetta y ésta ha mordido el anzuelo. Berger quiere mi ayuda, mi intervención. La gente olvida que tengo mis limitaciones. Bueno, mis enemigos no lo olvidan.

El senador quería enviar legiones de agentes federales a Baton Rouge, pero ni siquiera él podía adaptar la ley a su voluntad. El grupo de trabajo de Baton Rouge tenía que invitar al FBI a participar en la investigación y, a todos los efectos prácticos, hacerse cargo de ella. En estos secuestros (o asesinatos, porque eso eran) en serie existía un problema jurisdiccional insuperable que impedía a los federales intervenir por su cuenta. No se había violado ninguna ley federal.

—Malditos incompetentes —se quejó Lord—. Son unos jodidos ineptos.

—Está cerca —afirmó Benton por teléfono—. La carta significa que la situación está muy cerca de su posible conclusión. No del modo en que yo quería. La cosa va mal, muy mal. No estoy preocupado por mí.

—¿Puede hacerse algo?

—Soy el único que sabe cómo hacerlo. Tendré que ponerme al descubierto.

—Ya —aceptó el senador tras una pausa—, creo que será necesario. Pero una vez que ocurra, no habrá vuelta atrás. No podemos repetir todo el proceso. ¿De veras quieres...?

—Tengo que hacerlo. La carta cambia mucho las cosas, y ya sabes cómo es ella. La está atrayendo hacia él.

—Ya está ahí.

—¿En Baton Rouge? —Benton dio un respingo.

—En Tejas. Está en Tejas.

—Dios mío. Eso no es nada bueno. La carta... ésta es real. Tejas ya no es seguro para ella.

Meditó un momento sobre la visita de Scarpetta

a Chandonne. Al principio, tenía motivos tácticos y personales para querer que fuera a verlo. Pero, si era honesto consigo mismo, en el fondo jamás creyó que lo haría. A pesar de sus intentos. Ahora no debería estar ahí. Por Dios.

—Está ahí en este mismo instante —le recordó el senador.

—Ese cabrón va a intentarlo, Frank.

—No veo cómo. No puede huir, por más inteligente que sea. Los alertaré de inmediato.

—Es más que inteligente. La cuestión es que si la está atrayendo hacia Baton Rouge, seguro que planea estar ahí. Lo conozco. Y la conozco a ella: irá a Baton Rouge en cuanto se marche de Tejas. A no ser que él la intercepte antes, en Tejas, si puede hacerlo. Espero que no. Pero, en cualquier caso, Kay corre un grave peligro. No sólo por él, sino también por sus aliados. Deben de estar en Baton Rouge. Su hermano ha de estar ahí. Los asesinatos cobran sentido. Él los comete. Es probable que esa zona le esté ayudando. Supongo que él y Bev Kiffin están juntos, escondidos en algún lugar.

—¿No supone un riesgo enorme secuestrar mujeres para un par de fugitivos de su reputación?

—Él se aburre —se limitó a contestar Benton.

96

Los carceleros de la Unidad Polunsky llevaban uniforme gris y gorras negras.

Unas esposas colgaban del cinturón de los dos que conducían a Jean-Baptiste por una serie de pesadas puertas que se cerraban con tanto estrépito que sonaban como si una pistola de gran calibre se disparara en una habitación de metal. Cada portazo daba poder a Jean-Baptiste, que caminaba con sólo las muñecas esposadas. A su alrededor, toneladas de acero lo magnetizaban y lo convertían en llamas solares. Con cada paso, su poder aumentaba.

—No comprendo por qué alguien querría visitarte —le dijo uno de los carceleros—. Es la primera vez, ¿no?

Se llamaba Phillip Wilson. Conducía un Mustang rojo con la matrícula personalizada GUARD. Guardia. Jean-Baptiste lo advirtió el primer día de estancia en la cárcel. No dijo nada a los carceleros mientras cruzaba otra puerta en medio de una oleada de calor abrasador.

—¿Ni siquiera una visita? —se asombró el segundo carcelero, Ron Abrams, blanco, delgado, cabello castaño y medio calvo—. Da bastante pena, monsieur Chandonne —soltó con sorna.

La frecuencia de rotación entre los funcionarios era muy elevada. El agente Abrams era nuevo, y Jean-Baptiste notó que quería acompañar al infame Hombre Lobo a la zona de visitas. Los nuevos siempre sentían curiosidad por Jean-Baptiste. Después, se acostumbraban a él y le tenían asco. Polilla decía que el agente Abrams tenía un Toyota negro. Polilla conocía todos los coches del aparcamiento, lo mismo que siempre sabía la última predicción meteorológica.

La parte posterior de la reducida cabina de visita era una puerta de tela metálica pintada de blanco. El agente Wilson la abrió, quitó las esposas a Jean-Baptiste y le encerró dentro de la cabina, que tenía una silla, un estante y un teléfono negro unido a un cable metálico.

—Tomaré una Pepsi y rosquillas de chocolate, por favor —dijo Jean-Baptiste volviéndose.

—¿Tienes dinero?

—No —contestó con calma Jean-Baptiste.

—Muy bien, capullo. Esta vez te haré un favor porque ésta es tu primera visita y la señora que va a entrar sería idiota si te comprara algo. —Fue el agente Abrams quien habló con tanta brusquedad.

A través del cristal, Jean-Baptiste examinó la habitación inmaculada y espaciosa, con la certeza de que no necesitaba ojos para ver las máquinas expendedoras y todo lo que contenían, ni las tres visitas que hablaban por el auricular con otros condenados a muerte.

Ella no estaba.

La corriente eléctrica de Jean-Baptiste chisporroteó de rabia.

97

Como sucede a menudo cuando una situación es urgente, los mejores esfuerzos se ven frustrados por trivialidades.

El senador Lord nunca había vacilado en hacer llamadas telefónicas él mismo. No tenía inseguridades y le resultaba más rápido tratar los asuntos que explicarlos a otra persona. En cuanto salió de la cabina, volvió al coche y se dirigió al norte hablando por el móvil con su asesor principal.

—Jeff, necesito el número del alcaide de Polunsky. Enseguida.

Tomar notas mientras conducía en plena hora punta por la I-95 era una proeza que el senador se había visto obligado a aprender años atrás.

Perdió cobertura y no podía oír a su asesor principal.

Le llamó repetidas veces, sin conseguir señal. Cuando lograba ponerse en contacto, le salía el buzón de voz, porque Jeff también estaba intentando llamarle.

—¡Cuelga el teléfono! —exclamó el senador a nadie en particular.

Veinte minutos después, una secretaria seguía intentando localizar al alcaide.

Lord notó (y ya le había pasado antes) que la mujer no acababa de creerse que su interlocutor fuera de verdad el senador Frank Lord, uno de los políticos más poderosos y destacados del país. Por lo general, la gente importante delegaba en personas menos importantes la organización de las citas y las llamadas.

Lord estaba concentrado en el tráfico y en los conductores iracundos, y llevaba varios minutos en espera. Nadie que supiera de verdad con quién estaba hablando se atrevería a ponerlo en espera. Ésa era su recompensa por su humildad y por ocuparse de sus cosas eficientemente, lo que incluía recoger la ropa en la tintorería, ir a la tienda de comestibles e incluso hacer personalmente las reservas en los restaurantes, a pesar de los repetidos problemas que tenía con los *maîtres* que no anotaban nada, seguros de que la llamada era de algún bromista o de alguien que quería engañarlos para conseguir la mejor mesa.

—Lo siento —dijo por fin la secretaria—. No puedo localizarlo. Esta mañana está muy ocupado porque por la noche hay una ejecución. ¿Quiere dejarle algún recado?

—¿Cómo se llama usted?

—Jodi.

—No, Jodi, no quiero dejarle ningún recado. Se trata de algo urgente.

—Bueno —vaciló—, la identificación de su llamada no muestra que esté llamando desde Washington. No puedo sacar al alcaide de una reunión importante o lo que sea para que resulte que, en realidad, usted no es el senador Lord.

—No tengo tiempo para tonterías. Encuéntrelo, maldita sea. ¿Sabe si tiene algún ayudante?

De nuevo, perdió cobertura y tardó quince minutos en recuperarla, pero la secretaria ya no estaba en su mesa. Le contestó otra mujer joven y también la perdió.

98

—Estoy harta —dijo Nic a su padre.

Había ido al viejo edificio del Departamento de Policía de Baton Rouge pero no consiguió pasar de la recepción de la planta baja. Cuando dijo que tenía una posible prueba de los casos, un inspector de paisano se presentó al cabo de un rato y se quedó mirando las monedas del sobre. Echó un vistazo a las fotografías Polaroid de las mismas en el aparcamiento del Wal-Mart y escuchó con indiferencia la explicación y la teoría de Nic, mientras seguía consultando su reloj. Nic le había entregado las monedas y estaba segura de que, cuando el inspector volvió a la llamada «Sala de Guerra», ella se convirtió en el chiste del día.

—Todos trabajamos en los mismos casos, pero esos cabrones no me cuentan nada. Perdona. —A veces, Nic olvidaba lo mucho que su padre aborrecía las palabrotas—. Puede que sepan algo que podría sernos útil en nuestros casos en Zachary. Pero, oh no. Les parece muy bien que yo les dé toda la información que tengo, pero ellos no hacen lo mismo.

—Pareces muy cansada, Nic —le comentó su padre mientras comían unos huevos revueltos con queso y empanadas de embutido.

Buddy estaba absorto en un mundo imaginario con sus juguetes y el televisor.

—¿Quieres más sémola de maíz? —le preguntó su padre.

—Estoy llena. Pero cocinas la mejor sémola de maíz del mundo.

—Siempre me dices lo mismo.

—Siempre es cierto.

—Ten cuidado. A esos chicos de Baton Rouge no les gusta la gente como tú. En especial, las mujeres como tú.

—Ni siquiera me conocen.

—No hace falta que te conozcan para que te odien. Quieren colgarse medallas. Cuando yo era joven, los héroes recibían medallas por alguna acción destacada. Hoy en día, hay gente que busca medallas por puro egoísmo. Esos tipejos de Baton Rouge quieren colgarse medallas, medallas y más medallas.

—Y que lo digas. —Nic untó con mantequilla otra galleta—. Siempre que cocinas tú, como demasiado.

—La gente que quiere colgarse medallas miente, engaña y roba —le recordó su padre.

—Mientras esas mujeres siguen desapareciendo —dijo Nic, que perdió el apetito y dejó la galleta en el plato—. ¿Quién es peor? ¿El asesino o esos hombres que quieren medallas y no les importan las víctimas?

—Con un error no se subsana otro. Me alegra que no trabajes ahí. Me preocuparía por tu seguridad mucho más que ahora. Y no porque ese loco siga suelto, sino porque lo estarían tus compañeros.

Nic echó un vistazo a la sencilla cocina de su infancia. No se había actualizado ni remodelado nada desde que su madre murió. La cocina era eléctrica, blanca, de cuatro quemadores. La nevera era blanca, como también las encimeras. Su madre había pensado en un estilo rural francés. Pensaba poner muebles viejos y cortinas blancas y azules, quizás unas baldosas bonitas en las paredes, pero nunca tuvo ocasión de hacerlo. Así que la cocina seguía blanca, enteramente blanca. Estaba segura de que, si alguno de los electrodomésticos se estropeaba del todo, su padre se negaría a desprenderse de él. Cenaría siempre comidas preparadas si fuera preciso. La idea de que su padre no pudiera desligarse del pasado atormentaba a Nic. Era prisionero del dolor silencioso y la rabia.

Nic se levantó de la silla y besó la cabeza de su padre con los ojos llenos de lágrimas.

—Te quiero, papá. Cuida bien de Buddy. Te prometo que uno de estos días me convertiré en una buena madre.

—Eres una madre lo bastante buena. —La miró sin dejar de picar los huevos revueltos—. Lo importante no es la cantidad de tiempo sino la calidad del tiempo.

Nic pensó en su madre. Su tiempo había sido breve, pero cada minuto fue bueno. Al menos, así parecía ahora.

—Estás llorando —dijo su padre—. ¿Me vas a contar qué te pasa, Nic?

—No lo sé. De verdad que no. Estoy pensando en mis cosas y de repente me echo a llorar. Creo que es por mamá, como te dije. Todo lo que está pasando ahora me la ha recordado, o ha abierto una puerta en mi mente. Una puerta que ni siquiera sabía que existía y que da a un lugar oscuro que me aterra, papá. Enciéndeme la luz, por favor. Por favor.

Su padre se levantó despacio de la mesa sabiendo a qué se refería su hija. Suspiró.

—No te hagas esto, Nic —dijo con tono grave—. A mí me destrozó y dejé de vivir. Tú lo sabes. Cuando volví a casa aquella tarde y vi... —Se aclaró la garganta y contuvo las lágrimas—. Noté que algo se rompía en mi interior, como un desgarro muscular en el corazón. ¿De qué te serviría saberlo?

—Porque es la verdad. Y puede que las imágenes que visualizo sean peores porque no puedo ver las reales.

Su padre asintió y suspiró de nuevo.

—Sube al desván —dijo—. Debajo de las alfombras amontonadas en un rincón, hay una maleta azul. Era de tu madre. La obtuvo con cupones.

—Lo recuerdo —susurró Nic, y recordó a su madre con aquella maleta azul un día que se iba a Nashville a visitar a una tía enferma.

—Nunca introdujo un código de cierre porque dijo que nunca podría recordarlo. Cero-cero-cero, como si fuera nueva. —Volvió a aclararse la garganta, y añadió—: Lo que quieres está ahí. Son cosas que no debería tener, pero yo era como tú, necesitaba saber. Por entonces era profesor de la hija del jefe de policía, así que, aunque me avergüence admitirlo, conseguí ciertos favores prometiéndole que pondría a su hija mejor nota de la que se merecía y le extendería una recomendación para la universidad. Mi castigo fue que tuve lo que pedía. No lo bajes aquí, por favor. No quiero volver a verlo.

99

La ayudante Pio Jayne Gittleman se deshizo en disculpas por haber hecho esperar a Scarpetta.

Los quince minutos que Scarpetta había esperado frente a la puerta principal, justo debajo del cartel que ponía «Unidad de Allan B. Polunsky», el sol la había hecho transpirar. Se sentía sucia y desaliñada. Su paciencia era escasa, a pesar de su empeño en reprimir sus emociones. En ese momento, lo que más quería era acabar de una vez por todas.

—Los medios de comunicación nos llaman sin parar porque esta noche tenemos una ejecución —explicó la señorita Gittleman.

Entregó a Scarpetta una etiqueta de visitante, que se sujetó a la solapa de la misma chaqueta que había vestido en dos aviones distintos desde que saliese de Florida. El traje pantalón era negro y, por lo menos, lo había planchado en la habitación del hotel Melrose de Nueva York la noche anterior, después de dejar a su sobrina. Lucy no sabía dónde estaba su tía en ese momento. Si Scarpetta lo hubiera mencionado, habría intentado detenerla o insistido en acompañarla. Scarpetta se había arriesgado a dirigirse allí sin previo aviso, por lo que había tenido que llamar a la Unidad Polunsky una vez que aterrizó en Houston. Su seguridad de que Chandonne la recibiría incluía la mortificación de saberse en su lista de visitas.

Aquel cabrón se había salido con la suya: estaba ahí. Pero cuanto menos tiempo tuviera Chandonne para pensar en que iba a verla, mejor.

Los carceleros comprobaron su identificación, y la señorita Gittleman la condujo a través de una serie de ruidosas puertas metálicas y, a continuación, por un jardín con mesas de pícnic bajo sombrillas, destinadas evidentemente al personal. Recibió autorización en cinco puertas de cierre electrónico a lo largo de recorridos demasiado cortos, y pensó que estaba cometiendo una insensatez, que no debería haber ido. Chandonne la estaba manipulando, ella iba a darle lo que él quería y encima quedaría en ridículo.

En el vestíbulo para las visitas, le pareció que sus zapatos retumbaban, y fue muy consciente de su aspecto al recorrer el reluciente suelo embaldosado. Partidaria ferviente de la psicología del vestido y el porte, presentaba un aspecto atípico y embarazoso. Habría preferido ir bien arreglada con un traje práctico, probablemente de raya diplomática, y quizás una camisa blanca con gemelos. Supuso que ir vestida de ese modo no habría enviado el mejor mensaje a ese cabrón que había intentado matarla, pero la habría hecho sentir menos vulnerable ante él.

Al ver a Jean-Baptiste Chandonne sentado en la cabina 2 le fallaron las rodillas. Recién afeitado, incluidas manos y cabeza, se le veía sereno detrás del cristal, tomando una Pepsi y una rosquilla y fingiendo no haberla visto.

Se negó a participar en su juego y lo miró abiertamente. Le sorprendió verle vestido de blanco. Era feo pero casi parecía normal sin los rizos de pelo fino que le colgaban como un flequillo asqueroso la última vez que lo había visto. Cuando Scarpetta se sentó frente a él y descolgó el auricular, se lamió los dedos.

Sus ojos asimétricos vagaban a la deriva, y le dedicó su sonrisa de barracuda, con una piel blanca como un pergamino. Ella observó sus brazos musculosos, bien definidos, y que se había arrancado las mangas de la camisa, y después vio ese pelo largo, horrible. Le asomaba por las sisas y el cuello. Al parecer, sólo se había afeitado las partes del cuerpo que quedaban a la vista.

—Qué detalle —dijo con frialdad por teléfono—. Se ha arreglado para mí.

—Por supuesto. Es un placer que hayas venido. Sabía que lo harías. —Sus ojos nublados no parecieron enfocarse cuando se volvieron hacia ella.

—¿Se afeitó usted mismo?

—Sí. Hoy. Para ti.

—Debe ser bastante difícil si está ciego —comentó ella con voz firme.

—No necesito los ojos para ver. —Se tocó con la lengua un diente pequeño y afilado, y alargó la mano hacia la Pepsi—. ¿Qué te pareció mi carta?

—¿Qué quería que me pareciera?

—Que soy un artista, por supuesto.

—¿Aprendió caligrafía aquí, en la cárcel?

—Siempre he tenido una letra muy bonita. Cuando era un inocente niño *petit* y mis padres me tenían encerrado en el sótano, disponía de muchas horas para desarrollar mis talentos.

—¿Quién envió la carta por usted? —Scarpetta dominaba con sus preguntas.

—Mi querido y difunto abogado. —Chasqueó la lengua—. La verdad es que no sé por qué se suicidó. Pero quizá sea algo positivo. No valía nada, ¿sabes? Era cosa de familia.

Ella sacó un bloc y un bolígrafo del maletín.

—Me dijo que tenía información para mí. Por eso

estoy aquí. Si sólo quiere charlar, me iré ahora mismo. No tengo ningún interés en conversar con usted.

—La otra parte del trato, madame Scarpetta —repuso él—, es mi ejecución. ¿Lo harás?

—No hay problema.

Él sonrió, al parecer encantado.

—Dime cómo es —pidió con el mentón apoyado en la mano.

—Indoloro. Una intravenosa de tiopental sódico, que es el sedante. Bromuro pancurónico, un relajante muscular. Y cloruro potásico, que detiene el corazón —describió Scarpetta con frialdad mientras él escuchaba, embelesado—. Fármacos bastante baratos, de modo irónico y apropiado, si se tiene en cuenta su propósito. La muerte se produce en unos minutos.

—¿Y no sufriré cuándo me lo hagas?

—No de la forma en que ha hecho sufrir a otros. Se dormirá al instante.

—¿Me prometes entonces que serás mi médica al final? —Empezó a acariciar la lata de Pepsi, con la horrorosa uña larga del pulgar derecho cubierta con lo que parecía chocolate, seguramente de las rosquillas.

—Lo haré si está dispuesto a ayudar a la policía. Deme la información.

Le dio nombres y lugares que no significaban nada para ella. Llenó veinte páginas del bloc, y cada vez sospechaba más que estaba jugando con ella. La información carecía de sentido. Quizá.

—¿Dónde están su hermano y Bev Kiffin? —preguntó en una pausa, cuando Chandonne decidió comerse con calma otra rosquilla.

Se limpió la mano y la boca con el borde de la camisa, y sus músculos se marcaron con cada movimiento. Chandonne era fuerte y muy rápido. Reprimir recuerdos le resultaba cada vez más difícil. Intentó ahuyentar las imágenes de aquella noche en su casa, cuando ese mismo hombre del que sólo la separaba un cristal había intentado matarla a golpes. Después vio el rostro de Jay Talley, cuando la engañó y la persiguió. Era incomprensible que esos fraternales hermanos gemelos compartieran una obsesión asesina por ella. No acababa de creérselo, y le sorprendía que, al mirar a Jean-Baptiste, lo único que quería era olvidar los horrores del pasado. Era inofensivo en ese sitio. En unos días estaría muerto.

No volvería para administrarle la inyección letal. Mentirle no le preocupaba en absoluto.

Chandonne no dijo nada sobre Jay Talley y Bev Kiffin.

—Rocco tenía un pequeño *château* en Baton Rouge —le contó en cambio—. Es pintoresco, en un barrio restaurado donde viven muchos homosexuales. Cerca del centro. He estado varias veces.

—¿Ha oído hablar de una mujer de Baton Rouge llamada Charlotte Dard?

—Por supuesto. No era lo bastante bonita para mi hermano.

—¿La asesinó Rocco Caggiano?

—No —contestó él, y suspiró como si se estuviera aburriendo—. Como te dije, y deberías escucharme con más atención, no era lo bastante bonita para mi hermano. Baton Rouge. —La sometió a su horrible sonrisa de oreja a oreja mientras sus ojos seguían vagando a la deriva—. ¿Sabías que todo lo que eres se te ve en las manos?

Scarpetta tenía las manos en el regazo, donde sujetaban el bloc y el bolígrafo. Él hablaba de sus manos como si pudiera verlas. Sin embargo, sus ojos eran los de un ciego.

«Finge», pensó.

—Dios pone señales en las manos de todas las personas para que puedan conocer sus propias obras. Todas las obras de la mente dejan marcas en la mano, forman la mano, que es la medida de la inteligencia y la creatividad.

Scarpetta escuchaba, preguntándose si iba a llegar a algo importante.

—En Francia se ven manos muy artísticas. Como las mías —dijo a la vez que levantaba una mano afeitada con los dedos largos y estrechos separados—. Y como las tuyas, madame Scarpetta. Tienes las manos elegantes de una artista. Y ahora sabes por qué no toco las manos. *Fisonomía de la mano*, o *La mano como indicador del desarrollo mental*. Monsieur Richard Beamish. Un libro muy bueno con muchos dibujos de manos, pero por desgracia data de 1865 y no lo tienen en las bibliotecas de barrio. Hay dos dibujos que te corresponden. La mano cuadrada, elegante pero fuerte. Y la mano del artista, elástica y flexible, también elegante. Pero más asociada a una personalidad impulsiva.

Scarpetta no comentó nada.

—Impulsiva. Aquí estás, sin avisar. De repente. Bastante nerviosa, pero sanguínea.

Saboreó la palabra «sanguínea», que en la medicina medieval significaba que la sangre era el humor corporal predominante. Se suponía que las personas sanguíneas eran optimistas y alegres. Scarpetta no era ninguna de las dos cosas en ese momento.

—Dice que no toca las manos. Eso explica por qué no mordió las manos de las mujeres que mató —comentó débilmente.

—Las manos son la mente y el alma. No dañaría una manifestación de lo que estoy liberando en mis elegidas. Sólo lamo las manos.

Estaba empezando a concentrarse en repugnarla y en degradarla, pero Scarpetta aún no había acabado con él.

—Tampoco les mordió la planta de los pies —le recordó.

Chandonne se encogió de hombros y toqueteó la lata de Pepsi, que había sonado vacía la última vez que la había depositado en el mostrador.

—Los pies no me interesan.

—¿Dónde están Jay Talley y Bev Kiffin? —preguntó de nuevo.

—Me estoy cansando.

—¿Por qué protege a su hermano después de cómo le ha tratado toda su vida?

—Yo soy mi hermano —afirmó de forma extraña—. Así que, al encontrarme a mí, es innecesario encontrarlo a él. Ahora sí que estoy muy cansado.

Jean-Baptiste Chandonne empezó a frotarse el vientre, con la mirada perdida.

—Creo que voy a vomitar.

—¿No tiene nada más que decirme? Si es así, me voy.

—Estoy ciego.

—Está fingiendo —repuso Scarpetta.

—Me quitaste la vista física, pero no antes de que te viera. —Se tocó los dientes puntiagudos con la lengua—. ¿Te acuerdas de tu bonita casa con la ducha en el garaje? Regresaste de una escena del crimen en el puerto de Richmond, te metiste en el garaje para cambiarte y desinfectarte, y también te duchaste.

La rabia y la humillación le tensaron el cuerpo. Había estado examinando un cadáver putrefacto, en descomposición, dentro de un contenedor de carga y sí, había seguido su rutina: se quitó el mono protector y las botas, y los metió en una bolsa de plástico dentro del maletero; después, fue a casa en coche. Una vez en el garaje, que desde luego no era un garaje típico, metió la ropa en un fregadero de acero inoxidable. Se desnudó y se metió en la ducha, porque no quería llevar la muerte a su casa.

—Las ventanitas de la puerta del garaje se parecen mucho a la ventanita que tengo en la celda —prosiguió Chandonne—. Te vi.

Esos ojos desenfocados y esa sonrisa de pez otra vez. Le sangraba la lengua.

Scarpetta tenía las manos frías y se le estaban entumeciendo los pies. Se le erizó el vello del brazo y la nuca.

—Desnuda —finalizó Chandonne, y saboreó la palabra con una succión de la lengua—. Te vi quitarte la ropa. Te vi desnuda. Qué alegría, como un buen vino. Entonces eras un borgoña, redonda y firme, complicada y para emborracharse, no para sorber. Ahora eres un burdeos, porque cuando hablas eres más fuerte, ¿sabes? No creo que físicamente. Para saberlo tendría que verte desnuda. —Apoyó una mano en el cristal, una mano que había pulverizado seres humanos—. Un vino tinto, por supuesto. Siempre eres...

—¡Ya basta! —gritó Scarpetta. Su furia había estallado—. Cállate, cabrón de mierda. —Se inclinó hacia el cristal—. No voy a escuchar tu cháchara masturbadora. No me importa si me viste desnuda. ¿Piensas que me intimida oírte parlotear sobre tu voyeurismo y sobre lo que piensas de mi cuerpo? ¿Crees que me importa haberte dejado ciego cuando me amenazabas con aquel martillo? ¿Sabes qué es lo mejor de todo, Jean-Baptiste Chandonne? Estás aquí por mi causa. Así pues, ¿quién ganó? Y no, no volveré para ejecutarte. De eso se encargará un desconocido. Lo mismo que tú eras un desconocido para tus víctimas.

Jean-Baptiste se volvió de repente hacia la puerta de tela metálica que tenía detrás.

—¿Quién está ahí? —susurró.

Scarpetta colgó el auricular y se marchó.

—¿Quién está ahí? —gritó Chandonne.

100

A Jean-Baptiste le gustaban bastante las esposas.

Aquellos brazaletes de acero que le rodeaban las muñecas eran anillas de fuerza magnética. El poder le recorría el cuerpo. Ahora estaba tranquilo, hasta conversador, mientras los agentes Abrams y Wilson lo acompañaban por los pasillos. Se detenían en cada puerta metálica y los agentes levantaban las etiquetas identificadoras y enseñaban la cara a través de los ventanucos. El carcelero del otro lado abría el cierre electrónico y el trayecto proseguía.

—Me ha afectado mucho —dijo en voz baja—. Lamento mi arrebato. Pero es que ella me cegó, ¿saben? Y no quiere pedirme perdón.

—No sé por qué ha venido a ver a un desgraciado como tú —comentó el agente Abrams—. Si alguien debería estar afectado, es ella, después de lo que intentaste hacer. Lo he leído. Lo sé todo sobre tu despreciable vida.

El agente Abrams cometía el gran error de sucumbir a sus emociones. Detestaba a Jean-Baptiste y le gustaría hacerle daño.

—Ahora estoy tranquilo —afirmó Jean-Baptiste dócilmente—. Pero tengo náuseas.

Los carceleros se detuvieron ante otra puerta, y Abrams mostró su identificación. Pasaron. Jean-Baptiste apartaba la cara, bajaba la vista al suelo y evitaba mirar a los carceleros que iban dándoles acceso hacia el interior de la cárcel.

—Comí papel —confesó Jean-Baptiste—. Suelo hacerlo cuando estoy nervioso, y hoy he comido mucho.

—¿Te escribes cartas a ti mismo? —prosiguió Abrams, insidioso—. No es extraño que te pases tanto rato en el retrete.

—Eso es muy cierto —asintió Jean-Baptiste—. Pero esta vez es peor. Me siento débil y me duele la barriga.

—Ya se te pasará.

—No te preocupes. Si empeoras te llevaremos a la enfermería. —Esta vez fue el agente Wilson quien habló—. Te administrarán un enema. Seguro que te gustará.

En el bloque A, las voces de los reclusos reverberaron contra el hormigón y el acero. El ruido era bastante molesto, y la única forma en que Jean-Baptiste había podido soportarlo todos esos meses era decidir cuándo lo oía y cuándo no. Si eso no bastaba, se iba, normalmente a Francia. Pero hoy empezaría su viaje a Baton Rouge y se reuniría con su hermano. Él era su hermano. Esa cuestión lo confundía.

Cuando estaba con su hermano, Jean-Baptiste sentía la existencia de su hermano, que era distinta a la suya propia. Cuando ambos estaban separados, Jean-Baptiste era su hermano, y en sus conquistas las funciones de ambos se unían en un único acto delicioso. Jean-Baptiste elegía una mujer bonita y conseguía que ella lo deseara, quizá con desesperación. Practicaban el sexo. Luego él la liberaba al éxtasis y, cuando había terminado y ella era por fin libre, Jean-Baptiste se deleitaba con su sangre. El sabor de su dulzura salada y el metálico del hierro le excitaban la lengua. Después, a veces le dolían los dientes, y tenía tendencia a masajearse las encías y a lavarse obsesivamente.

Cuando se acercaban a la celda de Jean-Baptiste, éste echó un vistazo a la mujer que ocupaba la cabina de control. Era una dificultad, pero no insuperable. Nadie podía observar todas las actividades todo el rato, y como Jean-Baptiste caminaba despacio, muy despacio, sujetándose la barriga, ella apenas lo miró. Ahora todos estaban pendientes de Bestia, que recibía a sus visitas en una celda especial situada en el otro extremo del bloque, un lugar más apropiado para reunirse con su familia y el capellán. Como habían entrado y salido visitas las tres o cuatro últimas horas, la mujer de la cabina tenía que prestar mucha atención por si Bestia intentaba algo. ¿Por qué no? No tenía nada que perder.

La puerta de esa celda especial era de barrotes, lo que permitía vigilar todos los movimientos de Bestia para asegurarse de que no lastimara a las personas que habían ido a verlo. Bestia miró a Jean-Baptiste a través de los barrotes, justo cuando la mujer de la garita abría electrónicamente la puerta de Jean-Baptiste y los agentes Abrams y Wilson le quitaban las esposas.

Entonces Bestia empezó a gritar y se agarró a los barrotes de su celda bramando, maldiciendo y saltando arriba y abajo. Toda la atención se dirigió hacia él, momento que Jean-Baptiste aprovechó para sujetar a Wilson y Abrams y golpearlos violentamente contra la pared de su celda mientras encajaba el pie para que la puerta no se cerrara. Sus expresiones de asombro se mezclaron con el ruido discordante y ensordecedor del bloque entero. Los cegó con la uña larga y asquerosa del pulgar, y con las manos magnetizadas les aplastó la tráquea. Dejaron de revolverse a la vez que sus rostros adquirían una coloración azulada. Jean-Baptiste los había matado sin apenas derramar sangre, sólo unas gotitas en los ojos y un corte en la cabeza del agente Wilson.

Jean-Baptiste quitó el uniforme al agente Abrams y se lo puso en segundos. Se caló su gorra y se colocó sus gafas oscuras. Salió de la celda y cerró la puerta, con un fuerte chasquido metálico, mientras Bestia forcejeaba con carceleros a lo lejos y recibía spray de pimienta en la cara, lo que sólo logró que gritara y se resistiera más, esta vez sinceramente.

Jean-Baptiste cruzó una puerta tras otra mostrando la etiqueta de identificación de Abrams. Estaba seguro de su éxito, y sonreía para sus adentros cuando los carceleros le permitían pasar. Los pies de Jean-Baptiste casi no tocaban el suelo cuando salió del edificio como un hombre libre y sacó las llaves del coche de Abrams de un bolsillo.

101

En el aeropuerto George Bush, Scarpetta estaba de pie cerca de una pared, alejada del tránsito.

Tomaba un café, aunque sabía que era lo último que necesitaba. Había perdido el apetito, y cuando hacía menos de una hora había comprado una hamburguesa, no pudo tragar ni un bocado. La cafeína le hacía temblar las manos. Un trago de whisky le calmaría los nervios, pero no se atrevía a tomarlo, y el alivio sería sólo temporal. Ahora, más que nunca, necesitaba pensar con claridad para controlar de algún modo el estrés.

«Contesta al teléfono, por favor», suplicó en silencio.

—¿Sí? —se oyó al tercer tono. Marino conducía su ruidosa camioneta.

—¡Gracias a Dios! —exclamó Scarpetta mientras daba la espalda a los pasajeros que se dirigían a algún sitio o corrían hacia sus puertas—. ¿Dónde diablos te habías metido? Llevo días intentando hablar contigo. Siento lo de Rocco... —Lo sentía por Marino.

—No quiero hablar de ello —contestó, él circunspecto y más compungido de lo habitual—. He estado en un infierno, por si quieres saberlo. Puede que haya batido mi mejor récord de atiborrarme de bourbon y cerveza y no contestar el jodido teléfono.

—Oh, no. Otra pelea con Trixie. Ya te dije qué opino de...

—No quiero hablar de ello —dijo de nuevo—. Sin ánimo de ofender, doctora.

—Estoy en Houston —anunció Scarpetta.

—Oh, mierda.

—Lo hice. Tomé notas. Puede que nada sea cierto, pero ese cabrón dijo que Rocco tenía una casa en algún barrio gay cerca del centro. En Baton Rouge. Es probable que la propiedad no esté a su nombre, pero los vecinos deben conocerle. Podría haber muchas pruebas en esa casa.

—Cambiando de tema, por si no has escuchado las noticias, ha aparecido un brazo de mujer en uno de los arroyos de esa zona —le informó—. Están analizando el ADN. Podría ser Katherine Bruce. Si lo es, ese psicópata se está desenfrenando. El brazo fue encontrado en el río Blind, que desemboca en el lago Maurepas. Ese tío tiene que conocer los pantanos y demás de la zona. Según dicen, el arroyo donde encontraron el brazo no es de fácil acceso. Hay que conocer el lugar, y no va casi nadie. Usaba el brazo como cebo para caimanes, en un anzuelo colgado de una cuerda.

—O lo estaba exhibiendo para causar impacto.

—No lo creo —dijo Marino.

—Sea como sea, tienes razón, está desmandándose.

—Puede que ya esté buscando otra víctima en este momento —comentó Marino.

—Voy de camino a Baton Rouge.

—Sí, ya me lo imaginaba. —La voz de Marino apenas era audible por encima del repiqueteo del motor de ocho cilindros en V—. Todo para ayudar en un estúpido caso de sobredosis ocurrido hace ocho años.

—No es sólo un caso de sobredosis, Marino. Y tú lo sabes.

—Sea lo que sea, ahí no estarás segura. Por eso voy

para allá. Llevo conduciendo desde la medianoche y tengo que pararme cada cinco minutos para tomar café e ir al lavabo.

Scarpetta le contó a regañadientes la relación de Rocco con el caso de Charlotte Dard. Le explicó que había representado a un farmacéutico, un presunto sospechoso.

Fue como si Marino no la oyera.

—Todavía me quedan diez horas de carretera. Y tendré que dormir en algún momento. Así que puede que no me reúna contigo hasta mañana —dijo.

102

Jay oyó la noticia de su hermano mutante por la radio.

Sudoroso en el interior del cobertizo de pesca, no estaba seguro de lo qué sentía. Estaba ofuscado. Su belleza no era lo que había sido una semana atrás, y culpaba a Bev de ello, de todo. Cuanto más iba a tierra firme, más se reponían las reservas de cerveza. Antes, Jay se pasaba semanas, un mes, sin tomar una cerveza. Últimamente, la nevera se vaciaba rápidamente.

Resistirse al alcohol siempre había sido un desafío para él desde que empezó a probar buenos vinos cuando era niño, en Francia; vinos para los dioses, según decía su padre. Cuando era un hombre libre con un dominio absoluto de su vida, Jay bebía y disfrutaba con moderación. Ahora era prisionero de la cerveza barata. Desde la última expedición de Bev a las tiendas, se había bebido un paquete al día.

—Supongo que tendré que hacer otra salida —sugirió Bev, con los ojos puestos en la nuez de Jay, que se movía arriba y abajo cuando vaciaba una lata.

—Sí, hazlo. —La cerveza le resbalaba por el pecho desnudo.

—Lo que tú quieras.

—Vete a la mierda. Es lo que tú quieres. —Se acercó a ella con expresión amenazadora—. ¡Me estoy derrumbando! —le gritó mientras estrujaba la lata y la lanzaba al otro lado de la habitación—. ¡Es culpa tuya, joder! ¿Cómo podría estar nadie aquí metido con una imbécil como tú sin tener que beber hasta perder el conocimiento?

Sacó otra cerveza de la nevera y cerró la puerta con el pie descalzo. Bev sonrió para sus adentros. Nada la satisfacía más que ver a Jay fuera de sí, confuso y haciéndose daño. Al menos había encontrado una forma de desquitarse, y ahora que su monstruoso hermano andaba suelto, Jay iba a empeorar y a hacer algo, de modo que ella tenía que mantenerse en guardia. Su defensa propia consistía en mantenerlo borracho. No sabía por qué no se le había ocurrido antes, pero la cerveza escaseaba en la época en que iba a tierra firme una vez cada seis semanas.

De repente, sus peticiones habían pasado a ser una vez al mes, y luego dos veces al mes, y cada vez que volvía con un cargamento de cerveza, le sorprendía lo mucho más que bebía Jay. Hasta hacía poco, jamás le había visto borracho. Cuando estaba ebrio, no se resistía a sus insinuaciones, y ella le aplicaba una toalla húmeda cuando se sumía en la inconsciencia. A la mañana siguiente, no recordaba qué había hecho Bev, ni cómo había satisfecho su placer de formas creativas, ya que él no podía hacerlo, ni lo habría hecho, estando sobrio.

Le observó buscar en la radio las últimas noticias entre las interferencias, mientras se emborrachaba de nuevo. Desde que lo conocía, nunca había tenido nada de grasa, y su cuerpo bien formado había sido fuente constante de envidia y humillación para ella. Eso cambiaría pronto. Era inevitable. Le saldrían michelines, y su orgullo se ahogaría bajo la hinchazón y la gordura por muchas flexiones que hiciera. Quizá su perfecto rostro tampoco tendría tan buen aspecto. Sería fantástico que se volviera tan feo (tanto como él la consideraba a ella) que ella dejara de desearlo.

¿Cómo era esa historia de la Biblia? Sansón, el poderoso y hermoso Sansón, se rindió a comoquiera que se llamara y ella le había cortado la cabellera mágica o algo así. Perdió toda su fuerza.

—¡Bruja estúpida! —gritó Jay—. ¿Por qué te quedas ahí plantada mirándome? Mi hermano viene hacia aquí, si es que no ha llegado ya. Se imaginará dónde estoy. Siempre lo hace.

—Dicen que los gemelos son así, que están muy compenetrados. —La palabra gemelo era una puñalada deliberada—. No te hará daño. A mí tampoco. Te olvidas de que ya lo conozco. Caramba, creo que le caigo bien porque no me importa su aspecto.

—No le cae bien nadie —la contradijo Jay, que se dio por vencido con la radio y la apagó enfadado—. No vives en un mundo real. Tengo que encontrarlo antes de que cometa alguna tontería y se cargue a alguna mujer dejando las marcas de sus mordiscos por todo su cuerpo y destrozándole la cabeza.

—¿Le has visto alguna vez hacerlo? —preguntó Bev con indiferencia.

—Ve a preparar el barco, Bev.

Ella no recordaba la última vez que había pronunciado su nombre. Eso la derritió como mantequilla. Pero acto seguido arruinó el momento al añadir:

—Lo del brazo es culpa tuya, coño. No habría pasado si me hubieras traído cachorros.

Desde que ella había vuelto de su viaje a tierra firme, Jay no había hecho más que quejarse de que no hubiera traído cebo para caimanes, sin agradecerle en absoluto lo que le había conseguido. «Tienes mucho cebo para caimanes —le había dicho ella—. Tanto que no sabes qué hacer con él.» Y le había convencido de que poner carne humana como cebo en un anzuelo para caimanes iría la mar de bien, quizá mejor aún. Jay podría divertirse con el reptil, lo observaría revolverse hasta que se aburriera y luego le dispararía en la cabeza. Como era un cazador furtivo, jamás se quedaba sus presas. Cortaría la cuerda de nailon y observaría cómo el reptil se hundía en el agua. Después volvería al cobertizo.

Pero no había salido así. Lo único que él recordaba vagamente era haber puesto el cebo en el anzuelo y, tras haberlo atado a una rama gruesa de un ciprés, haber oído una embarcación cerca, tripulada por alguien que cazaba caimanes o quizá ranas. Jay se marchó a toda prisa dejando el anzuelo con el cebo colgando de la cuerda de nailon amarillo. Debería haberla cortado. Había cometido un gran error, pero no quería admitirlo. Bev sospechaba que no había habido ningún otro cazador. Jay oía cosas y no pensaba con claridad. Si lo hubiera hecho, se le habría ocurrido que cuando otro cazador encontrara el caimán capturado, se habría encontrado el cebo colgando de sus fauces o en sus entrañas al eviscerar el animal.

—Haz lo que te digo, coño. Prepara el barco —le ordenó—. Para que pueda ocuparme de mi hermano.

—¿Y cómo piensas hacerlo? —preguntó Bev con calma, satisfecha por lo aturdido que estaba Jay.

—Ya te lo he dicho. Él me encontrará. —Empezaba a dolerle la cabeza—. No puede vivir sin mí. Ni siquiera puede morir sin mí.

103

A última hora de la tarde, Scarpetta iba sentada en la fila quince con las piernas encogidas.

A su izquierda, un niño rubio y guapo, con un aparato de ortodoncia, sacaba con desgana cartas coleccionables de Yu-Gi-Oh! de una baraja que había en su bandeja. A su derecha, un hombre obeso, de unos cincuenta años, tomaba cócteles junto a la ventanilla y ojeaba el *Wall Street Journal*. De vez en cuando echaba un vistazo a Scarpetta, con la esperanza de entablar conversación. Ella siguió ignorándolo.

El pequeño sacó otra carta de Yu-Gi-Oh! y la dejó boca arriba en la bandeja.

—¿Quién gana? —le preguntó Scarpetta con una sonrisa.

—No tengo con quién jugar —contestó el niño sin levantar la vista. Aparentaba unos diez años y llevaba vaqueros, una camiseta desteñida de Spiderman y zapatillas deportivas—. Tienes que tener al menos cuarenta cartas para jugar —añadió.

—Me temo que no puedo jugar entonces.

El niño levantó una carta, muy colorida, que mostraba un hacha amenazadora.

—¿Ves ésta? —dijo—. Es mi favorita. El Hacha de la Desesperación. Es una buena arma para un monstruo. Vale mil puntos. —Levantó otra carta—. Ésta se llama El

Invasor del Hacha. Un monstruo muy fuerte con el hacha —explicó.

Scarpetta observó las cartas y sacudió la cabeza.

—Lo siento. Es demasiado complicado para mí —aseguró.

—¿Quieres aprender a jugar?

—Seguro que no podría. ¿Cómo te llamas?

—Albert —contestó, y sacó más cartas de la baraja—. No Al —precisó—. Todo el mundo cree que me puede llamar Al. Pero mi nombre es Albert.

—Encantada de conocerte, Albert.

El hombre obeso situado junto a la ventanilla cambió de postura para observarla, de modo que le oprimía el antebrazo con el hombro.

—No tiene acento de Luisiana —dijo.

—No soy de allí —contestó Scarpetta, y se separó de él sintiéndose agredida por la insoportable colonia que debía de haberse puesto cuando fue al lavabo.

—No hace falta que me lo diga. A la que oigo una o dos palabras, ya lo sé —fanfarroneó antes de beber un sorbo de su naranjada con vodka—. Déjeme pensar. Tampoco es de Tejas. Y no tiene pinta de mexicana, que digamos —sonrió.

Scarpetta se puso a leer de nuevo un artículo de la revista *Science* con la esperanza de que aquel hombre captase el mensaje no demasiado sutil de que la dejara en paz. No solía mostrarse accesible con los desconocidos. Si lo hacía, a los dos minutos le preguntaban adónde iba y por qué, y se introducían en el restringido espacio aéreo de su profesión. Decirles que era médico no detenía el interrogatorio, como tampoco decir que era abogado, y si comentaba que era ambas cosas, las consecuencias eran aún más negativas. Pero proseguir y explicar que era patóloga forense significaba arruinar el viaje: a continuación, surgían JonBenet Ramsey, O. J. Simpson y otros casos misteriosos y errores judiciales, y Scarpetta se veía atrapada, atada a su asiento a una altitud de unos treinta mil pies. También había desconocidos a los que no les importaba en qué trabajaba, sino que se empeñaban en verla más tarde para cenar, o mejor para tomar una copa que pudiera terminar en una habitación de hotel. Ésos, como el pesado de su derecha, preferirían contemplarle el cuerpo a oír su currículum.

—Ese artículo que está leyendo parece complicadísimo —dijo—. Biología estructural. Supongo que es usted alguna clase de profesora.

No contestó.

—¿Lo ve? Se me da muy bien. —Entrecerró los ojos y la apuntó con un dedo regordete—. Profesora de biología. Hoy en día los chicos no valen nada —soltó a la vez que levantaba la bebida de la bandeja y agitaba los cubitos en el vaso de plástico—. Para serle franco, no sé cómo puede aguantarlos —prosiguió, al parecer, convencido de que era profesora—. Además, llevan pistolas al colegio como si nada.

Notó sus ojos hinchados puestos en ella mientras seguía leyendo.

—¿Tiene hijos? Yo tengo tres. Todos adolescentes. Es evidente que me casé a los doce años. —Rió, y salpicó el aire de baba—. ¿Por qué no me da su tarjeta, por si necesito clases particulares mientras ambos estamos en Baton Rouge? ¿Va a enlazar con otro vuelo o a quedarse en la ciudad? Yo vivo en la zona del centro, me llamo Weldon Winn, con dos *n*. Es un buen nombre para un político, ¿verdad? Se podrá imaginar los eslóganes de campaña si alguna vez me presento a las elecciones.

—¿Cuándo aterrizaremos? —preguntó Albert a Scarpetta.

Scarpetta consultó su reloj y forzó una sonrisa a pesar de lo intranquila que la había puesto oír aquel nombre.

—Ya no falta mucho —dijo al niño.

—Sí, señora. Me imagino los carteles por todo Luisiana: «Gana con Winn.» ¿Lo pilla? Por lo de *win*, que significa «ganar». Puede que tenga suerte y haya algún contrincante que se llame Miracle, milagro. Podría ser entonces: «Winn no necesita ningún Miracle.» ¿Qué le parece? Y cuando el señor Miracle obtuviera cada vez peores resultados en las encuestas, dirían: «Miracle no ganará ni de milagro.» —Le guiñó el ojo de nuevo.

—Supongo que no es posible que se presentara una mujer —comentó Scarpetta sin alzar los ojos de la revista, fingiendo ignorar que Weldon Winn era el fiscal de distrito del que Nic Robillard se había quejado.

—Bueno, ninguna mujer se enfrentaría a mí.

—Ya. ¿Qué clase de político es usted?

—De momento, sólo lo soy en espíritu. Soy el fiscal de distrito de Baton Rouge.

Se detuvo para dejar que la importancia de su cargo calara en ella mientras se terminaba su copa y estiraba el cuello en busca de una azafata. Al ver una, levantó el brazo y chasqueó los dedos.

No podía ser una casualidad que Weldon Winn fuese sentado a su lado en un avión cuando ella acababa de entrevistarse con Jean-Baptiste Chandonne y ahora iba a ayudar en una muerte sospechosa que, según el doctor Lanier, había despertado el interés de Weldon Winn.

Intentó deducir cómo habría tenido Winn tiempo de alcanzarla en Houston. Puede que ya estuviera ahí. No tenía ninguna duda de que él sabía quién era y por qué iba en ese avión.

—Tengo una segunda residencia en Nueva Orleans,

un palacete acogedor en el Barrio Francés. Quizá podría visitarlo mientras esté en la zona. Yo pasaré ahí un par de noches porque tengo que tratar unos asuntos con el gobernador y otras autoridades. Estaría encantado de enseñarle la capital y el agujero de bala en una columna donde dispararon a Huey Long.

Scarpetta lo sabía todo sobre el famoso asesinato de Huey Long. Cuando se reabrió el caso a principios de los noventa, el resultado de la nueva investigación se comentó en varias reuniones sobre ciencia forense. Ya estaba harta del pomposo Weldon Winn.

—Para su información —le dijo—, el supuesto agujero de bala en la columna de mármol no fue obra de ninguna bala dirigida a Huey Long ni a nadie más, sino que se trata de una imperfección de la piedra o de la réplica cincelada de un orificio de bala para atraer turismo. De hecho —añadió cuando los ojos de Winn se entrecerraron y la sonrisa se le congeló en los labios—, cuando el Congreso fue restaurado después del asesinato, se quitaron los bloques de mármol de esa columna y nunca volvieron a su ubicación original. Me sorprende que pase mucho tiempo en la capital del estado y no lo sepa —concluyó.

—Me tiene que recoger mi tía, pero ¿y si llego tarde y no está? —preguntó Albert a Scarpetta, como si los dos viajaran juntos. Había perdido interés en sus cartas, que estaban cuidadosamente apiladas junto a un móvil azul—. ¿Sabes qué hora es?

—Casi las seis —contestó Scarpetta—. Si tienes sueño, duerme un poco; ya te avisaré cuando estemos a punto de aterrizar.

—No tengo sueño.

Recordó haberle visto en la puerta de embarque en Houston, jugando con las cartas. Como estaba al lado de otras personas adultas, supuso que iba acompañado y que su familia o quienquiera que viajara con él iba sentada en otro sitio del avión. Jamás se le ocurrió que un padre o un familiar permitiría a un niño pequeño viajar solo, sobre todo en los tiempos que corrían.

—Caramba. No hay demasiadas personas expertas en orificios de bala —comentó el fiscal de distrito cuando la azafata le servía otra copa.

—No, supongo que no demasiadas. —Scarpetta prestaba toda su atención al niño—. No estás solo, ¿verdad? —le preguntó—. ¿Por qué no has ido al colegio?

—Son las vacaciones de Semana Santa. El tío Walt me dejó y una señora me recogió en el aeropuerto. No estoy cansado. A veces me quedo despierto hasta muy tarde para ver películas. Tenemos mil canales. —Se encogió de hombros—. Bueno, puede que no tantos, pero muchos. ¿Tienes animales en casa? Yo tenía un perro que se llamaba *Nestlé* porque era marrón como el chocolate.

—Veamos —dijo Scarpetta—. No tengo un perro color chocolate, pero tengo un bulldog inglés blanco y castaño con unos colmillos muy grandes. Se llama *Billy*. ¿Sabes qué es un bulldog inglés?

—¿Como un pitbull?

—No se parece en nada a un pitbull.

Weldon Winn terció.

—¿Podría preguntarle dónde se hospedará durante su estancia en la ciudad?

—*Nestlé* me echaba de menos cuando no estaba en casa —dijo Albert con nostalgia.

—Ya —contestó Scarpetta—. Creo que *Billy* también me extraña a mí. Pero mi secretaria lo cuida muy bien.

—*Nestlé* era una perra.

—¿Qué le pasó?

—No lo sé.

—Vaya, vaya, es una mujer muy misteriosa —soltó el fiscal de distrito con los ojos fijos en ella.

Scarpetta se volvió hacia él y captó el brillo frío de su mirada. Se inclinó hacia él.

—Ya estoy harta de sus gilipolleces —le susurró al oído.

104

El Learjet 35 pertenecía a los organismos de Seguridad Nacional, y Benton era el único pasajero en él.

Tras aterrizar en Baton Rouge, bajó deprisa la escalerilla con una bolsa blanda, sin parecerse en absoluto al Benton de antes: barba incipiente, una gorra de béisbol negra de la Super Bowl y gafas oscuras. El traje negro era de Saks, cuya sección de moda masculina había visitado el día anterior. Los zapatos eran de Prada, con suelas negras de goma. El cinturón también era de Prada, y llevaba una camiseta negra. Ninguna de esas prendas, salvo los zapatos y la camiseta, le iban a la perfección. Pero hacía años que no tenía un traje, y en el probador se le ocurrió que echaba de menos la suave lana virgen, el cachemir y el algodón de antaño, cuando los sastres le marcaban con tiza mangas y puños que requerían arreglo.

Se preguntaba a quién habría dado Scarpetta su ropa cara después de su presunta muerte. Conociéndola cómo la conocía, sospechaba que no habría vaciado ella misma los armarios, sino que le habría pedido a alguien que lo hiciera, o que tal vez la habría ayudado Lucy, a quien le habría sido más fácil deshacerse de sus efectos personales ya que sabía que no estaba muerto. De nuevo, dependía de lo buena actriz que Lucy quisiera o pudiera ser en aquel momento. La pena lo embargó cuando por un instante pensó en el dolor de Scarpetta y se imaginó lo inimaginable, su sufrimiento y lo mucho que seguramente le habría costado superarlo.

«¡Basta! Especular es una pérdida de tiempo y de energía mental. Pensamientos vanos. Concéntrate», se ordenó.

Mientras avanzaba con brío por la pista, vio un helicóptero Bell 407, azul oscuro o negro con flotadores hinchables, un *wire strike* y rayas brillantes. Detectó la matrícula: 407EUR.

El Último Reducto.

Un vuelo de Nueva York a Baton Rouge cubría unos mil seiscientos kilómetros. Según los vientos y las paradas para repostar, podría haber tardado diez horas con el viento de cara, pero mucho menos con el viento de cola. En cualquier caso, si había salido a primera hora de la mañana, habría llegado a última hora de la tarde. Se preguntó qué habría hecho desde entonces y si Marino estaría con ella.

A Benton le esperaba un Jaguar rojo oscuro, alquilado en Nueva Orleans y a entregar en la misma pista, uno de los privilegios de quienes utilizaban vuelos privados. En la recepción del aeródromo, como se llaman los pequeños aeropuertos para esta clase de vuelos, habló con una mujer joven. Detrás de ella, había un monitor que mostraba la situación de las llegadas. Había pocas, y en la suya se leía «en tierra». El helicóptero de Lucy no salía en pantalla, lo que indicaba que había llegado hacía un rato.

—Tengo un coche de alquiler que debería recoger aquí. —Benton sabía que estaría ahí. El senador se habría asegurado de todos los detalles.

La empleada repasó las carpetas de coches de alquiler. Benton oyó las noticias y se volvió para observar a unos pilotos que miraban la CNN en un rincón del vestíbulo. En la pantalla aparecía una vieja fotografía de Jean-Baptiste Chandonne. Benton no se sorprendió. Chandonne se había escapado a primera hora de esa tarde haciéndose pasar por uno de los dos funcionarios de prisiones que había matado.

—Joder, mira qué es feo ese cabrón —comentó uno de los pilotos.

—¡No puede ser! Ningún ser humano tiene esa pinta.

La imagen correspondía a una fotografía del archivo policial de Richmond, Virginia, donde Chandonne había sido detenido tres años atrás. No iba afeitado, y su cara, incluso su frente, estaba espantosamente cubierta de pelo fino. Era un error mostrar esa vieja fotografía. Chandonne no podría haberse escapado de la cárcel sin estar recién afeitado. Cuando iba peludo era un monstruo llamativo. Que la gente viera esa vieja imagen no resultaba útil, sobre todo si ahora llevaba gorra o gafas de sol, o si usaba cualquier otro medio para ocultar su cara atrozmente deformada.

La empleada estaba paralizada detrás del mostrador observando boquiabierta el televisor situado al otro lado del vestíbulo.

—Si lo viera, me moriría del susto —exclamó—. ¿Es así de repulsivo, o el pelo es falso?

Benton echó un vistazo a su reloj, como un ejecutivo próspero con prisa. Sin embargo, no podía reprimir su instinto protector de miembro de las fuerzas del orden.

—Me temo que es así —confirmó a la empleada—. Recuerdo haber oído hablar sobre sus asesinatos hace unos años. Supongo que deberíamos estar alerta ahora que anda suelto.

—¡Y que lo diga! —Le entregó el sobre del coche de alquiler—. Se lo cargaré a su tarjeta de crédito.

Sacó una American Express platino de la cartera, que también contenía dos mil dólares, la mayoría en billetes de cien. Llevaba más efectivo repartido en varios bolsillos. Como no sabía cuánto tiempo iba a quedarse, había ido preparado. Escribió su nombre en el formulario de alquiler del coche y lo firmó.

—Gracias, señor Andrews. Buen viaje —dijo la empleada con una sonrisa radiante que formaba parte de su trabajo—. Espero que disfrute de su estancia en Baton Rouge.

105

La tensión de Scarpetta aumentó mientras Albert y ella veían cómo el equipaje pasaba en una cinta transportadora del aeropuerto de Baton Rouge.

Eran casi las siete de la tarde, y empezaba a preocuparle de verdad que nadie hubiera ido a buscar al pequeño, que recogió una maleta y se pegó a su lado cuando ella recogió su bolsa.

—Parece que ha hecho un nuevo amigo —dijo de repente Weldon Winn tras ella.

—Vamos —ordenó Scarpetta a Albert. Cruzaron unas puertas automáticas de cristal—. Estoy segura de que tu tía llegará enseguida. Puede que haya tenido que dar una vuelta porque los automóviles no pueden parar en el bordillo.

Unos soldados armados, vestidos de camuflaje, patrullaban en la zona de recogida de equipaje y en la acera. Albert parecía ajeno a la presencia adusta de los militares y sus fusiles de asalto. Tenía la cara colorada.

—Usted y yo vamos a hablar, doctora Scarpetta. —El fiscal de distrito Winn pronunció por fin su nombre y se atrevió a rodearle un hombro con un brazo.

—Creo que sería mejor que me quitara las manos de encima —le advirtió ella con calma.

—Y yo creo que sería mejor que aprendiera cómo se hacen aquí las cosas —dijo él tras apartar el brazo—. Ya lo creo que vamos a hablar —añadió mientras observaba unos coches que se acercaban al bordillo—. Cualquier información sobre investigaciones en curso es importante. Y si hay algún informador...

—Yo no soy ninguna informadora —interrumpió esa escandalosa insinuación de que si no cooperaba enteramente con él, iba a citarla a declarar—. ¿Quién le dijo que venía a Baton Rouge?

Albert empezó a sollozar.

—Le contaré un secretito, señora. Aquí no pasa nada que yo no sepa.

—Señor Winn —dijo Scarpetta—, si tiene una necesidad legítima de hablar conmigo en algún momento, estaré encantada de hacerlo. Pero en un lugar adecuado, no en la acera de un aeropuerto.

—Y yo estaré deseando que eso suceda —respondió, y chasqueó los dedos en dirección a su chófer.

—No te preocupes —dijo Scarpetta a Albert tras colgarse la bolsa al hombro y sujetarle la mano—. No pasa nada. Estoy segura de que tu tía ya viene hacia aquí. Pero si por alguna razón se retrasa, no voy a dejarte solo, ¿vale?

—Pero no te conozco. No puedo ir a ninguna parte con desconocidos —gimió el niño.

—Estuvimos sentados juntos en el avión, ¿no? —contestó ella mientras la limusina blanca de Weldon Winn se acercaba al bordillo—. De modo que me conoces un poco, y te prometo que estás a salvo, totalmente a salvo.

Winn subió a la parte trasera y cerró la puerta para desaparecer detrás del cristal tintado. Había coches y taxis que se detenían para recoger a personas, maleteros que se abrían de golpe. Gente que abrazaba a sus seres queridos. Los ojos muy abiertos y llorosos de Albert recorrían la zona con disimulo, y su temor empezaba a rozar la histeria. Scarpetta notó que Winn la observaba mientras la limusina se alejaba. Sus pensamientos eran dispersos, como canicas lanzadas al suelo. Le costaba decidir qué debería hacer a continuación, pero empezó llamando por el móvil a información telefónica y averiguó que no figuraba ningún Weldon Winn ni nadie con el apellido Winn en Nueva Orleans, en cuyo Barrio Francés él afirmaba tener una propiedad. Su número de Baton Rouge no aparecía en la guía.

—No sé por qué no me sorprende —masculló, y supuso que alguien había informado al fiscal de distrito de que llegaba a primera hora de la tarde, y que éste había volado a Houston para asegurarse de ir sentado a su lado en el avión en que llegaría.

Había que añadir a eso la responsabilidad inquietante y enigmática que había asumido sobre un niño que no conocía y cuya familia parecía haberlo abandonado.

—Tienes el número de teléfono de tu tía, ¿verdad? —le preguntó—. Venga, vamos a llamarla. Y por cierto —se le ocurrió—, aún no me has dicho tu apellido.

—Dard —dijo Albert—. Tengo un móvil, pero se le ha acabado la batería.

—¿Perdona? ¿Cómo has dicho que te llamas?

—Dard —repitió él, y se enjugó las lágrimas de la cara.

106

Albert Dard bajó los ojos hacia la sucia acera y se concentró en un chicle seco, gris, con forma de galleta.

—¿Por qué estabas en Houston? —le preguntó Scarpetta.

—Para cambiar de avión. —Empezó a sollozar de nuevo.

—¿Pero dónde estabas antes? ¿De dónde venías?

—De Miami —respondió, cada vez más angustiado—. Pasaba las vacaciones de Semana Santa con mi tío, y entonces mi tía dijo que tenía que volver a casa enseguida.

—¿Cuándo dijo eso? —Scarpetta había renunciado a esperar la llegada de la tía de Albert, así que le cogió la mano y volvieron a entrar en la zona de recogida de equipaje en dirección al mostrador de Hertz.

—Esta mañana —contestó—. Creo que hice algo malo. Tío Walt entró en mi habitación y me despertó. Dijo que volvía a casa. Tenía que estar con él tres días más.

Scarpetta se puso en cuclillas y le miró a los ojos a la vez que le sujetaba con suavidad por los hombros.

—¿Dónde está tu madre, Albert? —quiso saber.

—Con los ángeles —contestó el pequeño tras morderse el labio inferior—. Mi tía dice que están con nosotros todo el rato, pero yo nunca he visto ninguno.

—¿Y tu padre?

—Lejos. Es un hombre muy importante.

—Dime el número de teléfono de tu casa y averiguaremos qué está pasando —dijo—. ¿O quizá tienes el móvil de tu tía? ¿Cómo se llama?

Albert le dijo el nombre de su tía y el teléfono de su casa. Scarpetta llamó. Contestó una mujer.

—¿Con la señora Guidon, por favor? —pidió Scarpetta mientras Albert le sujetaba la mano con fuerza.

—¿De parte de quién, por favor? —La mujer era cortés, con acento francés.

—Ella no me conoce, pero estoy con su sobrino Albert en el aeropuerto. Parece que no ha venido nadie a recogerlo —explicó, y le pasó el teléfono a Albert—. Ten —dijo.

—¿Quién es? —preguntó el niño de modo extraño y, tras una pausa, soltó—: Porque no estás aquí, por eso. No sé cómo se llama. —Frunció el entrecejo. Su tono había sido insolente.

Scarpetta no le dijo su nombre. Albert le soltó la mano y apretó el puño. Empezó a golpearse el muslo.

La mujer hablaba deprisa. Su voz era audible pero ininteligible. Ella y Albert hablaban en francés, y Scarpetta miraba al pequeño con renovada perplejidad cuando colgó, enfadado, y le devolvió el móvil.

—¿Dónde aprendiste a hablar francés? —le preguntó.

—De mi madre —contestó con tristeza—. La tía Eveline me lo hace hablar mucho. —Se le volvieron a humedecer los ojos.

—Te diré qué vamos a hacer: recogeremos el coche que tengo alquilado y te llevaré a casa. Podrás enseñarme el camino, ¿verdad?

Se secó las lágrimas y asintió con la cabeza.

107

Una serie de chimeneas negras de distintas alturas se recortaba contra el cielo de Baton Rouge, y una niebla contaminante color perla formaba una cinta que cruzaba el horizonte. A lo lejos, las luces brillantes de las plantas petroquímicas iluminaban la noche.

El estado de ánimo de Albert Dard mejoraba a medida que su nueva amiga conducía por River Road, cerca del estadio de fútbol americano de la LSU. En un recodo estilizado del Misisipí, señaló una verja de hierro con viejas columnas de ladrillo.

—Ahí —indicó—. Es ahí.

Vivía en una propiedad a quinientos metros de la calle, con una casa enorme de tejado de pizarra y varias chimeneas que se elevaban por encima de los árboles frondosos. Scarpetta detuvo el coche, y Albert bajó para introducir un código en un teclado numérico. La verja se abrió despacio. Subieron a poca velocidad hacia la casa de estilo clásico, con ventanitas de cristal tallado y un enorme porche delantero de mampostería. Unos viejos robles se inclinaban hacia la casa como si quisieran protegerla. El único coche visible era un viejo Volvo blanco estacionado delante, en el camino adoquinado de entrada.

—¿Está tu padre en casa? —preguntó Scarpetta mientras el Lincoln plateado de alquiler iba dando botes por el camino.

—No —contestó Albert con tristeza mientras aparcaban.

Bajaron del coche y subieron unos escalones de ladrillo. Albert abrió la puerta, desactivó una alarma antirrobo y ambos entraron en una casa anterior a la guerra civil restaurada, con molduras hechas a mano, caoba oscuro, paneles pintados y unas antiguas alfombras orientales raídas y sombrías. Una luz tenue se filtraba por las ventanas flanqueadas por unas cortinas de damasco sujetadas con cordones adornados con borlas e iluminaba una escalera que subía hacia el primer piso, donde unos pasos resonaron contra el suelo de madera.

—Es mi tía —aclaró Albert cuando una mujer de aspecto frágil y adustos ojos oscuros bajó la escalera deslizando la mano por la barandilla lisa y reluciente.

—Soy la señora Guidon. —Avanzó con pasos rápidos y ligeros hacia el vestíbulo.

Con su boca sensual y sus delicados orificios nasales, la señora Guidon sería bonita, si no fuera porque lucía una expresión dura y vestía con austeridad. Llevaba un cuello alto sujeto con un broche de oro, una larga falda negra y unos burdos zapatos negros con cordones, y el cabello negro recogido hacia atrás. Aparentaba unos cuarenta años, pero era difícil determinar su edad. No tenía arrugas, y su pálida piel era casi translúcida, como si no hubiera visto nunca el sol.

—¿Le apetece una taza de té? —La sonrisa de la señora Guidon era tan fría como el aire viciado e inmóvil.

—¡Sí! —exclamó Albert, y agarró la mano de Scarpetta—. Quédate a tomar el té, por favor. Y pastas. ¡Eres mi nueva amiga!

—No habrá té para ti —indicó la señora Guidon—. Sube a tu habitación ahora. Y llévate la maleta. Ya te diré cuándo puedes bajar.

—No te vayas —pidió Albert a Scarpetta, y añadió, dirigiéndose a la señora Guidon—: No te quiero.

Ésta no le hizo caso. Era evidente que ya había oído eso antes.

—Qué cosas tiene este niño. Está muy cansado y malhumorado porque es muy tarde. Despídete, vamos. Me temo que no volverás a ver a esta señora tan simpática.

Scarpetta fue amable con él al decirle adiós.

Albert, enfadado, subió penosamente las escaleras. Miró hacia atrás varias veces con una expresión que conmovió a Scarpetta. Cuando oyó sus pasos en el piso de arriba, Scarpetta miró con dureza a su desagradable y peculiar anfitriona.

—Qué fría es usted con ese niño tan pequeño, señora Guidon —aseguró—. ¿Qué clase de personas son usted y su padre, que esperan que un desconocido lo traiga a casa?

—Me decepciona usted. —Su actitud altiva no flaqueó—. Creía que una científica de su renombre investigaría antes de hacer suposiciones.

108

Lucy y Marino se hablaban por el móvil.

—¿Dónde se hospeda Kay? —preguntó Lucy desde su Lincoln Navegator negro estacionado.

Rudy y ella habían supuesto que la mejor forma de pasar desapercibidos sería detener el coche en el aparcamiento del Radisson y quedarse dentro con el motor y las luces apagados.

—En casa del juez de instrucción. Me alegro de que no esté sola en un hotel.

—Ninguno de nosotros debería estar en un hotel —comentó Lucy—. Joder, ¿no podrías conducir una camioneta más ruidosa?

—Si la tuviera, sí.

—¿Qué tal es ese hombre? ¿Cómo se llama?

—Sam Lanier. Su pasado es inmaculado. Cuando llamó para pedir referencias de la doctora, me dio la impresión de ser un buen tío.

—Bueno, si no lo es, a mi tía no le pasará nada. Porque Lanier va a tener tres huéspedes más —sentenció Lucy.

109

Una frágil taza de té de Wedgewood repiqueteó contra un platito.

La señora Guidon y Scarpetta estaban sentadas a una mesa de cocina formada por un tajo centenario de carnicero que a Scarpetta le resultaba repugnante. No podía evitar imaginarse cuántos pollos y demás animales habían sido sacrificados y troceados en aquella madera gastada y llena de cortes, grietas y decoloración. Era una consecuencia desagradable de su profesión saber demasiado al respecto: era casi imposible eliminar las bacterias en materiales porosos como la madera.

—¿Cuántas veces tengo que pedirle que me diga por qué estoy aquí y cómo consiguió traerme? —La mirada de Scarpetta era intensa.

—Me parece encantador que Albert haya decidido que usted es amiga suya —comentó la otra—. Yo lo animo todo lo que puedo. No quiere practicar deportes en el colegio ni ninguna otra actividad con niños de su edad. Cree que su sitio está en esta mesa —dijo a la vez que daba unos golpecitos al tajo de carnicero con sus nudillos pequeños y blanquecinos—, hablando con usted y conmigo como si fuera nuestro igual.

Tras años de tratar con personas que se negaban a contestar preguntas, que no podían hacerlo o que experimentaban una etapa de negación, Scarpetta era experta en captar las verdades cuando se mostraban con sutileza.

—¿Por qué no se relaciona con niños de su edad? —preguntó.

—Quién sabe. Es un misterio. Siempre ha sido extraño, de veras. Prefiere quedarse en casa y hacer los deberes, distraerse con esas cosas extrañas con las que juegan los niños hoy en día. Cartas con criaturas horribles. Cartas y ordenadores, cartas y más cartas —comentó con gestos aparatosos, un fuerte acento francés y un inglés rebuscado y titubeante—. Cada vez más a medida que crece. Se aísla de todos y sólo juega con las cartas. A menudo se encierra en su habitación y no quiere salir. —De repente se ablandó y pareció importarle.

Todos los detalles que Scarpetta observaba eran contradictorios e inquietantes. Esa cocina era un buen ejemplo de ello y parecía una metáfora de la casa y las personas que la habitaban. Había una chimenea grande y tenebrosa, con unos formidables morillos forjados a mano, capaz de contener un montón de leña lo bastante grande para calentar una habitación tres veces mayor. Junto a una puerta que daba al exterior había un teclado numérico de un complejo sistema de alarma y un Aiphone con una pantalla de vídeo para las cámaras que, sin duda, vigilaban todas las entradas. Otro teclado numérico, más grande que el anterior, indicaba que la vieja mansión era una casa inteligente con muchos módems que permitían a sus ocupantes controlar a distancia la calefacción, la refrigeración, la iluminación, y las chimeneas de gas, además de encender y apagar electrodomésticos. No obstante, los electrodomésticos y los termostatos que Scarpetta había visto hasta entonces no se habían renovado en al menos treinta años.

En la encimera de granito había un soporte de cuchillos vacío, y no se veía ningún cuchillo en el fregadero de porcelana ni en ninguna otra parte. Sin embargo, sobre la chimenea colgaban unas espadas del siglo XIX, y sobre la consistente repisa de castaño descansaba un revólver, seguramente del calibre 38, dentro de una funda de cuero negro.

La señora Guidon siguió los ojos de Scarpetta y su rostro reflejó rabia un instante. Había cometido un descuido, un error revelador. Dejar el revólver a la vista no había sido intencionado.

—Estoy segura de que se habrá percatado de que al señor Dard le preocupa mucho la seguridad —suspiró encogiéndose de hombros, como si hiciera una confidencia a su invitada e insinuara que Dard era ridículamente precavido y paranoico—. Baton Rouge tiene un elevado índice de delincuencia. Seguramente usted ya lo sabe. Vivir en una casa como ésta y tener dinero es motivo de preocupación, aunque yo no soy de esas que se pasan el rato mirando si alguien las sigue.

Scarpetta disimuló lo mucho que le desagradaba la señora Guidon y se enfureció al pensar cómo debía ser la vida de Albert. Se preguntó hasta dónde podría curiosear los secretos que albergaba esa casa tan vieja.

—Albert parece muy desdichado y echa de menos a su perro —comentó—. Quizá debería comprarle otro. En especial, si está solo y no tiene amigos.

—Creo que es algo genético. Su madre, mi hermana, no estaba bien. —La señora Guidon hizo una pausa y luego añadió—: Pero eso usted ya lo sabe, claro.

—¿Por qué no me dice lo que se supone que sé? Parece saber muchas cosas sobre mí.

—Es usted perspicaz —contestó la anfitriona con una nota de condescendencia—. Pero no tan precavida como me había imaginado. Albert me llamó desde su móvil, ¿recuerda? Eso fue una negligencia para alguien de su reputación.

—¿Qué sabe de mi reputación?

—La pantalla de mi telefóno mostró su nombre, y supongo que no ha llegado de repente a Baton Rouge para unas breves vacaciones. El caso de Charlotte es complicado. Nadie parece tener idea de lo que le pasó ni de por qué fue a un motel horrible frecuentado por camioneros y por la escoria de la sociedad. Así que el doctor Lanier le ha pedido ayuda, ¿verdad? Pero yo, por lo menos, estoy aliviada y agradecida. Digamos que lo organicé todo para que se sentara junto a Albert y lo trajera a casa, y aquí está. —Levantó la taza—. Todas las cosas suceden por una razón, como debe saber.

—¿Cómo pudo organizarlo? —Scarpetta la presionó y, a modo de advertencia, le dejó claro que ya estaba harta—. Además, ¿he de creer que el fiscal Weldon Winn estaba involucrado en su maquinación, ya que también iba sentado a mi lado?

—Hay muchas cosas que desconoce. El señor Winn es un amigo íntimo de la familia.

—¿Qué familia? El padre de Albert no se presentó en el aeropuerto. Albert no parece saber dónde está. ¿Qué supusieron qué pasaría a un niño que viajaba solo?

—No viajaba solo. Viajaba con usted. Y ahora usted está aquí. Quería conocerla. Perfecto.

—¿Amigo de la familia? —repitió Scarpetta—. ¿Por qué no conocía Albert a Weldon Winn, si es tan buen amigo de la familia?

—Albert no lo ha visto nunca.

—Eso no tiene sentido.

—No es quién para decir eso.

—Diré lo que quiera, ya que al parecer me asignó a Albert y estaba segura de que estaría a salvo conmigo, una total desconocida, y de que lo traería a casa. ¿Cómo podía estar segura de que cuidaría de él o de que fuera digna de confianza? —Scarpetta apartó la silla para levantarse y el suelo de pino chirrió—. Perdió a su madre, a saber dónde está su padre, perdió a su perro, y encima se encuentra solo y asustado. En mi profesión, a eso se le llama abandono de responsabilidad, malos tratos a menores —soltó con rabia.

—Yo soy la hermana de Charlotte —dijo la señora Guidon, que también se levantó.

—Me ha estado manipulando. O lo ha intentado. Me marcho.

—Permítame que le enseñe antes la casa. En particular, *la cave*.

—¿Cómo puede tener una bodega en una zona donde la capa freática es tan alta que hay que construir las casas sobre columnas? —preguntó Scarpetta.

—Veo que no siempre es observadora. Esta casa, construida en 1793, está en una elevación. El propietario original encontró el sitio perfecto para lo que tenía en mente. Era francés, un entendido en vinos que viajaba a menudo a Francia. Los esclavos construyeron una bodega como las que él conocía en su país, y dudo que haya otra igual en éste. —Se dirigió hacia la puerta que daba al exterior y la abrió—. Tiene que verla. Es el secreto mejor guardado de Baton Rouge.

—No —se negó Scarpetta sin moverse.

La señora Guidon bajó la voz y fue casi amable al explicar:

—Se equivoca respecto a Albert. Yo estaba en el aeropuerto. Les vi a los dos en la acera. Si usted le hubiera dejado yo le habría recogido, pero por lo que sabía de usted, estaba segura de que no lo haría. Es demasiado bondadosa, demasiado decente. Y desconfía de los males de este mundo. —No lo dijo con sentimiento, sino como un hecho.

—¿Cómo es posible que estuviese en el aeropuerto? La llamé a casa...

—Desvié las llamadas a mi móvil. En realidad, la estaba mirando cuando me llamó. —Eso la divirtió—. Llegué a casa unos quince minutos antes que usted, doctora Scarpetta. No la culpo por estar enfadada y confusa, pero quería hablar con usted cuando Jason, el padre de Albert, no estuviera aquí. Créame que tiene mucha suerte de que no esté aquí. —Vaciló mientras mantenía abierta la puerta de la cocina—. Cuando él está aquí, no hay ninguna intimidad. Venga, por favor —pidió, y le hizo señas con la mano.

Scarpetta dirigió la mirada a los teclados numéricos junto a la puerta de la cocina. Fuera, las sombras de los exuberantes árboles con sus hojas nuevas formaban una oscura cortina. La arboleda estaba húmeda bajo la luna menguante.

—Salga por aquí si quiere. El camino de entrada está al lado. Pero tiene que prometerme que volverá para ver la bodega —insistió.

—Saldré por delante —se negó Scarpetta, y echó a andar en esa dirección.

110

Benton condujo un rato y, después, se registró en el Radisson con el nombre ficticio de Tony Wilson.

Una vez en su suite, se sentó en la cama, con la puerta cerrada y el pestillo y la cadena echados. Pidió que le bloquearan el teléfono, aunque no esperaba llamadas. Los recepcionistas parecieron comprender. Era un hombre rico de Los Ángeles y quería intimidad. El hotel era el mejor de Baton Rouge, y su personal estaba acostumbrado a alojar a personas de todas partes que no usaban los servicios del hotel, sino que preferían ir y venir con discreción. No querían que las molestaran y rara vez se quedaban mucho tiempo.

Benton conectó el portátil a la línea de módem de su habitación. Introdujo su código para abrir el cerrojo del nuevo maletín negro que había raspado adrede rozándolo contra los muebles y arrastrándolo por el suelo. Se quitó la funda del tobillo y dejó la Magnum Smith & Wesson 340PD del calibre 357 sobre la cama. Era de doble acción, cargada con balas Speer Gold Dot de 7,5 gramos.

Del maletín sacó dos pistolas: una Glock 27 del calibre 40, apta para llevar en el bolsillo, con capacidad para diez balas, incluida la de la recámara. La munición era Hydra-Shok: 8,1 gramos, expansiva de punta hueca y percusión central, velocidad 360 metros por segundo, de alta energía y con un poder de parada eficiente, que penetraba al enemigo y se abría como una flor de bordes afiladísimos.

Su segunda pistola, la más importante, era la P 226 SL Sig Sauer de 9 mm, con capacidad para dieciséis balas, incluida la de la recámara. La munición también era Hydra-Shok: 7,44 gramos, expansiva de punta hueca y percusión central, velocidad 340 metros por segundo, con gran capacidad de penetración.

Llevaría las tres armas a la vez. Ya lo había hecho antes: la Smith & Wesson en la funda del tobillo, la Glock en una sobaquera y la Sig Sauer en el cinturón, en la zona de los riñones. Y cargadores adicionales en una mochila de piel de diseño.

Vestía una cazadora holgada y unos vaqueros anchos que le iban un poco largos, una gorra, gafas oscuras y los zapatos Prada con suela de goma. Podría ser un turista. Podría trabajar en Baton Rouge y apenas llamar la atención en esa ciudad de personas de paso, donde abundaban los catedráticos, algunos de ellos excéntricos, los estudiantes abstraídos y los visitantes ensimismados de todas las edades y nacionalidades. Podría ser heterosexual. Podría ser gay. Podría ser ambas cosas.

111

A la mañana siguiente, las aguas mansas y turbias dirigieron la mirada de Scarpetta hacia un casino flotante, hacia el acorazado *USS Kidd* y hacia el lejano puente Old Mississippi, antes de volver hacia el doctor Sam Lanier.

En los pocos minutos que había pasado con él la noche anterior, cuando por fin llegó a su puerta y él la acompañó enseguida hacia su casa de invitados en la parte posterior sin enseñarle la casa principal porque no quería despertar a su mujer, decidió que le caía bien. Había temido que no fuera así.

—En el caso de Charlotte Dard —dijo—, ¿qué contacto tuvo usted o su oficina con la familia en cuanto a asesorarla o interrogarla?

—No tanto como me habría gustado. Lo intenté —aseguró a la vez que su mirada se apagaba y su boca se tensaba—. Hablé con la hermana, la señora Guidon. Brevemente. Es una mujer extraña... Bueno, será mejor que la oriente un poco. Le enseñaré dónde está.

Ese brusco cambio de tema le pareció paranoico, como si su anfitrión temiera que alguien pudiera oírlos. Lanier hizo girar la silla y señaló por la ventana.

—La gente no para de saltar desde el Old Mississippi. No sabe cuántas veces he sacado cadáveres de pobres diablos que han saltado. Suelen tomárselo con calma, además, cuando la policía intenta hacerles desistir y los conductores empiezan a gritar «¡Salta de una vez!» porque están entorpeciendo el tráfico. ¿Se lo puede creer?

»Bueno, una vez tuve a un hombre envuelto en una cortina de ducha y armado con un AK-47 que pretendía subirse al *USS Kidd* para acabar con todos los rusos. Fue interceptado —bromeó—. La muerte y la salud mental forman parte del mismo departamento, y nosotros nos encargamos de todas las recogidas; internamos a unos tres mil pacientes al año.

—¿Cómo funciona exactamente? —quiso saber Scarpetta—. ¿Un miembro de la familia ha de pedir una orden de detención preventiva?

—Casi siempre. Pero también puede pedirla la policía. Y si el juez de instrucción, yo en este caso, cree que la persona está gravemente discapacitada y es peligrosa para ella misma o para los demás, y que no está dispuesta o capacitada para solicitar atención médica, envía a los ayudantes del sheriff.

—Su cargo es electo. Conviene que se lleve bien con el alcalde, la policía, el sheriff, las dos universidades, el fiscal de distrito, los jueces, el fiscal general, por no mencionar a los miembros influyentes de la comunidad. —Hizo una pausa—. La gente que ostenta el poder puede influir sin duda en el voto de la gente. Así que, si la policía recomienda que alguien sea internado en un hospital psiquiátrico, el juez de instrucción local estará de acuerdo. Eso se denomina conflicto de intereses.

—Es peor aún. El juez de instrucción determina también la capacidad para ser procesado.

—Así que supervisa la autopsia de una víctima de asesinato, determina la causa y la forma de la muerte y, después, si se atrapa al presunto homicida, decide si tiene capacidad para ser procesado.

—Le tomo muestras de ADN en la sala de reconocimiento. Después se sienta aquí, en mi oficina, con un policía a cada lado y un abogado presente. Y yo le interrogo.

—Doctor Lanier, este sistema es el más extraño que haya visto nunca, y no me parece que usted tenga ninguna protección si los poderes fácticos consideran que no pueden controlarlo.

—Bienvenida a Luisiana. Por cierto, si los poderes fácticos intentan decirme cómo debo hacer mi trabajo, les mando a la mierda.

—¿Y su índice de delincuencia? Sé que es malo.

—Peor que malo. Terrible —contestó Lanier—. Baton Rouge posee, con mucho, el índice más alto de homicidios sin resolver de todo el país.

—¿Por qué?

—Baton Rouge es una ciudad muy violenta. No sé muy bien por qué.

—¿Y la policía?

—Mire, respeto mucho a los policías de a pie. La mayoría se esfuerza mucho. Pero después están los que mandan, que aplastan a los buenos y animan a los cabrones. Política —dijo a la vez que se recostaba y la silla crujía bajo su peso—. Tenemos un asesino en serie suelto. Puede que hayamos tenido más de uno a lo largo de las décadas. —Se encogió de hombros de una forma que no significaba ni complacencia ni aceptación—. Política.

—¿Crimen organizado?

—El quinto mayor puerto del país, la segunda mayor industria petroquímica, y Luisiana produce alrededor del dieciséis por ciento del petróleo de la nación. Venga —exclamó, y se levantó—. A almorzar. Todo el mundo tiene que comer, y me da la impresión de que usted no lo ha hecho demasiado últimamente. Parece agotada, y el traje le queda un poco holgado de cintura.

Scarpetta no tenía palabras para decirle lo mucho que había empezado a detestar ese traje negro.

Tres empleados alzaron la vista cuando Scarpetta y el doctor Lanier salieron de su oficina.

—¿Volverá? —preguntó una mujer con sobrepeso y cabello gris a su jefe con tono gélido.

Scarpetta supuso que era la empleada de quien Lanier se había quejado.

—Quién sabe —contestó con lo que Scarpetta llamaría el temple de un testigo experto ante el tribunal.

Estaba claro que aquella mujer no le caía bien al doctor Lanier. Unos espectros viejos y desagradables pendían entre ellos. Pareció aliviado cuando la puerta de la oficina se abrió y entró un hombre alto y atractivo de pantalones y chaqueta azul oscuro. La energía de su presencia le precedía varios pasos, y la empleada con sobrepeso fijó unos ojos como avispas oscuras y rabiosas en su rostro.

Eric Murphy, investigador forense jefe, dio la bienvenida a Scarpetta y preguntó adónde irían a comer.

—Pase lo que pase, hay que comer —dijo Lanier mientras bajaban en el ascensor—. Insisto en ello, y éste es el momento para hacerlo. Bien, como dije, no me puedo librar de esa mujer. Lleva trabajando más tiempo que yo en la oficina. Es una especie de legado deplorable que pasa de un juez al siguiente.

Las puertas del ascensor se abrieron y salieron al garaje. Se oían cerrar puertas de coches como contrapunto apagado de las personas que se dirigían a almorzar, y Lanier orientó la llave hacia lo que él llamaba su «unidad», un Chevrolet Caprice negro con una luz azul en el salpicadero, radio, escáner policial y motor de ocho cilindros en V turbo especial que, según alardeó mientras Scarpetta subía al asiento trasero, era «necesario para las persecuciones a alta velocidad».

—No puede ir en el asiento trasero. No está bien —se quejó Eric, que mantenía abierta la puerta del pasajero—. Es nuestra invitada.

—Oh, no me hables de usted, por favor. Me llamo Kay. Y tengo las piernas más cortas que tú, lo que significa que me siento atrás.

—Vale —contestó Eric con buen humor.

—A partir de ahora yo soy Sam. Se acabó esa gilipollez de «doctor».

—Tampoco me llames doctor a mí —intervino Eric—. Por la sencilla razón de que no lo soy.

—Caray, la única vez que hiciste de médico, ¿cuántos años tenías? —Lanier puso el motor en marcha—. Diez, puede que doce, e importunabas a todas las niñas de tu barrio. Dios mío, no soporto estacionar entre columnas de hormigón.

—Tienen la manía de echársete encima, ¿verdad, Sam? —Eric se volvió y guiñó un ojo a Scarpetta—. Se le agarran a menudo al vehículo. Mira eso —dijo señalando una columna de hormigón con una abolladura y una mancha de pintura negra—. Si trabajaras en esa escena del crimen, ¿cuál sería tu conclusión? —Quitó el envoltorio a un paquete de chicles Dentyne—. Te daré una pista. Ésa era la plaza del señor juez, pero no hace mucho, el señor juez (adivina cuál, y sólo hay uno) se quejó de que era demasiado estrecha, y dijo que no pensaba aparcar más en ella.

—No cuentes todos mis secretos —se quejó Lanier mientras salía despacio de su plaza—. Además, fue mi mujer quien causó esos desperfectos. Conduce peor que yo, que conste.

—También es investigadora forense —comentó Eric, que se volvió de nuevo—. Trabaja gratis. Más o menos como todos.

—Y encima te quejas —soltó Lanier, y aceleró la unidad de persecuciones a alta velocidad más de lo prudente en un garaje—. Cobras muchísimo más de lo que te mereces.

—¿Podemos hablar ahora? —preguntó Scarpetta.

—Claro que sí. Puede que en mi despacho me espíen, que me aspen si lo sé. Pero nadie me toca el coche, ni la Harley —respondió Lanier.

—Bien. Resulta que volé hasta aquí con el hijo pequeño de Dard sentado a un lado y vuestro fiscal de distrito, Weldon Winn, en el otro —contó Scarpetta con voz firme y serena—. De hecho, terminé teniendo que llevar a Albert Dard a su casa. ¿Queréis decirme qué está pasando?

—Eso me asusta.

—Ayer por la mañana llevaron de repente al niño, que estaba en Miami, al aeropuerto y lo enviaron a Houston, y resultó estar en mi vuelo a Baton Rouge. Lo mismo que Winn. Y, por cierto, no me parece que seas la clase de persona que se asusta con facilidad.

—Dos cosas. La primera, no me conoces. La segunda, no conoces este sitio.

—¿Dónde estaba Albert hace ocho años, cuando su madre murió en esa habitación de motel? —quiso saber Scarpetta—. ¿Dónde estaba su padre, y por qué este misterioso progenitor está fuera todo el tiempo, según dijo el niño?

—No lo sé. Lo que sí puedo decirte es que conozco a Albert. El año pasado tuve que revisarle en urgencias. Fue un toque de atención, sobre todo si tenemos en cuenta a su familia acaudalada y la misteriosa muerte de su madre. Le ingresaron en una clínica psiquiátrica privada de Nueva Orleans.

—¿Y eso por qué? —preguntó Scarpetta, y añadió—:

¿Tiene un historial psiquiátrico y su familia le deja viajar solo?

—Pero no iba solo, por lo que me has dicho. Su tío lo dejó en manos de los auxiliares de las líneas aéreas, quienes sin duda se aseguraron de que llegara a la puerta de embarque correcta en el aeropuerto de Houston. Y después tú cuidaste de él el resto del tiempo. Además, no es psicótico.

»Hace tres años, en octubre, su tía llamó a urgencias y dijo que su sobrino, que por entonces tenía siete años, sangraba mucho y afirmaba que lo habían agredido mientras iba en bicicleta. Estaba histérico y muy asustado. Bueno, nadie agredió a ese pobre niño, Kay. No había el menor indicio de eso. De hecho, se hace cortes. Se flagela. Al parecer empezó a hacerlo de nuevo poco antes de que lo revisara en urgencias, lo que fue una experiencia bastante desagradable.

Scarpetta recordó la ausencia de cuchillos en la cocina de los Dard.

—¿Estás seguro de que se había infligido él mismo las heridas? —preguntó.

—Procuro no estar seguro de nada. No conozco demasiadas cosas que ofrezcan una seguridad absoluta salvo la muerte —respondió Lanier—. Pero vi muchos cortes vacilantes. Rasguños, en realidad. Eso es indicativo de alguien que se inicia en ese desafortunado método de autodestrucción. Los cortes eran superficiales y estaban todos en sitios a su alcance pero no visibles con facilidad. La barriga. Los muslos. Las nalgas.

—Eso explicaría por qué no le vi cicatrices cuando íbamos en el avión —comentó Scarpetta—. Me habría dado cuenta.

—Lo que realmente me inquieta es lo evidente —dijo Lanier—. Alguien quiere que estés aquí, en Baton Rouge. ¿Por qué?

—Dímelo tú. Dime quién filtró los planes de mi viaje, porque parece que el sospechoso más probable eres tú, o alguien de tu oficina que sabía que yo iba a venir.

—Entiendo que pienses eso. Es lógico. Yo sabía lo suficiente para organizarlo todo, suponiendo que tuviera relaciones amistosas con Weldon Winn. Pero no las tengo; no soporto a ese bastardo. Está más podrido que un vertedero, y tiene mucho dinero. Su explicación es que ya lo tenía de pequeño. Pero adivina qué: es de Myrtle Beach, Carolina del Sur. Su padre dirigía un campo de golf y su madre se deslomaba trabajando de auxiliar de enfermería. El muy cabrón no tenía una mierda.

—¿Cómo sabes todo eso?

—Pregúntale a Eric.

—Empecé en el FBI —explicó el investigador forense, y se volvió hacia ella con una sonrisa en los labios—. De vez en cuando, me armo de valor y busco cosas.

—El caso es que Weldon Winn está involucrado, y mucho, en actividades ilegales —prosiguió Lanier—. Ahora bien, cómo podría alguien llegar a probarlo es otra cuestión. Pero es un hecho que varias personas detenidas aquí en los últimos años han logrado escapar de alguna forma a la iniciativa Project Exile y no les impusieron los cinco años automáticos en una cárcel federal que se añaden a las sentencias por posesión de un arma de fuego durante la comisión de un delito. De algún modo, nuestro fiscal de distrito pasó por alto esos casos, igual que el comité que tendría que haberlos detectado.

»Una de las razones por las que tengo tantos quebraderos de cabeza en mi encantadora ciudad es que no me doblego a los políticos. Me presento a la reelección el año que viene y tengo toda un arca de Noé llena de imbéciles a quienes les encantaría que perdiese el cargo.

Ninguno de los malos me aprecia y no tengo trato con ellos. Lo considero un cumplido.

—Tú y yo hablamos por teléfono —dijo Scarpetta—. Tu oficina se encargó de alquilarme un coche.

—Un error. Una estupidez por mi parte. Tendría que haberlo hecho en persona, fuera de la oficina. Mi secretaria es de fiar, pero esa empleada que acabas de conocer puede haber oído algo, fisgado, no sé.

Condujeron por una parte bastante corriente de Baton Rouge, en los límites de la universidad que dominaba la ciudad. Swamp Mama's, en la calle Tercera, era un local muy frecuentado por estudiantes. Lanier estacionó en una zona donde operaba una grúa y puso una placa roja que rezaba *Vehículo oficial* en el salpicadero, como si el almuerzo se hubiera convertido de golpe en una escena del crimen.

112

Marino entró en el aparcamiento de Louisiana Airways y se detuvo al estilo policial, ventanilla del conductor contra ventanilla del conductor, junto al SUV de Lucy.

—Bien hecho. Te has librado de la camioneta —le elogió Lucy sin más—. No necesitamos una camioneta monstruosa con matrícula de Virginia por aquí.

—Oye, que no soy idiota. Aunque este trasto sea una mierda. —Su camioneta de alquiler era una Toyota de seis cilindros. Ni siquiera tenía faldones en los guardabarros.

—¿Dónde la dejaste? —quiso saber Lucy.

—En el aeropuerto regular, en estacionamiento prolongado. Espero que nadie me la abra. Todo lo que tengo está dentro. Aunque no sea mucho.

—Vamos.

Aparcaron a cierta distancia entre sí.

—¿Dónde está tu novio? —preguntó Marino mientras se dirigían a las instalaciones del aeródromo.

—Merodeando. Viendo si puede encontrar la casa de Rocco en Spanish Town, el barrio histórico donde tenía una propiedad.

Se detuvo un momento ante el mostrador.

—El Bell cuatro-cero-siete —dijo.

No era necesario mencionar la matrícula. Su helicóptero era el único en la pista en ese momento. La mujer del mostrador pulsó un botón que abría la puerta. Un

Gulf Stream ponía en marcha los motores, con un estruendo enorme, y Lucy y Marino se taparon los oídos mientras se aseguraban de no pasar por detrás del avión y recibir el impacto de la tobera de escape. Se dirigieron deprisa a la pista de helicópteros, en un extremo lejos de los aviones, porque la gente que no sabía nada de helicópteros creía que el batir del rotor levantaría piedras y arena y dañaría la pintura de los aviones normales.

Marino no sabía nada de helicópteros y no le gustaban. Tuvo que obligarse a ocupar el asiento de la izquierda, que no pudo ajustar ni correr hacia atrás.

—Maldito trasto —se limitó a decir, y aflojó el cinturón de seguridad al máximo.

Lucy ya había encendido el aparato y, tras comprobar los interruptores y el regulador una última vez, conectó la batería. Esperó a que finalizaran las comprobaciones automáticas y realizó las suyas, empezando por el generador. Con los auriculares puestos, situó el motor a 100 rpm. En ese momento, el GPS no servía de nada, ni ningún otro instrumento de navegación. Una carta de vuelo tampoco iba a ser demasiado útil, de modo que extendió un mapa de Baton Rouge en su regazo y lo recorrió con el dedo en dirección sureste, a lo largo de la carretera 408, también conocida como Hooper Road.

—El sitio adonde vamos no sale en el mapa —dijo por el micrófono—. El lago Maurepas. Seguiremos en esta dirección, hacia Nueva Orleans, y esperemos no terminar en el lago Pontchartrain. No vamos tan lejos pero, si lo hacemos, habremos sobrevolado el lago Maurepas, el río Blind y Dutch Bayou. No creo que eso ocurra.

—Vuela deprisa —pidió Marino—. No soporto los helicópteros, incluido el tuyo.

—Nos vamos —anunció Lucy, y estabilizó el aparato suspendido en el aire antes de cobrar altura y velocidad.

113

El Swamp Mama's era un bar que olía a cerveza, con mesas viejas de vinilo y el suelo de madera manchado, sin barnizar.

Mientras ella pedía las bebidas a un camarero universitario, Eric y el doctor Lanier fueron al servicio de caballeros.

—Te lo aseguro —comentó Eric al abrir la puerta del servicio—, me la llevaría a casa sin pensármelo dos veces. ¿Qué tal esta noche?

—No le interesas —aseguró Lanier con una cadencia que aumentaba de tono al final de cada frase, lo que hacía que sus comentarios parecieran preguntas cuando no lo eran—. Olvídalo.

—No está casada.

—No te metas con mis asesores, sobre todo con ésta. Te comería vivo.

—Oh, Dios mío. Que lo haga, por favor.

—Cada vez que te deja una novia te vuelves loco.

Mantenían esta conversación en los urinarios, uno de los pocos lugares del planeta donde no les importaba dar la espalda a una puerta.

—Estoy buscando las palabras para describirla —dijo Eric—. No es bonita como tu mujer. Tiene unos rasgos más fuertes, y para mí no hay nada más sexy que un cuerpo fantástico con traje o, tal vez, uniforme.

—Tienes el cerebro de un mosquito, Eric.

—También me gustan esas gafitas que lleva. Me gustaría saber si sale con alguien. Ese traje no esconde lo que es importante, ¿te has fijado?

—No. No me he fijado. —Lanier se restregó las manos con brío en el lavabo, como si fuera a realizar un transplante de corazón—. Soy ciego. No olvides lavarte.

Eric rió y se acercó al lavabo, abrió el agua caliente y se bombeó pegotes de jabón rosado en las palmas.

—En serio, ¿y si la invito a salir, jefe? ¿Qué tendría eso de malo?

—Quizá deberías intentarlo con su sobrina. Se acerca más a tu edad. Muy atractiva e inteligentísima. Podría ser demasiado para ti. También está con un chico. Pero no durmieron en la misma habitación.

—¿Cuándo la conoceré? ¿Quizás esta noche? ¿Cocinarás tú? ¿Tal vez podríamos ir a Boutin's?

—¿Qué te pasa?

—Ayer por la noche cené ostras.

Lanier arrancó unas toallitas de papel de un dispensador en la pared. Dejó un montoncito en el borde del lavabo de Eric. Al salir del aseo, observó a Scarpetta y se percató de que no tenía nada de corriente, ni siquiera la forma en que alargaba la mano hacia el café, despacio, con deliberación, irradiando una seguridad y una firmeza que no tenían nada que ver con tomar café. Anotaba cosas en una agenda recargable con funda de piel negra. Sospechó que no dejaba de cargar esa agenda. Era de la clase de personas que anotarían cualquier detalle o conversación que pudiese resultar importante. Su meticulosidad superaba su formación. Se sentó a su lado.

—Te recomiendo la sopa de marisco con quingombó —dijo a la vez que su móvil interpretaba una versión débil y mecánica de la *Quinta Sinfonía* de Beethoven.

—Ojalá hubieses seleccionado otra tonadilla —comentó Eric.

—Diga, Lanier al aparato —contestó éste. Escuchó un minuto con ceño y fijó sus ojos en Eric—. Voy ahora mismo.

Se levantó y arrojó la servilleta sobre la mesa.

—Vamos —ordenó—. Tenemos un caso malo.

114

El terreno entre el aeródromo de Baton Rouge y el lago Maurepas era una sucesión de pantanos, vías fluviales y arroyos que ponían nerviosa a Lucy.

Incluso con los flotadores hinchables, un aterrizaje forzoso resultaría difícil. Cabía preguntarse cómo iba a llegar alguien hasta ellos, y no quería imaginarse los reptiles que acecharían en esas aguas oscuras, en las orillas enlodadas y entre las sombras de los árboles cubiertos de musgo. En el compartimiento del equipaje llevaba siempre un equipo de emergencia que incluía radios de mano, agua, barras de proteínas y repelente de insectos.

Camuflados entre los frondosos árboles había escondites para cazar patos y algún que otro cobertizo de pesca. Voló más bajo y más despacio pero no vio ningún signo de actividad humana. En algunas zonas, sólo una barca, acaso un *airboat*, podría avanzar por esos cursos estrechos de agua que, desde el aire, parecían venas que discurrían por la hierba.

—¿Ves algún caimán ahí abajo? —preguntó a Marino.

—No estoy buscando caimanes. Y no hay nada ahí abajo.

Cuando empezaron a sobrevolar ríos, Lucy detectó una débil línea azul en el horizonte; empezaban a llegar a la civilización. El día era templado y agradable, encapotado en parte: buen tiempo para estar en el agua. Muchos barcos habían salido, y los pescadores y las personas de las embarcaciones de recreo alzaban la vista en dirección al helicóptero. Lucy iba con cuidado de no volar excesivamente bajo para evitar cualquier apariencia de vigilancia. Solamente era un piloto que iba a alguna parte. Se ladeó hacia el este y empezó a buscar el río Blind. Pidió a Marino que hiciera lo mismo.

—¿Sabes por qué lo llaman «río ciego»? —preguntó—. Porque no puedes verlo, por eso.

Cuanto más al este iban, más campamentos de pesca veían, en su mayoría bien cuidados, con barcos fondeados delante. Lucy vio un canal, giró y siguió sus recovecos hacia el sur a medida que se ensanchaba y se convertía en un río que desembocaba en el lago. Numerosos canales se extendían desde el río, y Lucy describió círculos y descendió, pero no encontró ni un solo cobertizo de pesca.

—Si Talley puso el brazo como cebo en ese anzuelo —comentó Lucy—, tengo la sensación de que no se esconde demasiado lejos.

—Bueno, si tienes razón y sigues describiendo círculos, nos va a ver —respondió Marino.

Regresaron sin dejar de examinar la zona, concentrándose sobre todo en las antenas y en no sobrevolar ninguna planta petroquímica para verse interceptados. Lucy había detectado varios helicópteros Dauphine naranja fuerte, del tipo que solía utilizar la Guardia Costera, que ahora formaba parte de la Seguridad Nacional y estaba siempre en alerta terrorista. Últimamente, sobrevolar una planta petroquímica no era prudente. Chocar contra una antena de trescientos metros era peor. Lucy había situado la velocidad relativa de vuelo a noventa nudos, sin prisa por regresar al aeródromo mientras decidía si era el momento de contar la verdad a Marino.

No podría mirarlo mientras volaran y tuviera que mantenerse alerta. Se le hizo un nudo en el estómago y se le aceleró el pulso.

—No sé cómo decirte esto —empezó.

—No tienes que decir nada —contestó Marino—. Ya lo sé.

—¿Cómo? —Se sintió desconcertada.

—Soy inspector de policía, ¿recuerdas? Chandonne me mandó dos cartas cerradas, una para ti y otra para mí, ambas dentro de sobres de la ANJ. Jamás me leíste la tuya. Dijiste que era un montón de desvaríos. Podría haberte presionado, pero algo me aconsejó no hacerlo. Acto seguido, desapareciste, y también Rudy, y un par de días después me entero de que Rocco ha muerto. Sólo quiero saber si Chandonne te indicó dónde encontrar a Rocco y te proporcionó información suficiente para colgarle una alerta roja.

—Sí. No te enseñé la carta. Tenía miedo de que fueras a Polonia.

—¿A hacer qué?

—¿Tú qué crees? Si lo hubieras encontrado en esa habitación de hotel, te hubieras enfrentado por fin a él y hubieras visto cómo era, ¿qué habrías hecho?

—Seguramente lo mismo que Rudy y tú.

—Puedo darte todos los detalles.

—No quiero saberlos.

—A lo mejor no habrías podido hacerlo, Marino. Gracias a Dios no lo hiciste. Era tu hijo —le dijo—. Y, en algún rincón oculto de tu corazón, lo querías.

—Más que el hecho de que esté muerto me duele que nunca me decidí a hacerlo —contestó.

115

El primer rastro de sangre estaba dentro de la casa, a casi un metro de la puerta de entrada. Era una sola gota redonda, de unos dos centímetros de diámetro y con un borde estrellado que recordaba la hoja de una sierra circular.

«Un ángulo recto», pensó Scarpetta. Una gota de sangre que surcaba el aire adoptaba una forma esférica casi perfecta que se conservaba en el impacto si la gota caía en vertical, formando un ángulo de noventa grados.

—La víctima estaba de pie, o alguien lo estaba —indicó.

Estaba muy quieta, y sus ojos iban de una gota a la siguiente por el suelo de baldosas de terracota. En el extremo de la alfombra situada frente al sofá había una zona ensangrentada que parecía haber esparcido un pie, como si alguien hubiese pisado el suelo manchado de sangre y resbalado. Scarpetta se acercó para un examen más minucioso y, tras contemplar la mancha roja y seca, volvió la cabeza y sus ojos se encontraron con los de Lanier. Cuando éste se acercó, Scarpetta le señaló una huella parcial de calzado, casi imperceptible, que mostraba un tacón con un dibujito ondulado que le recordaba el dibujo de las olas marinas que haría un niño.

Eric empezó a tomar fotografías.

Desde el sofá, las señales de lucha seguían alrededor

de una mesa de centro de hierro forjado y cristal que estaba torcida, con la alfombra arrugada debajo, y un poco más allá, una cabeza había golpeado la pared.

—Golpes de cabello. —Scarpetta indicó un dibujo ensangrentado que se extendía sobre la pintura rosa claro.

La puerta principal se abrió y entró un policía de paisano, joven, de cabello oscuro con entradas. Dirigió los ojos de Lanier a Eric y viceversa, y los fijó por último en Scarpetta.

—¿Quién es? —preguntó.

—Empecemos por saber quién es usted —le dijo Lanier.

El policía parecía amenazador porque estaba frenético. No dejaba de dirigir los ojos hacia cierta zona de la casa.

—Soy el inspector Clark, de Zachary —se presentó, y le pegó un manotazo a una mosca, de modo que el vello negro de los dedos se le traslució en los guantes de látex que llevaba puestos—. Me trasladaron a investigaciones el mes pasado —añadió—. Así que no la conozco. —Asintió de nuevo hacia Scarpetta, que no se había movido de su posición junto a la pared.

—Es una asesora temporal —contestó Lanier—. Si no ha oído hablar de ella, ya lo hará. Ahora cuénteme qué pasó aquí. ¿Dónde está el cadáver y quién está con él?

—En un dormitorio, quizá para invitados. Robillard está tomando fotos y todo lo demás.

Scarpetta alzó la mirada ante la mención de Nic Robillard.

—Perfecto —dijo.

—¿La conoce? —preguntó el inspector Clark, que parecía confundido. Dio un manotazo a otra mosca—. Maldita sea, no soporto a estos bichos.

Scarpetta siguió unas diminutas salpicaduras de sangre en la pared y el suelo, algunas de las cuales no eran mayores que un puntito, cuyos extremos afilados señalaban en la dirección de la huida. La víctima estaba en el suelo junto al zócalo y logró ponerse otra vez de pie. Había unas gotas pequeñas y alargadas en la pared que no coincidían con las que Scarpetta estaba acostumbrada a ver cuando habían golpeado o apuñalado repetidas veces a una víctima.

El punto de origen era lo que parecía una lucha violenta en el salón, y Scarpetta se imaginó golpes, agarradas, resbalones y tal vez patadas y arañazos que habían provocado un revoltijo de sangre, pero no cientos de gotitas lanzadas a grandes distancias debido a los movimientos de un arma. Scarpetta reflexionó que tal vez no había habido arma, por lo menos en esa fase de la agresión. Quizás al principio, cuando el agresor hubo cruzado la puerta principal, la única arma fueran sus puños. Quizá había supuesto que no iba a necesitar un arma, pero sin embargo había perdido el control de la situación.

—Eric —dijo Lanier, mirando hacia la parte posterior de la casa—, ve y asegúrate de que todo está precintado. Iremos enseguida.

—¿Qué saben sobre la víctima? —preguntó Scarpetta al inspector Clark—. ¿Qué saben sobre todo esto?

—No mucho —contestó a la vez que pasaba hacia atrás unas páginas de un bloc—. Rebecca Milton, mujer blanca de treinta y seis años. Lo único que sabemos hasta ahora es que alquilaba esta casa, y que su novio vino hacia las doce y media para llevarla a almorzar. No le abría la puerta, así que entró y se la encontró.

—¿No estaba cerrada con llave? —preguntó Lanier.

—No. Encontró el cadáver y llamó a la policía.

—Así pues, la identificó —comentó Scarpetta, que estaba en cuclillas. Las rodillas le dolieron al levantarse.

Clark vaciló.

—¿La miró bien? —Scarpetta no se fiaba de las identificaciones visuales, y no se daba por supuesto que una víctima encontrada en una casa era necesariamente la persona que vivía en ella.

—No estoy seguro —respondió Clark—. Supongo que no se quedó demasiado rato en ese dormitorio. Lo entenderá cuando lo vea. Está en malas condiciones. Malísimas, de hecho. Pero Robillard parece creer que sí, que la víctima es Rebecca Milton, la mujer que vivía aquí.

—¿Cómo coño puede saberlo Robillard? —preguntó Lanier con ceño.

—Vive dos casas más abajo.

—¿Quién? —Scarpetta recorrió la habitación con la mirada como una cámara.

—Robillard vive ahí —afirmó Clark, y señaló la calle—. Dos casas más abajo.

—Dios mío —exclamó Lanier—. ¿No es eso extraño? ¿Y no oyó nada, no vio nada?

—Era mediodía. Estaba fuera, en las calles, como el resto de nosotros.

Scarpetta observó que la casa correspondía a una persona ordenada con ingresos relativamente altos y gustos caros. Las alfombras orientales estaban confeccionadas a máquina y eran bonitas, y a la izquierda de la puerta de entrada había un mueble de cerezo con un elaborado equipo de sonido y un televisor de pantalla grande. En las paredes colgaban unos alegres cuadros cajunes con sus colores chillones y básicos y sus dibujos primitivos de peces, personas, ríos y árboles. Rebecca Milton, si era la víctima, amaba el arte y la vida. En unos marcos fantasiosos había fotografías de una mujer bronceada con un reluciente cabello negro, una sonrisa radiante y un cuerpo esbelto. En otras fotografías aparecía en un barco o en un muelle con otra mujer, también de cabello oscuro, que se parecía lo bastante a ella como para ser su hermana.

—¿Estamos seguros de que vivía sola? —preguntó Scarpetta.

—Parece que estaba sola cuando la atacaron —dijo Clark tras repasar las notas del bloc.

—Pero no lo sabemos con certeza.

—No, señora. —Clark se encogió de hombros—. En este momento no sabemos gran cosa con certeza.

—Me lo preguntaba porque muchas de estas fotografías son de dos mujeres. De dos mujeres que parecen tener una estrecha relación. Y varias de ellas fueron tomadas en el interior de esta casa o en lo que parece el porche delantero, o quizás en el jardín —explicó. A continuación, señaló los golpes de cabello en el zócalo y los interpretó—: Aquí cayó, o alguien lo hizo, y quienquiera que fuera sangraba lo suficiente para tener el cabello ensangrentado...

—Sí, bueno, tiene una herida terrible en la cabeza. Quiero decir que tiene la cara destrozada —dijo Clark.

Justo enfrente estaba el comedor, con una antigua mesa de nogal en el centro y seis sillas a juego. El bufete era viejo, y detrás de sus puertas de cristal se veían platos de borde dorado. Más allá, al otro lado de una puerta abierta, estaba la cocina; no parecía que el asesino o la víctima se hubieran desplazado en esa dirección. A la derecha del salón, la persecución seguía por un pasillo enmoquetado de azul que daba a un dormitorio con vistas al jardín delantero.

Había sangre por todas partes. Se había secado y mostraba un color rojo oscuro, pero algunas zonas de la moqueta estaban tan empapadas que la sangre aún seguía húmeda. Scarpetta se detuvo al final del pasillo y examinó unas gotitas de sangre en la pared. Una era redonda, de un rojo muy suave en el centro y muy oscuro en el borde. A su alrededor había una rociada de otras gotitas, algunas tan pequeñas que apenas si se veían.

—¿Sabemos si la apuñalaron? —preguntó Scarpetta volviéndose hacia Clark, que estaba, manipulando una cámara de vídeo al principio del pasillo.

Lanier ya había entrado en el dormitorio. Se asomó al umbral y la miró muy serio.

—Ya lo creo que la apuñalaron —dijo—. Unas treinta o cuarenta veces.

—A lo largo de esta pared, la sangre forma dibujos de estornudos o de toses —le indicó Scarpetta—. Se sabe porque estas gotas con el borde oscuro indican burbujas. —Las señaló—. A veces sucede cuando una persona sufre una hemorragia en las vías respiratorias o en los pulmones. O puede que tuviera sangre en la boca.

Scarpetta se dirigió al lado izquierdo de la puerta del dormitorio, donde había sólo una pequeña cantidad de sangre. Siguió con los ojos unas manchas de dedos de quien se hubiera agarrado al marco de la puerta, y en la moqueta había más gotas que cruzaban el umbral hacia el suelo de madera noble. Lanier, Eric y Nic Robillard estaban delante del cadáver. Scarpetta entró y cerró la puerta sin tocar ninguna superficie ensangrentada, incluido el pomo.

Nic estaba sentada sobre los talones, con una cámara de 35 mm en las manos enguantadas y los antebrazos apoyados en las rodillas. Si se alegró de ver a Scarpetta, no lo demostró en absoluto. El sudor se le deslizaba por el cuello y le desaparecía bajo el polo verde oscuro del Departamento de Policía de Zachary, que llevaba metido por dentro de unos pantalones militares color caqui. Se levantó y se apartó para que Scarpetta pudiera acercarse al cadáver.

—Tiene unas puñaladas muy extrañas —comentó—. La temperatura de la habitación cuando llegué era de veintiún grados.

Lanier colocó un largo termómetro químico en la axila del cadáver. Se inclinó sobre éste y lo estudió detenidamente. Scarpetta reconoció vagamente a la mujer como una de las que salían en las fotografías distribuidas por el salón. No era fácil saberlo con certeza. Tenía el cabello apelmazado a causa de la sangre seca, y la cara hinchada y deformada debido a las contusiones, los cortes y los huesos destrozados. El grado de reacción del tejido a las heridas indicaba que había sobrevivido un rato. Scarpetta le tocó un brazo. El cadáver aún estaba caliente. El *rigor mortis* no había empezado, ni tampoco el *livor mortis*, o la acumulación de la sangre debido a la gravedad una vez que se detiene la circulación.

Lanier quitó el termómetro y leyó:

—Temperatura corporal: treinta y cinco grados y medio.

—Lleva muy poco tiempo muerta —comentó Scarpetta—. Pero el estado de la sangre en el salón, el pasillo e incluso parte de la que hay aquí sugiere que el ataque se produjo hace horas.

—Puede que la herida de la cabeza acabara con ella, pero que tardara un rato en morir —dijo Lanier mientras palpaba con suavidad la parte posterior de la cabeza—. Fracturas. Si te golpean la cabeza contra una pared te provocan heridas graves.

Scarpetta no quiso aventurar nada sobre la causa de la muerte, pero estaba de acuerdo en que la víctima había sufrido un traumatismo contundente en la cabeza. Si las puñaladas hubieran cortado o seccionado por completo una arteria principal, como la carótida, la muerte se habría producido en minutos. Eso era poco probable (imposible, en realidad), ya que parecía que la mujer había sobrevivido un buen rato. Scarpetta no vio ninguna salpicadura arterial. La mujer podía haber conservado un hálito de vida cuando su novio la encontró a las 12.30 horas y estar muerta cuando llegó el equipo de urgencias.

Pasaban ahora unos minutos de las 13.30 horas.

La víctima vestía un pijama de raso azul celeste, con los pantalones intactos y la parte superior rasgada y abierta. El estómago, los pechos, el tórax y el cuello presentaban numerosas puñaladas que medían unos dieciséis milímetros, con ambos extremos romos, uno de ellos un poco más estrecho que el otro. Estas heridas eran superficiales e indicaban que no la habían apuñalado con un cuchillo corriente. Casi en el centro de las heridas había un área de piel que seguía intacta, lo que indicaba que el arma tenía algún tipo de hueco en la punta, o quizá fuera una herramienta con dos superficies de apuñalamiento, ligeramente distintas entre sí en cuanto a grosor y longitud.

—Esto es muy extraño —comentó Lanier con la cabeza inclinada hacia el cadáver mientras revisaba las heridas provisto de una lupa—. No es ningún cuchillo normal que haya visto alguna vez. ¿Y tú? —preguntó a Scarpetta.

—Tampoco.

Las heridas se habían infligido en diversos ángulos, algunas en forma de uve o de i griega, debido al giro de la hoja, lo que era habitual en las puñaladas. Algunas heridas eran abiertas, y otras cortes semejantes a ojales, según las incisiones estuvieran en línea con las fibras elásticas de la piel o las cortaran de través.

Los dedos enguantados de Scarpetta separaron con cuidado los bordes de una herida. De nuevo, la desconcertó ver el área de piel intacta que se extendía casi en el centro. La observó de cerca con una lupa para procurar imaginar qué clase de arma se habría usado. Cerró con cuidado la parte superior del pijama y alineó los agujeros del raso con las heridas para tratar de hacerse una idea de dónde estaba la prenda cuando la mujer fue apuñalada. En el pijama rasgado faltaban tres botones. Scarpetta los encontró en el suelo. Dos botones más colgaban de un hilo.

Cuando dispuso bien la parte superior del pijama sobre el pecho, como habría estado con la víctima en pie, los agujeros no coincidieron en absoluto con las puñaladas, y había más agujeros en el raso que heridas en el cuerpo. Contó treinta y ocho agujeros y veintidós heridas. Ensañamiento, por no decir otra cosa; el ensañamiento típico de los asesinatos pasionales, pero también de cuando el atacante y la víctima se conocían.

—¿Ves algo? —le preguntó Lanier.

Scarpetta seguía alineando agujeros y empezaba a sacar conclusiones.

—Parece que tenía la parte superior fruncida sobre los pechos cuando la apuñalaron. ¿Lo ves? —Movió la parte superior, que estaba tan manchada de sangre que muy poco raso se veía azul—. Algunos agujeros atraviesan tres capas de tela. Por eso hay más agujeros que heridas.

—¿Así que le levantó la parte superior antes de apuñalarla o mientras lo hacía? ¿Y después se la rasgó para abrirla?

—No estoy segura —contestó Scarpetta. Siempre era difícil reconstruir, y un trabajo preciso requería horas ininterrumpidas bajo una buena luz en el depósito de cadáveres—. Volvámosla un poco para examinarle la espalda.

Lanier y ella la sujetaron por el brazo izquierdo. Tiraron de él, pero no del todo, y las heridas sangraron. Había por lo menos seis puñaladas en la espalda y un corte largo en un lado del cuello.

—Así que ella corría y él la apuñalaba. Estaba delante de él, por lo menos en algún momento —dedujo Eric cuando él y Nic volvieron con unas lámparas y las enchufaron.

—Puede —fue lo único que Scarpetta comentó.

—Una mancha en una pared del pasillo parece indicar que la empujaron o golpearon contra ella. Hacia la mitad del pasillo. Quizá la lanzó contra la pared y la apuñaló por la espalda, ella consiguió zafarse y corrió hacia aquí —sugirió Nic.

—Puede —dijo Scarpetta de nuevo, y ella y Lanier volvieron a dejar el cadáver como estaba—. Hay algo claro: tenía la parte superior del pijama mal puesta cuando le infligieron algunas de estas puñaladas en el tórax y el estómago.

—Eso sugiere un móvil sexual —comentó Eric.

—Es un asesinato sexual con una furia tremenda —respondió Scarpetta—. Aunque no la violaran.

—Puede que no lo hicieran. —Lanier se agachó hacia el cadáver para recoger pruebas físicas con unas pinzas—. Fibras —comentó—. Podrían ser del pijama. A pesar de lo que la gente cree, no siempre hay violación. Algunos de estos cabrones no pueden hacerlo; no se les levanta. O prefieren masturbarse.

—Era vecina tuya —dijo Scarpetta a Nic—. ¿Estás segura de que es Rebecca y no la otra mujer de las fotografías? Las dos se parecen mucho.

—Es Rebecca. La otra mujer es su hermana.

—¿Vive con ella? —quiso saber Lanier.

—No. Rebecca vivía sola.

—De momento será una identificación pendiente hasta que podamos estar seguros gracias a las fichas dentales o algún otro medio —comentó Lanier mientras Eric tomaba fotografías y colocaba una regla de plástico de quince centímetros junto a todo lo que retrataba para que sirviera de escala.

—Me encargaré de ello. —Nic miró sin pestañear el rostro ensangrentado y apaleado de la mujer, cuyos ojos sin brillo miraban fijamente desde debajo de unos párpados hinchados—. No éramos amigas, jamás nos tratamos, pero la veía en la calle, cuidando del jardín, paseando al perro...

—¿Qué perro? —Scarpetta la observó de repente.

—Un labrador beige, un cachorro, puede que de unos ocho meses. Se llama *Basil*. Fue un regalo de Navidad, creo que de su novio.

—Diga al inspector Clark que se asegure de que la policía encuentre al perro —pidió Lanier—. Y, ya puestos, dígale que también se asegure de que sus hombres acordonen la casa. Tendremos que estar aquí un rato.

Lanier entregó a Scarpetta un paquete de escobillones, una botellita con agua esterilizada y un tubo esterilizado. Scarpetta destapó la botella y el tubo y sumergió un escobillón en agua esterilizada para tomar muestras de los pechos en busca de saliva, y las puntas de algodón se volvieron rojas de sangre. Las muestras de la vagina, del recto y de los demás orificios podían esperar a que el cadáver estuviera en el depósito. Empezó a recoger pruebas físicas.

—Voy fuera —dijo Nic.

—Alguien tendría que poner más luces aquí —dijo Lanier en voz alta.

—Lo máximo que puedo hacer es traer lámparas, todas las que haya en la casa —respondió Eric.

—Eso iría bien. Fotografíalas antes de moverlas, Eric, o algún jodido abogado de la defensa dirá que el asesino trajo lámparas al dormitorio...

—Hay muchos pelos, quizá de perro, puede que del suyo... —dijo Scarpetta mientras sacudía con cuidado las pinzas en el interior de una bolsa de pruebas de plástico transparente—. ¿Qué? ¿Un labrador beige?

Nic se había ido.

—Eso dijo. Un cachorro de labrador beige —contestó Lanier; los dos estaban solos con el cadáver.

—Tienen que encontrar al perro por varias razones, primero para asegurarse de que el pobre animalito está bien —dijo Scarpetta—, pero también para comparar los pelos. No puedo estar segura pero creo ver diversidad de pelos de animales.

—Yo también. Pegados a la sangre, sobre todo aquí —señaló con un dedo enguantado y ensangrentado la parte superior del cuerpo desnudo de la mujer—. No los hay en las manos ni en los cabellos, que es donde cabría esperar encontrar pelos de animales si su origen fuera el suelo o la moqueta.

Scarpetta guardó silencio. Extrajo otro pelo con las pinzas y lo dejó caer dentro de una bolsa que ya contenía veinte por lo menos, todos salidos de la sangre seca del estómago.

En la calle, alguien había empezado a silbar fuerte.

—¡Aquí, *Basil*! —llamaban unas voces—. ¡Ven, *Basil*!

La puerta principal se abrió y se cerró varias veces, se oyeron pasos en el salón y el comedor, y a unos policías hablando, y después la voz de una mujer que lloraba y gritaba:

—¡No! ¡No! ¡No! ¡No puede ser!

—Enséñenosla en una de estas fotografías, por favor.

Scarpetta reconoció la voz del inspector Clark. Hablaba fuerte y procuraba no sonar alterado, pero cuanto más gritaba la mujer, más fuerte hablaba él.

—Lo lamento, pero no puede entrar.

—¡Es mi hermana!

—Lo lamento de veras.

—Dios mío. Oh, Dios mío...

Después, las voces se acallaron, y la conversación se convirtió en un murmullo de fondo. Unas cuantas moscas empezaron a colarse en la casa, atraídas por el olor de la muerte, y su zumbido atacaba los nervios a Scarpetta.

—¡Pídales que dejen de abrir esa maldita puerta! —Alzó los ojos, arrodillada, mientras el sudor le resbalaba por la cara y le dolían las rodillas.

—Por Dios, ¿qué pasa ahí fuera? —Lanier también estaba enfadado.

—¡Aquí, *Basil*! ¡Vamos, chico! —Alguien silbó—. ¡Eh! ¡*Basil*! ¿Dónde estás?

La puerta principal se abrió y cerró de nuevo.

—Se acabó. —Lanier se levantó.

Salió del dormitorio y se quitó los guantes ensangrentados. Scarpetta extrajo otro pelo de animal, esta vez negro, y lo puso en la bolsa de pruebas. Los pelos se habían adherido al cadáver antes de que la sangre se secara. Estaban pegados al estómago, los pechos y el tórax, pero no a la planta de los pies descalzos, que también estaban manchadas de sangre seca, no de ninguna herida, sino del suelo que había pisado.

El aliento de Scarpetta era cálido y sonoro tras la mascarilla quirúrgica, y el sudor le escocía en los ojos. Ahuyentó unas moscas con la mano mientras repasaba la cara de la mujer con una lupa en busca de más pelos, lo que mostraba ampliada y más horrible cada grieta en la sangre seca, y más desgarrado y abierto cada corte en la piel. Había unas motas de pintura adheridas a la sangre, puede que procedentes de la pared del salón. La diversidad de pelos de animales encontrada en el cadáver proporcionaría una importante información a Scarpetta.

—Hemos encontrado el perro —dijo Nic desde el umbral.

Scarpetta, sobresaltada, volvió a una dimensión distinta del paisaje rojo y espantoso que ofrecía la lupa.

—*Basil*, su perro.

—No es de donde procede la mayoría de estos pelos. Hay decenas de clases distintas, de colores diferentes. Puede que de perro. Más gruesos que los de gato. Pero no estoy segura.

Lanier volvió al dormitorio, pasó junto a Nic y se puso unos guantes nuevos.

—Lo que estoy viendo me lleva a pensar que los pelos pasaron del autor, que quizá los llevaba en la ropa, a la parte superior del cuerpo de la víctima. Quizá se puso sobre ella.

Bajó los pantalones del pijama unos centímetros, lo bastante para dejar al descubierto las marcas provocadas por la cinturilla elástica. Se sentó sobre los talones y las miró fijamente. Después se quitó la mascarilla.

—¿Por qué iba alguien a ponerse sobre ella y no quitarle los pantalones del pijama? —se sorprendió Lanier—. ¿Por qué iba alguien a pasarle todos estos pelos de perro, o de lo que sean, a la parte superior del cuerpo y a ningún otro sitio? ¿Y por qué coño iba alguien a llevar todos estos pelos de perro encima?

—Encontramos a *Basil* —dijo Nic de nuevo—. Escondido bajo una casa al otro lado de la calle. Encogido de miedo y temblando. Supongo que debió de salir corriendo cuando el asesino se marchó. ¿Quién va a cuidar de él?

—Espero que el novio de la víctima —respondió Lanier—. Si no, a Eric le encantan los perros.

Abrió dos paquetes que contenían mortajas esterilizadas y plastificadas para homicidios. Mientras Scarpetta extendía una en el suelo, Lanier y Eric sujetaron el cadáver por las axilas y las corvas para levantarlo y centrarlo sobre la mortaja. Extendieron una segunda sobre el cadáver y lo envolvieron como si fuera una momia, de modo que no se añadiera ni perdiera ninguna prueba física.

116

Jay levantó una mano del volante para golpear a Bev, pero cambió de idea.

—Eres una imbécil. ¿Lo sabías? —dijo con frialdad—. ¿En qué coño estabas pensando?

—No salió cómo debería.

La radio del Cherokee seguía con las noticias de las seis mientras Jay conducía hacia el Jack's Boat Landing.

«...el doctor Sam Lanier, juez de instrucción del condado de East Baton Rouge, no ha finalizado aún la autopsia, pero fuentes próximas a la investigación han confirmado que la víctima es Rebecca Milton, de treinta y seis años, vecina de Zachary. Aún no se ha emitido un comunicado oficial sobre la causa de la muerte, pero según nuestras fuentes, murió apuñalada. La policía no cree que este asesinato guarde relación con las mujeres desaparecidas en Baton Rouge a lo largo del último año...»

—Idiotas —soltó Jay mientras apagaba la radio—. Tienes suerte que no supongan eso.

Cuatro perros pequeños, de razas mixtas, dormían a la luz del sol que se colaba por la ventanilla trasera del Cherokee. En el asiento trasero también iban cinco paquetes de cerveza. Bev había trabajado mucho ese día, después de dejar a Jay en el campus de la universidad. Él no le había dicho por qué iba ahí ni qué haría en todo el día, sólo que lo recogiera en el mismo sitio a las cinco y media. Quizá buscara a su hermano, el convicto fugitivo. Quizá diera una vuelta, feliz de estar lejos de Bev y del cobertizo de pesca. Era probable que fuera a la caza de alumnas bonitas. Bev lo imaginó haciendo el amor con una de ellas. Eso despertó sus celos, que la consumían.

—No deberías haberme dejado sola todo el día —le reprochó.

—¿En qué estabas pensando? ¿Ibas a secuestrarla a mediodía y llevarla al barco a plena luz del día?

—Al principio. Después me di cuenta de que eso no te gustaría.

El rostro de Jay adoptó una expresión dura mientras conducía con cuidado de no correr demasiado ni de cometer ninguna infracción de tráfico que pudiera motivar que lo pararan.

—No se parecía a ella. Tenía el cabello negro. Y no sé si fue a la universidad.

Bev no había podido resistir el impulso. Tenía tiempo libre, el suficiente para encontrar a aquella mujer bonita que había visto en el Wal-Mart. Después de seguirla aquella noche, había averiguado que esa oveja no vivía en aquella casa del Old Garden District sino en una casita de Zachary, un vecindario muy oscuro. Bev había temido que la oveja sospechara algo y había doblado por una calle lateral antes de tomar buena nota de la dirección.

Esa mañana había dado vueltas en busca del Ford Explorer verde, y se figuró que el hecho de que no estuviese en el camino de entrada no significaba que no estuviera en el garaje. Lo que no sabía era que se había equivocado de casa. Una vez dentro, se vio en un aprieto.

Y tampoco había previsto que esa oveja concreta iba a luchar como un lobo. En el momento en que la mujer de cabello negro abrió la puerta y Bev se coló dentro sacando la pistola, recibió tal empujón que el arma le salió volando de la mano. Bev rodó por el suelo y se sacó una navaja multiuso de la funda que llevaba en el cinturón. Logró abrir una hoja y la persecución empezó. Pareció seguirla kilómetros, mientras la mujer corría y gritaba. Tropezó y se cayó contra una pared, lo que dio la oportunidad a Bev de agarrarla por el pelo y golpearle la cabeza contra el enlucido, y propinarle después un puntapié cuando se deslizó al suelo.

Que la asparan si la muy zorra no se había vuelto a levantar y le había dado un fuerte puñetazo a Bev. Creía que ella también había gritado, pero no lo recordaba. Sintió un estruendo en la cabeza, como un tren de carga, y entonces empezó a apuñalarla sin dejar de perseguirla. La sangre le salpicaba la cara, sin parar. Fue interminable, pero no pudo haber durado más de un par de minutos. Finalmente la inmovilizó en el suelo del dormitorio y la apuñaló hasta el hartazgo, y ahora no estaba segura de que nada de eso hubiera pasado.

Hasta que lo oyó en la radio. Hasta que recordó el abrebotellas ensangrentado de la navaja multiuso. Había apuñalado a la mujer con un abrebotellas. ¿Cómo pudo pasar eso?

Miró a Jay. Pasaron ante varios concesionarios de automóvil y casas de empeño. Al ver el Taco Bell, tuvo deseos de parar. «Nachos con nata agria, queso, chile y jalapeños», pensó.

Tras pasar por delante de pizzerías, talleres mecánicos y concesionarios de automóviles, la carretera se estrechaba, flanqueada por buzones, en su recorrido hacia Jack's y después hacia el pantano.

—Podríamos parar y comprar dulce de cacahuete —dijo Bev.

Jay no le hablaba.

—Vale, como quieras. Tú y tu jodido Baton Rouge.

Quieres volver por lo de tu roñoso hermano. Pues espera a que caiga la noche, que será más fácil.

—Cállate.

—¿Y si no está ahí?

Un silencio sepulcral.

—Bueno, si está, es probable que se esconda en esa bodega apestosa, quizá quedándose el dinero que guardamos ahí abajo. Nos iría bien algo más de dinero, cariño. Con toda esa cerveza que he estado comprando...

—¡Te he dicho que te calles!

Pese al malhumor de Jay, Bev se sentía orgullosa de sus cardenales enrojecidos y de sus arañazos en brazos, piernas, tórax y otras partes del cuerpo, cosechados durante lo que ella denominó una pelea.

—Tomarán muestras de debajo de sus uñas —habló por fin Jay—. Obtendrán tu ADN.

—No tienen mi ADN en ninguna de sus fantásticas bases de datos —contestó ella—. Nadie me tomó el ADN antes de que tú y yo saliéramos huyendo de Dodge. Yo sólo era una buena mujer que dirigía un cámping cerca de Williamsburg, ¿recuerdas?

—De buena, nada.

Bev sonrió. Sus heridas eran símbolos de valor y poder. No sabía que pudiera luchar así. Uno de esos días hasta podría enfrentarse a Jay. Pero su chulería se deshinchó en el acto. Jamás podría superar a Jay. Podría matarla de un puñetazo en la sien. Se lo había dicho. Un puñetazo y le fracturaría el cráneo, porque las mujeres no lo tenían demasiado grueso. Decía que «incluso las estúpidas» como Bev.

—¿Qué le hiciste? Ya sabes a qué me refiero —dijo Jay—. Tienes la ropa empapada de sangre. ¿Te pusiste sobre ella como un hombre?

—No. —No era asunto suyo.

—Entonces ¿cómo es que tienes la ropa ensangrentada desde el cuello hasta la entrepierna? ¿Te pusiste sobre una chica que se estaba muriendo desangrada y te hiciste una paja?

—Eso no te importa. Los polis no creen que tenga relación con las demás —recordó Bev.

—¿Qué palabra dijo?

—¿Qué quieres decir? —Bev empezaba a creer que se estaba volviendo loco.

—Cuando suplicaba. Debió de suplicarte que pararas. ¿Qué palabra dijo para describirlo?

—¿Para describir el qué?

—Lo que sentía al tener tanto miedo del dolor y la muerte, joder. ¿Qué palabra empleó?

—No lo sé —respondió Bev, y se esforzó en recordar—. Creo que dijo: «¿Por qué?»

117

«La habitación estaba fría, y no se percibía ningún olor.»

Nic había leído esa frase por lo menos cinco veces. Su madre podría haber sido asesinada sólo unos minutos antes de que su marido (el padre de Nic) llegara a casa. Nic se preguntaba si el asesino había oído el coche de su padre y huyó, o si fue cosa del destino que el muy cabrón se marchara cuando lo hizo.

Eran las diez de la noche. Nic, Rudy, Scarpetta, Marino y Lucy estaban en la casa de invitados del doctor Lanier tomando café Community, el preferido local.

—Múltiples abrasiones y laceraciones en la cara —dijo Scarpetta, que revisaba el informe de la autopsia. Les había advertido que no pensaba soslayar ningún detalle escabroso que pudiese herir la sensibilidad de Nic. No ayudaría a Nic si hacía eso—. Abrasión y laceración en la frente, equimosis periocular, fractura de los huesos nasales, dientes delanteros aflojados.

—De modo que le golpeó bastante la cara —intervino Marino, y bebió un sorbo de café, que estaba como a él le gustaba, con leche y mucho azúcar—. ¿Alguna posibilidad de que fuera alguien a quien ella conocía? —preguntó a Nic.

—Le abrió la puerta. La encontraron junto a la puerta.

—¿Era precavida en lo de cerrar las puertas con llave? —Lucy la miró intensamente tras inclinarse hacia adelante para participar en la conversación.

—Sí y no. —Nic le devolvió la mirada—. Por la noche cerrábamos con llave. Pero sabía que papá volvería pronto a casa, de modo que pudo no haber tenido la puerta cerrada con llave.

—Eso no significa que la persona no llamara al timbre o a la puerta —indicó Rudy—. No significa que tu madre tuviera miedo de quien fuera.

—No, no significa eso —coincidió Nic.

—Traumatismo por un golpe contundente en la parte posterior de la cabeza. Laceración estrellada en el vértice, siete por diez centímetros. Hematoma enorme en el vértice y en la parte posterior de la cabeza. Cincuenta milímetros de líquido subescapular...

Marino y Lucy intercambiaron unas fotografías. Hasta entonces, Nic no las había mirado.

—Sangre en la pared a la izquierda de la puerta —observó Marino—. Golpes de cabello. ¿Cómo llevaba el pelo de largo tu madre?

—Hasta los hombros. —Nic tragó saliva—. Lo tenía rubio, muy parecido al mío.

—Algo ocurrió en cuanto él entró. Un ataque relámpago —afirmó Lucy—. No es demasiado distinto a lo que le pasó a Rebecca Milton. Ni a lo que pasa en cualquier ataque relámpago cuando una víctima enfurece al agresor.

—¿Podrían estas heridas deberse a que le golpearan la cabeza contra la pared? —preguntó Rudy.

Nic permanecía estoica, recordándose que era policía.

Los ojos de Scarpetta se cruzaron con los suyos.

—Sé que es difícil, Nic. Intentamos ser francos. Si lo somos, puede que no te hagas tantas preguntas.

—Siempre me haré preguntas, porque nunca sabremos quién lo hizo.

—Nunca digas nunca —le recordó Marino.

—Exacto —corroboró Lucy.

—Fractura conminuta no deprimida de los huesos biparietal y occipital, fracturas de las paredes superiores de las órbitas, hematomas subdurales bilaterales, treinta mililitros de sangre libre sobre cada... bla, bla, bla... —Scarpetta volvió una página. Estaba mecanografiada, no impresa con ordenador—. Presenta heridas de arma blanca —añadió.

—Espero que no sintiera nada —comentó Nic con los ojos cerrados. Nadie hizo ningún comentario—. Quiero decir, ¿lo sintió todo? —preguntó a Scarpetta.

—Sintió terror. ¿Físicamente? Es difícil saber el dolor que sintió. Cuando las heridas se producen tan deprisa...

—¿Sabes cuando te pillas la mano con un cajón o te cortas con un cuchillo y no lo notas? —le dijo Marino—. Creo que es así, a menos que sea lento. Como en una tortura.

A Nic le palpitó el corazón con fuerza.

—No la torturaron —aseguró Scarpetta mirando a Nic—. No hay la menor duda de ello.

—¿Y las puñaladas? —preguntó Nic.

—Laceraciones en dedos y palmas. Heridas de defensa. —Alzó de nuevo los ojos hacia Nic—. Perforaciones del pulmón derecho e izquierdo con doscientos mililitros de hemotórax en cada lado. Lo siento. Sé que es difícil.

—¿Habría muerto a causa de las heridas pulmonares?

—A la larga. Pero no hay que olvidar las heridas en la cabeza. También tenía uñas rotas en ambas manos. Se recuperó material inidentificable de debajo de las uñas.

—¿Crees que lo guardarían? —preguntó Lucy—. Los estudios del ADN no estaban entonces tan avanzados como ahora.

—Me gustaría saber qué demonios significa «inidentificable» —dijo Marino.

—¿Qué clase de cuchillo? —quiso saber Nic.

—De hoja corta. Pero no puedo decir cuán corta.

—Quizás una navaja —aventuró Marino.

—Quizá —respondió Scarpetta.

—Mi madre no tenía ninguna navaja. No tenía ninguna... —Nic empezó a derrumbarse, pero recuperó el control—. Lo que quiero decir es que no le gustaban las armas.

—El asesino podía haber llevado una —le dijo Lucy, comprensiva—. Pero yo diría que si el arma fue una navaja, el asesino no creía que iba a necesitar un arma. Podría haberla llevado encima, como hacen muchos hombres.

—¿Son las puñaladas distintas a las que vimos hoy? —preguntó Nic a Scarpetta.

—Del todo —dijo ésta.

118

Nic empezó a hablar sobre la tienda de antigüedades de su madre.

Contó que era propiedad de su madre, pero que sólo trabajaba en ella a tiempo parcial para poder dedicarse a su familia, y que su madre conocía a Charlotte Dard.

—¿Tu madre y Charlotte Dard eran amigas? —preguntó Marino—. Joder. Perdona que te lo diga, pero ¿por qué no lo habías mencionado antes?

—No lo había recordado hasta ahora —respondió Nic—, os lo juro. Supongo que borré de mi mente muchas cosas. Casi nunca pienso en mi madre o, por lo menos, no lo hacía hasta que esas mujeres empezaron a desaparecer. Y hoy... esa escena. Lo que le hizo a Rebecca Milton. Y ahora.

Se levantó para recalentar su taza de café. El microondas funcionó ruidoso un minuto, la puerta se abrió y Nic volvió al sofá con una taza humeante de un café que olía a recocido.

—Nic —dijo Scarpetta—, ¿es Robillard tu apellido de casada?

Nic asintió.

—¿Y el de soltera?

—Mayeux. Mi madre se llamaba Annie Mayeux. Por eso casi nadie cae en la cuenta de que soy su hija. De todos modos, con el tiempo, la gente olvida. Los policías que recuerdan su muerte nunca me relacionan con ella. Yo nunca digo nada. —Sorbió el café, ajena a su sabor—. Su tienda de antigüedades estaba especializada en vidrieras, puertas, postigos, cosas viejas recuperadas, algunas de ellas muy bonitas si sabías lo que buscabas.

»Y muchos muebles eran de ciprés, hechos a mano. Charlotte Dard era una de sus clientas. Estaba remodelando su casa y compraba muchas cosas en la tienda de mi madre. Así es como entablaron amistad. No íntima. —Se detuvo, y rebuscó en la memoria—. Mi madre hablaba sobre esa mujer rica que tenía un coche deportivo y de lo bonita que iba a ser su casa cuando todo estuviera terminado.

»Supongo que las ventas a la señora Dard nos fueron muy bien. Papá no ganó nunca demasiado como maestro. —Sonrió con tristeza—. A mamá le iba muy bien y era frugal. La mayoría de lo que gasta ahora mi padre procede de mi madre, tan bien le fue con esa tienda.

—La señora Dard era adicta a fármacos —comentó Scarpetta—. Murió de una sobredosis, accidente u homicidio. Yo sospecho que fue esto último. Se supone que sufría pérdidas temporales de memoria poco antes de su muerte. ¿Sabes algo de eso?

—Aquí, todo el mundo lo sabe —contestó Nic—. Fue la comidilla de Baton Rouge. Se cayó muerta en la habitación de un motel, el Paradise Acres, que parece el nombre de un cementerio con esa alusión al paraíso. Está en Chocktaw, una parte terrible de la ciudad. Según los rumores, tenía un amante y se encontró ahí con él. Sólo sé lo que salió en las noticias.

—¿Qué hay de su marido? —quiso saber Lucy.

—Buena pregunta. No sé de nadie que lo conozca. ¿No resulta extraño? Sólo sé que es una especie de aristócrata que se pasa el tiempo viajando.

—¿Has visto alguna vez una foto de él? —preguntó Rudy.

Nic meneó la cabeza.

—De modo que no sale en las noticias.

—Le gusta la intimidad —respondió Nic.

—¿Qué más? —intervino Marino.

—Parece haber alguna clase de conexión extraña, ¿verdad? —Rudy miró a Scarpetta—. Un farmacéutico era sospechoso, y Rocco Caggiano fue su abogado.

Marino se levantó por más café.

—Piensa —dijo Lucy intentando animar a Nic.

—De acuerdo. —Nic inspiró hondo—. De acuerdo. Hay algo. Creo que Charlotte Dard invitó a mamá a una fiesta. Lo recuerdo. Mamá nunca iba a fiestas. No bebía y era tímida, se sentía fuera de lugar entre personas con aires de superioridad. Así que fue todo un acontecimiento que asistiese. Fue en la plantación de los Dard. Mamá fue para captar clientela para su tienda. Y por respeto a su mejor clienta, la señora Dard.

—¿Cuándo fue eso? —preguntó Scarpetta.

—Poco antes de que mataran a mi madre —dijo Nic tras pensar un momento.

—¿Cuánto antes es poco antes? —quiso aclarar Rudy.

—Pues... —Nic volvió a tragar saliva—. Días. Creo que días. Se tuvo que comprar un vestido —comentó con los ojos cerrados de nuevo. Se le atragantó un sollozo—. Era rosa con ribetes blancos. Todavía colgaba en la puerta de su armario cuando la mataron, ¿sabéis? Para acordarse de que tenía que llevarlo a la tintorería.

—Tu madre murió menos de dos semanas antes que Charlotte Dard —comentó Scarpetta.

—Es interesante —indicó Marino—. La señora Dard estaba muy jodida y le daban ataques violentos, ¿y a nadie le preocupaba que organizara una fiesta lujosa?

—Eso mismo estaba pensando yo —coincidió Rudy.

—¿Sabéis qué? —dijo Marino—. He conducido casi veinte horas para llegar aquí y después Lucy me mareó en el aire. Tengo que acostarme. Si no, empezaré a hacer deducciones que os harán detener a Santa Claus por algo.

—Yo no te mareé en el aire —replicó Lucy—. Ve a la cama. Necesitas descansar. Yo creía que tú eras Santa Claus.

Marino se levantó del sofá y se marchó en dirección a la casa principal.

—Yo tampoco tardaré mucho en acostarme —comentó Scarpetta a la vez que se levantaba.

—Es hora de irse —dijo Nic.

—No es necesario. —Scarpetta se esforzaba en ayudarla.

—¿Puedo preguntarte una última cosa? —dijo Nic.

—Por supuesto —contestó, aunque estaba tan cansada que parecía tener el cerebro congelado.

—¿Por qué iba a matar alguien a golpes a Rebecca Milton?

—Las cosas no salieron como el asesino esperaba.

—¿Le habría opuesto tu madre resistencia? —preguntó Lucy.

—Le habría arrancado los ojos —respondió Nic.

—Puede que ésa sea la respuesta a tu pregunta. Perdóname, por favor. No sirvo de gran cosa en este momento. Estoy demasiado cansada.

Scarpetta dejó el salón y cerró la puerta de su dormitorio.

—¿Cómo estás? —Lucy se acercó al sofá y miró a Nic—. Esto es duro, realmente duro. Demasiado para describirlo. Eres valiente, Nic Robillard.

—Fue peor para mi padre. Renunció a vivir. Lo dejó todo.

—¿Como qué? —preguntó Rudy con tacto.

—Bueno, le encantaba enseñar. Y le encanta pescar, o le encantaba antes. Y también a mamá. Tenían un pequeño campamento de pesca donde nadie los molestaba. En medio de la nada, literalmente. Nunca ha vuelto a ir.

—¿Dónde?

—En Dutch Bayou.

Rudy y Lucy se miraron.

—¿Quién lo sabía? —preguntó Lucy.

—Supongo que todas las personas a quienes mi madre se lo dijera. Era muy habladora. No como mi padre.

—¿Dónde está Dutch Bayou? —quiso saber Lucy.

—Cerca del lago Maurepas, junto al río Blind.

—¿Podrías encontrarlo ahora?

—¿Para qué? —Nic la miró.

—Contesta mi pregunta —pidió Lucy a la vez que le tocaba con suavidad el brazo.

Nic asintió. Sus ojos se encontraron.

—Muy bien, de acuerdo. —Lucy no desvió la mirada—. Mañana. ¿Te has subido alguna vez a un helicóptero?

—Me voy. Estoy muerto —anunció Rudy, y se levantó. Sabía lo que vendría a continuación. A su propio modo, lo aceptaba. Pero no iba a quedarse a mirar.

Lucy fijó los ojos en él, consciente de que su amigo lo comprendía, pero no del todo.

—Nos vemos mañana, Rudy.

Él se marchó con paso ligero.

—Pareces una chica temeraria —dijo Lucy a Nic—. Y probablemente lo has sido en alguna ocasión.

—He realizado mis propias operaciones de incógnito —admitió—. Me he vestido como una posible víctima. Tengo el aspecto de una posible víctima.

Lucy la observó con atención e hizo una valoración, como si no hubiese estado haciéndolas toda la noche.

—Sí, por el cabello rubio, tu complexión y ese aire de inteligencia. Pero tu actitud no es la de una víctima. Tu energía es fuerte. Sin embargo, eso podría suponer un mayor reto para el asesino. Ser más excitante. Un mayor éxito.

—Mis motivaciones no eran las correctas —admitió Nic—. No es que no quiera que lo atrapen. Lo deseo más que nada en el mundo. Pero reconozco que soy más agresiva, más tenaz y que quizá me pongo en peligro, debido a un grupo de trabajo que no quiere a chicas de pueblo como yo en su club. A pesar de que puede que sea la única que ha recibido formación en la mejor academia forense de Estados Unidos, con los mejores profesores. Incluida tu tía.

—Cuando te has puesto en peligro, ¿has observado algo?

—El Wal-Mart donde secuestraron a Katherine. Estuve en él unas horas antes de que ocurriese. Todavía recuerdo a una mujer que actuaba de un modo extraño. Se cayó en el aparcamiento y dijo que le había fallado una rodilla. Hubo algo que me inquietó. Retrocedí y no la ayudé. Algo me dijo que no la tocara. Tenía unos ojos raros, aterradores. Y me llamó oveja. Me han llamado muchas cosas, pero nunca «oveja». Creo que era una indigente esquizofrénica.

—Describe su aspecto. —Lucy procuró mantener la calma.

—Bueno —explicó Nic—, lo curioso del caso es que me recordó un poco a una mujer que había visto unos minutos antes en la tienda. Estaba revolviendo la lencería barata. Robaba prendas.

Lucy empezó a ponerse nerviosa.

—A nadie se le ha ocurrido que el asesino pudiera ser una mujer, o que por lo menos una mujer pudiera ser su cómplice. Y esa mujer es Bev Kiffin —soltó.

Nic se levantó por más café con manos temblorosas. Le echó la culpa a la cafeína.

—¿Quién es Bev Kiffin?

—Es la número diez de la lista de los más buscados del FBI.

—Oh, Dios mío. —Nic volvió a sentarse, esta vez más cerca de Lucy. Quería estar cerca de ella. No sabía por qué, pero su proximidad era vigorizante y excitante.

—Prométeme que no volverás a salir a merodear por ahí —le pidió Lucy—. Considérate en mi grupo de trabajo, ¿vale? Todos hacemos cosas juntos. Mi tía, Rudy, Marino.

—Te lo prometo.

—Es mejor que no te enfrentes sola a Bev Kiffin, que seguramente lleva las mujeres secuestradas a su socio, Jay Talley, el número uno de la lista de los más buscados.

—¿Se esconden aquí? —Nic no se lo podía creer—. ¿Dos personas así se esconden aquí?

—No se me ocurre un sitio mejor. Dijiste que tu padre tiene un cobertizo de pesca que abandonó después de que tu madre muriera. ¿Alguna posibilidad de que Charlotte Dard conociera su existencia y su ubicación?

—Sí. Papá nunca lo vendió. Ese sitio debe de estar medio podrido ahora. La señora Dard podía haberlo sabido, ya que mi madre vendía cosas viejas recuperadas en la tienda. Le gustaba la madera curada. Recomendaba usarla para repisas de chimenea, vigas a la vista, lo que fuera. En especial, le gustaban los pilotes gruesos sobre los que están construidos los cobertizos de pesca. No sé qué pudo haber contado a la señora Dard, pero mi madre era muy confiada. Creía que todo el mundo tenía buenas intenciones. Lo cierto es que hablaba demasiado.

—Así pues, ¿podrás enseñarme dónde está ese cobertizo de pesca?

—En Dutch Bayou, junto al río Blind, ya te lo dije, y claro que puedo enseñártelo.

—¿Desde el aire?

—Hecho —contestó Nic.

119

Benton dejó su Jaguar en un estacionamiento situado detrás de una iglesia a menos de un kilómetro de la casa de la plantación de los Dard.

Cada vez que oía acercarse un coche o una camioneta, se metía entre la maleza y se escondía en la frondosa arboleda al otro lado de la carretera del río Misisipí. Además de no saber quién podía pasar por ahí, era muy consciente de que resultaría extraño ver a un hombre con traje negro, camiseta negra, gorra negra y mochila negra caminando por el arcén de una carretera estrecha bajo la lluvia. Alguien podría pararse y preguntarle si se le había averiado el coche. La gente lo miraría.

Cuando detectó la verja frente a la que había pasado a última hora de la noche anterior, se metió en la arboleda, esta vez más hasta que vio la mansión entre los árboles. Escudriñaba el terreno sin cesar, y miraba dónde pisaba para evitar partir ramas caídas. Por suerte, la hojarasca estaba mojada y no hacía ruido. Al reconocer la zona la noche anterior, no se había adentrado en la arboleda porque estaba demasiado oscuro para ver, y no se atrevía a usar una linterna. Sin embargo, había subido trepando por la verja, lo que le dejó la chaqueta y los vaqueros llenos de herrumbre, uno de los muchos motivos por los que había optado por vestir otra vez el traje.

Se preguntaba cuánto habría cambiado la casa desde

la última vez que había estado allí. En la oscuridad de la noche anterior era difícil saber si la habían conservado en buen estado, pero había lanzado una piedra hacia un arbusto cercano a la fachada para ver si los sensores de movimiento se encendían. No lo hicieron. Lo volvió a intentar, y no se disparó ni una sola luz. Si había alguno que todavía funcionaba y se activaba esa mañana, no sería evidente, a pesar de que el sol estaba cubierto de nubes. Antes, aquellos terrenos tenían un elaborado sistema de cámaras, pero Benton no habría sido nunca tan insensato como para probarlas y ver si se les encendía el piloto rojo y lo seguían como si estuvieran vivas.

En el camino de entrada había un Mercedes 500 AMC nuevo, blanco, y un modelo antiguo de Volvo, también blanco. El Mercedes no estaba ahí la noche anterior. No sabía a quién pertenecía y no tenía tiempo ni medios para comprobar la matrícula de Luisiana. El Volvo era de Eveline Guidon, al menos lo era hacía seis años. Contento de vestir ropa oscura, Benton se quedó inmóvil como un ciervo detrás de un árbol cuando la puerta principal de la mansión se abrió. Se agachó, de modo que era imposible verlo, a unos quince metros a la izquierda de los peldaños de entrada.

El fiscal Weldon Winn salió de la casa, hablando con su habitual voz retumbante, más gordo que la última vez que lo había visto. Mientras esperaba que se subiera a su lujoso coche, Benton pensó deprisa. Que Weldon Winn estuviera en la casa no estaba en el plan, pero sin duda era una ventaja. Era un claro indicio de que Jean-Baptiste Chandonne había buscado o buscaría refugio en el bastión de su familia en Baton Rouge, una plantación de una corrupción increíble que había eludido las sospechas durante décadas gracias a que las personas relacionadas con ella eran totalmente leales o estaban muertas.

Benton, por ejemplo, estaba muerto.

Vio que el despreciable fiscal de distrito de Baton Rouge seguía un sendero de ladrillos hacia un viejo edificio de piedra con una oscura puerta gótica que daba a la bodega, la construcción centenaria que constaba de unos ochocientos metros de túneles intrincados excavados por esclavos. Winn entró y cerró la puerta. Benton, agazapado, avanzó con rapidez, empapado de sudor. Se mantuvo a cubierto tras unos bojes, sin dejar de mirar de la bodega a la casa. Lo más arriesgado fue lo que hizo a continuación: caminó con tranquilidad, erguido y de espaldas a la casa, hacia la bodega.

Si alguien miraba por la ventana, el hombre de negro podría parecer un amigo de Chandonne. La puerta era de roble, y a duras penas distinguió unas voces tras ella.

120

Scarpetta no podía olvidar a Albert Dard. Se imaginaba las cicatrices del pequeño y sabía muy bien que la automutilación era una adicción, y que si seguía lastimándose a sí mismo, era probable que volvieran a internarlo en clínicas psiquiátricas una y otra vez hasta que se volviera tan enfermo mental como aquellos pacientes cuyos diagnósticos justificaban su internamiento.

Albert Dard no necesitaba ser internado. Necesitaba ayuda. Necesitaba a alguien que intentara por lo menos averiguar por qué hacía un año su ansiedad había aumentado tanto que se había encerrado en sí mismo, reprimido sus sentimientos y quizá sus recuerdos hasta tal extremo que necesitaba infligirse dolor para sentir control, una breve liberación y una afirmación de su propia existencia. Scarpetta recordó el estado casi disociado del niño en el avión mientras jugaba con aquellas cartas relacionadas con un hacha. Rememoró su angustia extrema ante la idea de que nadie fuera a buscarlo, ante un abandono que ella dudaba que fuera nuevo.

A cada momento que pasaba, estaba más enfadada con quienes tenían que cuidarle y asustada por su seguridad.

Mientras tomaba un café en la casa de invitados del doctor Lanier, rebuscó en el bolso y encontró el número de teléfono que había anotado cuando Albert esperaba a una tía que no tenía intención de recogerlo porque lo había preparado todo para que Scarpetta se hiciera cargo de él. Ya no importaba qué manipulaciones o conspiraciones tuviera la señora Guidon en mente. Quizá se tratara de atraerla hacia esa casa para ver qué sabía sobre la muerte de Charlotte Dard. Quizá la señora Guidon estaba ahora convencida de que ella no sabía más sobre esa muerte de lo que se había sabido.

Marcó el número y se sobresaltó al oír a Albert contestar el teléfono.

—Soy la señora que se sentó a tu lado en el avión —dijo.

—¡Hola! —la saludó él, sorprendido y muy contento—. ¿Cómo es que me llamas? Mi tía dijo que no lo harías.

—¿Dónde está?

—No lo sé. Salió.

—¿Se fue en coche?

—No.

—He estado pensando en ti, Albert. Todavía estoy en la ciudad, pero me iré pronto, y me preguntaba si podría ir a visitarte.

—¿Ahora? —La idea pareció entusiasmarle—. ¿Vendrás a verme a mí?

—¿Te parece bien?

—¡Sí!

121

Benton abrió la puerta de la bodega con cuidado, sin hacer ruido, empuñando la Sig Sauer amartillada mientras permanecía a un lado de la estrecha abertura.

La conversación se interrumpió, y una voz de hombre dijo:

—No la cerraste del todo.

Sonaron unos pasos en los peldaños, quizá cinco, y una mano, seguramente la de Weldon Winn, tiró de la puerta para cerrarla, y Benton la empujó a su vez con fuerza para abrirla de golpe. Al hacerlo, tumbó a Winn escaleras abajo, donde quedó conmocionado y gimiendo. Quien estaba hablando con él tuvo unos segundos, no más, para huir por otras escaleras. Benton oyó cómo esa persona, tal vez Jean-Baptiste, corría veloz y se alejaba, pero no podía escapar. La bodega tenía una única entrada y salida.

—Levántate —dijo Benton a Winn—. Despacio.

—Me he hecho daño —se quejó, y alzó los ojos hacia Benton, que estaba en el peldaño de arriba y cerraba la puerta tras él sin dejar de apuntarle al pecho.

—Me importa un carajo que te hayas hecho daño. Levántate.

Se quitó la gorra de béisbol y se la lanzó a Winn. Éste tardó en reconocerlo, pero cuando lo hizo palideció y se quedó boquiabierto mientras se retorcía en el suelo, enredado con su propia gabardina, horrorizado.

—No puedes ser tú —gimió sobrecogido—. ¡No puede ser!

Benton estaba atento al ruido de los pasos de quien había huido. No oyó ninguno.

El espacio reducido, sin ventanas, tenía una bombilla pelada, cubierta de telarañas, y una pequeña mesa de ciprés muy antigua, cubierta de unos círculos oscuros que habían dejado las innumerables botellas de vino que se habían catado en ella. Las paredes de piedra estaban húmedas, y en la que estaba a la izquierda de Benton había cuatro anillas de hierro. Eran muy viejas, pero la mayoría del óxido estaba quitado. Cerca, había un enchufe y, en el suelo, rollos de cuerda de nailon amarillo.

—Levántate —dijo Benton de nuevo—. ¿Quién más está aquí? ¿Con quién estabas hablando hace un momento?

Weldon Winn se movió con una agilidad sorprendente. Rodó por el suelo y sacó un arma de la gabardina.

Benton le disparó dos veces, una en el pecho y otra en la cabeza, antes de que Winn pudiera siquiera poner el dedo en el gatillo. La piedra amortiguó el ruido de los disparos.

122

El peso de Marino era suficiente para reducir la velocidad del helicóptero cinco nudos.

Lucy no estaba preocupada. Con ese tiempo, no pondría el aparato a su velocidad máxima. No tenía sentido apresurarse para estrellarse contra una antena, y las había por todas partes. Se elevaban entre una niebla arremolinada que casi impedía ver a distancia esos obstáculos delgados y sus luces estroboscópicas. Lucy volaba a quinientos pies, en unas condiciones meteorológicas peores que cuando habían despegado en Baton Rouge hacía veinte minutos.

—Esto no me gusta. —La voz nerviosa de Marino sonó en los auriculares de Lucy.

—No eres tú quien pilota. Relájate. Disfruta del vuelo. ¿Quiere que le traiga algo el señor?

—¿Qué te parece un paracaídas?

Lucy sonrió mientras ella y Rudy seguían explorando desde la cabina.

—¿Te importa si te dejo los controles un momento? —dijo a Rudy en honor de Marino.

—¡No me jodas! —bramó Marino.

Lucy, aturdida por el grito, bajó el volumen de sus auriculares mientras Rudy tomaba los controles.

—La nave es tuya —repitió la frase estándar para asegurarse de que el otro piloto lo sabe con certeza.

Giró un botón de su reloj de emergencia y cambió así la pantalla superior a la modalidad de cronógrafo.

Nic nunca había estado en un helicóptero y pidió a Marino que dejara de empeorar las cosas.

—Si no estamos seguros con ellos —comentó Nic—, no lo estaremos con nadie. Además, es más probable que te atropelle un coche que estrellarte con un helicóptero.

—Eso es una gilipollez. Aquí arriba no hay coches. Y te agradecería que no usaras el verbo estrellar.

—Concentraos —pidió Lucy a todos, y no sonreía mientras observaba el GPS. El día anterior, cuando ella y Marino habían sobrevolado esa zona y habían llegado al extremo noroccidental del lago, había introducido las coordenadas en el GPS—. Vamos por buen camino.

Recuperó los mandos y, tras descender a trescientos pies y reducir la velocidad a ochenta nudos, entrevió el lago Maurepas entre la niebla que avanzaba. Tenían el agua casi debajo. Gracias a Dios, no había antenas que temer. Redujo más la velocidad, y Rudy se inclinó hacia adelante para ver mejor e intentar distinguir la orilla.

—Nic —dijo Lucy—. ¿Me oyes?

—Sí.

—¿Reconoces algo ahí abajo?

Lucy situó la velocidad en sesenta nudos. Si reducía más la velocidad relativa de vuelo, se quedaría suspendida en el aire, pero prefería no hacerlo por el efecto de tierra con tan mala visibilidad.

—¿Puedes volver atrás un poco para que encontremos el río Blind? —preguntó Nic—. Dutch Bayou se extiende justo al borde del lago.

—¿En qué dirección? —Lucy ladeó despacio el helicóptero, inquieta a esa altitud pero satisfecha de haberse molestado el día antes en observar la situación de cualquier obstáculo.

—Bueno —dijo Nic tras una pausa—, si sigues el río hacia el lago, Dutch Bayou debería estar hacia las tres. A la derecha —indicó a Lucy.

Tras dar la vuelta y descender para volver a seguir el buen camino, Lucy sobrevolaba de nuevo el agua.

—Ahí está —confirmó Nic—. Ahí está el río. ¿Ves cómo gira hacia la izquierda? Bueno, lo veríamos mejor si voláramos más alto.

—Olvídalo —intervino Rudy.

—Creo que... ¡Sí! —Nic se estaba entusiasmando—. Ahí está, ese arroyo tan estrecho. ¿Lo veis a la derecha? Dutch Bayou. El cobertizo de pesca de mi padre está a un kilómetro y medio hacia arriba, a la izquierda.

Los nervios afloraron de golpe. Rudy desenfundó la pistola de la sobaquera. Lucy inspiró hondo, más tensa y más inquieta de lo que dejaba entrever, y descendió hasta cien pies, justo sobre un estrecho pantano lleno de cipreses que parecía premonitorio en medio de la niebla.

—A esta altitud ya nos pueden oír —afirmó Lucy con calma, concentrada, pensando, intentando no reaccionar a lo que se estaba convirtiendo con rapidez en una situación muy peligrosa.

De pronto, apareció un ruinoso cobertizo gris. Amarrado a un muelle había un barco blanco, totalmente incongruente con el entorno.

—¿Seguro que estás segura? —Lucy, mientras describía un círculo alrededor del cobertizo, no pudo evitar que la adrenalina le elevara la voz.

—¡Sí! ¡Reconozco el tejado! Papá usó azul metálico. Todavía se ve algo de azul. ¡Y el porche, con la puerta mosquitera!

Lucy descendió a cincuenta pies, suspendida en el aire, y giró a la izquierda, de modo que la ventanilla de Rudy quedó en línea con el barco.

—¡Dispara! —le ordenó.

Rudy abrió la ventanilla y disparó diecisiete balas al fondo del barco mientras la puerta delantera del cobertizo se abría y Bev Kiffin salía corriendo con una escopeta. Lucy aumentó la velocidad relativa de vuelo.

—Agachaos. Pero no os mováis del asiento.

Rudy ya había metido un cargador nuevo en la pistola. Aunque los asientos de atrás estaban justo encima del depósito de combustible, eso no era lo que preocupaba a Lucy. El Jet-A no era en absoluto tan inflamable como la gasolina, y el mayor desperfecto que los perdigones de una escopeta podían causar era fugas, pero el revestimiento del suelo no era blindado.

Rudy accionó los flotadores.

Bev disparó siete veces, una tras otra. Los perdigones hicieron añicos algunas ventanillas, golpearon el revestimiento y dieron en la pala de rotor principal y en la cubierta del motor. Si tocaban el carburador habría un incendio, así que Lucy cortó de inmediato el regulador y presionó el colector hacia abajo. Las alarmas se dispararon emitiendo advertencias desesperadas mientras pisaba el pedal y salía volando hacia donde no había ningún lugar donde posarse, salvo una zona de hierba alta. El nitrógeno sonó como otro disparo, y los flotadores de los patines de aterrizaje se hincharon al instante como balsas neumáticas. El helicóptero dio tumbos, desequilibrado, y Lucy se esforzó en estabilizarlo mientras se percataba de que los perdigones habían alcanzado al menos uno de los seis flotadores.

El aterrizaje fue lo bastante difícil como para activar el transmisor de localización de emergencia, o ELT, y el helicóptero se balanceó en la hierba densa y unas aguas oscuras y turbias, escorado a la derecha. Lucy abrió su puerta y miró hacia abajo. Dos flotadores habían recibido impactos y no se habían hinchado. Rudy desconectó la batería y el generador, y todo el mundo se quedó sentado un instante, paralizado, escuchando el abrupto silencio del exterior mientras el helicóptero se hundía un poco más en el barro. A menos de cien metros de distancia, vieron cómo el barco hacía agua y su proa se levantaba al zozobrar.

—Por lo menos no irá a ninguna parte —comentó Rudy mientras Lucy y él se quitaban los auriculares.

Lucy desenroscó una tapa del reloj y extendió una antena, lo que activaba su ELT.

—Vamos —dijo—. No podemos quedarnos aquí sentados.

—Yo sí que puedo —contestó Marino.

—¿Nic? —Lucy se volvió—. ¿Tienes idea de lo honda que es aquí el agua?

—No demasiado, o no habría toda esta hierba. El problema es el barro. Podríamos hundirnos hasta las rodillas.

—Yo no voy a ninguna parte —aseguró Marino—. ¿Para qué? El barco está hundido, así que ella tampoco puede ir a ningún sitio. Y no me va a morder una serpiente ni me va a comer un puto caimán.

—Os diré qué podemos hacer —prosiguió Nic como si Marino no estuviera a su lado—. La hierba se extiende hasta detrás del cobertizo, y sé que el agua no es demasiado honda porque solíamos ponernos botas altas y recoger mejillones.

—Voy yo —dijo Lucy, y abrió su puerta.

Dentro del cobertizo, unos perros ladraban con fuerza.

El problema de Lucy era que el flotador deshinchado de su patín de aterrizaje iba a imposibilitarle bajar con cuidado, poniendo primero un pie y después el otro. Se abrochó bien los cordones de las botas hasta el tobillo y entregó a Rudy su Glock y los cargadores de reserva.

—¡Allá voy! —exclamó, colgada del marco de la puerta como un paracaidista.

Aterrizó de pie en el agua y le sorprendió agradablemente ver que sólo se sumergía hasta un poco por encima de las botas. Si caminaba deprisa, no se hundiría demasiado. Se acercó con la cara salpicada de agua sucia, alargó la mano para tomar el arma y se la encajó en el cinturón. Se guardó los cargadores de reserva en un bolsillo.

Todos, por turnos, tomaron armas y municiones y luego saltaron. Primero Rudy y después Nic lo hicieron por el mismo lado del helicóptero que Lucy. Pero Marino seguía sentado como un zoquete enfadado en el asiento trasero.

—¿Te vas a quedar ahí sentado hasta que el helicóptero vuelque? —dijo Rudy levantando la voz—. ¡Sal de una vez, idiota!

Marino se deslizó por el asiento y lanzó su arma a Rudy. Saltó, perdió el equilibrio y se cayó, con tan mala suerte que se golpeó la cabeza en un flotador. Cuando consiguió ponerse de pie, estaba cubierto de barro y soltaba juramentos.

—Chiss —pidió Lucy—. Las voces viajan por el agua. ¿Estás bien?

Marino se secó las manos en la camisa de Rudy y recuperó enojado su arma mientras ambos ELT brillaban con fuerza en pantallas de radar de torres de control de aeropuertos y los captaba cualquier piloto que estuviera en la frecuencia de emergencia.

Caminaron con dificultad, atentos a las serpientes que oían moverse a través de la hierba alta. Cuando los cuatro estuvieron a unos treinta metros del cobertizo con las pistolas preparadas, la puerta mosquitera se abrió con un chirrido y Bev salió al muelle con la escopeta, chillando, gritándoles, loca y suicida debido a la desesperación y la rabia.

Antes de que pudiera siquiera apuntarles, Rudy disparó.

Bev golpeó los viejos tablones de madera y cayó al agua junto al barco medio hundido.

123

Albert Dard abrió la imponente puerta, con la parte delantera de la camisa de manga larga manchada de sangre.

—¿Qué ha pasado? —exclamó Scarpetta al entrar.

Se agachó y le levantó con cuidado la camisa. En la barriga del niño, unos cortes profundos dibujaban una especie de tres en raya. Scarpetta resopló, le bajó la camisa y se incorporó.

—¿Cuándo te hiciste eso? —Le tomó la mano.

—Después de que ella se fuera y no volviera. Entonces se marchó él. El hombre del avión. No me gusta ese hombre.

—¿Tu tía no volvió?

Al acercarse a la casa, Scarpetta observó que un Mercedes blanco y el viejo Volvo de la señora Guidon estaban aparcados delante.

—¿Tienes algún sitio donde pueda curarte esos cortes?

—No quiero hacer nada —sacudió la cabeza.

—Pues yo sí. Soy médica. Vamos.

—¿Lo eres? —Pareció deslumbrado, como si nunca hubiera imaginado que las mujeres pudieran ser médicas.

La condujo arriba hacia un cuarto de baño que, como la cocina, no se había renovado en muchos años. Contenía una anticuada bañera, un lavabo y un botiquín, donde encontró yodo pero no tiritas.

—Vamos a quitarte esa camisa —dijo a la vez que le

ayudaba—. ¿Serás valiente? Estoy segura de que sí. Cortarte duele, ¿verdad?

Se sintió consternada al ver la cantidad de cicatrices que le cubrían la espalda y los hombros.

—No siento nada cuando lo hago —comentó él. Observaba con ansiedad cómo destapaba el yodo.

—Me temo que esto sí vas a sentirlo. Te escocerá un poquito —mintió como hacen todos los médicos cuando algo va a doler mucho.

Trabajó deprisa mientras el pequeño se mordía el labio, agitaba las manos para aliviar la quemadura e intentaba no llorar.

—Eres muy valiente —dijo al cabo. Bajó la tapa del retrete y se sentó en él—. ¿Quieres contarme por qué empezaste a cortarte? Alguien me dijo que fue hace unos años.

Albert bajó la cabeza.

—Me lo puedes contar —aseguró Scarpetta, y le tomó ambas manos—. Somos amigos, ¿no?

El pequeño asintió.

—Vinieron esas personas —susurró—. Oí coches. Mi tía salió, así que yo también, sólo que me escondí. Y sacaron de un coche a una mujer que quería gritar pero estaba atada. —Se señaló la boca, lo que indicaba una mordaza—. Después la empujaron hacia la bodega.

—¿La bodega?

—Sí.

Scarpetta recordó la insistencia de la señora Guidon en que visitara la bodega. El miedo le erizó el vello de la nuca. Estaba ahí. No sabía quién más había en la casa, salvo Albert, y podía llegar alguien.

—Una de las personas que acompañaban a la señora atada era un monstruo. —La voz de Albert se elevó hasta convertirse en casi un chillido mientras sus ojos, muy abiertos, reflejaban terror—. Como los que he visto en televisión, en las películas de miedo, con esos dientes afilados y el pelo largo. Tuve mucho miedo cuando me vio detrás de los arbustos.

«Jean-Baptiste Chandonne», pensó Scarpetta.

—Y entonces mi perrito *Nestlé* huyó y nunca volvió a casa.

Scarpetta oyó la puerta de entrada abrirse y cerrarse, unos pasos en el piso de abajo.

—¿Hay algún teléfono aquí arriba? —susurró a Albert.

Aterrado, el niño se secó las lágrimas.

Scarpetta repitió la pregunta con apremio.

Se la quedó mirando, paralizado.

—Ve y enciérrate en tu habitación.

Albert se tocó las heridas de la barriga y, acto seguido, se las restregó, lo que las hizo sangrar.

—¡Ve! No hagas ruido.

Se marchó deprisa y en silencio por el pasillo para meterse en una habitación. Scarpetta oyó unos pasos y esperó hasta que se detuvieron. Parecían de un hombre bastante corpulento, pero no era el ruido fuerte de suelas de cuero. El hombre echó a caminar de nuevo, y el corazón de Scarpetta empezó a latir con fuerza cuando pareció que se dirigía hacia las escaleras. Le oyó en el primer peldaño y salió del cuarto de baño, porque no quería que él (y estaba segura de que era Jean-Baptiste Chandonne) encontrara a Albert.

En lo alto de las escaleras se quedó inmóvil, agarrada a la barandilla con toda su fuerza, mirándolo y, al verlo, palideció. Cerró los ojos y los volvió a abrir, creyendo que desaparecería. Despacio, bajó peldaño a peldaño, agarrada a la barandilla, sin dejar de mirarlo. A media escalera, se sentó, sin apartar los ojos de él.

Benton Wesley no se movió, y él también la miraba.

Los ojos se le habían llenado de lágrimas y parpadeó para contenerlas.

—¿Quién es usted? —La voz de Scarpetta sonó a kilómetros de distancia—. No es él.

—Lo soy.

Scarpetta rompió a sollozar.

—Baja, por favor. ¿O prefieres que suba a buscarte? —No quería tocarla hasta que estuviera preparada. Hasta que él también lo estuviera.

Scarpetta se levantó y bajó despacio los peldaños. Cuando llegó a su lado de pronto retrocedió.

—Así que formas parte de todo esto, cabrón. Hijo de puta. —Le temblaba tanto la voz que apenas podía hablar—. Supongo que será mejor que me dispares porque lo sé todo. Lo que has estado haciendo todo este tiempo que yo te creía muerto. ¡Con ellos! —Observó las escaleras, como si hubiera alguien en ellas—. ¡Eres uno de ellos!

—Soy cualquier cosa menos eso —aseguró Benton.

Se metió la mano en un bolsillo de la chaqueta y sacó un papel doblado. Lo abrió. Era un sobre de la Academia Nacional de Justicia, igual a la fotocopia que Marino había enseñado a Scarpetta, la fotocopia del sobre que contenía las cartas que Chandonne les había escrito a Marino y a ella.

Benton dejó caer el sobre al suelo, donde ella pudiera verlo.

—No —dijo Scarpetta.

—Hablemos, por favor.

—Tú dijiste a Lucy dónde estaba Rocco. ¡Sabías lo que ella haría!

—Estás a salvo.

—Y lo arreglaste todo para que yo fuese a verlo. Yo nunca le escribí. Fuiste tú quien escribió una carta supuestamente mía, afirmando que quería ir a verlo para llegar a un acuerdo.

—Sí.

—¿Por qué? ¿Por qué querías someterme a eso? ¿Hacerme ver a ese hombre, a ese ejemplo de vida patética?

—Acabas de llamarlo «hombre». Es así. Jean-Baptiste es un hombre, no un monstruo, ni un mito. Quería que te enfrentaras a él antes de que muriera. Quería que recuperaras tu poder.

—¡No tenías ningún derecho a controlar mi vida, a manipularme de ese modo!

—¿Lamentas haber ido?

Por un instante, Scarpetta se quedó sin habla.

—Estabas equivocado —dijo por fin—. No ha muerto.

—No preví que tu visita le diera motivos para seguir con vida. Debería haberlo sabido. Los psicópatas como él no quieren morir. Supongo que, como se había declarado culpable en Tejas, donde sabía que sería condenado a muerte, creía que en realidad quería...

—Te equivocaste —lo acusó de nuevo—. Tenías demasiado tiempo para jugar a ser Dios. Y no sé en qué te has convertido. Eres una especie de, de...

—Me equivoqué, es cierto. Calculé mal, es cierto. Me convertí en una máquina, Kay.

Pronunció su nombre. Y eso la sacudió de la cabeza a los pies.

—Ya no hay nadie aquí que pueda hacerte daño —aseguró Benton a continuación.

—¿Ya?

—Rocco ha muerto. Weldon Winn ha muerto. Jay Talley ha muerto.

—¿Jay?

Benton se estremeció.

—Lo siento —comentó—. Si todavía te importa...

—¿Quién, Jay? —La confusión la invadió. Estaba mareada, a punto de desmayarse—. ¿Si él me importa? ¿Cómo iba a importarme? ¿Lo sabes todo?

—Más que todo —contestó Benton.

124

Se sentaron ante el mismo tajo de carnicero que servía de mesa en la cocina donde Scarpetta había hablado con la señora Guidon una noche que ya apenas recordaba.

—Me involucré demasiado —dijo Benton.

Se miraron a los ojos.

—Era aquí —prosiguió Benton—, en este sitio, donde muchos de los actores principales venían a planificar sus negocios sucios en el puerto y en el Misisipí. Rocco, Weldon Winn, Talley, incluso Jean-Baptiste.

—¿Lo viste?

—Muchas veces —explicó Benton—. Aquí, en esta casa. Me encontraba divertido, y mucho más simpático con él que los demás. No eran nada de fiar; hacían de todo. Podría decirse que Guidon era la matrona del feudo.

»Tan mala como el resto de ellos.

—¿Era?

Benton vaciló.

—Vi que Winn entraba en la bodega —dijo por fin—. No sabía quién más había dentro. Creí que tal vez Jean-Baptiste, escondido. Eran Talley y ella. No tuve otra opción.

—¿Los mataste?

—No tuve elección —repitió Benton.

Scarpetta asintió.

—Hace seis años, otro agente trabajaba conmigo.

Riley Minor. Se suponía que era de por aquí, pero cometió un error, no sé muy bien qué. Le hicieron lo habitual. —Benton señaló la bodega con la cabeza—. La cámara de tortura, donde hacían hablar a todo el mundo. En las paredes hay unas viejas anillas de hierro de tiempos de la esclavitud, y a Talley le gustaban las pistolas de aire caliente y otros medios de obtener información rápida. Cuando vi que arrastraban a Minor a la bodega, supe que la operación había terminado y me marché a toda prisa.

—¿No intentaste ayudarle?

—Imposible.

Scarpetta no dijo nada.

—Si yo no hubiera muerto, lo habría hecho de verdad, Kay. Si yo no hubiera muerto, no habría podido estar cerca de ti, de Lucy y Marino. Nunca. Porque entonces también os habrían matado a vosotros.

—Eres un cobarde —comentó, desprovista de emoción.

—Entiendo que me odies por todo lo que te he hecho sufrir.

—¡Podrías habérmelo dicho! ¡Así no habría sufrido!

La miró un largo rato, recordó su rostro. No había cambiado mucho.

Nada en ella había cambiado mucho.

—¿Tú que habrías hecho si te hubiera dicho que tenía que fingir mi muerte y que ya no te volvería a ver nunca más, Kay? —preguntó.

Scarpetta no tenía respuesta para eso. Lo cierto era que no le habría permitido desaparecer, y él lo sabía.

—Habría corrido el riesgo —aseguró, y se le volvió a hacer un nudo en la garganta—. Por ti, lo habría hecho.

—Entonces lo entenderás. Y si te sirve de consuelo, yo también he sufrido. No ha pasado un solo día en que no pensara en ti.

Scarpetta cerró los ojos y procuró normalizar su respiración.

—Hasta que no pude soportarlo más. Al principio me sentía abatido, enfadadísimo, y empecé a imaginar una forma. Como el ajedrez...

—¿Un juego?

—Nada de juego. Iba muy en serio. Eliminar una a una las principales amenazas, sabiendo que una vez que saliera, ya no habría vuelta atrás, porque si fracasaba me reconocerían. O me matarían en el intento.

—Nunca he creído en esa clase de métodos.

—Supongo que podrías hablar de eso con tu amigo el senador Lord. Los Chandonne financian el terrorismo, Kay.

—Es demasiado, es demasiado para un día —dijo a la vez que se levantaba—. Es demasiado. —Alzó los ojos al acordarse de repente de Albert—. ¿Es realmente ese niño maltratado el hijo de Charlotte Dard?

—Sí.

—Por favor, no me digas que tú eres su padre.

—Su padre es Jay Talley. Era. Albert no lo sabe. Siempre le han contado una historia enigmática sobre un padre muy importante pero ocupado al que no conoce. Una fantasía infantil. Todavía cree que tiene ese padre omnipotente en alguna parte. Talley tuvo una breve aventura con Charlotte. Una noche, mientras yo estaba aquí, hubo una fiesta en el jardín, y Charlotte invitó a una conocida, una anticuaria...

—Ya lo sé —le interrumpió Scarpetta—. Por lo menos, esa pregunta tiene respuesta.

—Talley la vio, habló con ella, fue a su casa. Ella se le resistió, algo que él no toleraba. La mató, y como Charlotte los había visto juntos, y como Talley estaba cansado de Charlotte, aburrido de ella, se encargó de que también muriera. Se encontró con ella y le llevó ciertas pastillas...

—Ese pobre niño.

—No te preocupes —dijo Benton.

—¿Dónde están Lucy y Marino? ¿Dónde están Rudy y Nic? —Se acordó de ellos.

—Hace una media hora los recogió un helicóptero de la Guardia Costera. Después de asaltar la guarida de Bev Kiffin y Jay Talley.

—¿Cómo lo sabes?

—Tengo mis fuentes —contestó, y se levantó de la mesa.

Scarpetta pensó en el senador Lord. La Guardia Costera formaba ahora parte de la Seguridad Nacional. Sí, el senador Lord lo sabría.

Benton se acercó a ella y la miró a los ojos.

—Si me odias para siempre, lo entenderé. —Y añadió—. Si no quieres estar conmigo, no te culparé... Bueno, es comprensible que no quieras. Jean-Baptiste sigue suelto y me perseguirá. De algún modo.

Scarpetta no dijo nada, a la espera de que la alucinación terminara.

—¿Te puedo tocar? —preguntó Benton.

—No importa quién más esté suelto. He pasado por demasiadas cosas.

—¿Te puedo tocar, Kay?

Scarpetta le cogió las manos y las apretó contra su cara.